EYNE SCIENCE FICTION & FANTASY
Band 06/5373

ersetzungen aus dem Amerikanischen von
er Beyer, Walter Brumm, Barbara Ostrop,
Ingrid Herrmann und Hilde Linnert

Das Umschlagbild malte Karel Thole

Redaktion: Joern Rauser und Friedel Wahren

Printed in Germany 1995
schlaggestaltung: Atelier Ingrid Schütz, München
Technische Betreuung: M. Spinola
Satz: Schaber Satz- und Datentechnik, Wels
Druck und Bindung: Elsnerdruck, Berlin

ISBN 3-453-09438-7

HEYNE BÜCHER

SCIENCE FICTION

Herausgegeben
von Wolfgang Jeschke

Von **Isaac Asimov** erschienen in der ALLGEMEINEN REIHE:

Auf der Suche nach der Erde · 01/6401
Aurora oder der Aufbruch zu den Sternen · 01/6579
Das galaktische Imperium · 01/6607
Die Rückkehr zur Erde · 01/6861
Die Rettung des Imperiums · 06/7815
Nemesis · 01/8084
Robot ist verloren · 01/8199
Die vierte Generation · 01/8228
Die Menschheit wird gerettet · 01/8358

in der Reihe HEYNE SCIENCE FICTION & FANTASY:

Der Mann von drüben · 06/3004
Geliebter Roboter · 06/3066
Der Tausendjahresplan · 06/3080
Der galaktische General · 06/3082
Alle Wege führen nach Trantor · 06/3084
Am Ende der Ewigkeit · 06/3088
SF-Kriminalgeschichten · 06/3135
Ich, der Robot · 06/3217
Die nackte Sonne · 06/3517
Der Zweihundertjährige · 06/3621

als Herausgeber:

Science Fiction-Erzählungen des 19. Jahrhunderts · 06/4022
Fantasy-Erzählungen des 19. Jahrhunderts · 06/4023
Der letzte Mensch auf Erden · 06/4074
Zukünfte – nah und fern · 06/4215
Spekulationen · 06/4274
Die Wunder der Welt · 06/4332
Science Fiction aus den Goldenen Jahren · 06/4600

Außerdem erscheinen seit 10 Jahren regelmäßig Auswahlbände mit Erzählungen aus dem amerikanischen ›Isaac Asimov's Science Fiction Magazine‹:

29. Folge · 06/4405	35. Folge · 06/4690	41. Folge · 06/5018
30. Folge · 06/4446	36. Folge · 06/4742	42. Folge · 06/5085
31. Folge · 06/4495	37. Folge · 06/4795	43. Folge · 06/5141
32. Folge · 06/4536	38. Folge · 06/4855	44. Folge · 06/5196
33. Folge · 06/4581	39. Folge · 06/4906	45. Folge · 06/5311
34. Folge · 06/4631	40. Folge · 06/4957	46. Folge · 06/5373

und in der BIBLIOTHEK DER SCIENCE FICTION LITERATUR:

Lunatico · 06/7
Meine Freunde, die Roboter · 06/20
Die Stahlhöhlen · 06/71
Die nackte Sonne · 06/72
Foundation · 06/79

als Herausgeber:

Das Forschungsteam · 06/13

Isa
Asim

SCIENCE FICT
46. F

ausgewählt un
v
Friedel

Deutsche

WILHELM HE
MÜN

Isaac Asimov's

SCIENCE FICTION MAGAZIN
46. FOLGE

ausgewählt und herausgegeben
von
Friedel Wahren

Deutsche Erstausgabe

WILHELM HEYNE VERLAG
MÜNCHEN

HEYNE SCIENCE FICTION & FANTASY
Band 06/5373

Übersetzungen aus dem Amerikanischen von
Peter Beyer, Walter Brumm, Barbara Ostrop,
Ingrid Herrmann und Hilde Linnert

Das Umschlagbild malte Karel Thole

Redaktion: Joern Rauser und Friedel Wahren

Printed in Germany 1995
Umschlaggestaltung: Atelier Ingrid Schütz, München
Technische Betreuung: M. Spinola
Satz: Schaber Satz- und Datentechnik, Wels
Druck und Bindung: Elsnerdruck, Berlin

ISBN 3-453-09438-7

INHALT

Mary Rosenblum
STERNENFISCHER 7
(CASTING AT PEGASUS)

Pamela Sargent
AMPHIBIEN 53
(AMPHIBIANS)

Sonia Orin Lyris
ES KÖNNTE SONNENSCHEIN SEIN 85
(IT MIGHT BE SUNLIGHT)

Kate Wilhelm
ICH WEISS, WAS DU DENKST 118
(I KNOW WHAT YOU'RE THINKING)

Valerie J. Freireich
EIS-ATLANTIS 144
(ICE ATLANTIS)

Ursula K. Le Guin
DAS FEST DER VERGEBUNG 213
(FORGIVENESS DAY)

SCIENCE FICTION AUS DEUTSCHLAND
Oliver Pfohlmann
BIGFISH PAT 291

trafen ihre Schritte auf den harten Beton des Hangar-
vorfelds.
Schnell jetzt. Den Reißverschluß der Tragetasche öff-
en und die Pflöcke für die Halteseile herausnehmen.
en ersten der von ihr aus Kunststoffrohr gefertigten
löcke schlug sie jenseits des Vorfelds im aufgeweich-
Boden ein. Ostwind. Sie prüfte ihn mit der Hand
l schätzte vierzig Stundenkilometer, in Böen bis zu
fundfünfzig. Genau die Bedingungen, die sie in ihre
elle Simulation eingegeben hatte, die Lichter soll-
lso schnell und problemlos aufsteigen. Nach dem
hlagen des zweiten und dritten Pflocks kramte sie
r in der Tasche. Da der Nachtwächter sie viel
ler entdecken würde, wenn sie eine Lampe be-
suchte sie blind und erwischte schließlich die
eine. Extrem reißfeste Schnur, schwarz. Der
us Leuchtfibern fühlte sich unter ihren Fingern
ne Kunststoffäden an, biegsam, kühl und in der
eit unsichtbar. Das Ende der Leine band sie um
Pflock und legte sie lang aus. Dann legte sie
Leine aus und straffte die Kreuzverspannun-
ler Hand. So weit, so gut. Wenn sich die
zt verwirrten, konnte sie den Flug für diese
essen.
usch in der Dunkelheit, drüben beim unbe-
angar. Therese richtete sich auf, spürte den
ß. Der Nachtwächter hatte einen Taser
boardfahrer scharfe Klingen. Sie ließ die
osentasche gleiten und umklammerte die
asdose, lauschte angestrengt, bis es ihr in
mmte, hielt das Rascheln des Winds für
chritte oder das Aufspringen eines
s.
eicht zitternden Händen entfaltete sie
d bog die elastischen Stäbe in die an
igten Laschen. Der Wind fuhr in die
nststoffolie, die sich blähte und in

Mary Rosenblum

STERNENFISCHER

Es war eine gute Nacht für den Flug. So windig, daß sie die Windstöße im Auto spürte. Sterne und kein Mond; zu ihrer Rechten wie ausgemeißelt das tiefere Dunkel des Flußbetts. Therese bremste auf dem leeren Highway und lenkte den kleinen City-Wagen vorsichtig in ein Gestrüpp aus Brombeerranken mit herbstgelbem Blattlaub. Die Dornen zerkratzten den Lack, als sie die Scheinwerfer abschaltete, und es war ihr gleichgültig.

Plötzlich fiel ihr auf, *wie* gleichgültig es ihr war. Lag es daran, daß ursprünglich Selva das halbe Auto bezahlt hatte? Therese hatte es nie umschreiben lassen. Noch immer lief das Auto auf ihrer beider Namen. Wütend auf sich selbst starrte sie in die Dunkelheit auf den von Reifenspuren durchfurchten Boden. Wütend, weil sie nicht daran gedacht hatte, den Wagen umschreiben zu lassen.

Das Auto war von Selva genauso leichtherzig ausrangiert worden wie Therese selbst. Wie hatte Therese das Umschreiben nur vergessen können? Die Lippen zusammengepreßt, fuhr sie bis dicht an den verrosteten Maschendrahtzaun und stellte den Motor ab. Als sie die Tür öffnete, drang die Kälte herein, und zitternd holte sie ihre Tragetasche aus dem Kofferraum. Der Wind war voller Herbstgerüche von vermodernden Blättern und feuchter kalter Erde; mit unsichtbaren Fingern fuhr er ihr durch das kurze Haar. Ja. Gute Nacht für den Flug.

Sie hatte Selva vom Flughafen erzählt, davon, wie sie

sich als Kind nachts in ihren ›Flughafenkleidern‹ heimlich aus ihrem Zimmer geschlichen hatte. Damals hatte sie immer den Highway überquert und war quer über ein Feld zum Parkplatz gelaufen. Im Flughafen hatte sie sich dann in den Wartehallen herumgedrückt, an der Snackbar übersüßte heiße Schokolade getrunken und anderen Passagieren erzählt, sie sei auf dem Weg nach Paris oder Amsterdam, oder New York, wo sie von nun an bei ihrem Vater leben werde. »Du hast dein Erschrecken darüber, nur einen Elternteil zu haben, schöpferischer bewältigt als die meisten anderen«, hatte Selva dazu bemerkt. Und lachend hatte sie Thereses Haar zerzaust. »Darum bist du eine so großartige Künstlerin.«

Jetzt dachte sie nicht mehr so. Therese krallte sich mit den Fingern in die rostzerfressenen Maschen des altersschwachen Zauns. Als sie daran hinaufkletterte, durchlief ein schwaches metallisches Klirren den Draht. Wie ein Seufzer, dachte Therese. Sie war oben angelangt und schwang an der Stelle, wo sie den Stacheldraht durchschnitten hatte, ein Bein auf die andere Seite. Ein Seufzer, mit dem der Zaun Rost, Altersschwäche und Verlassenheit beklagte. Mochte ein Zaun sich verlassen fühlen?

Jetzt schwang sie das andere Bein hinüber und landete mit einem Platschen im taufeuchten höckrigen Gras. Hier drinnen war eine andere Welt. Sie schaute zum Himmel und dachte an die Flugzeuge, die damals wie farbige Sternbilder aus dem Gewirr der die Rollbahnen säumenden Ketten blauer Lichter aufgestiegen waren. *Hallo. Wohin fliegst du denn? Ich bin auf dem Weg nach Paris. Mein Papa wohnt da, und er möchte, daß ich bei ihm lebe. Er ist Korrespondent für die ›New York Times‹ …* Therese hievte die Tragetasche höher über die Schulter und lief auf die asphaltierte Rollbahn zu. Die abgebrochenen Masten alter Landebahnlichter staken wie Meilenpfeiler längs der Rollbahn aus dem Boden. Wer hatte ihren Händen lebendig wurde, an ihr zerrte, wie ein Hund an der Leine zieht, voller Versprechen, voll von Möglichkeiten. Oder Potential.

Potential. Sie haßte das Wort. Selva hatte es zum Schluß ständig benutzt – ›Deine Sachen haben soviel Potential.‹ Dann kamen die ›Aber …‹ Aber der Kunstmarkt ist so wenig offen. Aber es ist hart, von der Kunst zu leben. Aber, aber, aber …

Aber sieh der Wirklichkeit ins Auge und such dir einen Job.

Therese schüttelte wütend den Kopf, tat einen Satz nach vorn und stieß den Drachen in die Luft. Der Wind packte ihn und zerrte ihn plötzlich nach oben, so daß die Leine in ihren Fingern brannte. Vorsichtig und stetig gab sie die Schnur aus und spähte mit zusammengekniffenen Augen nach den aufsteigenden Lichtleinen, die sich wie ein unsichtbares Netz verflochten, ein Netz, das man auswirft, um die Sterne zu fangen. Alles sah richtig aus, genau wie in ihrer Simulation. Sie befestigte die Drachenleine am dritten Pflock und holte die Fernbedienung aus der Hosentasche; ihr Herz klopfte jetzt heftig, weil sie nicht wußte, nicht wissen konnte, wie es wirklich aussehen würde, bis … *jetzt.* Mit dem Zeigefinger berührte sie den Schaltknopf.

Und ihr Lichtnetz erwachte zum Leben und versprühte Maschen flüssigen Feuers durch die Nacht. Die haarfeinen Leuchtfiberfäden, die sie bei einem Tätowierkünstler en gros gekauft hatte, glühten wie Edelsteine vor dem Himmel. Rubinrot. Neonblau. Sonnengold. Heute nacht hatte sie das große Quadrat des Pegasus eingefangen, es mit schimmernde Wellen schlagenden Lichtfäden umwunden, denn der unsichtbare Drachen tanzte im Wind, und die verflochtenen Schnüre glühten. Pegasus, geflügeltes Roß, das sich zu einer Welt jenseits jener Sterne emporschwingt. Heute nacht hatte sie es vorgespannt. Sie fühlte sein Zerren, fühlte die Kraft der riesigen Schultern im Surren der Leinen. Therese schloß die Augen, ließ die Kraft durch ihr Fleisch brausen. Noch einen Augenblick, und es würde sie hochheben, dieses geflügelte Geschöpf, würde sie tragen ...

»Hallo.«

Eine leise Stimme, fast nur ein Hauch, im Rauschen des Windes eigentlich unhörbar. Therese fuhr herum, war zum Weglaufen bereit. Beim Hangar war Licht, eine Taschenlampe, deren Schein das androgyne braune Gesicht eines Kindes beleuchtete. Strubbeliges braunes Haar. Schräggestellte dunkle Augen.

»Lauf weg.« Die gleiche leise, drängende Stimme. »Der Cop kommt.« Das Licht erlosch.

Jetzt hörte sie ihn – schwere Schritte im Gras. Sie schnappte ihre Tasche und rannte los. Hinter ihr Rufen. Licht. Sie warf einen Blick über die Schulter und erblickte flüchtig die in einen weiten Uniform-Overall gehüllte große Männergestalt, die wie ein Schwert eine Taschenlampe schwang, als könne der Strahl sie zerhacken. Der Nachtwächter – der Frankenstein dieses verlassenen dunklen Ortes, der Schwarze Mann. Wie weit reichte sein Taserpfeil? Das Licht stach auf sie ein, und sie rannte schneller. In der Dunkelheit wurde der Zaun sichtbar.

Therese sprang, verklammerte die Finger im Maschendraht, kletterte, warf das Bein über die rostige Stacheldrahtreihe oberhalb des Zauns, geschickt und gewandt, weil ihr Körper jetzt auf Kampf und Flucht eingestellt war. Unten platschte sie in einer kalten Wasserpfütze auf. Rannte ein paar Schritte weiter. Hielt an und drehte sich um. Er stand auf der anderen Seite des Zaunes, ein stummer Schatten.

Niemals verfolgte er sie über den Zaun hinweg. Auch die Polizei rief er nie. Therese beobachtete, wie er sich umdrehte und in der Dunkelheit verschwand. In der Ferne tanzte ihr Netz aus glühenden Edelsteinen vor dem Himmel, hielt Pegasus fest. Mit einem Stein der Sehnsucht in der Brust schaute Therese hin und zählte im Kopf die Minuten. Denn wenn diese Leinen zerschnitten wurden, würde Pegasus wieder frei fliegen. Ohne sie. Plötzlich sackten die Farbschnüre in der Ferne zusammen. Verknäulten und verwirrten sich und krachten in glitzernder Vernichtung zu Boden. Therese berührte die Fernbedienung, die warm in ihrer Hosentasche steckte.

Die Lichter erloschen.

Hinter ihr erklang ein Seufzer.

Das Kind? »Danke.« Therese spähte in die Dunkelheit, erkannte aber nichts. »Ohne dich hätte er mich heute nacht vielleicht geschnappt.« Keine Antwort, aber sie fühlte, daß jemand da war, spürte einen Wirbel im wehenden Wind und in der vollkommenen Finsternis, eine mit Energie geladene Spirale. »Gute Nacht«, sagte Therese und stieg mühsam den Damm zur Hauptstraße hinauf.

Jetzt waren ihre Füße kalt bis in die Knochen hinein. Ihre freudige Stimmung war umgeschlagen, und sie fühlte sich nur noch leer. Während sie die Straße entlangtrottete, fragte sie sich, wer wohl das Kind war. Ein Rollboardfahrer? Aber sie hatte kein Board gesehen. Ein Sprayer, der seine Identität als groben Fleck auf die Hangarwand schmierte? Was tust *du* denn anderes?

Sie hatte Pegasus an den Lichtleinen zerren gefühlt. So wie damals die Flugzeuge an ihr gezerrt hatten, wenn sie von den blau erleuchteten Startbahnen abhoben. Eines Tages würde sie loslassen und ... mit ihm fliegen.

Wohin? flüsterte eine leise Stimme in ihrem Kopf. Irgendwohin, sagte Therese zu sich. Wenn sie einmal dort wäre, würde sie es wissen. In der Stille vor dem Morgengrauen machten ihre Schritte ein schmatzendes Geräusch. Hoch oben schoß eine Sternschnuppe über den glitzernden Himmel, von Ost nach West, und verschwand im Lichtschein der Stadt. Eine Botschaft der Götter? Wenn sie sie nur hätte lesen können.

In ihrer Wohnung gingen die Lichter nicht an, als sie die Tür öffnete. Billige Hardware. Sie schlug auf den manuellen Lichtschalter, blinzelte im harten Licht der Neonröhren und stolperte über ein Paket, das jemand genau hinter die Tür gestellt hatte. Mit einem erstickten Aufschrei fing sie sich an der Rückenlehne ihres Futonsofas, und vor Ärger brannten ihr die Wangen.

Wieder der Vermieter mit seinem verfluchten Hauptschlüssel. Er wollte nur nett sein? Sie *wollte* nicht, daß er nett war, wenn das bedeutete, daß er ihre Haustür öffnete. Wahrscheinlich schnüffelte er nach Drogen oder illegaler Hardware. Therese stellte das Paket wieder aufrecht und tappte wütend durch ihre Einzimmerwohnung; mit einem Gefühl, als sträube sich ihr vor Zorn das Nackenhaar, schaute sie nach irgendwelchen Anzeichen, daß er die Nase in ihre Sachen gesteckt hatte. In dem Karton verruschte etwas; etwas Schweres, das nicht fest genug eingepackt war. Therese drehte das Paket um und schaute auf den Aufkleber. Vancouver, BC, Absender.

Selva.

Warum jetzt, nach all den Monaten des Schweigens?

Sie setzte das Paket auf den Küchentisch und schaute es an. Geschenke waren niemals wirkliche Gaben. Sie waren Botschaften oder Verpflichtungen oder beides. Schick es zurück, sagte sie sich, doch schon griff sie nach dem Messer, um das Packband aufzuschneiden. Aus dem Füllmaterial aus Styropor heraus blitzte ihr Farbe entgegen – ein aufleuchtendes sattes Rot und Gold, das das häßliche Licht auffing und mit der Wärme funkelnder Juwelen zurückwarf. Während sie die Hand in die weißen Styroporperlen grub, registrierte sie, daß das Paket professionell gepackt war; Geld aus Bequemlichkeit aus dem Fenster werfen – so reich war sie nie gewesen.

Mit den Fingerspitzen berührte sie etwas Glattes und Kaltes … Glas.

Sie hob es heraus. Ein Springbrunnen aus kristallklarem Eis, das im Aufwärtssprudeln erstarrt war; funkelnde Rubinadern und eingelegte Goldsplitter durchzogen es. Der Künstler hatte das kristallisierte Silizium mit Leben erfüllt, so daß man mehr sah als nur den Moment der Erstarrung – man sah, wie das geschmolzene Glas hochschoß, zu juwelenschimmernden Tröpfchen zerstob und zur Erde zurückfiel, alles im selben Augenblick.

Schönheit ohne jedes Zugeständnis an Funktionalität. Wie ihre Lichtnetze. Therese sah sich in ihrem Zimmer um. Das Futonsofa, davor ein Wohnzimmertischchen, beides Schund von der Heilsarmee. Der stumme Stapel elektronischer Hardware, das einzige, was wirklich zählte. Sie stellte das Glasgebilde auf den Tisch. Es gab ihrem Zimmer eine Aura des – Scheiterns. Hier war eine Versagerin zu Hause. Und plötzlich fragte sie sich, ob Selva mit dem Glasgebilde *genau diese* Wirkung hatte erzielen wollen, ob sie einer so subtilen Rache fähig war.

Du bist hungrig, sagte sich Therese, und das war sicherlich richtig. Also drehte sie der Skulptur den Rücken und nahm sich ein schlaffes Beigel aus der Tüte auf der Mikrowelle.

Ein Anruf für Sie, ertönte es plötzlich von ihrem Wohnungs-System. *Von Selva Portofino-Harris.*

Selva? Therese legte das Beigel unberührt wieder weg und öffnete schon den Mund, um den Anruf abzulehnen. Da fing das Glasgebilde ihren Blick, seine Schönheit raubte ihr einen Moment lang den Atem. »Ich … okay.« Sie fingerte an den Handschuhen und der Brille herum, plötzlich ungeschickt – immer machte Selvas selbstverständliche Autorität sie ungeschickt. »Wohnung, nimm den Anruf an.«

Als sie die Handschuhe übergestreift hatte, schob sie sich die Brille fürs virtuelle Sehen über die Stirn, wobei die Plastikränder leicht auf ihrer Haut schabten. Und dann befand sie sich auf einem gebohnerten Parkettboden. Riesige Fenster gaben den Blick auf eine grüne Rasenlandschaft frei, im Hintergrund erhoben sich weiße Säulen wie griechische Ruinen. Sonne; hübsche mattschimmernde Möbel. Selva Portofino-Harris hatte sich mit der Hüfte auf die glänzend polierte Platte eines Teakholztisches gestützt, der die gleiche Farbe hatte wie ihre vollendet schönen Schultern.

In Blut und Fleisch hob sie Gewichte und zeigte auch in der virtuellen Realität stolz ihre Muskeln, das einfache weiße Trägerhemdchen und die Shorts betonten ihre dunkle brasilianische Haut.

Therese drehte das Gesicht weg und kämpfte plötzlich mit einem Klumpen in der Kehle. »Also.« Leeres Wort. Sag etwas, oder sag nichts und mach, daß du wegkommst. »Ich habe dein … Geschenk bekommen. Gerade eben.«

»Ich … weiß nicht, warum ich es dir geschickt habe. Ich glaube … es hat mich an dich erinnert.«

Der Ton paßte nicht zu Rache, nicht einmal zu Ärger. Gegen ihren Willen schaute Therese hin. Gab es ein Zeichen von Sehnsucht auf diesem starken, beinahe harten Gesicht? Doch im Virtuellen war jede Maske möglich. Das mußte nicht echt sein … »Meine Wohnung wirkt dadurch wie ein Elendsquartier.« Sie trug keine Überhaut, nur Handschuhe und die Brille, also sah Selva nur eine ziemlich langweilige Simulation. Ein einfaches zweidimensionales Abbild ohne Hinweis auf ihre Gefühle. Sie holte tief Luft, hatte sich jetzt etwas mehr unter Kontrolle. »Also danke.« Was in ein freundliches Lächeln umgesetzt werden würde. »Das war nett von dir.«

»Anders gesagt also: ›Verpiß dich!‹« Selva bleckte beim Lächeln die Zähne. »Noch nicht, mein Kind. Was macht deine Arbeit?« Sie stemmte beide Hände auf die Tischplatte und wippte mit dem Körper, wie sie es immer tat, wenn sie aufgebracht war. »Hast du irgendwas verkauft?«

»Nein.« Zum *Teufel* mit dem Coolsein! Therese verschränkte die Arme und wünschte, sie *hätte* ihre Überhaut an. Da könntest du mal sehen, wie sauer ich bin ... »Barrain hat mich aus der Galerie rausgeschmissen. Weil ich nicht genug verkaufe. Tja, genau, wie du gesagt hast.« Wie Steine stieß sie die Worte hervor. »Stationäre Holographie ist nicht in. Virtuelle Interaktionen sind jetzt das, was zählt.«

»Ich habe nie gesagt ...« Einen Moment lang schloß Selva die Augen. »Dein Pech mit der Galerie tut mir leid. Und was tust du jetzt?«

»Du meinst, um die Miete zu zahlen? Ich mache virtuelle Aufnahmen.« Wieder mußte sie wegschauen, obwohl es eigentlich keinen Unterschied machte, weil Selva ihren Gesichtsausdruck sowieso nicht richtig sehen konnte. »Stadtansichten, Landschaft – löse die Eintrittskarte für einen Park, plansche in Wasserfällen herum, und irgend jemand wird es schon kaufen.« Früher einmal hatte sie Aufnahmen für sich selbst gemacht. Für ihre Holographien. »Hey, wenigstens zahlen die VR-Künstler gutes Geld.« Lachen. »Ein mitternächtlicher Spaziergang bei Vollmond bringt die Miete für eine Woche.« Noch ein verschwendetes Schulterzucken. »Den größten Teil der Hardware hatte ich schon.«

»Du könntest für Xavier arbeiten«, sagte Selva ruhig. »Er hat immer Verwendung für eine talentierte Designerin.«

»Ewig gleiche Werbekampagnen entwerfen? Oder schicke Büros für gelangweilte Netz-Administratoren?«

»Pardon.« Selva lief rot an. »ich habe vergessen, daß du eine *Künstlerin* bist.«

»Nein, ich bin eine Kamera.« Sie sagte es zu leise, um damit Wirkung zu erzielen. »Hör zu, es ist spät, und ich muß ins Bett.«

»Wo warst du?« Selva hörte auf zu wippen und stand aufrecht und bewegungslos vor dem hautfarbenen

Teakschreibtisch. »Wieder beim Flughafen? Deine Drachen fliegen lassen?«

Deine Drachen fliegen lassen? »Zum Teufel mit dir. Wohnung ...«

»Geh nicht raus!« Selvas Stimme schnappte wie eine Peitsche. »Das hast du nie mit mir geteilt – deinen Flughafenkram. Ich glaube, das ist einer der Gründe, warum ich ohne dich hier heraufziehen konnte. Weil du mich niemals daran hast teilnehmen lassen. Ich denke, das war eine Botschaft für mich.«

Und welche Botschaft hatte sie mit diesem wunderschönen Glasgebilde zurückgeschickt? »Ich hatte dich gebeten mitzukommen. Aber du warst ja zu beschäftigt.«

»Das war ich auch.«

Thereses Wut verlor ihre Schärfe, weil Selva weggeschaut hatte, und das tat sie *niemals*. Sie wirkte dadurch verwundbar.

Selva war niemals verwundbar.

»Hör mal.« Sie füllte die Stille mit Worten, weil sie diesen so unerwartet zur Seite gewandten Hals mit der schutzlos hervortretenden Halschlagader und Halsvene nicht sehen wollte. »Wann immer du zuschauen willst, nimm einfach ein Shuttle. Ich würde mich freuen, es dir zu zeigen.« Wirklich? Das fragte sich Therese plötzlich. Selva mit zum Flughafen nehmen? Es würde bedeuten ... Was es bedeuten oder nicht bedeuten würde, war unwichtig, weil Selva sowieso den Kopf schüttelte.

»Ich kann nicht. Zumindest nicht gleich. Wir arbeiten mit stationärer Ausrüstung an einer High-end-Dekoration für die neuen Boise-Quebec-Büros. Und wir sind unter Termindruck. Darum kann ich auch meine Überhaut nicht mitnehmen und von dir aus daran arbeiten.«

»Das habe ich auch nicht gemeint. Schau, es ist schon spät. Ich gähne, auch wenn du es nicht sehen kannst. Zeit zum Schlafengehen.«

»Ja.« Jetzt sah Selva nicht mehr verwundbar aus. »Bis bald«, sagte sie. Kühl. Virtuell. Und weg war sie.

Verbannt aus jenem elektronischen Raum und aus dieser Realität, weil sie selbst nicht mehr real war. Das Zimmer engte sie ein – Zimmer einer Fremden, Futon einer Fremden und mickriger kleiner Tisch. Leben einer Fremden. Die Glasskulptur verkündete es mit Splittern kristallklaren Lichts. Therese packte sie, hob sie über den Kopf, spannte die Muskeln im Vorgefühl des zerschmetternden Wurfs.

Doch die Skulptur war ein in sich selbst erstarrter Moment der Schönheit. Kümmere dich nicht um Selva, kümmere dich nicht um ihre Botschaft. Sehr sanft setzte Therese das gläserne Kunstwerk zurück, schnappte sich die Jacke vom Sofa und knallte die Wohnungstür hinter sich zu.

Der Highway am Flußufer sah im fahlen Licht der Morgendämmerung verändert aus. Aus dem Wasser erhob sich Nebel und sammelte sich als weiße Masse in den Flußbuchten. Baumäste ragten daraus hervor, die Zweige waren steif und kalt, schleppten noch die letzten gelbzerlumpten Blätter des Sommers. Da das Brombeergestrüpp im Tageslicht anders aussah, verpaßte sie ihre versteckte Ausfahrt. Egal. Sowieso hatte sie dort nicht parken wollen, tagsüber war es da nicht sicher. Ein Satelliten-Verkehrsspähauge konnte sie entdecken, dann würde sie wegen des Aufenthalts in einer Sperrzone belangt werden. Das in einiger Entfernung aufragende Flughafengebäude sah schrecklich grau und langweilig aus. Der Haupteingang lag verrammelt und ausgeleuchtet auf der gegenüberliegenden Seite des Geländes. Geschützt. Von hier aus wirkte der Platz vor dem Haupttor dreckig und verlassen, moderndes Laub und durchweichter Müll lagen herum.

Gestern nacht hatte sie Pegasus in einem Netz aus Edelsteinen gefangen. Im hellen Licht des Sonnenaufgangs dagegen wirkte der Platz nichtssagend – eine Sackgasse ohne Zauber und Zukunft. Hinter dem Zaun duckte sich der alte Hangar im kalten Morgennebel. Natürlich war von ihrem Lichtnetz nichts mehr zu sehen. Wahrscheinlich hatte der Schwarze Mann, der Nachtwächter, es in den Müll geworfen. Plötzlich bremste sie heftig und hielt am Straßenrand.

Schon unzählige Male hatte sie so etwas gesehen: Sprayerkunst. Ego, Hormone, Verzweiflung und Wut, die leuchtend und direkt auf jeder sich bietenden senkrechten Wand zum Ausdruck gebracht wurden. Aber das Bild auf den Türen des Hangars war ... anders. Riesige, surreale Gesichter starrten nach oben. Ihre neonleuchtenden Augen waren schrecklich – sie strahlten in einer brennenden, sehnsüchtigen Hoffnung, die Thereses Hände auf dem Lenkrad zum Zittern brachte. Die Münder klafften weit offen, sie flüsterten, schrien nicht, riefen so sanft, wie man einen Geliebten ins Bett ruft.

Wen riefen sie? Therese kletterte aus dem Auto; in der klammen Morgenkälte zitterte sie. Sie wollte wissen, wer ...

Ein winziges Geräusch, und sie drehte den Kopf – nicht mehr als ein Rascheln in den tauglitzernden Disteln am Rand des Asphalts. Dort, von Unkraut eingerahmt, saß es; das Kind von gestern nacht. Asiatische Haut, afrikanische Lippen, haselnußbraune Augen. Das Gesicht zu breit, das Kinn zu lang. Der Junge war häßlich, als lägen seine Gene im Kampf miteinander, wie die Rassen, denen sie entstammten. Er beobachtete sie mit schiefgelegtem Kopf, und unter den vorstehenden Wangenknochen sammelten sich die Schatten.

»Hallo.« Er grinste.

»Hallo.« Vierzehn, schätzte Therese. »Dein Bild?« Sie nickte zum Hangar hin.

»Ähä. Dieses komische Nachtmonster hat sie noch nicht übermalt. Er ist ein seltsamer Typ – wartet wenigstens, bis ich mit ihnen fertig bin. Dieses hier ist das letzte.« In seinen Worten lag Triumph, nicht Niederlage.

»Warum das letzte?« Wieder schaute sie hin; von diesen sehnsuchtsvoll rufenden Gesichtern wurden ihre Augen zum Himmel gezogen.

»Sie werden mich *holen.*« Gelassen und entspannt stand er da. »Sie halten sich hier auf, hoch oben, wo man sie nicht sehen kann. Nur manchmal, verstehst du? Vielleicht sind sie auch überall, oder vielleicht ist hier so eine Art Loch, wie das Ozonloch, von dem alle gesagt haben, daß es uns noch auslöscht. Ich bin einer von ihnen.« Mit seinem Grinsen verspottete er sie, forderte sie heraus, so daß Therese sich nicht sicher war, ob er sich über sie lustig machte oder nicht. »Das ist mir klar geworden, als ich endlich gemerkt habe, daß alle *anderen* auf diesem Scheißplaneten für mich von einer anderen Welt kommen. Ich gehöre nicht hierher. Mich hat man zurückgelassen, oder ich bin verlorengegangen oder so etwas.« Noch immer grinsend, noch immer provozierend legte er den Kopf schräg. »Ich heiße Jazz. Machst du heute nacht wieder was mit den Lichtern?«

»Therese.« Nein, er machte sich nicht über sie lustig. Die Augen über seinem Grinsen waren die der Gesichter auf der Wand, voll desselben schrecklichen, liebenden, sehnsuchtsvollen Schreis. »Vielleicht lasse ich sie heute nacht steigen«, sagte sie. »Wenn der Wind richtig steht.«

»Wenn wir zusammen sind, ist es besser. Deine Lichter sagen dasselbe, also denke ich, du mußt auch wie ich sein. Bis dann.« Damit rannte er durch das hohe Unkrautgestrüpp davon und sprang dabei wie ein Hirsch über die Distelbüsche. Ein borstiges Weißdorngestrüpp verschluckte ihn, und dann war der Straßenrand wieder leer und still bis auf das Geknister des abgestorbenen Unkrautgestrüpps im Wind. Therese beschattete die Augen mit der Hand und schaute noch einmal auf das Wandgemälde.

Wieder zogen diese Gesichter ihre Augen gen Himmel, machten ihr die Brust schwer vor Sehnsucht. Wie letzte Nacht, als Pegasus an ihrem Lichtnetz gezerrt hatte. *Ich gehöre nicht hierher.* Wieder hörte sie Jazz' Stimme. Ja, dachte sie bitter. Ich auch nicht. Du hast recht.

Eine breitschultrige große Gestalt in einem graugrünen Overall ging langsam über den Betonplatz. Der Nachtwächter? Irgendein Wächter, sagte sich Therese. Sicherlich war dies eine andere Schicht. Einen schrecklichen Moment lang dachte sie, er sei auf dem Weg zu Jazz' Wandgemälde, wolle es übermalen, irgendwie verunstalten, diesen ergreifenden Schrei ersticken.

Als sie noch ein Kind war, hatte dieser Ort die zauberhafte Schwelle zu einer strahlenden Zukunft bedeutet, einer so vielversprechenden und farbenfrohen Zukunft wie das Menschengewühl und die Vielzahl der Lichter im Flughafen. Dieser Ort war für sie wirklicher gewesen als die dahingewelkte schweigsame Mutter, die in ihrer eigenen Welt aus Arbeit, Müdigkeit und Fernsehen lebte, wirklicher auch als die düstere Lagerhalle des öffentlichen Schulsystems. Wenn der Alltag sie in seinem finsteren Griff hielt, hatte sie an den Flughafen gedacht und ... Heimweh empfunden.

Das ist es, Jazz, dachte sie und lachte laut heraus. Wir haben Heimweh nach einer Welt, die nicht einmal existiert. Vielleicht könnten *wirklich* nur Außerirdische dich dorthin bringen.

Therese wandte sich um und kletterte wieder zur Straße hinauf, müde jetzt und auch diesmal mit durchweichten Schuhen. Nachdem sie ihren Code in die Autotür eingegeben hatte, öffnete sie sie und ließ sich auf den kalten Kunststoffsitz gleiten.

Therese Marie Oberti? quäkte der billige Lautsprecher an ihrem Armaturenbrett. *Würden Sie bitte Ihre Ausweiskarte in den Zündschlitz stecken?*

O je. Mit kaltem Schweiß unter den Achselhöhlen fingerte sie die Karte in die Zündung.

Ihr Fahrzeug wurde heute nacht um ein Uhr fünfundvierzig beim Parken in einer staatlichen Sperrzone gesichtet. Die Zündung wurde zuletzt mit Ihrer Ausweiskarte betätigt, und da Sie die Karte nicht innerhalb von sechs Stunden als gestohlen gemeldet haben, wird die Übertretung Ihnen zur Last gelegt. Ihr Fall wurde heute um acht Uhr dreiundzwanzig vor dem staatlichen Verkehrsgericht behandelt, und das operierende Gerichtsprogramm hat Sie für schuldig befunden. Die gegen Sie verhängte Geldbuße von dreitausendeinhundertdreißig Dollar wurde direkt von Ihrem Konto abgebucht. Falls Sie gegen das Urteil Widerspruch einlegen wollen, müssen Sie diesen bis morgen acht Uhr dreiundzwanzig einreichen und die Widerspruchsgebühr begleichen. Sollten Sie Fragen haben, konsultieren Sie bitte die Rechtsberatung mittels Ihres Netzverzeichnisses.

Das Quäken verstummte.

Ein Bußgeldbescheid. Therese starrte wie betäubt auf das Armaturenbrett aus blauem Kunststoff. An manchen Stellen hatte es Risse, war von Sonne und Hitze ausgetrocknet und beschädigt. Einem langen Sprung fuhr sie mit dem Finger nach, fühlte unter der Fingerspitze scharf die aufgeworfenen Kanten des billigen Plastikmaterials. Ein Bußgeld von dreitausend Dollar für den Aufenthalt in einer Sperrzone … Eine Maßnahme zur Abschreckung von Plünderern. Wer hatte gemeldet, daß ihr Auto dort geparkt war? Natürlich der Nachtwächter. Therese ballte die Hand zur Faust, bis die Nägel sich in die Handfläche gruben. Kein Wunder, daß er seinen kostbaren Atem nicht damit verschwendete, sie über den so schön sicheren Zaun hinaus zu verfolgen. Es war so viel einfacher, herumzuschnüffeln, bis er ihr Auto fand und sie drankriegen konnte.

Okay, sie *war* in der Sperrzone gewesen.

Und dennoch hatte er etwas zerstört, hatte diesen vollkommenen Flug der vergangenen Nacht beschmutzt. »Dreckskerl«, sagte sie ganz ruhig. Dreitausend Dollar brachten ihre Ersparnisse auf Null. Sie würde diesen Monat die Miete nicht zahlen können. Nicht, nachdem sie die Netzzeit beglichen hatte, die sie brauchte, um Holographie zu machen, die keiner wollte. Wie betäubt ließ sie den Motor an und wendete in einer engen Kurve auf der leeren Straße. Fahr heim, sagte sie zu sich selbst. Erst mal warm duschen. Ein bißchen frühstücken. Und dann nimm deine Aufnahmeausrüstung und such dir ein paar nette Bilder für die Xaviers dieser Welt. Verscherbel ein paar Bits deiner Reality zu fremdem Gebrauch.

Die Sonne stand hoch am Himmel, durchbohrte sie mit ihrem stechenden Licht und schlug die letzten Funken von Gold und Gelb aus dem Herbstlaub der Bäume. Thereses Augen tränten von dem blendenden Licht – aber nicht von Tränen, nein, ganz entschieden *nicht* von Tränen –, und auf der Heimfahrt befolgte sie jede einzelne verfluchte Verkehrsregel des ganzen Gesetzbuchs.

Zwei Nachrichten für Sie, verkündete ihr Wohnungssystem, als sie die Tür öffnete. Es schaltete auch die Lampen ein, obwohl jetzt heller Tag war.

Therese seufzte und schlug auf den manuellen Schalter, um das Licht wieder auszuschalten. »Wohnung, die Nachrichten.« Sie zog Handschuhe und Brille an.

»Miß Oberti.« Die Stimme des Vermieters ertönte aus einer sich ständig verändernden Farbmatrix, weil er nur für die Tonleitung bezahlte. »Ich wollte Sie nur daran erinnern, daß gestern der Monatserste war. Mittwoch muß ich die Miete haben.«

»Beenden.« Finster schaute sie zu, wie die Farbe erlosch. Ein galliges Gelb. Wie angemessen. Das letzte Mal, als sie knapp bei Kasse gewesen war, hatte sie ihn länger als eine Woche hinhalten können. Die Leute standen nicht gerade Schlange, um dieses Rattenloch zu mieten, aber vielleicht ... gab es doch jemanden.

Während sie eine Falte an ihrem Handschuh glättete,

ging sie die Liste ihrer Kunden durch. Die meisten wollten ausgefallene Landschaften von ihr: ein Strand im Sturmwind, Schneefall über der Wüste. Diese Art. Nicht einmal für den Eintritt in einen Naturpark hatte sie genug Geld, ganz zu schweigen von der Zeit, die sie auf interessantes Wetter hätte warten müssen. Natürlich konnte sie ihre Überhaut verkaufen. Aber das war eine Spezialanfertigung mit der ganzen High-end-Aufnahme-Hardware, die sie brauchte. Ohne ihre Überhaut müßte sie Reality von jemand anderem kaufen. So wie Xavier. Und niemals wieder könnte sie sich eine so gute Ausrüstung leisten.

Nein, das war es nicht. Niemals mehr würde sie genug Vertrauen in ihre Karriere haben, um nochmals soviel Geld dafür zu riskieren. »Wohnung, nächste Nachricht«, fauchte sie.

»'Rese?« Selva erschien auf dem Schirm, mattglänzend wie Flughafennebel. »Kannst du mich bitte anrufen? Echtzeit?«

Sie klang besorgt, und Selva machte sich nie Sorgen, weil sie *alles* unter Kontrolle hatte. »Nachricht an Selva Portofino-Harris.« Die Angst bewirkte, daß ihr die Worte ohne eigenes Zutun aus dem Mund purzelten.

Angst um Selva – doch sie hatte kein Recht, sich um sie zu ängstigen. Nicht mehr. Therese öffnete den Mund, um den Befehl zu löschen, doch schon glänzte matt Selvas Gesicht auf, als habe sie auf den Anruf gewartet.

»'Rese?« Noch immer war dieser Hauch von Sorge zu spüren. »Wie geht es dir?«

»Gut.« Faustdick gelogen. »Ich sollte dich zurückrufen.«

»Schau, vor kurzem habe ich mit Xavier gesprochen. Und deine Lichtnetze erwähnt. Er ist richtig darauf abgefahren. Denkt, daß wir es gebrauchen können. Er hat so viel Interesse gezeigt, daß er ein ziemlich gutes Angebot machen würde.«

Sie hatte Xavier von ihren Flügen erzählt... »*Wofür* will er es benutzen?« Therese versuchte nicht, die Bitterkeit in ihrer Stimme zu verbergen. »Eine Anzeige für Schnaps? Hardware für virtuellen Sex? Die neuesten genmanipulierten Orangen?«

»Was macht das schon aus?« Selva weigerte sich, beleidigt zu sein. »Xavier kauft sowieso nur die Rohaufnahme. Das endgültig geschnittene Material würdest du gar nicht wiedererkennen. Und er zahlt *gut*. Wenn du erst mal bei ihm untergekommen bist, hast du's geschafft. Und wir brauchen eine Menge Material. Hast du Interesse?«

Sie war nicht wütend, fühlte sich einfach nur... wie betäubt. »Du möchtest einen meiner Flüge kaufen?« Die Flüge, die du nicht mit ihr teilen wolltest.

»Ja.« Selva lächelte vorsichtig. »Wenn du nicht willst, daß ich sie ansehe, lasse ich es sein. Ich gebe sie einfach an Xavier weiter.«

»Und was, wenn er dir sagt, du sollst damit arbeiten?« Flache Stimme, noch immer völlig ruhig.

»Tja...« Die Nase in Falten, Grimasse. »Dann müßte ich es wohl tun, ja. Aber es gibt keinen Grund, warum der Flug in einem meiner Projekte auftauchen sollte.« Sie streckte den Arm aus und legte eine virtuelle Hand auf Thereses Arm. »Macht es dir wirklich soviel aus? Ich käme wirklich gern und würde zuschauen, wenn du es erlaubtest. Aber ich kann nicht einfach auf ein Fingerschnippen hin hier loskommen.«

»Ich habe nicht mit den Fingern geschnippt. Ich habe dich gefragt.« Therese sah auf ihren Arm hinunter und hatte Selvas lange schlanke um ihren Unterarm gelegten Finger vor Augen. Doch sie fühlte nichts. Ohne Überhaut war dies eine geisterhafte Berührung, wäre vielleicht sogar eine geisterhafte Berührung gewesen, wenn Selva in Fleisch und Blut neben ihr gestanden hätte.

Das war aber nicht der Fall.

»Geld.« Leises bitteres Lachen. »Sicher brauche ich das.« Sie mußte wählen, ihre Seele verkaufen oder ihre Überhaut... »Na, warum denn nicht?« Bitter schmeckten die Worte auf ihrer Zunge. »Ich verkaufe Xavier seinen Flug. Du kannst zuschauen, wenn du willst. Mir ist das egal.«

»Ich werde es nicht ansehen.« Dunkel und ruhig war Selvas Gesicht, wie ein Tümpel im Zwielicht der Dämmerung, auf dessen Boden man nicht blicken kann. »Was bedeuten sie für dich?« fragte sie. »Deine Lichtnetze.«

Einen Moment lang drängten sich Worte in Thereses Kehle, wollten hinaus. *Ich bin mit Pegasus nach Hause geritten. Beinahe.*

Aber beinahe war nicht genug. Als Künstlerin hatte sie das gelernt. Also schluckte sie die Worte wieder hinunter. »Du müßtest dabeisein«, sagte sie leise.

»Das *wäre* ich. Wenn du mich ließest.« Selvas Augen flammten auf, aber sie verlor die Beherrschung nicht. »Manchmal denke ich, das mit deinen Lichtern tust du, weil es *nicht* wirklich ist. Du kannst an diesem netten sicheren Flughafen herumhängen und brauchst dir keine Sorgen zu machen. O ja, sie sind echt und nicht virtuell, aber das meine ich nicht damit. Nach Vancouver kommen, das ist wirklich. Für Xavier arbeiten und dennoch an deiner Kunst schaffen, das ist wirklich. Ich glaube, du hast Angst vor dem *Wirklichen,* Therese. Weißt du, wie weh es mir getan hat, als du zurückgeblieben bist. Weißt du, wie sehr ich dich *liebe?* Oder bedeutet es dir etwas?«

Nein! Therese kämpfte um die Worte, die sie verschluckt hatte, aber sie kamen nicht zurück. *Das wußte ich nicht. Du hast es mir nie gesagt.* »Doch, es bedeutet mir etwas.« Sie drehte sich um und zog die Handschuhe aus. »Es bedeutet mir sehr viel.«

Aber die Handschuhe waren schon abgestreift, und das galt für das System als Signal, die Verbindung abzubrechen. Wahrscheinlich hatte Selva die letzten Worte also nicht gehört.

Das war vielleicht gut so. Weil es nicht den geringsten Unterschied machte.

»Du möchtest meinen nächsten Flug kaufen?« flüsterte Therese. »Wunderbar.« Sie griff nach ihrer Überhaut, die dort in einem Haufen lag. »Du bekommst ihn, und dann kannst du ihn Xavier geben, und er kann mich dafür bezahlen.« Sie lachte, nur ein einziges Mal, und wie ein Schluchzen schmerzte es in der Kehle.

»Nun, warum nicht?«

Die Überhaut auf ihrem Körper juckte. Sie kratzte sich, eine Hand auf dem Lenkrad, denn zu dieser Nachtzeit war auf der Straße zum Flughafen kein Verkehr. Volle Aufnahmeausrüstung bedeutete Überhaut, Handschuhe, Kapuze, der komplette Kram. Ein Monitorpflaster auf dem linken Augenlid, um die Mikro-Kameras an ihrem Stirnband mit den Augenbewegungen zu synchronisieren. Selva würde alles bekommen – jedes Zucken, jedes Element der Körpersprache, würde die Szene lebensecht miterleben, die physische Anspannung des auf Kampf und Flucht eingestellten Körpers, Ambivalenz, Freude. Alles für dich, Baby. Alles für deinen Boß.

Am Flughafen wäre Selva *vor Ort*.

Wessen Realität? *Du hast Angst ...* hörte sie flüsternd Selvas Stimme im Ohr. *Angst ...*

Therese bremste heftig und verfehlte fast die Abzweigung. Zu schnell für die ausgefahrene Fahrrinne bog das Auto schwankend und holpernd ein, und sie umklammerte das Lenkrad, während die Dornen neue Kratzer in den Lack rissen. Niemand war hier außer ihr. Der Motor erstarb, und sie stieß die Tür auf. Frostkalte Nachtluft. Der Ostwind blies durch das Flußtal wie ein unsichtbarer Strom eiskalten Wassers. Er zerrte an ihrer schwarzen Zipfelmütze, warf ihr Haarsträhnen in die

Augen und fuhr ihr mit eiskalten Fingern den Hals hinunter.

Gute Nacht für den Flug, Selva. Sie faßte sich ans Augenlid, um sicherzugehen, daß das Monitorpflaster an Ort und Stelle saß, dann drückte sie auf den Schalter an der Hüfte. Aufnahme. Die kleine Kontrolleuchte blinkte grün.

Therese sprang hoch, verklammerte die Finger in den leise klirrenden Maschen des Zauns, kletterte hinüber und ließ sich fallen. In dieser Nacht war das Gras nicht naß. Der Ostwind hatte den Boden mit seinem kalten Atem ausgetrocknet. Dünne Wolkenfetzen verschleierten für kurze Zeit die Mondscheibe. Siehst du es, Selva? Den Wind kannst du nicht spüren, doch du spürst mein Zittern, spürst das leichte Drehen des Windes, während ich dagegen angehe.

Das ist Wirklichkeit. Nicht das Netz. Nicht angenehme virtuelle Gespräche in einem unwirklichen Wohnzimmer, das nur aus Elektronen und Phantasie besteht.

Das hier.

Wen versuchte sie eigentlich zu überzeugen? Während sie die Ebene mit den abgebrochenen Lichtpfosten einscannte, ging sie langsam die verlassene Rollbahn entlang. Hier waren früher die Flugzeuge wie heranfegende Lichterbündel zwischen Ketten blauer Edelsteinstränge gelandet. Waren gekommen, um sie zu holen, um sie nach Hause zu bringen, nur daß sie die Reise nie angetreten hatte. Der Wind neckte sie, küßte ihren Hals mit kalten Lippen. Schon an dieser Stelle könnte sie den Flug starten, doch sie ging weiter und rechtfertigte es damit, daß jeden Moment Rollboardfahrer auftauchen mochten.

Das war eine Lüge. Sie würde das Lichtnetz vor dem Hangar aufsteigen lassen, vor Jazz' sehnsuchtsvollen Gesichtern. Nur an dieser Stelle würde es funktionieren, und sie machte sich nicht die Mühe, über den

Grund nachzudenken. Im blassen Mondlicht glitzerte das Hangarvorfeld wie eine graue Ödnis. Während sie den Rand abschritt, hielt sie nach der Taschenlampe des Nachtwächters Ausschau. Nichts wies auf ihn hin. Zwischen Mitternacht und ein Uhr war er nie zu sehen. Schon vor langer Zeit hatte sie geschlossen, daß das seine Pause sein mußte. Eine Zeitlang hatte sie sich gewundert, warum er nicht merkte, daß sie den Flug immer zu dieser Zeit machte. Wenn er sie wirklich fangen wollte, wäre es ein leichtes für ihn gewesen, wenn er einfach seine Gewohnheiten geändert hätte. Zu Anfang hatte sie ihn für dumm gehalten. Doch dann hatte sie angenommen, daß er sie vielleicht gar nicht fangen *wollte*.

Nur daß er ihr Auto gemeldet hatte. Möglicherweise hatte sie sich also geirrt. Vor ihr ragte der Hangar auf, der Beton des Vorfelds war geädert mit grasüberwachsenen Rissen. Für die Rollboardfahrer nicht glatt genug. Therese setzte ihre Tragetasche im hohen Gras auf der anderen Seite des Vorfelds ab und nahm die Pflöcke heraus. Einen. Zwei. Mit Hammerschlägen rammte sie die langen Kunststoffstifte in den Boden, und jeder Schlag wurde als ein Zusammenziehen und Strecken ihrer Muskeln aufgezeichnet. Therese schlug den dritten Pflock ein und warf anschließend den Hammer beiseite, denn sie brauchte ihn nicht mehr. In diesem Moment wurde ihr bewußt – daß dies das letzte Mal war. Der letzte Flug.

Niemals wieder, denn wenn etwas zerbrochen war, konnte man es nicht mehr zusammenfügen. Wenn sie die Aufnahmen dieser Nacht in Selvas Speicher übertragen hätte, wäre der Flughafen, was auch immer er bedeutete, was auch immer er war, für sie zerbrochen. Die Lippen zusammengepreßt, um Tränen zu unterdrücken, die nicht kamen, legte sie die exakt berechneten Schlingen ihres Lichtnetzes aus. Die Überhaut nahm auf, was sie sah, und speicherte es im Festspeicher des Geräts an ihrem Gürtel; dann wurden die Aufzeichnungen zu ihrem System nach Hause gestrahlt; das digitalisierte Kaleidoskop von Licht, Schatten und Bewegung bombardierte einen Satelliten und wurde zurückgeschmettert. Von der Erde in den Raum und wieder zur Erde zurück. Der Wind packte ihren Drachen, als sie ihn aufspannte. Fühlst du es, Selva? Wie er mir an den Armen zerrt? Aber den nach Herbstlaub und den Wüsten im Osten duftenden Wind riechst du nicht, das Nachhallen der Vergangenheit an diesem Ort spürst du nicht, und auch Pegasus nicht, der über mir die unsichtbaren Flügel ausbreitet.

Niemals war sie durch die Eingangspforte des Flughafens gegangen, niemals in ein Flugzeug gestiegen und einer wunderschönen Zukunft entgegengeflogen. Gestern nacht hatte sie Pegasus losgelassen. Auf der Wand sehnten sich Jazz' Gesichter stumm nach einer Heimat, die es nicht gab. Grob und aufdringlich, voll roher Kraft rüttelte der Ostwind am Drachen. Hoch in den Himmel warf sie ihn, und ein Windstoß riß ihr die Schnur meterweit durch die Finger und hob den Drachen hoch und immer höher. Sie gelangte ans Ende der Schnur und ließ los. Die Leinen spannten sich straff und surrten unter der Belastung eines neuen Windstoßes. Vielleicht war das Leben nichts als Abschiednehmen – von der Dunkelheit des Mutterschoßes, von dem Dunkel und dem Licht des Lebens, immer nur ein Abschiednehmen, niemals ein Ankommen. Die Hand in der Hosentasche streichelte nur leicht über den Knopf der Fernbedienung, während sie zum Hangar ging.

»Schalt sie doch an.« Jazz' Stimme in der Dunkelheit erschreckte sie heute nacht nicht. »Komm schon, heute ist die Nacht.« Seine Stimme bebte vor Aufregung. »Schalt sie an.«

Heute ist die Nacht. Sein Glaube steckte sie an. Manchmal – wenn spät in der Nacht das erschöpfte

Kind Phantasie und Wirklichkeit nicht mehr hatte trennen können – war für ein paar wenige Minuten ihr Flugzeug *wirklich* gelandet, und sie hatte darauf gewartet, daß die Stewardeß ihr Pult neben der Rampe aufschlug und die Platznummern der Passagiere verlas, die zuerst einsteigen sollten. Manchmal hatte sie in der Schlange der Passagiere angestanden, hatte innerlich in der Vorausahnung des Abflugs gebebt, hatte die Lichter schon unter sich gesehen und über sich den sternenübersäten schwarzen Himmel als Gipfelhöhe zur Ewigkeit …

Wenn sie bis zu dem Pult vorgerückt wäre – hätte die Stewardeß sie dann lächelnd begrüßt? »Okay«, flüsterte sie und drückte den Schalter. Über ihnen erstrahlte das *Licht;* es wand sich, leuchtete wie Edelsteine unter den Sternen, in gewundenen Strängen glühte es, ineinander verdreht wie DNA oder die Liebe, oder das nachschleppende Haar Gottes, aufgeladen mit dem unsichtbaren Pulsschlag des Windes.

Er hatte recht – es war derselbe Schrei, den auch die Menschen auf dem Hangartor ausstießen, er war in den Hieroglyphen des Lichtes, des Windes und der vollkommenen Nacht geschrieben. *Wir haben Heimweh. Bitte holt uns nach Hause …* Schulter an Schulter suchten Therese und Jazz den Himmel ab. Sie würden kommen. Wie sollte es möglich sein, daß sie nicht kamen?

Auf dem Beton das Scharren von Stiefeln.

»Scheiße«, stieß Jazz aus. »Nicht *jetzt.* Nicht jetzt schon!«

Therese schaute über die Schulter zurück. Der Nachtwächter stand am Rand des Betonvorfeldes, ein Schatten im dunklen Uniform-Overall, massig und drohend.

Jazz zögerte, seinen Schultern sah man den inneren Kampf an. »Wenn sie mich wieder schnappen, muß ich ins Lager«, zischte er. »Oh, *Scheiße!*« Er rannte los.

Alles war zerstört, sie würden es nicht hören, sie würden nicht kommen. Wie eine Weile schlug die Wirklichkeit über Therese zusammen – Strafbescheide, Geld. Und sie rannte hinter Jazz her, wild hämmerte ihr Herz in panischem Entsetzen vor dem Schwarzen Mann und aus realer Furcht. Falsche Richtung, schrillte es in einer gesunden Ecke ihres Hirns. Kehr um, renn an ihm vorbei, und du erreichst den Zaun.

Aber Jazz raste vor ihr her, ein dahinstürmender Schatten in der Nacht, und zog sie nach. Wenn er gefaßt wurde, kam er in ein Straflager für Erwachsene. Seine Angst steckte sie an, überschwemmte sie mit Adrenalin. Angst um ihn und um sich selbst. In einem Lager würden seine Außerirdischen ihn nicht finden. Sie würden nicht auf den Gedanken kommen, ihn dort zu suchen, und er würde es wissen. Wissen, daß er keine Chance mehr hatte heimzukommen. Und sterben. Beton knirschte unter ihren Füßen, als sie über den Torvorplatz rannte.

Als sie einen Blick über die Schulter riskierte, sah sie, wie der Nachtwächter aus der Dunkelheit auftauchte und den grauschimmernden Beton erreichte; er rannte mit schweren Schritten. Wie weit reichte sein Schocker? Eine alte rollbare Fahrgasttreppe, wie man sie früher an die kleineren Kurzstreckenflugzeuge herangeschoben hatte, damit die Passagiere einsteigen konnten, lehnte an der Vorderseite des Flughafengebäudes. Wie der Blitz war Jazz oben und reckte sich auf der höchsten Stufe nach dem Sims des riesigen dunklen Fensters über ihm.

Therese folgte ihm, wagte nicht, sich umzuschauen, ob der Nachtwächter noch hinter ihr her war, und hatte gleichzeitig Angst, sie könnte ihre Überhaut an dem rostigen Metall zerreißen. Aus den riesigen Fenstern über ihr war das Glas herausgebrochen. Auf spitzen Bruchstücken, die wie rasiermesserscharfe Zähne aus dem Rahmen hervorstachen, schimmerte das Mondlicht. Therese packte die Fensterbank an einer scherbenfreien Stelle und stemmte sich hoch. Eine zerrissene Überhaut wäre schlimmer als blutige Schnitte in der eigenen Haut. Die konnte heilen. Die Überhaut dagegen nicht. »Jazz?« Keine Antwort. »Wo bist du?«

Das Mondlicht machte aus den Schatten Erinnerungen, fiel auf einen Streifen blau-roten Teppichs, ließ Chrom an einem Stuhl aufblitzen. Sie vergaß den Nachtwächter, blieb stehen und zerrte die Taschenlampe aus der Hose. Als das Licht aufflammte, enthüllte es nackte Stahlträger und lose Kabel, die wie herausgerissene Eingeweide oder Ranken von Kletterpflanzen wirkten; auf dem Boden lagen heruntergefallene quadratische Dämmplatten, zerbrochen und rußig. Sie schauderte.

Der blau-rote Teppich und die Möbel aus Kunststoff und Chrom hatten so neu und schön ausgesehen, sie waren das Versprechen einer Zukunft gewesen, die durch die landenden Flugzeuge eine Verbindung zu ihrem damaligen Leben erhalten hatte. Die Leute hatten sie angelächelt, hatten sie für eine von ihnen gehalten, geglaubt, daß sie einen Ort hatte, wo sie hinwollte, und einen Menschen, der sie willkommen heißen würde.

Welch ein dummes Spiel. Die Taschenlampe in ihrer Hand zitterte und ließ in dem düsteren Raum Licht und Schatten hin- und herzucken.

Hinter ihr klirrte Glas. Bei dem Geräusch zersplitterten ihre Erinnerungen, und sie rannte los. Unter den Füßen zerknirschten Glasscherben, und sie roch den abgestandenen Gestank längst erkalteten Feuers. Kleine Staubteilchen glitzerten im Licht der hin- und herschwingenden Taschenlampe, so daß sie zu einem Lichtschwert zu werden schien. Das Lichtschwert küßte Jeansblau, ein schwarzes T-Shirt. Jazz. Beim Rennen hielt sie es nun auf ihn gerichtet, war durch das Licht mit ihm verbunden. Gerümpelhaufen nahmen Gestalt an und verschwanden wieder am Rand ihres Gesichtsfelds: Stühle, kaputte Möbel, Berge abgefallener Deckenplatten. Elektrische Kabel wie Eingeweide.

Spinnweben. Jazz schlüpfte nach rechts, und sie folgte ihm in einen breiten Gang. Ein zerknüllter leerer Schlafsack sah wie ein Körper aus, und einen Moment lang schlug ihr das Herz bis in den Hals. Wieder bog Jazz ab, diesmal durch einen hohen Torbogen und in das höhlenartige Zentrum des Flughafengebäudes. Der riesige Raum dehnte sich in die Dunkelheit hinein. Hier und da, am Fuß von Flugschaltern oder in den Ecken leerer Wartebereiche, lagen angesammelter Müll, tote Blätter und Schutt.

Unter Thereses Tritten erbebte der Boden. Erschreckt blieb sie stehen, und wie eiskaltes Wasser durchfuhr sie ein Adrenalinstoß. Vorsichtig abfedernd sprang sie auf und nieder.

Der Boden federte mit.

Und das bedeutete? Daß sie durchkrachen konnten? »Jazz?« Sie zischte seinen Namen, doch er war schon halb durch den Raum und strebte auf die alten Eingangstüren zu.

Therese lief ihm nach, wagte nicht, laut zu rufen, um den Nachtwächter nicht auf ihre Spur zu locken. Zu ihrer Linken baumelte aufgerissener Teppichboden in Fetzen durch ein Loch im Fußboden hinab. Im schwächer werdenden Licht der Taschenlampe glänzte Holzkohle auf, und halb verbrannte umgestürzte Holzbalken traten hervor. Aha. Das Untergeschoß war völlig ausgebrannt. Wie sehr war der Fußboden unter ihr in Mitleidenschaft gezogen? Würde er einbrechen? »Jazz!« Diesmal schrie sie wirklich. »Jazz, halt an! Der Boden!«

Als wären ihre Worte der Auslöser gewesen, sank der Boden unter seinen Füßen ein, der verrottete Teppich dehnte sich und riß mit einem trockenen kratzenden Geräusch. Eine Wolke von Staub flog auf, und während er die Arme nach oben riß, versank Jazz in dem Loch, verschwand in einer schrecklichen Zeitlupenbewegung nach unten. Therese stürzte ihm nach, reckte sich nach ihm, versuchte ihn zu packen und spürte, wie der

Boden unter ihr nachgab. Der Teppich zerriß, und mit einem Aufschrei fiel sie. In den Teppich gekrallt, der sich unter ihren Fingern aufzulösen schien, schrie sie wieder, sah nur noch Dunkelheit, hatte die Lungen voll des stechenden Gestanks dumpfigen Brandgeruchs, stellte sich unten harten Beton vor, Nägel und heruntergestürztes Deckengebälk, das sie wie Speere durchbohren würde. Hart prallte ihr Brustkasten auf, und ein entsetzliches Gewicht rammte ihren Rücken und preßte ihr in rot aufglühendem Schmerz den Atem aus der Lunge. Sie rang nach Luft, und ein Strahl von Licht riß die Dunkelheit auf, als die Taschenlampe taumelnd nach unten stürzte.

Dann gelangte ein wenig Luft in ihre schmerzende Lunge, und ihre Panik ließ etwas nach. Allmählich gelang es ihr, den Schmerz zu sortieren; ein Balken unter ihr drückte hart gegen Brust, Schenkel und Schultern, und Jazz lag halb über ihr und quetschte ihr die Rippen; stahlhart war sein Körper, und er keuchte in ihr Ohr. Die Taschenlampe war nicht erloschen – ein kleines Wunder. Dünn und verschleiert drang der Lichtstrahl durch den Staub. Nach unten ging es noch tief weiter hinab.

»Scheiße«, flüsterte Jazz. Und machte eine Bewegung.

»Halt!« Therese klammerte sich an dem Balken fest, wäre fast seitlich abgerutscht und kämpfte um ihr Gleichgewicht. »Beweg dich nicht.«

»Okay.« Sein Atem explodierte in ihr Ohr. »Ist gut!«

Wie kommst du jetzt aus *dieser* netten Lage heraus, Therese Oberti? Nichts leichter als das. Laß *los!* Sie kicherte.

»Was ist daran so lustig?« japste Jazz mit angstvoller Stimme.

»Die Schwerkraft.« Vorsichtig warf sie einen Blick zur Seite. »Vielleicht könntest du auf diese Balken dort klettern.«

»Nee, zu weit weg. Runter, das könnte gehen.« Jazz holte tief Luft. »Halt dich fest, okay?«

Von oben kam eine Flut blendenden Lichts. »Nette Geschichte.« Die angeekelte Stimme eines Mannes. »Ihr steckt ja schön in der Tinte. Haltet euch fest, ich such etwas, womit ich euch rausziehen kann.« Der Lichtstrahl wanderte weg, und Therese erhaschte einen Blick auf das Graugrün des Overalls und einen dunkelfarbenen Stoffkoppel. Der Nachtwächter.

Geschnappt. Sie fühlte, wie Jazz' Körper sich verkrampfte.

»Hier.« Das Licht kam zurück, und den kläglichen Strahl von Thereses Taschenlampe in sich ertränkend, beleuchtete es herabgestürzte Balken, Asche und verbogenes Metall. »Du da, obendrauf, pack das!« Eine lange Holzbohle, vielleicht der Teil eines Türrahmens, näherte sich ihnen. »Klammre dich fest daran, und ich will versuchen, dich hochzuziehen.«

Zum Fußboden ging es mindestens drei Meter hinab. Therese starrte auf den angekohlten Schutt und die Asche hinunter und hielt sich mit aller Kraft fest. Sie fühlte Jazz' Zögern, seine Unentschlossenheit bis in den eigenen Körper hinein. Noch ein paar Minuten, und sie würde sich nicht mehr halten können... »Pack zu!« zischte sie. »Los!«

Aufstöhnend reckte er sich nach der Holzbohle. Das Gewicht des sich windenden Körpers brachte Therese fast zum Kippen und drohte sie von ihrem Platz zu stoßen. Schweigend, auf ihren *Körper* konzentriert, auf die Kraft ihrer Muskeln und die um den schmierigen Metallträger verklammerten Hände, nahm sie in kaleidoskopartigen Bildsplittern auf, wie Jazz, umrieselt von Staub, von der sich biegenden Holzbohle baumelte und mit wild um sich schlagenden Beinen zappelnd nach Halt suchte. Dann gab der Deckenboden nach. In einem Gewirr von Grün und Jeansblau, dunkler Haut und noch dunklerem Haar fielen beide, Jazz und der Nachtwächter, zusammen nach unten. Einen unheimlichen Moment lang leuchtete die Taschenlampe das Gesicht des Nachtwächtes aus: vorstehende Backenknochen, braune lateinamerikanische Haut, schwarzes Haar, die Augen voll von Verblüffung und Entsetzen. Einen Augenblick später hörte sie das häßliche Geräusch aufschlagender Körper. Die große Taschenlampe erlosch.

»Scheiße!« Jazz' Flüstern schien den ganzen Flughafen anzufüllen.

»Mehr kannst du nicht sagen?« Von Panik erfaßt, wußte sie, daß sie unbedingt nach unten mußte. Blind um sich greifend berührte sie Holz und umklammerte es unglaublich fest. Mit den Füßen tastete sie umher und ließ sich an den Händen hinunterbaumeln, faßte schließlich Tritt. Heruntergefallene Deckenbalken bildeten ein schattiges Netz über dem trüben Glimmen ihrer Taschenlampe und boten ihr Halt auf dem Weg nach unten. Mit dem Fuß trat sie in Asche, und ein Schatten bewegte sich. Wurde zum rußbeschmierten Gesicht von Jazz.

»Bist du okay?« Therese berührte eine Schulter, und der warme Körper unter dem Stoff des T-Shirts beruhigte sie.

»Ich denke schon.« Die Schulter hob sich und fiel wieder zurück; eher ein Schulterzucken als Abwehr. »Nichts gebrochen, denke ich.« Er bewegte sich unter ihrer Hand weg, und einen Moment später schwankte der Strahl der Taschenlampe in seiner Hand. »Ich denke, unser Cop ist hart gelandet.« Das Licht streifte eine mit grünem Stoff bedeckte Schulter und wanderte dann zu einem Kinn voller Bartstoppeln.

Er war jünger, als sie gedacht hatte; kaum älter als sie, hatte dunkel gelocktes Haar und kräftige Augenbrauen. Nicht unbedingt gutaussehend. Im Licht schimmerte feucht und leuchtendrot ein Blutrinnsal auf, das ihm seitlich am Gesicht hinunterlief. Jazz schob ihm die aschebedeckten Finger unters Kinn.

»Er lebt. Ich hasse Bullen.«

»Ich bin … kein Bulle.« Weit öffnete er die Augen und versuchte zu lächeln. Der Schmerz machte eine Grimasse daraus. »Ich bin ein Privater.«

»Bulle, privater Wachmann.« Jazz zuckte mit den Schultern. »Ist doch Jacke wie Hose.«

»Nein, das stimmt nicht.« Langsam richtete er sich auf und stützte die rußverschmierte blutige Stirn gegen das angewinkelte Knie. »Gott, wie mir der Kopf weh tut … Als ich euch hier entlang einbiegen sah, habe ich euch eine Warnung zugeschrien. Vor zwei Jahren ist das Untergeschoß völlig ausgebrannt. Sie sollten den ganzen Schuppen abreißen, aber dann wäre mein Job hin, also zum Teufel damit.«

»Wie kommen wir hier raus?« Jazz fuhr mit dem Lichtschwert durch die Dunkelheit und streifte heruntergefallene Deckenbalken, Asche, von der Hitze verformtes Metall und geschmolzenen Kunststoff. »Ich muß pünktlich sein …«

»Keine Ahnung.« Der Nachtwächter zuckte mit der Schulter und verzog wieder das Gesicht. »Ich denke, wir klettern.«

Therese betrachtete zweifelnd die halbverkohlten Balken und die durchhängende Decke; die höhlenartige Dunkelheit war beklemmend. Wenn sie nicht hinauskämen … Nach dem Nachtwächter würde man sicherlich irgendwann suchen. Aber was geschah dann mit Jazz? Und mit ihr?

Der Nachtwächter packte einen der herabgefallenen Balken und belastete ihn vorsichtig. Er hielt. Mühsam klomm er daran hinauf und reckte sich nach dem Rest einer Rohrleitung.

Holz zersplitterte, und der Balkenhaufen geriet in Bewegung. Der Nachtwächter fiel hinunter, und dort, wo er auf den Füßen landete, stob eine Wolke feiner Asche auf. »Das war schon mal nichts.« Hustend, die Schultern schmerzverkrümmt, hielt er sich den Kopf.

»Du bist zu schwer, Mann. Ich muß hier raus.« Jazz' Stimme wurde lauter. »Heute nacht kommen sie mich holen. Ich *weiß* es.«

»Sie.« Der Wachmann sagte es langsam, und seine Stimme klang merkwürdig befangen. »Immer rufen sie jemanden. In deinen Bildern. Sehen hoch und ... rufen. Dann muß ich auch schauen. Erst dachte ich, es sei Gott, aber der ist es nicht, oder?« Jetzt sprach er lebhafter. »Sie kommen, hm?«

»Ja, sie kommen.« Jazz legte den Kopf in den Nacken und starrte zu dem Loch in der Decke hinauf. »Über Gott habe ich noch nicht viel nachgedacht. Er hat nichts für mich getan. Wenn ihr mir von unten nachhelft, schaffe ich es.« Seine Augen zuckten zwischen ihnen hin und her. »Ich suche etwas, das ich euch hinunterlassen kann. Das verspreche ich.«

Er hatte keinen Grund, hierher zurückzukommen oder ihnen im geringsten zu helfen. Nein, aber er hatte eine Menge Gründe für das Gegenteil. Zum Beispiel das Straflager, wenn er geschnappt wurde, und vielleicht *würde* der Nachtwächter ihn ja schnappen, wenn sie erst wieder in der normalen Welt draußen wären. Und dann glaubte er, daß seine Außerirdischen kommen würden, und warum sollten sie nicht gerade kommen, während er ihnen beiden half? Nein, er würde einfach verschwinden, und sie würden da unten steckenbleiben.

Er hatte recht damit gehabt, daß ihre Lichter die Lyrik der Einsamkeit in den Nachthimmel zeichneten. Wenn es dort oben irgendwelche Außerirdischen gab, wie sollte es möglich sein, daß sie es nicht hörten – seinen und ihren vereinigten Ruf? Wie sollte es möglich sein, daß sie nicht kamen? Und ... der Nachtwächter glaubte es auch. Das war seiner Stimme anzuhören. Warum sollte *er* daran glauben.

»Wir helfen dir.« Sie hielt dem Nachtwächter die Hände hin, als hätten sie sich schon geeinigt. Und auf halbem Wege ergriff er sie, denn sie hatten sich geeinigt.

»Versuch's mit der Rohrleitung!« Mit dem Kinn deutete er in die Richtung, während er die Finger mit den ihren verschränkte. »Eins, zwei …«

Mit glitzernden Augen hatte Jazz den einen Fuß leicht in ihre Hände gestellt.

»Drei!«

Gleichzeitig hoben Therese und der Wachmann an, richteten sich auf und schwangen Jazz zur Decke hinauf. Er stieß sich zu einem gelungenen Sprung ab und erwischte das Rohr. Einmal, zweimal holte er Schwung und schaffte es dann, mit einer Hand ausholend, einen festen Querbalken zu packen. Staub und Asche fielen auf sie herunter, als er wild mit den Füßen arbeitend über den Rand der herabgekrachten Decke kletterte und verschwand.

Stille.

Die Taschenlampe wurde noch trüber, und ringsum wuchsen die Schatten. Therese sah den Wachmann an.

»Noch ein paar Minuten.« Aus dem Schnitt in seiner Stirn sickerte noch immer Blut. »Dann können wir es mit dem alten Lift versuchen. Dort ist die Decke auch heruntergebrochen, aber wahrscheinlich kommen wir durch. Wissen Sie, Ihre fliegenden Lichter sind … etwas Schönes.« In seinen dunklen Augen spiegelte sich der Schein der Taschenlampe wie weit entfernte Lagerfeuer oder verirrte Sterne. »Es ist niemals zweimal dasselbe, nicht wie bei einem Video über das Netz. Ich bin als Kind hierhergekommen – hier gelandet, weil ich bei meinem Onkel in Los Angeles aufwachsen sollte. Das Kommen und Gehen der vielen Menschen, fröhliche und traurige, aber alle erregt. Alle wollten irgendwohin oder wollten, daß jemand hier ankam.« Er sah an ihr vorbei und runzelte die Stirn. »So sind Ihre Lichter – eine Art wirres Knäuel, wissen Sie. Alle strahlend und immer wieder anders.«

Therese schluckte einen Klumpen hinunter, der ihr plötzlich in der Kehle steckte, vielleicht weil er etwas besser verstanden hatte als sie selbst. »Aber Sie zerschneiden die Leinen und holen sie runter. Und Jazz' Bilder übermalen Sie.«

»Ja, stimmt.« Traurig sah er sie an. »Wenn ich es nicht täte, verlöre ich meinen Job. Er ist wichtig, mein Job.« Und dieselbe Befangenheit lag in seiner Stimme wie eben, als er über Jazz' Bilder gesprochen hatte.

»Hey.« Oben das Scharren von Füßen, und wieder rieselte Schutt auf sie herab.

»Du bist zurückgekommen?« Therese schaute hoch, lächelte breit, weil sie es eigentlich nicht erwartet hatte, ihm schon vergeben hatte.

»Ja, aber beeilt euch, okay? Sie sind da.« Vor Dringlichkeit war seine Stimme rauh.

»Ich mache keinen Witz. Sie wollen mich holen, aber vielleicht wissen sie nicht, wo sie mich suchen sollen.«

Inzwischen verbreitete die Taschenlampe nur noch ein schwaches Glühen, das kaum ausreichte, die herunterfallende schlangengleich gewundene Leine zu sehen. Therese reckte sich danach und zuckte zusammen, als sie ihr über den Kopf und auf die Schultern fiel. Irgendein Elektrokabel, schwarz und biegsam.

»Ich habe es oben festgebunden. Kommt schon!« hallte Jazz' Stimme durch die Dunkelheit.

»Sie zuerst.« Gerade als der Nachtwächter ihr zunickte, erstarb das Licht der Taschenlampe endgültig. Die Dunkelheit stürzte sich auf sie, erfüllte den Raum, wo zuvor das Licht gewesen war, und erweiterte das Flughafengebäude zur Unendlichkeit. Blind tastete sie mit den Füßen nach einem Halt, beeilte sich, so gut sie konnte, weil sie fürchtete, sie könnten wieder weggehen, ohne ihn gefunden zu haben. Zog sich hoch, schlug sich Knie und Ellbogen an unsichtbaren Hindernissen auf, fand mit dem Fuß einen guten Halt, rutschte aus, keuchte vor Entsetzen und seufzte dann erleichtert auf, als Jazz ihren Arm ergriff.

»Sind Sie okay?« Stimme von unten. Besorgt.

»Ja.« Das Gesicht nach unten, den schäbigen Teppich vor Augen, kämpfte sie sich auf festen Boden vor.

Hinter ihr in der Dunkelheit knirschten die Balken unter dem Gewicht des Nachtwächters. Dann hatte er es zum Rand des Loches geschafft, zog sich mühsam heraus, und sie setzte sich auf, fühlte die Wärme, die sein Körper verströmte. Roch einen Moment lang Schweiß und den Moschusduft von Mann. Plötzlich wurde ihr bewußt, daß sie noch immer Aufnahmen übertrug. Sie war so an ihre Ausrüstung gewöhnt, daß sie sie vergessen hatte, und keiner der anderen hatte das Stirnband bemerkt. Mit den Fingerspitzen befühlte sie ihr Augenlid, suchte und fand das winzige Monitorpflaster, das wie durch ein Wunder noch immer an seinem Platz war. Lachte leise. Nur einmal.

»Was ist denn jetzt schon wieder komisch?« fragte Jazz.

»Lächle«, sagte sie und hörte mit Lachen auf, weil es gleich zum hysterischen Gelächter umkippen würde. »Was wohl der gute Xavier mit dieser Kleinigkeit anfängt?«

»Häh?« Vor Ungeduld hüpfte Jazz auf und ab, bis der mürbe Boden erzitterte. »Los jetzt, laßt uns gehn. Wo geht's lang, hm?«

»Nach links.« Die Hand des Nachtwächters umschloß die ihre. »Paßt auf. Überall auf dem Boden liegt Gerümpel.«

Sie streckte die Hand aus und fand Jazz' Hand in der Dunkelheit, als hätte er ihren Griff erwartet. Dem Wachmann folgten sie durch die Schwärze wie in einem verrückten Blindekuhspiel. Fühlst du Jazz' Zittern, Selva? Er hat Angst, daß sie nicht auf ihn warten. Und wenn sie nicht warten, wenn sie nicht da sind, wird er dann den Mut haben, es wieder zu versuchen?

Und der Nachtwächter zieht uns eilig weiter, weil ... er daran glaubt.

Sie wußte nicht warum, aber hier in der rußdurchtränkten Finsternis glaubten sie alle daran. Vor ihnen Licht. Ihre Gedanken zersplitterten in einer Welle der Erleichterung. Haupteingang – Spanplatten und manchmal auch Glasscheiben, die überraschenderweise noch ganz waren. In eine staubige Sicherheitsbox neben einer intakten Tür tippte der Nachtwächter hastig einen Code ein. Das Klicken eines Schlosses, und er drückte die Tür auf. Ein Stoß von Nachtluft drang herein – nicht kälter als die Luft hier drinnen, aber frisch und mit dem Geruch von Erde geschwängert, vertrieb sie den Gestank kalter Asche. Mit einem Aufschrei stürzte Jazz hinaus.

»Dort.« Jede Faser seines Körpers lebhaft gespannt, streckte er den Finger aus. Jenseits des holprigen Brachlands war ein Schein, der im dünn aufsteigenden Nebel sanft schillerte. Es kann ein Lastwagen sein, dachte Therese. Ein Lastwagen, der langsam im Nebel auf dem Highway den Fluß entlangfährt.

Oder vielleicht auch *nicht*. Vielleicht war es doch eine Fliegende Untertasse, die gerade landete, auf dem Boden aufsetzte, um ein verlorengegangenes Kind aufzulesen und nach Hause zu bringen. In großer Höhe schwebte Pegasus über ihnen, weit hatte er die Flügel über dem aufsteigenden Nebel ausgebreitet und bot jedem, der es wagte, die Gelegenheit, mit ihm emporzusteigen.

Jazz sprang auf die Ummauerung, verharrte mit erhobenem Kopf wie ein junger Hirsch, schaute zurück. Sein Gesicht leuchtete vom Licht, das darauf fiel, gleich einem Mond. Das Licht der Heimat. »Take it easy.« Winkend oder grüßend hob er die Hand. Dann setzte er über die niedrige Betonmauer des riesigen Parkdecks an der Grenze des Brachlandes, rannte wie ein Hirsch durch das hohe Gras und war verschwunden.

Das Leuchten, das hinter dem feuchten kalten Gras des Brachlandes hervordrang, wurde immer heller. Ein Lastwagen, dachte Therese. Und wenn er um die Kurve bog, wo die Straße dem gebogenen Flußlauf folgte, dort, wo ihr Wagen stand, würde sie die Scheinwerfer sehen. Und wissen, daß es ein Lastwagen war.

Sie schloß die Augen.

Wesen von einem anderen Planeten, gefangen unter Wesen von einem anderen Planeten – sind wir das nicht alle? Haben Heimweh nach einer Heimat, an die wir uns nicht erinnern, und doch wissen wir, daß es sie geben *muß*. Denn wenn sie nicht irgendwo ist, irgendwo jenseits jeder Erinnerung, so wie jenseits der Sterne die Dunkelheit liegt – wozu dann alles? Die Tränen, die ihr heiß unter den geschlossenen Augenlidern hervorschossen, überraschten sie. Du wirst sie nicht fühlen, Selva. Weil mein Gesicht nicht mit einer Überhaut überzogen ist, dachte sie bitter. Du wirst nicht wissen, daß ich weine. Wenn du willst, kannst du es später reinkopieren. Wenn es dir richtig erscheint.

Der Wachmann neben ihr teilte ihr Schweigen. Der Wind blies durch das wuchernde Gras des Feldes, flüsterte beim Eindringen in die Risse und Winkel des verlassenen Flughafengebäudes in seiner eigenen Sprache. Therese seufzte und öffnete die Augen. Der Highway war jetzt dunkel. Lastwagen oder Fliegende Untertasse, das Licht war weg. Und Jazz auch.

Auf dem Rückweg in die Stadt? Auf dem Rückweg zu Hauseingängen und Schutzwinkeln, Schwanzlutschen für zehn Dollar und zur Angst vor dem Arbeitslager?

Oder war er auf dem Weg nach Hause? Therese wischte sich mit dem Ärmelrücken übers Gesicht.

»Alles in Ordnung?« Die Stimme des Nachtwächters klang sanft.

»Ich denke schon.« Therese kletterte über die niedrige Mauer, die Jazz so leichtfüßig übersprungen hatte;

sie zitterte, weil ihr unter der dünnen Überhaut eiskalt war.

»Ich leihe Ihnen eine Jacke.« Neben einer kleinen grauen Tür in der Außenwand des Parkdecks blieb er stehen. »Wenn Sie wollen.«

Dort unten hatte auch er daran geglaubt. »Danke«, sagte sie, weil er wollte, daß sie sein Angebot annahm. »Das wäre nett von Ihnen.« Und zum ersten Mal sah sie ihn wirklich an, sah nicht den Schwarzen Mann, keine schattenhafte Gestalt, sondern einen *Mann,* einen Menschen in Fleisch und Blut. Die Halogensicherheitsleuchten unterlegten seine Wangenknochen mit Schatten und machten sein Gesicht streng und rauh. Die dunklen Augen sahen in die ihren, in ihrer Tiefe glomm ein Licht.

»Sie können sie jederzeit zurückbringen.« Er öffnete die Tür und schaltete das Licht an.

Von der plötzlichen Helligkeit geblendet, kniff Therese die Augen zusammen. Sein Büro. Auf einem Schreibtisch zeigte ein Monitor das Flughafengelände, an der Wand eine einfache Küchenzeile mit Mikrowelle und Gefriergerät auf einer billigen neuen Arbeitsplatte mit winziger Spüle. Ein Bücherbrett mit alten gebundenen Büchern. Auf dem Fußboden bei der Wand ein kleiner Futon; ein paar Spielsachen waren darauf verstreut, und eingekuschelt unter einer leuchtendgrünen Decke lag im Schlaf zusammengerollt ein kleines Kind.

»Mein Sohn.« Für kurze Zeit wurde sein Gesicht weich. »Er lebt hier bei mir. Entschuldigen Sie bitte die Unordnung.« Er bückte sich und hob einen Müllbeutel aus Kunststoff vom Boden auf.

Dies ist ein Zuhause, dachte sie. Für ihn und seinen Sohn. Sie hatte den besonderen Tonfall in seiner Stimme gehört, als er gesagt hatte: ›Er ist wichtig, mein Job.‹ Dennoch hatte er verstanden, was Jazz auf die Hangarwand gemalt hatte, was sie selbst in den Nachthimmel gewoben hatte.

»Hier.« Er hielt ihr den Müllbeutel aus Kunststoff hin. Sie öffnete ihn und schaute hinein. Verwirrte Leuchtfiberfransen. Ordentlich aufgerollte transparente Kunststoffolie. Schnur. »Das sind meine Sachen.« Sie schaute auf und begegnete seinen dunklen Augen, die aus dem rußbeschmierten Gesicht hervorschimmerten. »Danke.«

»Gern geschehen.«

»Ich bringe Sie zum Tor.« Er geleitete sie hinaus und schloß hinter dem schlafenden Kind behutsam die Tür.

Auf dem Weg über die leere Zufahrt zum Haupttor sprachen sie nicht. Wieder Maschendraht, aber neu und oben mit einem glänzenden Strang scharfen Stacheldrahts versehen. Auf einer in einen Betonpfeiler eingelassenen Tastatur drückte er ein paar Tasten, und knirschend erbebte das Tor und öffnete sich rumpelnd. »Ich muß die Rollboardfahrer jagen gehen.« Er lächelte schief. »Wenn ich es nicht tue, sind sie enttäuscht.«

»Das ist Ihre Performance-Kunst.« Sie gab sein Lächeln zurück.

»Tja, was auch immer.« Er breitete die Arme aus, sagte dann zögernd: »Ich ... ich habe nicht geschaut. Als Jazz losgelaufen ist. Sie auch nicht, oder?«

»Nein«, flüsterte sie. Hätte sie oder er geschaut, wäre aus der Fliegenden Untertasse wieder ein Lastwagen geworden, aus dem Zuhause wieder der Kinderstrich oder ein Straflager.

»Ich bin froh«, sagte er, und ein Klang von Zuhause lag in seiner Stimme.

Vielleicht verstand er es deswegen. Weil er hier ein Zuhause geschaffen hatte, ein Zuhause für sich selbst und seinen Sohn. Doch nun stand das Tor offen und hielt Therese nicht mehr von der realen Welt des Geldes und unaufschiebbarer Fristen fern. Sie seufzte auf, war durch das offene Tor überrascht, fühlte eine Art Enttäuschung. »Warum haben Sie meinen Wagen gemeldet?«

Sie mußte es fragen. »Ich kann das Bußgeld nicht bezahlen.«

»Das habe ich nicht getan.« Seine Verblüffung war echt – jetzt war es an ihm, enttäuscht auszusehen. »So etwas täte ich niemals.«

Und es stimmte. »Sie haben recht«, sagte sie, und plötzlich überkam sie Trauer. Sie reckte sich und küßte ihn auf den Mund. Nach einem Moment der Überraschung erwiderte er ihren Kuß, preßte seine lebensschweren warmen Lippen gegen die ihren.

Dann ging sie los, und er versuchte nicht, sie zurückzuhalten, als sie die asphaltierte Zufahrt entlanglief und in Richtung auf ihren Wagen abbog, trockenen Fußes auf dem Asphalt und mit schwerem Herzen. Sie war auf dem Rückweg ... nicht nach Hause, aber dorthin zurück, wo sie wohnte.

Erst als sie schon fast angekommen war, fiel ihr plötzlich ein, daß sie den Namen des Wachmanns nicht kannte und daß er sie nicht nach dem ihren gefragt hatte.

In ihrer Wohnung wurde sie von einer dringenden Nachricht Selvas überfallen. *Ruf mich an. Ruf mich sofort an.* Auf Thereses Schultern lastete Trauer, schwer wie Blei. Als sie die Brille aufsetzte, erschien augenblicklich Selvas Bild, als hätte sie auf Thereses Anruf gewartet. »Mein Gott, 'Rese, bist du okay?«

Sie sah verstört aus, Kopf und Schulter lehnten gegen eine einfache pastellfarbene Wand – was bedeutete, daß sie sich in Echtzeit bewegte, daß dies eine direkte Videoübertragung aus ihrer Wohnung war, daß kein virtuelles Selbst dazwischengeschaltet war. Also keine Kniffe mit programmierten Gefühlen. Außer dem einen entscheidenden Gefühl, dem, das sie schon ausgespielt hatte. »Du hast mir heute nacht über die Schulter geschaut.« Als Selva das erstemal angerufen hatte, hatte sie gewußt, daß Therese am Flughafen gewesen war.

Hast du deine Drachen fliegen lassen? hatte sie gefragt, aber sie hatte es *gewußt.* »Wie lange warst du in meinem Speicher?«

Selva schaute weg; die Tatsache, daß sie um Therese gebangt hatte, erübrigte eine Antwort.

»Hast du alles mit angeschaut? Meinen Flug, unseren Fall, jede Einzelheit? *Du* hattest die Anzeige erstattet, daß mein Wagen in der Sperrzone stand.« Thereses Stimme wurde brüchig. »Mein Gott, Selva, *warum?*«

»Ich habe es nicht angeschaut. Zumindest nicht viel davon.« Selva sah ihr mit müdem Blick in die Augen. »Ich habe die Übertragung überwacht, die Parameter digital beobachtet, und erst als die Aktivität das äußerste Ende der Skala erreichte, bin ich in die Bildübertragung gegangen.« Einen Herzschlag lang stockte sie. »Ich sah dich fallen. Für kurze Zeit glaubte ich …« Ihre Schultern zuckten. »Nachdem du rausgeklettert warst, habe ich nicht mehr zugeschaut.«

»Sehr nett von dir.« Therese hatte ein taubes Gefühl in den Lippen. Sie war jetzt jenseits jeder Wut, so betäubt, als wäre der Himmel aufgebrochen und hätte sich über sie ergossen. »Du zeigst also nicht nur mein Auto an, du kannst meine Aufnahme auch *direkt* an Xavier verkaufen. Tja, wenn irgend möglich, immer den Mittelsmann ausschalten!«

»Hör auf, 'Rese!« Diesmal schaute Selva nicht weg, versuchte nicht, den Schmerz in ihrem Gesicht zu verbergen. »Ja, ich habe dein Auto angezeigt. Xavier ist auf der Suche nach frischem Blut, und ich dachte mir, wenn er deine Sachen sieht – du hättest vielleicht gemerkt, daß es gar nicht so schlimm ist, für jemanden zu arbeiten … Hättest du es abgelehnt, hätte ich die Strafe selbst gezahlt, aber ich wollte …« Sie ballte die Fäuste, das Gesicht blaß und starr. »Ich wollte, daß du mich wenigstens anhörst, okay? Ich liebe dich. Ist dir das nicht klar? Mußt du unsere Liebe an deine Definition von Erfolg binden? Kannst du nicht einfach zulassen, daß *wir* uns begegnen. Meinst du, es macht mir etwas aus, wenn ich die Miete zahle?«

Die Qual in Selvas Stimme erstickte Thereses Wut. Liegt dir denn soviel an mir? wollte sie fragen, aber die Worte kamen ihr nicht über die Lippen. Diesmal war *sie* diejenige, die wegschaute. Nun hatte sie es also doch gesehen – ob das Licht ein Lastwagen war oder nicht. Sie hatte es in der Datei – und Selva ebenso –, das Ergebnis von Jazz' wildem Lauf über das Flughafengelände. Es war in Mustern aufgeregt schwirrender Elektronen gespeichert.

»Die Datei von heute nacht habe ich gelöscht.« Wieder hatte Selva sich abgewandt, ließ die Schultern hängen, sie, die doch nie die Schultern hängen ließ, ihre starken, muskulösen Schultern, sie, die sich immer stolz und aufrecht hielt. »Wenn du dich verletzt hättest ... wenn du gestorben wärst ...«

Sie schluckte schwer. »Außerdem habe ich den Betrag für den Bußgeldbescheid auf dein Konto überwiesen. Du bist diejenige, die entscheiden muß, und ich denke, du hast es schon getan. Es tut mir leid. Ich liebe dich und lasse dich jetzt in Ruhe. Bitte ... paß dort auf dich auf.«

Der Bildschirm erlosch.

Therese ließ die Augen eine Zeitlang darauf ruhen; wütend auf Selva wegen der Geldbuße und wegen des Verrats, in ihren Speicher zu schauen. Sie schnippte mit den Fingern und rief ihren Arbeitsspeicher auf. Dort war die Datei, war von der Erde zum Himmel und zurück zur Erde geschleudert worden; ein wie in der Luft schimmerndes Flugzeugsymbol zeigte sie an. Sie konnte *Gewißheit* erlangen. Sie starrte darauf. *Deine Lichter sagen dasselbe,* hatte er ihr erklärt.

»Du hast unrecht. Ich bin nicht wie du«, flüsterte sie. Sie hatte den Nachtwächter angeschaut und einen Mann gesehen, keinen Cop, kein Wesen von einem anderen Planeten oder den Schwarzen Mann. Sie hatte einen Blick in seinen vollgestopften Wohnraum und auf seinen schlafenden Sohn geworfen und gefühlt, wie sie davon angezogen wurde.

Und Jazz wußte es. Als er auf der Ummauerung zu ihnen zurückgeschaut hatte, hatte er sie nicht gefragt, ob sie mitkommen wollte. Therese ließ langsam den Atem entweichen und berührte das Flugzeugsymbol. »System, löschen«, sagte sie.

Sind Sie sicher, daß sie diese Datei löschen *wollen?* fragte das System zurück. *Sie haben keine Sicherheitskopie.*

Vielleicht mußte man sein Zuhause für sich selbst definieren und dann fest genug daran glauben, um es Wirklichkeit werden zu lassen. »System, ja«, sagte sie und stieß die Luft in einem Schwall aus. »Datei löschen.«

Datei gelöscht. Das Flugzeug auf ihrem Bildschirm war verschwunden.

»Ich hoffe, du bist wirklich zu Hause«, flüsterte Therese. Überprüfte ihren Kontostand und entdeckte die dreitausend Dollar, die Selva transferiert hatte. Bezahlte damit die Geldbuße. Auf dem Tisch überschüttete der Springbrunnen aus Glas das Zimmer mit zersplittertem Licht. Vielleicht sollte es gar keine Botschaft sein, daß sie versagt hatte. Vielleicht hatte Selva sie gut genug gekannt, um ihr etwas zu schenken, das nur um seiner selbst willen existierte, nur um der Schönheit willen. Vielleicht versuchte auch Selva, ihr Zuhause zu definieren.

Draußen breitete Pegasus die Flügel aus, um über die Sterne hinauszufliegen. Therese hängte die Jacke des Nachtwächters über einen Stuhl. Ordentlich. Am Tag würde sie sie zurückbringen, ihn nach seinem Namen fragen, nach dem Namen seines Sohnes, die beiden kurz besuchen. Und dann – ein Ticket für die Magnetschwebebahn lösen. Nach Vancouver, B.C. Ob für einen kurzen Besuch oder für lange, das wußte sie noch nicht. Eine Zeitlang würden sie aufeinander wütend sein.

Vielleicht aber gab es jenseits der Wut noch andere Tiefen. Therese nahm das gläserne Kunstwerk in die Hand und drehte es, bis das Licht der billigen Deckenleuchte zu Funken zerstob. »Du hattest recht, Selva«, sagte sie leise. »Ich hatte Angst.« Vor der wirklichen Welt, vor Pegasus' breitem Rücken. Auch jetzt noch hatte sie Angst. Aber sie würde das Lichtnetz mitnehmen, das der Nachtwächter ihr zurückgegeben hatte. Selva würde eine gute Stelle kennen, um es fliegen zu lassen. Noch einmal konnten sie versuchen, Pegasus damit einzufangen.

Pamela Sargent

AMPHIBIEN

Die Schwester zog den weißen Vorhang auf, der das Bett umgab, und die beiden Pfleger rollten die Liege aus dem Zimmer. Lillian blieb auf ihrem Stuhl in einer Ecke.

Die Schwester beugte sich über das Bett und flüsterte: »Mister Haynes, Sie müssen den ganzen Tag lang ruhig liegenbleiben. Verstehen Sie mich? Sie dürfen den Kopf nicht bewegen.«

Lillians Vater gab keine Antwort.

Die Schwester sagte zu ihr: »Sorgen Sie dafür, daß er sich nicht aufrichtet. Stellen Sie auch das Bett nicht hoch, sonst bekommt er wahnsinnige Kopfschmerzen.«

»Ich achte darauf«, erwiderte Lillian.

»Er muß bis morgen ruhig liegen.«

»In Ordnung.«

Die Schwester blieb am Bett stehen. Sie war eine stämmige grauhaarige Frau, die Lillians Vater stets mit ›Mister Haynes‹ anredete und nie in die gestellte Herzlichkeit und Familiarität verfiel, die viele Krankenhausangestellten an den Tag legen. »Ich glaube, er schläft«, flüsterte sie. »Denken Sie dran: das Bett nicht hochstellen.«

»Mach ich.«

Die Schwester verließ das Zimmer. Lillian stand auf und trat zu ihrem Vater. Seine Augen öffneten sich langsam; es schien anstrengend für ihn zu sein, die Lider zu heben. Seine Gesichtshaut war zum Schädel hin gestrafft; seine auf der Brust verschränkten Hände glichen Klauen. Das langgezogene Gesicht und der knochige Körper erinnerten sie an ein Gemälde von El Greco. Er erlaubte nur Lillians Mutter, ihn zu füttern oder ihm in den Morgenmantel zu helfen, und auch diese Hilfe nahm er nur mit finsterer Miene an.

»Hallo!« rief eine weißhaarige Frau von der Tür her. Sie trug Schwarz und einen Priesterkragen; um den Hals hing ihr ein großes goldenes Kreuz.

Lillian ging auf den Eindringling zu, bereit, ihn abzufangen. »Mein Vater schläft«, sagte sie leise. »Ich möchte nicht, daß er jetzt gestört wird.«

»Würden Sie ihm das hier geben?« Die Frau reichte Lillian eine Broschüre, auf deren Titelseite ein Bild von Jesus Christus prangte. »Ich werde es dann wohl später noch einmal versuchen.«

Lillian schüttelte den Kopf. »Er kann heute wirklich keine Besucher empfangen. Er kommt gerade von einer Myelographie.«

»Also gut, aber sagen Sie ihm, daß wir ihn in unsere Gebete einschließen. Heute abend werde ich eines extra für ihn sprechen.«

»Ich sage es ihm.«

Die Frau lächelte Lillian herzlich zu und ging. Lillian rückte einen Stuhl an das Kopfende des Betts, stellte ihn gleich neben den Nachttisch des Vaters und sagte: »Sie ist weg«, während sie sich hinsetzte.

Der Vater öffnete die Augen. Sie rechnete damit, in ihnen wieder Ärger zu erblicken, hilflose Wut gegenüber allen jenen, die ihn am Leben erhalten wollten, doch seine braunen Augen waren ruhig.

»Danke«, sagte er und ließ die Broschüre in den Papierkorb fallen. »Laß dir das eine Lehre sein, Lilly. Wenn du dich in einem Krankenhaus anmeldest, und sie fragen nach deiner Religion, sag nicht: ›Keine.‹ Sonst kommen sie in Scharen an und wollen dich bekehren, alle diese Priester und Pfarrer und Heiligtuer.«

»Werd dran denken.« Ganz gleich, was ihr Vater

nach dem Tod vorzufinden glaubte, er würde sich ohne geistlichen Beistand auf die Reise machen. Der Tod, so hatte er ihr vor nicht allzu langer Zeit einmal gesagt, sei das Eintauchen ins Ungewisse, ein Sprung, entweder in eine andere Existenz mit deren eigenen Gesetzen oder aber ins Nichts. Die Seele oder das jedenfalls, was von einem Menschen nach dessen Tod übrigblieb, müsse herausfinden, was für sie bestimmt sei. Seiner Meinung nach bedeutete der Tod so etwas wie einen Ereignishorizont; niemand könne Signale von jemandem empfangen, der die unwiderrufliche Reise schon hinter sich habe, und niemand könne einem anderen dabei helfen, diesen Übergang zu vollziehen. Er war durch und durch Ingenieur; mystische Erklärungen, die seiner Sicht der Dinge entgegenstanden, ließ er nicht an sich heran.

»Die blöde Tante kommt bestimmt in ein, zwei Tagen noch mal.« Seine Stimme war kaum mehr als ein Flüstern. Er hatte immer ein kräftiges Organ gehabt, einen Bariton, der in alle Zimmer des Hauses gedrungen war, in dem sie aufgewachsen war. »Kannst du das Kopfende vom Bett ein bißchen aufrichten?«

»Das darf ich nicht. Du mußt flach liegenbleiben. Sie haben eine Myelographie mit dir gemacht.«

»Ich weiß, was sie gemacht haben.«

»Du darfst dich nicht aufrecht hinsetzen oder den Kopf aufrichten. Wenn du das tust, kriegst du wahnsinnige Kopfschmerzen.«

Groll flackerte in seinen Augen auf. Er war offensichtlich drauf und dran, sich mit ihr zu streiten, schwieg aber. Lillian nahm sein Wasserglas, drehte den Strohhalm in seine Richtung und hielt ihm das Glas an die Lippen. »Als sie dich zurückgebracht haben, haben sie gesagt, du sollst jetzt viel Flüssigkeit zu dir nehmen.«

Gehorsam schlürfte er sein Wasser und drehte dann den Kopf weg. Als sie das Glas auf den Tisch zurückgestellt hatte, war er schon wieder eingenickt, die Augen geschlossen, die klauenartigen Hände auf der Brust. Über Monate hinweg war ihr Vater immer wieder ins Krankenhaus eingewiesen und entlassen worden, und Lillian war noch keine Woche zu Hause gewesen, als Mutter ihn erneut hatte einliefern lassen.

Du hättest öfter nach Hause kommen sollen. Die Mutter hatte sie angerufen und sie gebeten, ihren Besuch nicht länger hinauszuschieben, und Lillian spürte diesen unausgesprochenen Vorwurf in ihrer Stimme. Du hättest früher nach Hause kommen sollen. Das hatte Lillian den ganzen Flug über zu sich selbst gesagt. So krank konnte ihr Vater gar nicht sein; er war in seinem ganzen Leben nie krank gewesen. Brad, ihr Bruder, war einen Monat vor ihr zu Besuch gewesen und hatte sie vorgewarnt, wie ernst die Krankheit sei und daß sich nach seiner Überzeugung der Krebs ausgebreitet habe, auch wenn ihre Mutter das nicht zugeben wolle. Lillian hatte sich geweigert, Brad zu glauben, bis sie mit eigenen Augen gesehen hatte, wie gebrechlich ihr Vater geworden war. Doch als sie zu Hause angekommen war, war sie mit ihrer Mutter eine stillschweigende Verschwörung eingegangen. Niemand sprach über den Tod; die Krankheit ihres Vaters war bloß ein momentaner Rückschlag. Die Ärzte wußten heutzutage eine Menge mehr, und einige der Patienten, denen sie in der Poliklinik begegnet waren, hatten sich jahrelangen Bestrahlungen oder Chemotheraphien unterzogen. Lillians Besuch – wie auch der ihres Bruders Brad und seiner Frau Celia – waren bloß die ganz normalen Sommerbesuche und hatten keine besondere Bedeutung. Der Vater würde jede notwendige Behandlung bekommen und sein ganz normales Leben wieder aufnehmen. Wie Lillians Mutter fröhlich verkündete, plante man nach wie vor für den kommenden Winter eine Reise nach Hawaii. Sie glaubte daran, daß ihr Mann wieder gesund werden würde, und ihr Glaube würde dafür sorgen, daß es auch tatsächlich so kommen mußte.

Vor drei Tagen hatte Lillians Vater diese Verschwörung zerschlagen. Er konnte weder essen noch schlafen; immer beharrlicher forderte er Percocet und sogar noch stärkere Schmerzmittel. Sie hatten ihn wieder ins Krankenhaus gebracht. Selbst dann hatte Lillians Mutter die Verschwörung noch aufrecht erhalten, bis zur vergangenen Nacht.

»Sie haben mir gesagt«, erzählte sie Lillian im Anschluß an das Abendessen mit Aufschnitt und Salat, das sie beide nicht hatten aufessen können, »sie haben gesagt, sie könnten ihn vielleicht ins St. Joseph-Pflegeheim bringen.« Sie hatten im Wohnzimmer gesessen, am Couchtisch, auf dem Berge von Reisebroschüren mit Palmen und Sandstränden herumlagen. »Die sollen ganz gut mit Schmerzen umgehen können.«

»Mutter ...«, fing Lillian an.

»Verdammt!« stieß die Mutter leise hervor. »Er ist zum Sterben zu mir zurückgekommen.«

Lillian spannte sich an; ihre Mutter hatte zuvor nie über die Trennung gesprochen. Das war auch so eine Verschwörung gewesen, eine, an der sich Lillian und Brad beteiligt hatten. »Euer Vater und ich brauchen ein bißchen Zeit für uns selber, das ist alles. Wir schmeißen nicht einfach dreiunddreißig Jahre weg, wir müssen bloß unsere Dinge geregelt bekommen.«

Die Trennung hatte zwei Jahre lang gedauert. Binnen dreier Monate, nachdem er zu seiner Frau zurückgekehrt war, hatte bei Lillians Vater der Kreislauf der Krankenhausaufenthalte, Eingriffe, Behandlungen und des Zurateziehens neuer Spezialisten begonnen.

»David ist zum Sterben zurückgekommen.« So wütend, so gequält hatte Lillian ihre Mutter noch nie erlebt; ihr kleiner Körper hatte sich aus der Hüfte nach vorn gebeugt, die Hände griffen nach den Knien. »O Gott!« Die kurzen weißen Haare wirkten jetzt länger, die

Locken krauser; Lillian überlegte, wann sie wohl zuletzt beim Friseur gewesen war. »Vielleicht hat er es gewußt, Lilly. Vielleicht hat er gemerkt, daß er krank war, und sich dann entschlossen, nach Hause zu kommen.«

Lillian sagte: »Das glaube ich nicht.« Sie schluckte heftig. »Und selbst wenn es stimmt, darfst du es ihm jetzt nicht übelnehmen. Er ist zu dir zurückgekommen, er wollte bei dir sein. Das muß doch was bedeuten.«

»Ja.«

»Du hast doch erzählt, daß es besser lief zwischen euch.«

»Lief es auch.« Lillians Mutter weinte, dabei bewegten sich ihre Schultern hin und her. Lillian berührte sie vorsichtig, legte dann den Arm um sie; sie war es nicht gewohnt, ihre Mutter weinen zu sehen. Laura Haynes verachtete Heulsusen. Sie hatte nicht geweint, als sie Lillian und Brad erzählt hatte, daß ihr Vater sich mit einer Jüngeren davongemacht hatte. Weinen hätte ihn schließlich auch nicht zurückgebracht. Eine Art grelles Krächzen drang jetzt aus ihr, und es hatte den Anschein, als bahnten sich alle die Tränen ihren Weg, die sie sich zuvor niemals erlaubt hatte.

Während Lillian den schlafenden Vater betrachtete, wünschte sie sich, sie hätte ihm erzählt, daß sie ihm seine Fehltritte verziehen hatte und daß sie wußte, daß er sie bereute und hatte wiedergutmachen wollen. Eine Menge hatte sie ihm nicht erzählt. Sie hatten sich alle beide angewöhnt, sich mißzuverstehen, nachdem sie sich früher einmal sehr nahe gewesen waren. Sie hätte ihm das, was sie ihm zu sagen hatte, erzählen sollen, als er noch bei klarem Verstand gewesen war, aber die Verschwörung, die sie mit ihrer Mutter eingegangen war, hatte sie vom Reden abgehalten: er würde gesund werden, und sie würden eine Menge Zeit zum Reden haben. Jetzt war er von den Medikamenten so benebelt, daß er einer Unterhaltung nicht länger als vielleicht eine Minute lang folgen konnte.

Er bewegte sich, hob den Kopf ein wenig an. »Nicht aufrecht sitzen«, sagte Lillian. »Soll ich dir irgendwas bringen?« Er antwortete nicht. »In ein paar Tagen könnte ich zum See fahren«, fuhr sie fort, »um zu sehen, ob alles in Ordnung ist. Mama sagt, Totholz muß weggeräumt und der Rasen gemäht werden. Die Enten leben wahrscheinlich mittlerweile bei uns auf dem Steg.«

Seine Augen richteten sich auf sie. »Du darfst sie nicht füttern. Wenn du das tust, machen sie sich überall breit.«

»Ich weiß.«

»Laura sollte mit dir hinfahren.« Er schwieg eine Zeitlang. »Sag deiner Mutter, sie soll mitfahren und ein oder zwei Tage dort bleiben. Sie braucht Erholung. Sag ihr …« Sein Gesicht spannte sich einen Moment lang an. »Schau nach den Schildkröten. Sag ihr, sie soll nachsehen, ob sie auf den Baumstümpfen sind. Schau du auch mal nach ihnen, sieh nach, was mit ihnen ist, wenn du dort bist.«

»Klar.« Lillians Eltern besaßen ein Sommerhaus, einen kleinen Bungalow mit vier Zimmerchen, einem Bad und einem Dachboden; für gewöhnlich bewohnten sie ihn von Mai bis Mitte September. Als ihr Vater noch sein Geschäft hatte, war er während des Sommers zwischen Bungalow und Büro hin- und hergependelt. Er mußte ihn einfach vermissen. Selbst während der Trennung war es ihm gelungen, seine Wochenenden mit einem Freund zu verbringen, dem in derselben ruhigen Bucht eine Hütte gehörte.

»Fahr mit deiner Mutter dort für einen Tag hin«, sagte er jetzt, »und erzähl mir von den Schildkröten. Versprich es mir. Ich möchte wissen, ob sie noch da sind.«

»Mama wird nicht hinwollen«, flüsterte Lillian. »Sie wird herkommen und nach dir sehen wollen.«

»Brad kommt doch morgen, oder etwa nicht? Er und Celia können doch die Wache übernehmen.«

Sie hatte ganz vergessen, daß ihr Bruder und seine Frau kommen wollten, und war überrascht, daß er sich daran erinnerte. Sie beugte sich näher zu ihm hin; seine braunen Augen waren ruhig und aufmerksam. Jetzt, da er bei klarem Verstand war, war die Zeit gekommen, ihm zu sagen, daß sie ihm vergeben hatte, daß der ganze alte Groll vergessen war. Aber dann seufzte er, und die Augen fielen ihm zu.

Lillian saß schweigend daneben, wollte ihn nicht stören. Sie bewegte sich nicht vom Stuhl, bis ihre Mutter kam.

Im vergangenen Sommer, am See, hatte Lillian an ihrem Vater eine Veränderung festgestellt. Normalerweise war er schon vor dem Morgengrauen auf, um zu fischen oder um nackt zu schwimmen, bevor andere draußen auf dem Wasser waren, aber in diesem Sommer wachte Lillian auf und hörte, wie ihre Mutter ihn von der Küche aus rief: »David, David!« Ein paar Minuten später ging die Mutter zur halbgeöffneten Tür des anderen Schlafzimmers und rief erneut seinen Namen. »David.« Oft stand er erst auf, wenn sie und ihre Mutter schon den zweiten Kaffee getrunken hatten.

Bald fiel ihr auf, daß die Haare ihres Vaters grauer geworden waren und daß er Gewicht verloren hatte. Er holte das Ruderboot nicht mehr zum Üben heraus und unternahm mit dem Kanu keine Erkundungsfahrten mehr am Ufer entlang. Nur den kleinen Außenborder benutzte er, fuhr jedoch nicht weiter als bis in die Mitte der Bucht, saß einfach nur da und starrte in Richtung der kleinen Bucht mit den drei Baumstümpfen, dorthin, wo die Schildkröten immer auftauchten.

Es war regelrecht ein Spiel geworden, die kleinen Schildkröten auf den Baumstümpfen auszumachen und ihnen mit einem Boot so nahe wie möglich zu kommen. Morgens, wenn diese Seite der Bucht im

Schatten lag, erschienen die Schildkröten nie. War der Himmel ein wenig diesig, kamen sie heraus, um sich auf den Baumstümpfen und dem großen Felsen daneben zu sonnen, doch zu viele Wolken oder zuviel Sonnenschein hielt sie unter Wasser. Die beste Zeit, sie zu sehen, war nachmittags, und zu dieser Zeit ruderte Lillian mit ihrer Mutter zur Bucht hinüber. Sie ließen sich zu den Baumstümpfen treiben, benutzten die Ruder dabei nur noch als Steuer.

Aus der Entfernung hoben sich die grau-braunen Schildkrötenpanzer kaum von der Rinde der Baumstümpfe ab, und um den Tieren näher zu kommen, mußte man schlau vorgehen. Beim leisesten Geräusch, etwa dem sanften Plätschern eines Ruders oder bei einer Stimme, die mehr als ein Flüstern war, hörte Lillian ein Platschen und bemerkte sich jäh ausbreitende Wasserkreise dort, wo eine erschreckte Schildkröte unter der Oberfläche verschwunden war. Ziel des Spiels war es, so nahe wie möglich an die Schildkröten heranzukommen, ohne sie zu vertreiben; Triumph auf der ganzen Linie bedeutete es, das Ruderboot durch die Baumstümpfe zu manövrieren, ohne auch nur eine einzige der Schildkröten zu verschrecken, die sich im Licht der Nachmittagssonne dort aufhielten.

Lillians Vater war ein Meister dieses Spiels. Ganz gleich, wann er mit Lillian oder ihrer Mutter zur Bucht hinausruderte, die Schildkröten waren immer schon da, und normalerweise schaffte er es an den drei Baumstümpfen vorbei, ohne mehr als zwei der Geschöpfe zu verjagen. Oft gelang es ihm, so nahe an einen Wurzelstumpf heranzukommen, daß er eine Schildkröte mit der bloßen Hand erreichen konnte; dann berührte er das Tier fast mit den Händen, bevor er sie wieder zurückzog.

In diesem Sommer schien er kein Interesse daran zu haben, nach den Schildkröten Ausschau zu halten. Dann aber, zwei Tage bevor Lillian abreisen wollte, hatte ihr Vater, müde und abgespannt, sie gebeten, ihn in die Bucht hinauszurudern.

Seine Bitte erschreckte sie, doch sie blieb stumm, während sie gemeinsam zum Steg hinuntergingen. Der Vater hatte es nie jemandem erlaubt zu rudern, wenn er selbst an Bord war; er war ein unwilliger Passagier, eben einer jener Männer, die darauf bestanden, das Ruder selbst zu übernehmen, das Motorboot selbst zu steuern, das Auto selbst zu fahren. Plötzlich befürchtete sie, daß ihre Mutter nicht die Wahrheit erzählt hatte, als sie über seinen letzten kurzen Krankenhausaufenthalt sprach. »Bloß ein paar kleine Tumore – dein Vater ist in Nullkommanichts wieder auf den Beinen.«

Er hatte sich einen Drink mitgebracht. Lillian half ihm aufs Boot, ruderte dann weg vom Steg. Als sie sich auf spiegelglattem Wasser der Buchtmitte näherten, sagte er: »Jenny habe ich nie mitgenommen zum See. Ich möchte nur, daß du das weißt. Sie ist nie mitgekommen, wenn ich bei Stan Berger war.«

»Na ja.« Lillian zog an den Rudern. »Mama war bestimmt froh, als sie das erfahren hat.«

»Um ehrlich zu sein, Jenny mochte ruhige Plätze nicht besonders, vor allem nicht an Wochenenden ... Sie ging lieber essen, auf Partys mit lauter Musik, wollte Bekannte treffen. Wenn sie nicht auf Partys ging, war sie im Sender. Es hat sich herausgestellt, daß wir gar nicht so furchtbar viel gemeinsam hatten.«

Lillian schwieg. Sie wollte nichts über Jenny hören. Sie war immer bedacht gewesen, höflich, wenn auch kühl zu ihr zu sein, wenn sie ihren Vater angerufen und Jenny am Telefon gehabt hatte. Sich so zu verhalten, war vernünftig, das wußte sie. Lillian erlaubte Jenny nicht, zwischen sie und ihren Vater zu treten. Aber nach einiger Zeit war es einfacher gewesen, nicht so oft anzurufen. Jenny, daran führte für sie kein Weg vorbei, war genauso *ihre* Rivalin wie die ihrer Mutter.

»Zuviel Zeit«, sagte Lillians Vater.

»Wie bitte?«

»Zuviel Zeit. Ich hätte das Geschäft nicht verkaufen sollen. Das hat mir zuviel Zeit eingebracht, in der Gegend herumzusitzen, mir alt vorzukommen und mir mehr Abwechslung zu wünschen. Und nun kriege ich mit, daß ich nicht mehr genug Zeit habe.«

»Du hast jede Menge Zeit, Papa.«

»In meinem Alter bleibt einem nur noch ganz wenig, Lilly.« Er nahm einen Schluck. Das war eine der Veränderungen, die mit ihm vorgingen. »Fang vor fünf an zu trinken«, hatte er immer gesagt, »und ruckzuck landest du bei den Anonymen Alkoholikern.« Jetzt war es knapp fünf, und er hatte schon zwei Bourbons getrunken, bevor er überhaupt auf das Boot kam. Er zog die Lippen zurück, und sie merkte, daß er die Zähne zusammenbiß, als ob er Schmerzen hätte.

»Papa«, sagte sie.

»Dir kann auch die Zeit ausgehen. Wann heiratest du Martin eigentlich? Worauf wartest du noch?«

»Ich weiß es nicht«, erwiderte sie. Es gab überhaupt keinen Grund, weshalb sie ihn noch nicht geheiratet hatte. Sie liebten sich, fühlten sich wohl miteinander, sie waren seit fast vier Jahren zwischen seiner und ihrer Wohnung hin- und hergependelt, und er fühlte sich zu ihren Eltern hingezogen, die ihn ihrerseits auch mochten. Nichts stand ihnen im Weg, außer ihrer Sorge, die Heirat könnte beide verändern, ihre gefühlsmäßige Umgebung irgendwie umkrempeln. Was sie jetzt hatte, wußte sie; mit einer Heirat könnte sie sich verschlechtern. Die Beziehung ihrer Eltern war stabil gewesen, hatte die beiden aber nicht vor der Trennung bewahrt.

»Manchmal muß man einen Sprung wagen«, sagte ihr Vater, »ohne zu wissen, wo man landet oder ob man zum Ausgangspunkt zurückkehren kann.«

»Hast du einen solchen Sprung gemacht, als du mit Jenny davongegangen bist?« Sofort bereute Lillian ihre Frage.

»Nein. Ich dachte, es wäre so, aber es stimmte nicht. Viel härter war es, zu deiner Mutter zurückzukehren.« Er seufzte. »Jenny sagte mir, es sei aus, wenn ich sie verließe, und ob Laura mich zurückhaben wollte, wußte ich nicht.«

Sie kamen den Baumstümpfen näher, wo sich die Schildkröten gern in die Sonne legten. Lillian stellte die Ruder am Dollbord ab und ließ das Boot treiben.

»Schildkröten«, fuhr er fort, »gehen ein solches Risiko nicht ein.«

Lillian lächelte, und ihr Vater schmunzelte zurück. »Für mich sieht es so aus, als täten sie es doch«, meinte sie. »Jedesmal, wenn sie aus dem Wasser kommen, riskieren sie etwas. Oder wenn sie wieder hineinspringen.«

»Nein, tun sie nicht. Sie bewegen sich bloß hin und her, aus dem Wasser raus und wieder rein. Sie können sich nicht entscheiden, ob sie bleiben oder gehen sollen, ob sie unter Wasser leben sollen oder für immer und ewig auf dem Land. Dasselbe tust du mit Martin.«

»Das stimmt nicht.« Er hatte kein Recht, sich in ihr Leben mit Martin einzumischen, erst recht nicht, nachdem er selbst so viele Fehler gemacht hatte. »Jedenfalls ist die Ehe eher ein Auslaufmodell in unserer Zeit.«

»Ob du mit Trauschein verheiratet bist oder nicht, spielt keine Rolle. Du gehst hin und kommst wieder her, Lilly. Martin macht nicht Schluß, weil er dich liebt, das weißt du, aber du willst dich nicht festlegen. Du hast etwas, aber das ist weder Sekt noch Mineralwasser. Heirate ihn, zieh mit ihm zusammen, oder mach Schluß mit ihm, aber laß ihn nicht zappeln. Das ist nicht fair.«

Sie wollte ihm widersprechen, bemerkte aber, wie er die Zähne zusammenbiß. »Was ist los, Papa?«

»Gar nichts ist los. Sie haben es ganz … es braucht nur Zeit zum Gesundwerden.« Er hob den Kopf und schwenkte sein Glas. »Wir kommen an sie heran«, sagte er leise.

Lillian änderte die Richtung, drückte die Ruder von sich weg. Sie hatte gelernt, daß der einzige Weg, sich an die Schildkröten heranzuschleichen, ohne sie zu stören, darin bestand, sich den drei Baumstümpfen von hinten, mit dem Heck voran zu nähern. Die Schildkröten sonnten sich im diesigen Licht, so wie sie es erwartet hatte. Ihr Vater war bei ihr. Sie kniff die Augen zusammen und zählte sechs, die größte nicht breiter als ihre Hand. Sie streckten die Köpfe aus dem Panzer hervor und hießen die Sonne willkommen.

Sie lenkte das Boot in Richtung des großen Felsens, der vor ihnen lag, und drehte es dann langsam, bis sie die Baumstümpfe vor sich hatte. Manchmal hatte sie fast den Eindruck, die Schildkröten wußten, wann ihr Vater im Boot saß. Sie und ihre Mutter konnten sich noch so leise heranmachen, die Ruder ohne jedes Geräusch bewegen, sie verjagten die Schildkröten trotz allem ins Wasser, lange bevor das Boot zu den Baumstümpfen gelangt war.

Sie drifteten näher. Hier war das Wasser seicht; Lillian brachte das Boot weg von den weitverzweigten Stumpfwurzeln. Diese Bucht war gewöhnlich still; Wasserskifahrer und Leute mit großen Kajütbooten hielten sich lieber an die offenen Flächen des Sees. Im Moment wirkte die Bucht friedlicher denn je: das Wasser ohne die kleinste Welle, die Luft so klar, daß das Grün der Kiefern noch satter zu sein schien, die Unebenheiten und Rillen auf den Baumstümpfen noch schärfer profiliert. Die Welt hatte für einen Augenblick angehalten, so erschien es Lillian, als ob das Boot im Wasser Wurzeln hätte und die Ruder in einer Kristallsubstanz festsäßen.

Der Vater blickte die Schildkröten an, ohne sich zu bewegen; sein feingeschnittenes Gesicht glich einer Maske. Schließlich lächelte er und hob eine Hand. Als das Boot voranglitt; fing die Zeit wieder neu an. Sie trieben die Baumstümpfe entlang und beobachteten, wie die Schildkröten sich dicht an die modrige Rinde hielten.

»Du verstehst es immer noch«, flüsterte Lillian.

»Sieht so aus.« Er hielt sein beinahe leeres Glas in die Höhe, als sie die Bucht verließen.

Das war das letzte Mal, daß sie mit ihrem Vater zu den Schildkröten hinausgefahren war.

Lillian dachte an ihren Vater, als sie zur Bucht hinausruderte. Sie war allein an den See gefahren; obwohl Brad und Celia in der Stadt waren, hatte es ihre Mutter abgelehnt mitzukommen. Lillian hatte Totholz zusammenräumen, es zerhacken, zu Bündeln schnüren und es dann in ihrem Wagen zur Straße bringen wollen, wo es abgeholt werden konnte. Aber es war heiß geworden, und Martin hatte angerufen, hatte beinahe eine Stunde lang am Telefon gehangen, geduldig wie immer; er vermißte sie. Nächste Woche würde er kommen, angeblich bloß für einen Besuch und nicht um ihren Vater ein letztes Mal zu sehen.

Sie konnte sich auch morgen noch um das Totholz kümmern. Ihr Vater würde von ihr erwarten, daß sie die Schildkrötenbucht besuchte; er hatte merkwürdig beharrlich darauf bestanden. Sie würde ihm erzählen, was sie gesehen hatte, und dabei so tun, als könne er die Schildkröten bald selbst wieder besuchen.

Sie zog an den Rudern, ohne sich recht darum zu kümmern, wo sie hinsteuerte, bis sie schließlich die Bucht erreichte. Wahrscheinlich wären die Schildkröten heute nicht draußen: die Sonne war zu grell, und über die Wasseroberfläche strich eine warme Brise. Sie wußte, was in der Zeit geschähe, während sie hier war. Brad würde ins Krankenhaus gehen und die Verwaltung so lange nerven, bis ihr Vater ins Pflegeheim aufgenommen würde. Dann würde sie das Unvermeidliche akzeptieren müssen.

Lillian zog die Ruder ins Boot und ließ sich dahintreiben; sie kniff die Augen zusammen, während sie die Baumstümpfe anstarrte. Die Schildkröten hatten sie zum Narren gehalten: zwei von ihnen hatten sich auf dem nächstgelegenen Stumpf postiert, die Panzer hoben sich wie glänzende dunkle Punkte vom Holz ab. Das Boot glitt näher heran. Auf den anderen Baumstümpfen waren noch mehr Schildkröten, einige knapp über der Wasseroberfläche, andere in das Moos geschmiegt. So viele hatte sie hier noch nie gesehen.

»Ich verstehe es noch immer.« Deutlich hörte sie die Stimme ihres Vaters; er hätte mit ihr im Boot sein und vom Heck aus die Schildkröten anschauen können. »Bei mir kommen sie immer heraus, Lilly.« Die Strömung brachte ihr Boot zwischen zwei Baumstümpfe hindurch und um einen weiteren herum. Während sie vorbeiglitt, hielt sie die Hand über eine Schildkröte und rechnete damit, sie durch ihren Schatten aufzuscheuchen und zu einem Sprung ins Wasser zu bringen, doch die Schildkröte bewegte sich nicht.

Lillian zählte die Schildkröten, während sie durch die Bucht driftete, gab es dann jedoch wieder auf. Das könnte sie ihm erzählen. Jetzt mußte es ihm wieder besser gehen, und sei es nur, damit er an den See fahren und diesen Haufen Schildkröten mit eigenen Augen sehen könnte.

Plötzlich flaute die Brise ab. Einen Moment lang verwischten Tränen ihren Blick. Sie wühlte in ihrer Hosentasche nach einem Taschentuch und wischte sich die Augen, danach blickte sie sich zu den drei Baumstümpfen um. Winzige Spritzer wirbelten auf, sie erhaschte den Blick einer Schildkröte, gerade als diese hinabsprang. Die anderen waren alle schon unter der Wasseroberfläche verschwunden. Sie starrte über die Bootskante, doch das Wasser war wieder zu einem glatten Spiegel geworden, in dem sich alles Darunterliegende verbarg.

In ihrer Erinnerung hörte sie die Stimme ihres Vaters:

»Erzähl mir, wenn du sie siehst.« Und plötzlich wußte sie, daß er tot war.

Lillian griff nach den Rudern und brachte das Boot über die Bucht. Sie zog das Boot gerade längsseits am Steg hoch, als sie von weitem oben im Bungalow das Telefon läuten hörte.

Der Tod ihres Vaters ließ Lillian erstarren. Als Martin ankam, klammerte sie sich an ihn, suchte bei ihm Trost; selbst Brad schien nicht in der Lage, auch nur die einfachsten Aufgaben zu übernehmen. Ihre Mutter war es, die die Einäscherung organisierte und das Beerdigungsinstitut letztlich davon überzeugte, daß ihr Mann keinen Gottesdienst gewollt hätte, sondern eine ganz einfache Beerdigung im engsten Familien- und Freundeskreis.

Im Herbst verließ Lillians Mutter ihr Haus. Sie verbrachte drei Wochen mit Lillian, flog dann nach Denver, wo sie eine Zeitlang bei Brad und Celia lebte. Im Winter kehrte sie zurück, entschlossen, in ihrem Haus wohnen zu bleiben. Dort lebten ihre besten Freunde, und sie wollte auch dort sein, wo sie mit ihrem Mann gewesen war. Sie behielt ihn in Erinnerung, hatte ihn aber losgelassen und verharrte nicht in ihrer Trauer; das hätte er nicht gewollt. Auch den Bungalow wollte sie behalten und im Sommer dort leben, so wie immer.

Lillian wußte, daß ihre Mutter tief im Innern noch immer trauerte, ihren Kummer aber gut zu verbergen wußte. Ihre Mutter hatte Abschied genommen, genau wie Brad; vor seinem plötzlichen, sanften Tod war Lillians Vater offenbar noch einige Minuten bei Bewußtsein gewesen. Lillian hatte ihre Gelegenheit verpaßt.

In ihren Träumen erschien ihr der Vater, setzte sich zu ihr, unterhielt sich mit ihr; wenn sie aufwachte, war sie überzeugt, daß er wirklich lebte. In anderen Träumen kehrte sie nach Hause zurück, wo er sie begrüßte, und die Logik ihres Traums offenbarte, daß sein Tod ein

Mißverständnis war, eine falsche Annahme ihrerseits. Er hielt sich dann stets an einem hellen Ort auf, in einem freundlichen Zimmer oder einem sonnigen Garten. Sie sprach mit ihm, und er verstand sie: ihre Meinungsverschiedenheiten waren beseitigt.

Immer noch ging sie davon aus, ihr ärgster Kummer werde nachlassen, doch er blieb, überschwemmte sie in jähen Wellen, entsetzte sie immer wieder mit der Tatsache seines Todes. In ihren Träumen kämpfte sie, bewegte sich auf die hellen Orte zu, an denen ihr Vater wartete, und wurde dann einmal mehr in die Dunkelheit zurückgezogen.

Im Sommer nach dem Tod des Vaters nahm Lillian sich zwei Wochen frei, um ihre Mutter zu besuchen. Als sie in ihrem Mietwagen vom Flughafen losfuhr, brach ein Unwetter los; es regnete noch immer, als sie den Bungalow erreichte. An diesem Nachmittag wären die Schildkröten nicht draußen auf den Baumstümpfen; es erstaunte sie, wie sehr sie enttäuscht darüber war, auf sie verzichten zu müssen.

Ihre Mutter sah genauso gut aus, wie sie sich am Telefon angehört hatte. Die Krankenhausrechnungen, die noch immer ins Haus flatterten, waren höher als befürchtet, doch die Versicherung übernahm das meiste davon. Seit der Beerdigung ihres Mannes war sie nicht mehr auf dem Friedhof gewesen; hier am See fühlte sie sich näher bei David.

Lillian hatte sich Sorgen um ihre Mutter gemacht. Jetzt aber bemerkte sie, daß sie den Tod ihres Mannes trotz allen Kummers angenommen hatte. Lillian saß auf der Veranda und schaute zu, wie der Regen die geriffelte graue Oberfläche des Sees mit Narben überzog. Eine Mischung aus Wut, Reue und Trauer, die ihr die Gedanken an ihren Vater oft einbrachte, stieg in ihr hoch.

Ihre Mutter saß neben ihr, schaute vom Strickzeug hoch: »Kommt Martin uns hier besuchen?«

»Er hat keine Zeit«, erwiderte Lillian. »Er muß ein Layout fertigmachen und dann noch eine Zeitschriftenillustration, mit der er schon spät dran ist. Außerdem ...« Sie holte Luft. »Er denkt daran, nach Seattle zu ziehen. Er könnte dort einen festen Job kriegen. Nur ein zweijähriger Lehrvertrag, aber das wäre genau das Richtige für ihn: er hätte genug Zeit für seine eigenen Sachen, könnte vielleicht ein paar neue Projekte anfangen und müßte sich eine Weile keine Sorgen ums Geld machen.«

»Und du? Was tätest du dann?«

»Weiß nicht. Was meinst denn du?«

»Ich wünschte, ich könnte es dir sagen, Lilly, aber das mußt du allein entscheiden.«

Vielleicht würde Martin den Job ja doch nicht bekommen. Lillian hoffte es und verachtete sich im gleichen Moment für diesen Wunsch. Selbst wenn die Stelle frei war, könnte sie es Martin immer noch ausreden, und alles bliebe beim alten.

Was ihr Vater ihr geraten hätte, wußte sie. Geh mit ihm, oder mach Schluß. Laß ihn nicht zappeln, mach einen Sprung in die eine oder in die andere Richtung. Einen Moment lang rechnete sie fast damit, daß er auf der Veranda auftauchen, mit finsterer Miene seine Mißbilligung zum Ausdruck bringen und ihr dann doch sagen würde, sie müsse selbst entscheiden.

Die Wettervorhersage hatte von Regen und niedrigeren Temperaturen als gewöhnlich gesprochen, der Tagesanbruch brachte jedoch Sonnenschein und einen klaren Himmel. Den Morgen verbrachte Lillian mit Erledigungen für die Mutter in der nahegelegenen kleinen Stadt, am Nachmittag ging sie schwimmen. Das Wetter hielt sich, und sie rechnete damit, die Schildkröten zu sehen, wenn sie zur Bucht hinüberruderte.

Die Mutter entfernte gerade Unkraut aus dem Blumenbeet neben dem Haus. »Werd mal nach den Schildkröten schauen«, sagte Lillian.

Laura blickte hoch. »Nur zu, Lilly.« Sie verlagerte das Gewicht auf die Fersen. »Letzten Monat bin ich rübergerudert, gleich nachdem ich hergekommen war. Ich hab noch nie so viele Schildkröten gesehen ... sie müssen sich vermehrt haben.«

»Wahrscheinlich als Teil des natürlichen Kreislaufs«, meinte Lillian. Sie erinnerte sich daran, wie sie sie zuletzt gesehen hatte, unmittelbar bevor Brad sie angerufen hatte, um ihr zu sagen, daß der Vater gestorben war.

Sie ging ins Haus, zog ein T-Shirt über den Badeanzug und lief dann hinunter an den Steg. Bis sie in die Mitte der Bucht gerudert war, war die Brise leichter geworden, und eine Reihe weißer Wolken säumte den Himmel. An Tagen wie diesem hatte sie die Schildkröten früher schon gesehen, sie konnte auch dieses Mal Glück haben. Irgendwie bedeutete es ihr viel, sie zu sehen.

Die Schildkröten waren draußen. Lillian entdeckte sie, als sie näher an die Baumstümpfe heranruderte. Zwei von ihnen waren auf den kleinen Felsen geklettert, der aus dem Wasser ragte.

»Sie kommen immer raus«, sagte ihr Vater, »besonders wenn ich dabei bin.«

Ihr Gedächtnis spielte ihr erneut einen Streich und ließ sie glauben, er sei am Leben. Lillian zog die Ruder ins Boot; als sie aufblickte, saß ihr Vater auf dem Felsen.

»Ich habe darauf gewartet, daß du kommst«, sagte er in seinem klangvollen Bariton.

Ihre Finger umkrampften die Ruder. Die grauen Haare ihres Vaters klebten ihm am Kopf, als sei er eben aus dem Wasser gestiegen, und Wassertröpfchen glitzerten auf seinen Armen und auf seiner Brust. Seine stämmige Gestalt war nackt. Dies war nicht der ausgezehrte Mann, der einem Gemälde von El Greco glich und in einem Krankenhausbett gestorben war; dies war vielmehr der kräftige Mann, der er einmal gewesen war, der Mann, dem sie in ihren Träumen begegnet war.

»Papa«, sagte sie.

Das Boot trieb den Felsen entlang, glitt dann geräuschlos über das Wasser, als ob die Strömung, die es trug, mit zu fließen aufgehört hätte. »Was geht hier vor?« fragte sie.

»Du brauchst nicht zu erschrecken, Lilly. Wir haben doch schon im letzten Jahr eine Unterhaltung geführt, nicht wahr?«

»Das haben wir wohl. Aber wenn ich aufwache, weiß ich meistens nicht mehr, was du gesagt hast.«

»Vielleicht behältst du ja mehr, wenn du wach bist, während wir sprechen«, meinte er. »Wie lange bleibst du hier?«

»Zwei Wochen.«

»Länger als sonst.« In seiner Stimme lag ein leichter Unterton. Sie erinnerte sich an ihre Ausreden, die sie in der Vergangenheit dafür gefunden hatte, nicht nach Hause zu kommen, nicht länger als nur ein paar Tage bleiben zu können. Die Arbeit türmte sich in ihrem Atelier, sie war mit einer neuen Werbekampagne beschäftigt, die Wohnung wurde neu gestrichen, und sie mußte dableiben und dafür sorgen, daß alles richtig gemacht wurde. Das waren eben alles Ausreden, und oft war sie froh darüber gewesen, solche Ausreden bei der Hand zu haben.

»Ich wünschte, ich hätte mir früher mehr Zeit genommen«, sagte sie.

»Es ist vorbei. Mach dir keine Vorwürfe deswegen.«

Seltsam: Sie stellte fest, daß sie seine Gegenwart einfach hinnahm, so wie sie es getan hatte, als er ihr in den Träumen begegnete. Auch, ihn nackt zu sehen, war nur natürlich, er war immer lieber ohne Badehose geschwommen, wenn das möglich gewesen war, und es gab keinen Grund dafür, daß ein Geist, der die Materie abgelegt hatte, Kleider tragen mußte. Die beiden

Schildkröten neben ihm bleiben auf dem Felsen; die auf den drei Baumstümpfen verharrten. Es überraschte sie, mit ihrem Vater reden zu können, ohne sie aufzustören.

»Mama sagt, sie ist letzten Monat hierhergekommen«, sagte Lillian.

»Ich weiß. Ich habe sie gesehen.«

»Hast du versucht, mit ihr zu sprechen.«

»Nein, habe ich nicht. Laura hat getrauert, als ich krank war, vor allem in den letzten beiden Monaten, bevor ich starb. Du weißt das wahrscheinlich nicht, aber es hat sie beinahe krank gemacht. Jetzt nimmt sie die Dinge hin, es ist nicht notwendig, daß ich sie anspreche. Auch deinen Bruder nicht. Celia und er erwarten Nachwuchs. Endlich werde ich Großpapa.«

Wie konnte er davon wissen? Erst eine Woche zuvor hatte Brad es ihr erzählt; selbst ihre Mutter wußte noch von nichts. Aber natürlich wußte ihr Vater, daß Celia schwanger war, weil Lillian es wußte, und die einzig logische Erklärung für seine Anwesenheit hier war die, daß sie von ihm träumte, obwohl sie sich für wach hielt.

»Ich habe mich gefreut, als Brad es mir erzählte«, meinte sie.

»Er tut den Sprung ins Ungewisse. Es spielt keine Rolle, wieviel du zu wissen glaubst: Nichts bereitet dich tatsächlich darauf vor, Vater oder Mutter zu werden.«

»Wieso bist du hier?« fragte sie. »Wie ist so etwas möglich?«

»Ausdauer«, erwiderte er.

»Du bist immer hartnäckig gewesen.«

»Diese Art von Ausdauer habe ich nicht gemeint.« Er lehnte sich auf den Ellbogen. Sie streckte eine Hand nach ihm aus, wollte ihn berühren und sich vergewissern, daß er wirklich da war, zog die Hand dann aber wieder zurück. »Ich wollte sagen, daß ich irgendwie weitermache. Irgend etwas hat mich hierhergezogen, so als ob diese Stelle so etwas wie eine Verbindungsstelle ist. Vielleicht liegt es auch bloß daran, daß mir diese Stelle so gut gefallen hat. Ich bin eben einfach hier, gewohnheitsmäßig. Passiert anderen Leuten wahrscheinlich auch, wenn sie gestorben sind ... Das ist es vielleicht, warum Menschen merkwürdige Dinge an verschiedenen Orten sehen.«

Typisch für ihn, eine rationale Erklärung zu suchen. Jemand, der so skeptisch und pragmatisch war wie ihr Vater, nähme nie an, ganz einfach bloß ein Geist zu sein, eine übernatürliche Erscheinung ohne natürliche Ursache.

»Tja, und vielleicht«, fuhr er fort, »bist du es, die mich hier hält. Laura hat sich mit meinem Tod abgefunden, und Brad bringt neues Leben auf die Welt. Du hältst noch immer an mir fest, Lilly.«

Er war auf den Beinen, bevor sie antworten konnte. Er sprang vom Felsen hinab, und sein muskulöser Körper verschwand unter der Wasseroberfläche. In einer Reihe von Platschern verschwanden auch die Schildkröten.

Sie beugte sich über die Bootseite, konnte aber außer drei Wurzeln und Graswuchs auf dem schlammigen Seeboden nichts erkennen. Hier war das Wasser seicht; die Schildkröten konnten sich im Schlamm verbergen, ihr Vater aber hätte sichtbar sein müssen.

Der Wind schwoll rasch an; die Bucht, zuvor so ruhig, wurde von Böen erfaßt. Sie ruderte hinüber zum Steg ihrer Mutter.

In dieser Nacht träumte Lillian von ihrem Vater. Als sie aufwachte, konnte sie sich nur an weniges erinnern, fühlte sich aber unbehaglich und war sich sicher, daß er ihr etwas Wichtiges hatte mitteilen wollen. Er hatte davon gesprochen, daß er irgendwie in der Wirklichkeit feststeckte und nicht in der Lage sei, sich vorwärts oder rückwärts zu bewegen.

Die Küchenuhr zeigte erst sechs Uhr. Sie machte sich einen Pulverkaffee und saß am Küchentisch, als ihr mehr von dem Traum einfiel.

Er hatte Angst: das war es, was er hatte sagen wollen. Jedenfalls war das ein Teil davon. »Du hältst mich hier fest, Lilly.« Das hatte er auch in dem Traum gesagt.

Rasch zog sie sich an, ohne ihre Mutter dabei aufzuwecken, und ging hinab zum Steg. Die kleine Bucht dort hinten lag noch im Dunkel, umhüllt vom Schatten der Bäume, die am Ufer standen. Und dennoch wußte sie, daß ihr Vater dort wäre.

Sie entdeckte die Schildkröten, als ihr Boot noch etwa fünf Meter von den Baumstümpfen entfernt war. Im frühen Morgenlicht waren sie schwieriger zu erkennen, aber sie waren dort, obwohl es kaum Sonnenlicht gab und die Luft kühl war. Noch während sie hinschaute, stieg ihr Vater aus dem Wasser, schüttelte sich und setzte sich auf den Felsen.

»Guten Morgen, Lilly«, sagte er. »So früh bist du sonst nie auf.«

»Aber du, und deshalb dachte ich, ich könnte dich hier finden. Mir ist eingefallen, was du mir letzte Nacht erzählt hast: daß du Angst hast.«

»Die habe ich auch, Lilly. Weil ich hier hin- und hergehe, auftauche, wieder verschwinde. Ich habe mir gewünscht, nicht mehr leiden zu müssen. Daran erinnere ich mich noch aus der Zeit im Krankenhaus. Ich wollte einfach, daß der Schmerz aufhört. Ich dachte, das hätte zu bedeuten, daß ich sterben wollte. Aber jetzt ist der Schmerz vorbei, und ich stelle fest, daß ich überhaupt nicht sterben wollte, jedenfalls nicht zu diesem Zeitpunkt, nicht so früh.«

Sie streckte den Arm aus, war aber immer noch ein wenig zu weit vom Felsen entfernt, um ihn berühren zu können. »Wie geht es denn weiter?« fragte sie.

»Ich könnte noch eine Zeitlang so weitermachen. Ich glaubte immer, wenn ich tot sei, würde ich die Antworten kennen. Verstehst du, was ich meine? Ich dachte, entweder erführe ich etwas über das Jenseits, oder ich würde unmittelbar vor dem Überqueren des Jordans merken: Da ist nichts mehr. Ich habe mich getäuscht: ich weiß es immer noch nicht, und ich habe Angst davor, es herauszufinden.«

»Ich hätte nie gedacht, daß du vor irgend etwas besonders Angst hättest, Papa.«

»Ich hatte Angst davor, mich selbständig zu machen. Es wäre sicherer gewesen, meinen Job zu behalten. Außerdem hatte ich Angst davor, alt zu werden, und so ist es mit Jenny dann auch gekommen, denke ich. Und ich hatte Panik davor, zu deiner Mutter zurückzukehren und sie um Verzeihung zu bitten.« Er blickte auf eine Schildkröte hinab, die neben ihm auf dem Felsen saß. »Es wäre einfacher gewesen, das nicht zu tun. Ich wollte ihr nämlich nicht ins Gesicht schauen und dabei genau wissen, daß sie absolut das Recht hätte, mich wieder fortzuschicken. Es wäre viel einfacher gewesen, nicht zu versuchen, wieder nach Hause zu kommen, dieses Risiko nicht einzugehen. Das gilt auch für Laura. Sie hätte sich ja auch weigern können, mich wieder bei sich aufzunehmen, und kein Mensch hätte ihr das vorwerfen können. Sie hätte ihren Stolz behalten können. Tot wäre ich in dem Fall mittlerweile ebenfalls, und sie hätte in der Zwischenzeit vielleicht einen anderen.«

»Papa ...« Sie hatte Angst, ihm diese Frage zu stellen. »Als du zu Mama zurückgekommen bist, hast du da schon gewußt, daß du krank bist? Bist du zu ihr zurückgekehrt, weil du dachtest, du müßtest sterben?«

»Glaubst du das?«

»Ich habe zu Mama gesagt, selbst wenn es stimmte, wäre es egal und würde nur bedeuten, daß du am Ende bei ihr sein wolltest.«

»Es war so«, sagte er, »daß ich es nicht wußte. Ich kam zurück und dachte, ich hätte Zeit, die Dinge zu regeln. Selbst nach den ersten Untersuchungsergebnissen habe ich es nicht geglaubt. Wenn ich religiös gewesen wäre, hätte ich geglaubt, Gott würde mich bestrafen. Ganz schön lächerlich, was? Er hätte deine Mutter genauso bestraft, und sie hätte es ja gar nicht verdient.« Er verstummte für einen Moment. »Um ehrlich zu sein, es war eines der größten Risiken, die ich jemals eingegangen bin, Laura zu bitten, mich wieder zu sich zu holen. Hast du jemals drüber nachgedacht, was gewesen wäre, wenn sie sich nicht darauf eingelassen hätte?«

»Ich glaube nicht«, antwortete Lillian.

»Sie würfe sich heute vor, mich beim Sterben allein gelassen zu haben. Und ihr Kinder wärt bitter und aufgebracht über die ganze Geschichte. Keine Chance, die Sache zu bereinigen, keine Chance, drüber hinwegzukommen.«

»Ich habe dir verziehen, Papa. Ich hatte bloß keine Gelegenheit, dir das noch vor deinem Tod zu sagen.«

»Ich weiß. Ich bin wohl hiergeblieben, damit du die Möglichkeit bekommst, es mir zu sagen. Na ja, das trägt wohl dazu bei, aber vor allem ist es meine Angst.«

»Vielleicht hättest du keine Angst«, hörte sie sich sagen, »wenn ich dich loslassen könnte.«

Er schaute sie unentwegt mit seinen braunen Augen an. »Du hast dich mit Martin noch immer nicht entschieden. Du läßt ihn zappeln, bis er schließlich aufgibt, und dann kannst du dir sagen, daß es sowieso nicht geklappt hätte. Du gehst hin und her, mal kletterst du ein bißchen aus dem Wasser heraus, und mal ziehst dich wieder ins Wasser zurück.«

»Er liebt mich«, sagte sie. »Er wird warten, wenn ich das will.« Zum ersten Mal war sie sich gar nicht mehr so sicher, daß Martin warten würde.

Die Schildkröten verschwanden im Wasser. Der Vater glitt vom Felsen und folgte ihnen.

Später am Tag kamen Schauer auf und hielten an bis in die Nacht. Es goß in Strömen, und wenn das Wetter seiner Gewohnheit treu blieb, würde der Regen auch noch bis zum nächsten oder übernächsten Tag dauern. Lillian würde nicht zur Bucht zurückkehren können. Das erleichterte sie, und sofort fühlte sie sich deshalb schuldig.

Am nächsten Morgen jedoch hatte der Niederschlag aufgehört, und Lillian spürte, daß sie ihren Vater wiedersehen mußte.

Energisch kletterte er auf den Felsen, sobald ihr Boot zwischen den Baumstümpfen war; die Schildkröten waren draußen, obwohl am bedeckten Himmel keine Sonne schien, die sie hätte wärmen können. »Hallo, Lilly«, sagte er. »Hast du schon eine Entscheidung getroffen?«

»Inwiefern?«

»Was dein Leben angeht.«

»Was ich mit meinem Leben mache, geht dich nichts an.«

»In gewisser Weise mag das so sein, vor allem jetzt, da ich tot bin. Ich will damit sagen: Soviel kann ein nackter toter Mann für seine Tochter nicht tun. Du bist erwachsen, kannst selbst für dich sorgen, lebst in einer Stadt, die tausend Meilen weit weg ist. Wahrscheinlich hast du geglaubt, einen Sprung ins Ungewisse zu machen, als du dorthin gezogen bist.«

»Du hast mir das immer übelgenommen«, sagte sie. »Du wolltest nicht, daß ich so weit von zu Hause wegziehe.«

»Am Anfang war das so, das muß ich zugeben. Dann aber habe ich gemerkt, daß es zur Aufgabe der Eltern gehört, die Kinder gehen zu lassen. Aber du hast nie den letzten Schritt zum richtigen Erwachsensein getan. Du hast dein eigenes Leben geführt, aber jedesmal, wenn du etwas brauchtest, hast du zu Hause angerufen. Du warst unabhängig, aber du hast keine echte Verantwortung übernommen. Du hast über deine

Kunst gesprochen und darüber, es darauf ankommen zu lassen, und schließlich hast du diesen Job in der Werbeagentur bekommen.«

»Das ist eine feste Arbeit.«

»Und sicherer.« Er betrachtete eine Schildkröte, die auf dem Felsen näher zu ihm hin kroch. »Nicht wie das, womit Martin sich befassen muß.« Er hielt den Blick auf sie gerichtet. »Es ist bestimmt manchmal nicht einfach für ihn. Er muß sich so vorkommen wie ich, als ich mich selbständig gemacht hatte. Am Anfang bin ich immer schweißgebadet aufgewacht und habe geglaubt, es würde alles den Bach hinunter gehen, und ich wäre ein Narr gewesen, meinen Job aufzugeben.«

Sie hatte nie begriffen, weshalb ihr Vater, ein Geschäftsmann, dem eine Ingenieurfirma gehörte, sich so gut mit Martin verstand, einem freiberuflichen Künstler, mit dem er herzlich wenig gemeinsam hatte. Doch jetzt schien es offensichtlich. Beide hatten sie den sichereren Weg abgelehnt, um ihren eigenen zu gehen.

»Er hat noch gar nicht angerufen, seit ich hier bin«, sagte Lillian. »Das ist ungewöhnlich für ihn.«

»Vielleicht hat er zu tun. Vielleicht muß auch er ein paar schwierige Entscheidungen treffen.« Ihr Vater richtete sich auf. »Ich kann nicht hierbleiben, Lilly. Willst du denn ständig herkommen und mich um Rat fragen? Wir können Jahre so weitermachen, vorausgesetzt, ich tauche immer wieder auf und schwinde nicht nach einer Weile dahin.«

Sie spannte sich an, hatte Angst, ihn wieder zu verlieren. »Macht es dir denn etwas aus?« fragte sie. »Ist dir kalt oder ungemütlich, bist du hungrig …«

»Erraten«, meinte er. »Genauso fühle ich mich, ich hänge zwischen zwei Stühlen. Es ist nicht unangenehm, es ist bloß …«

»Bleib!« bat sie leidenschaftlich.

»Das hättest du wohl gern, was? Ich wäre immer hier, um dir Ratschläge zu geben. Du bräuchtest dein Leben gar nicht weiter voranzutreiben. Du könntest einfach immer weiter hin- und hergehen, dir einmal vormachen, du seist eine Erwachsene, und dir dann wieder sagen, du seist ein Kind.«

Bevor sie ihm antworten konnte, war er ins Wasser geglitten und unter der Oberfläche verschwunden.

Sie hätte ihn vielleicht loslassen können, wenn sie gewußt hätte, was ihm bevorstand. Lillian döste vor sich hin, gefangen zwischen Schlaf und Bewußtsein. Doch sie wußte es eben nicht, und er wußte es auch nicht. Die kleine Bucht, in der er fortbestehen konnte, würde er möglicherweise verlassen, um das Nichts zu erfahren, um vollständig zu sterben, um in jeder Beziehung zu verschwinden.

»Das ist es, was mir Angst einjagt«, sagte er in ihrem Traum. »Ich frage mich, ob ich besser damit dran bin, was ich habe, wenn ich hier am See herumspuke. So war mir manchmal im Krankenhaus: wenn der Schmerz nicht ganz so arg war, dann hatte ich das Gefühl, das Leben ist lebenswert, selbst wenn ...«

Sie konnte ihn kaum hören. »Papa«, sagte sie, aber er verblaßte, und der sonnendurchflutete Garten, in dem er saß, verdunkelte sich. Lillian schwamm durch die Dunkelheit. Sie hatte Angst.

Sie trank ihren Kaffee, als das Telefon an der Küchenwand läutete. Ihre Mutter nahm ab, murmelte ein paar Höflichkeitsfloskeln und reichte ihr schließlich den Hörer. »Martin ist dran«, sagte sie.

Lillian hatte es schon vermutet. »Lilly?« Martins Stimme drang an ihr Ohr. Ihre Mutter zog sich auf die Veranda zurück, damit sie ungestört telefonieren konnte. »Na, wie sieht's denn aus?«

»Gut.«

»Laura hat sich ganz gut angehört. Geht es ihr einigermaßen?«

»Ja, es geht ihr gut.«

»Paß auf ... der Job in Seattle, die Stelle ist frei.«

Lillians Hand umschloß den Hörer. »Du gehst hin, stimmt's?«

»Ohne dich nicht. Ich will, daß du mitkommst.«

»Ich habe einen Job.«

»Du findest einen anderen. Oder noch besser: Du kannst die Zeit für deine eigenen Sachen nutzen. Wir werden zusammenziehen. Ich kenne dort Leute, die dir helfen werden, ein paar Jobs auf freier Basis zu besorgen.«

»Und was passiert, wenn dein Vertrag ausläuft?«

»Na, dann werden wir halt mal weitersehen, oder? Heutzutage ist doch sowieso nichts mehr gewiß.«

»Ich weiß nicht, was ich sagen soll«, meinte Lillian.

»Du brauchst jetzt gar nichts zu sagen, aber du kannst dir's ja mal überlegen. Ich muß ihnen Bescheid geben, bis du zurückkommst.«

Sie konnte ihm die Sache ausreden. Ohne sie würde er nicht gehen wollen. Alles konnte beim alten bleiben.

Sie sagte: »Ich denk mal drüber nach.«

»Ich muß jetzt Schluß machen. Ich hab versprochen, diese Illustration noch heute morgen fertigzumachen. Lilly, ich liebe dich.«

»Ich liebe dich auch.«

Sie legte auf und trat auf die Veranda hinaus. Die Mutter stellte ihre Kaffeetasse ab und schaute zu ihr hoch. »Dein Vater hat Martin immer gemocht.«

»Ich weiß«, erwiderte Lillian. Sie wollte erzählen, daß die Stelle in Seattle für Martin frei sei, überlegte es sich aber anders. Nebel hing dicht über dem See; die mit Bäumen überzogenen Hügel wurden von einem Dunstvorhang verschleiert. »Ich hol mal das Ruderboot raus.«

»Bei dem Wetter? Das könnte aber gefährlich werden.«

»Glaube ich nicht. Die großen Boote kommen nicht in die Bucht, und kein Mensch sonst wird draußen sein.« Sie mußte in die Schildkrötenbucht.

Sie zog Hose und Pullover an. Für die Jahreszeit war es kalt, und sie fröstelte. Sie ruderte zur Bucht hinüber und überlegte dabei, was sie ihrem Vater erzählen und was er antworten würde.

Trotz Nebel und Kälte waren die Schildkröten draußen. Ihr Vater saß bereits auf dem Felsen; er sah einem Gemälde von Michelangelo ähnlicher als einem von El Greco.

»Ich wußte, daß du kommst«, meinte er. »Martin hat dir was Wichtiges erzählt.«

»Woher weißt du das?« fragte sie.

»Weil du es weißt. Du mußt jetzt also eine schwierige Entscheidung treffen, die eine Menge ändert. Ich wußte, daß du mich um meine Meinung fragen würdest. Ich kann dir aber keine Antwort geben, weil es mich einen Dreck angeht ... Es ist deine Sache.« Er ließ die Arme auf den Knien ruhen. Obwohl er nackt war, schien ihm die feuchte kalte Luft nichts auszumachen. »Tja, ich habe meine eigenen Schwierigkeiten. Ich brauche deine Hilfe.«

»Papa, ich kann dir doch nicht helfen. Was könnte ich denn für dich tun?«

»Das kannst du nicht haben, wie? Daß ich *dich* mal um Hilfe bitte? Ich hab mein Töchterlein das ganze Leben lang nie wegen irgend etwas um Hilfe gebeten, aber jetzt, da ich tot bin, brauche ich sie. Hilf mir, Lilly ... Sag mir, daß du ohne mich zurechtkommst. Vielleicht kann ich das nächste Stadium erreichen, wenn du mir einen Schubs gibst.«

»Du weißt doch noch nicht einmal, was das nächste Stadium ist«, meinte sie. »Du weißt gar nicht, ob es überhaupt noch irgend etwas gibt.«

»Ich muß es darauf ankommen lassen oder eben für alle Ewigkeit wie eine Amphibie hin- und herwandeln.

Du mußt mir helfen, Lilly. Sag mir, daß du mich loslassen kannst.«

Der Nebel löste sich langsam auf, doch ihr Gesicht fühlte sich noch immer naß an; erst jetzt bemerkte sie, daß sie weinte. »Papa, ich will nicht, daß du gehst. Wenn ich wüßte, daß es noch etwas gibt für dich, könnte ich vielleicht ...«

»Das kannst du aber nicht wissen. Ich weiß es auch nicht. Ich muß es darauf ankommen lassen.« Er stand auf und streckte die Arme nach vorn. Die Bucht schien in Schweigen gehüllt, sie hörte nicht einmal das Geräusch des Wassers, das an den nahegelegenen Strand plätscherte. Die Bucht war wie versteinert, eine unbewegliche, gekräuselte graue Oberfläche; der Nebel fühlte sich dick wie Schaum an.

»Lilly!« rief er.

»Auf Wiedersehen!« Der Abschied schnürte ihr die Kehle zu. »Auf Wiedersehen.« Sie griff die Ruder, wollte zum Felsen hin rudern und ihn packen, zwang sich jedoch, ruhig zu verharren. »Ich liebe dich. Auf Wiedersehen, Papa, auf Wiedersehen.«

Er verschwand im Nebel, Glieder und Leib verblaßten, als der Dunst sie umhüllte. Bevor er verschwand, sah Lillian ihn lächeln. Vielleicht hieß das, daß es wirklich noch etwas gab, was vor ihm lag, daß er eine Welt erspäht hatte, in der er jetzt hineingelangen konnte. Diese Hoffnung würde sie behalten, auch wenn ihr klar war, daß sie erst dann Gewißheit erlangen würde, wenn sie selbst auf eine solche Reise ging.

Das Wasser schlug gegen den Bootsrumpf. Weit im Osten, hoch über den Hügeln hinter dem Haus ihrer Mutter, stand die Sonne als blasse Scheibe im Dunst. Die Schildkröten waren verschwunden, obwohl sie kein Platschen gehört hatte, als sie ins Wasser zurückgeglitten waren. Dies war kein Wetter für sie. Vielleicht würden sie wieder herauskommen, wenn der Nebel sich aufklärte.

Sie ruderte über die Bucht zurück. In einer Stunde vielleicht würde Martin zurück in seiner Wohnung sein, und sie würde ihn anrufen und ihm sagen, wie sie sich entschieden hatte.

Originaltitel: ›Amphibians‹ • Aus: ›Asimov's Science Fiction‹, Juni 1995 • • Übersetzung aus dem Amerikanischen von Peter Beyer

---

Sonia Orin Lyris

ES KÖNNTE SONNENSCHEIN SEIN

Licht, das Sonnenschein sein könnte, fällt durch die vielen hohen Fenster des Raumes.

Ich sehe mich in diesem vertrauten großen Raum um. Das einzige Geräusch ist das Streifen meiner bloßen Füße auf kühlem Marmor. Runde Wände umgeben mich. Sie tragen eine Kuppel, die von vielen Fenstern durchbrochen wird. Es gibt keine Türen.

Ich umfasse mit beiden Händen meine Oberarme, um Haut auf Haut zu fühlen. Ich kratze mich. Ich trage keine Kleider, aber mir ist nicht kalt. Nicht hier.

Der Raum riecht nach nichts. Oder vielleicht nach Staub.

Es ist gleich, wohin ich mich wende; nichts markiert die Himmelsrichtungen außer dem Licht an den Wänden, das durch die hohen Fenster einfällt. Die Wände sind weiß, der Marmorboden ist weißlich-grau. Durch die Fenster der Kuppel sehe ich ein Blau, das das des Himmels sein könnte.

Genau wie gestern.

Die Luft ist ruhiger als der traumlose Schlaf, aus dem ich vor kurzem erwachte. Die Stille erfüllt den Raum und hüllt mich wie ein Seidengespinst ein.

– Guten Morgen, Kelly.

Seine Worte stören die Stille nicht. Sie kommen wie meine eigenen Gedanken zu mir, nur anders.

Ich nicke.

– Ich hoffe, du hast angenehm geschlafen, sagt die

Stimme dessen in meinem Kopf, den ich meinen Gefangenenwärter und gelegentlich Peiniger nenne. Er ist mein einziger Gefährte.

– Soll der Schlaf zu meinem Vergnügen sein? frage ich.

Unsere Gespräche gehen langsam vonstatten. Ich muß die Frage im Sinn behalten, damit er sie lesen kann. Eine lange Nacht ist vergangen, seit wir zuletzt sprachen. Ich muß mich erinnern, wie es gemacht wird.

– Dein Vergnügen. Ja. Dies ist alles zu deinem Vergnügen. Sein kristallheller Gedanke bildet sich in einem leeren Winkel meines Bewußtseins.

Ich schüttle den Kopf.

– Öffne den Käfig und laß mich hinaus. Dann werde ich an Vergnügen haben, was mir geblieben ist.

In meinem Geist sind jetzt Augen. Oder vielleicht nicht, aber so fühlt es sich an. Die Augen beobachten mich und sind traurig. Sie zwinkern.

– Wenn ich dich frei ließe, kämst du um.

Ich nicke, bin nicht überrascht. Wir haben dieses Gespräch schon einmal geführt. Dann lächelte er in meinem Geist.

– Heute werden wir viel Freude haben, sagt er, und seine Augen sind groß und funkeln erwartungsvoll.

– Wieviel Zeit ist seit gestern vergangen?

Die Augen schließen sich. Ich spüre Bestürzung.

– Das würde dich nur aufregen.

– Wieviel Zeit?

Ich schärfe meine Entschlossenheit, stelle mir meinen Willen als eine harte Schale um mein Bewußtsein vor. Ich muß es wissen.

– Ich möchte dich nicht beunruhigen. Sicherlich wird dich eher interessieren, daß heute dein neunter Geburtstag ist.

Jedesmal, wenn ich erwache, wächst sein Widerwille, mir Auskunft über die vergangene Zeit zu geben. Wie schon letztesmal, versucht er auch jetzt wieder, mich zu bestechen.

Nun schwimmt er durch meine Erinnerungen, und jede einzelne wird durch seine Berührung lebendig.

Auf einmal bin ich neun. Ich sitze mit sieben anderen Kindern an einem Tisch. Ich rieche Erdbeeren, Kuchen und Vanilleeis. Die Erinnerung dehnt sich aus, bis sie lebendiger ist als meine spärliche Gegenwart.

Ich klammere mich an meinen Zorn über seine Einflußnahme, und er ist augenblicklich verwirrt. Wir haben keine Rückzugsmöglichkeit, mein früheres Selbst und ich, und er versteht nicht, warum ich mich über sein Eindringen in meine Privatsphäre ärgere. Er versteht nur, daß die Erinnerungen auf mich wirken.

Er reagiert darauf, indem er die Erinnerung sich ausweiten läßt, bis sie mich ausfüllt, bis sie meine Gegenwart vollkommen ersetzt. Es fällt schwer, mich zu erinnern, daß ich nicht neun bin.

Meine Freunde sitzen am Eßtisch um mich. Dem blonden Jungen am Ende des Tischs ist es bestimmt, einige Jahre später mein Liebhaber zu werden, aber davon habe ich jetzt keine Ahnung. Oder vielleicht doch. Vielleicht ist es das leise Flüstern aus der Zukunft, das mich anrührt, wenn ich ihn anschaue. Ja, das wird es sein.

Bunte Luftschlangen, Geschenkpapier und Bänder liegen über dem Tisch verstreut. Vor mir sehe ich das letzte Geschenk, erstaunlich groß, voller Geheimnis und Verheißung. Mühsam fange ich an, das verknotete Band aufzuknüpfen. Dann, mit einem Augenrollen zu meinen beiden engsten Freundinnen, zerre ich das Band herunter, reiße das Papier auseinander und öffne die Schachtel.

Irgendwo in mir schwingt ein Echo jenes Augenblicks, ein Echo, das von damals herüberhallt, als es geschah. Jetzt erinnere ich mich nicht, was das Geschenk war, aber ich erinnere mich, daß es wundervoll sein wird.

Ich sehe wieder auf grauem Marmor, und das Licht strömt von den Fenstern über mir herab. Es ist eine Botschaft, diese Erinnerung. Ein Versprechen, wie das Geschenk selbst. Ich brauche nur zuzustimmen.

Ich schüttle den Kopf.

– Weihnachtsmorgen, dann. Du warst elf. Erinnerst du dich?

Ich bin in unserem alten Landhaus, und aus meinem Schlafzimmerfenster sehe ich den Wiesenhang, wo im Frühling Wildblumen blühen. Letzte Nacht hat es geschneit, aber heute früh ist der Himmel klar und herrlich blau.

Ich lege die Fingerspitzen an die kalte Fensterscheibe und sehe zu, wie das Glas um jeden Finger herum beschlägt. Draußen ist jeder Baum in Weiß gehüllt, und aus der Wiese ist ein dicker weißer Teppich geworden, der auf nichts wartet. Außer vielleicht auf meine Stiefel.

Ein seltsames Geräusch, ein unterdrücktes Quieken, dringt von irgendwo im Haus an mein Ohr. Dann höre ich die gedämpften Stimmen meiner Eltern.

Wärme durchströmt mich vom Kopf bis in die Zehen. Es ist ein junger Hund. So viele Male erbeten und endlich hier.

Ich tanze durch den Raum und träume von den Spielen, die wir zusammen spielen werden, mein kleiner Hund und ich, und von den Fußabdrücken, die wir an diesem vollkommenen Weihnachtsmorgen zusammen im weißen Schnee hinterlassen werden.

Ich bin wieder im überkuppelten Raum.

Ich denke an Shakti, die so viele Jahre meine Freundin und Gefährtin war. Ich sehe ihr Gesicht, höre ihr Bellen. Bei der Erinnerung wird mir warm ums Herz. Tränen steigen mir in die Augen.

Ich brauche nur zuzustimmen.

Nein, sage ich mir. Mein Mund formt das unausgesprochene Wort. Rasch, damit ich es mir nicht anders überlege.

– Ein Spiegel, dann, sagt mein Gefangenenwärter und versucht ein drittes Mal, mich zu verlocken.

Vor einigen langen Tagen zeigte er mir einen Spiegel. Verstehen streifte mich wie eine Brise, eine Andeutung des Schlüssels, mit dem mein Käfig aufzusperren ist. Dann nahm er den Spiegel weg, und mit ihm verschwand meine Einsicht.

Selbst wenn die Einsicht Illusion war, möchte ich doch sehr gern wieder in den Spiegel schauen. Aber ich muß wissen, wieviel Zeit vergangen ist, während ich schlief.

– Wie lange? frage ich. Ich versuche, an nichts anderes zu denken. Nicht an das Geschenk, nicht an Shakti, nicht an ein Entkommen.

Mein Gefangenenwärter seufzt in meinem Bewußtsein, ein langes Ausstoßen staubigen dunklen Atems. Minuten vergehen; Minuten, weil ich die Sekunden zähle. Ich bin auf drei Minuten und zwanzig Sekunden gekommen, als das Seufzen endlich aufhört.

– Ich werde es dir sagen. Aber gib acht: Dies sind Tage, wie deine Vorfahren sie kannten, nicht wie ich sie kenne. Nicht einmal wie du sie jetzt kennst.

– Das sagst du mir jedesmal.

– Ja, aber ich denke, du hörst nicht zu, weil du immer bestürzt bist, wenn ich dir sage, wie lang es gewesen ist.

– Sag es mir.

Eine kleine Weile vergeht.

– In den Tagen deiner Vorfahren hast du achtundneunzigtausendsiebenhunderteinundzwanzig Tage geschlafen.

Annähernd drei Jahrhunderte. Noch länger als letztesmal. Ich verspüre den betäubenden Schock enttäuschter Erbitterung, dann Verzweiflung.

Ich schaue an mir abwärts, auf meine Hände, den

Bauch, die Beine. Ich sage mir, daß dieser Körper nicht der meine sei, daß ich nicht mehr lebe, daß niemand so lange leben könne. Das wahre Ich muß tot sein.

Er hat alles bis auf einen Fühler aus meinem Bewußtsein zurückgezogen. Diese Gefühle nähren ihn nicht.

– Nein, du bist nicht tot. Du atmest und denkst. Manchmal spielst du. Du bist nicht tot.

Ich blicke hinauf zu den Fenstern über mir, zu langen Hochrechtecken blauen Himmels. Ist es das Blau des heimatlichen Himmels oder irgendeines Himmels, oder nur Illusion?

– Illusion? fragt er und runzelt in meinem Bewußtsein die Stirn. Wie leicht gebrauchst du dieses Wort. Bedeutet es dir so wenig, daß das Essen gut schmeckt und dir den Magen füllt?

– Es ist nicht genug, daß mein Magen voll ist.

– Vielleicht wäre es genug, wenn du Hunger hättest. Hunger ist etwas, das wir beide verstehen.

– Vielleicht, antworte ich.

Auch dies ist ein Gespräch, das wir früher schon geführt haben. Ich habe bereits die anderen Antworten gegeben, die mir jetzt in den Sinn kommen, außer der einen, die er hören möchte, mit der ich sein Angebot annehme und mich an meine besten Erinnerungen verliere.

– Komm, heute werden wir viele Freuden zu erforschen haben. Ich kann kaum erwarten, daß wir anfangen.

Wir haben einen vagen Kompromiß gefunden: er konstruiert Phantasien aus meinem Bewußtsein, und ich sage mir, daß ich nicht in meinen Erinnerungen lebe. Es ist eine kleine Lüge, die keiner von uns glaubt. Ich weiß, daß alles aus meiner Vergangenheit kommt, ob die Erinnerung eine Eistüte mit Schokoladenstreusel ist oder die Sommernacht, als mein Herz in tausend scharfe Stücke brach.

– Warum schlafe ich so lange?

– Schlaf ist zum Ausruhen da. Du mußt ausruhen.

– Du ruhst auch nicht. Warum sollte ich?

– Du bist anders. Sehr zart. Wenn du nicht ruhst, werden deine – Elemente nicht zusammenhalten.

– Meine Elemente? Meinst du meinen Verstand?

– Ja, deinen Verstand. Aber das ist kein Vergnügen. Laß uns unsere Freude haben.

– Deine Freude ist nicht meine Freude.

– Du irrst dich, sagt er. Ich spüre seine hochmütige Gewißheit. Ich weiß, was deine Freude ist.

– Du weißt es nicht. Ich möchte ...

Ich merke, wie er den Kopf schüttelt, und mein sich formender Gedanke hält inne. Dies ist meine Erfindung, daß er einen Kopf zum Schütteln hat.

Dann winkt er mit der Hand über meinem Bewußtsein, und meine Gedanken sind fortgespült, zusammengesunken wie eine Sandburg unter einer zurückweichenden Brandungswelle. – Du weißt nicht, was du willst. Die Freiheit, nach der es dich gelüstet, würde dich zerstören. Wenn du zerstört wirst, geht uns beiden die Freude verloren.

Die Worte springen in meinem Kopf herum wie Kieselsteine in einer Blechdose. Ich bemühe mich, die Gedanken wieder zusammenzubringen, die ich vor Augenblicken hatte. Wellen und Sandburgen? Ich bin nicht sicher.

– Komm. Ich kann es nicht erwarten, deine Familie zu sehen.

– Deine Erwartung geht mich nichts an. Ich mache den Gedanken hart und scharf.

Mein Zorn verwirrt ihn. Für kurze Zeit zieht er sich zurück, aber dann ist er wieder da und durchsucht mein Bewußtsein nach Hinweisen. Er ist zugleich ein Jucken und ein Schmerz. Ich schüttle energisch den Kopf, um dem Gefühl Einhalt zu gebieten. Es hilft nicht.

Er bewegt sich tiefer in mein Bewußtsein, schneller, als ich folgen kann.

Ein Alptraum dringt herauf in die Erinnerung. Er sieht ihn, verstärkt ihn, und ich krümme mich, als er Wirklichkeit wird.

Ich schaue an mir herab. Auf meinem Bauch kriecht ein Wurm herum, dicht unter der Haut, arbeitet sich durch mein Fleisch. Ich bin entsetzt. Ich kratze und kratze, bis meine Haut aufreißt, kratze den Wurm mit meinem Blut heraus. Es schmerzt, aber der Wurm ist fort. Ich bin erleichtert. Dann schaue ich wieder hin.

Da sind Dutzende von Würmern, genau wie der erste, und alle kriechen dicht unter meiner Haut herum.

Der Traum endet.

Ich stehe wieder auf Marmor, zitternd. Es gibt keine Würmer, kein Blut. Ich balle die Fäuste. Mehr kann ich nicht tun.

Dieser Alptraum liegt weit zurück, in der Zeit, als ich im Institut war und mich auf die Reise vorbereitete, die eine von uns nach Epsilon Eridani machen sollte. Damals konnte ich aus meinen Alpträumen erwachen. Und ich schlief für Stunden, nicht Jahrhunderte lang.

Mein Gefangenenwärter wirft mir einen flaumigen Ball von Erwartungen zu. Die gerundete glatte Wand um mich verschwimmt. Auf einmal gibt es Türen. Viele Türen.

– Schau her. Du darfst eine auswählen. Die Stimme meines Gefangenenwärters klingt aufmunternd, erwartungsvoll.

Alle Türen sehen gleich aus. Ich gehe ein paar Schritte auf eine Tür zu und bleibe stehen.

– Wenn du die richtige Tür wählst, werde ich dich freilassen, fügt er mit völlig unschuldiger Grausamkeit hinzu.

Es könnte wahr sein, also gehe ich auf das Spiel ein, obwohl ich weiß, daß meine Hoffnung ihn nährt.

Ich gehe weiter, bis ich eine Tür erreiche. Ich stoße, und sie schwingt auf.

Dahinter ist ein weiterer kreisrunder Raum, genau wie der, in dem ich bin. Auf der anderen Seite dieses Raumes steht eine nackte Frau, die von hinten aussieht wie ich selbst und durch eine Türöffnung späht. Ich wende mich um, und da ist sie wieder, gleich jenseits der Türöffnung auf der anderen Seite des Raumes, und blickt hinter sich.

– Du hast die richtige Tür gewählt. Du bist frei. Geh nur, geh hinein.

Ich verspüre einen zermalmenden Druck, der in mir zu Kälte wird. Ich finde keine Worte mehr. In meinem Bewußtsein zeichne ich ein Bild von seinem Gesicht. Es ist meine eigene Schöpfung, weil ich ihn nie gesehen habe. Ich verzerre das Gesicht, ziehe es in die Länge, lasse übelriechenden grünen Schleim aus seiner Nase tropfen und mache die Haut faulig, bis sie anschwillt, sich schwärzt und von den Knochen löst.

Ich spüre sein Entsetzen. Er zieht sich zurück. Ich kann das Bild in meiner Vorstellung nicht aufrecht erhalten, so sehr ich es versuche, und es verblaßt. Es ist ein kleiner Sieg, der mir einige Befriedigung verschafft, ein wenig echte Freude.

Er flutet zurück in mein Bewußtsein, um meine Freude einzusaugen. Er muß hungrig sein, daß er sich auf dieses Stückchen stürzt.

Eine Biene findet Nahrung in einer Blume, eine Giraffe reißt Blätter von den Zweigen, eine Katze kaut auf einem Stück Thunfisch.

Ich beschließe, nicht zu spielen. Ein Schritt zurück, und die Tür schließt sich. Auch hinter mir höre ich eine Tür zufallen.

– Du bist nicht glücklich. Ich höre seinen Hunger heraus.

– Nein.

– Warum nicht? Ich werde dir alles geben.

Das Gespräch ist ein tägliches Ritual.

– Sagen wir einfach, wir haben unüberbrückbare Differenzen und beantragen die Scheidung.

Er versteht nicht. Obwohl er Zugang zu allen meinen Erinnerungen und Jahrhunderte lang Zeit hatte, sie zu verdauen, versteht er noch immer nicht.

– Du bist einsam.

Ich lache. Ein heiseres Lachen; meine Stimme ist eingerostet, weil ich sie nicht gebrauche. Es erheitert mich, daß er Jahrhunderte benötigt hat, um diese Schlußfolgerung zu erreichen.

– Sei nicht lächerlich. Wie könnte ich einsam sein, wenn ich dich habe? Und ich lächle.

Er durchschaut meine Erinnerungen, um zu verstehen, warum meine Worte und meine Empfindungen nicht zusammenpassen. Er bohrt und sondiert. Ich zucke zusammen und schüttle den Kopf.

Es geht tiefer.

– Nein, nicht …

Es ist Morgen, ein frischer, sonniger, spröder Morgen. Ich wache langsam auf, klammere mich an den Schlaf. Dieser Morgen, dieser Tag, der dritte Tag seit – nein. Ich werde nicht daran denken. Seit – nein.

Ich wälze mich im weichen Bett herum und ziehe mir das Kissen über den Kopf. Ich möchte wieder schlafen, ich möchte ewig schlafen, aber jetzt bin ich wach, verlassen vom Schlaf und den scharfen Sonnenstrahlen ausgesetzt, die durch die zarten Vorhänge nach mir stechen.

Lange bleibe ich liegen und starre ins Leere.

Das Telefon läutet. Ich will nicht abnehmen, tue es aber doch.

»Kelly? Hier Roxanne.«

Roxanne nahm Simons Katze auf, als er ins Institut kam. Sie brachte sie zurück, als das Institut sich einverstanden erklärte, daß Simon und ich zusammenlebten, obwohl wir beide Kandidaten waren.

Roxanne ist Teilzeitangestellte im Institut, aber nicht

weniger begierig als alle anderen, jemanden nach Epsilon Eridani zu schicken, um das intelligente Leben zu finden, das uns vor neun Jahren eine Liste der Primzahlen schickte.

»Mein Gott«, sagt sie zu mir. »Ich habe es gerade erfahren, Kelly. Es tut mir leid.«

Ich weiß nicht, was ich sagen soll.

»Ja. Danke.«

»Gibt es irgendeine Hoffnung …?« Sie holt tief Luft.

»Nein«, sage ich. Ich habe diese Frage oft genug beantwortet, um eine Litanei daraus zu machen: »Massive Verletzungen. Rückenmark durchtrennt. Gehirnschaden. Keine Chance.«

Sie ist still.

Es hört sich so klinisch an, aber das ist gut, schließlich bin ich Wissenschaftlerin. Meine Professoren am Institut wären stolz. Simon wäre stolz.

»Der Fahrer hatte einen Herzanfall? Einfach so?«

Eine vollkommene Tragödie. Jeder ein Opfer, keiner schuldig.

Ich zwinkere langsam. Noch einmal. »Ja.«

Das Institut für Außerirdische Studien machte uns zu Detektiven. Wir lernten aus jeder Zahl von Teilen ein Ganzes zusammenzustücken oder wenigstens plausible Deutungen aus den verfügbaren Daten zu konstruieren. Wir wußten nicht, was wir auf Epsilon Eridani finden würden, also bereitete das Institut uns Kandidaten so gut wie möglich auf die Begegnung mit dem Unbekannten vor. Ich war auf alles gefaßt.

Bis auf dies.

Trotzdem, mein gut trainierter Verstand beachtete meine Gefühle nicht. Ich erinnere mich an die Bilder aus dem Polizeibericht und sehe eine farbige Simulation vor meinem inneren Auge. Ich versuche sie abzuschalten, aber es ist nicht möglich. Simon verläßt den Eckladen mit zwei Päckchen Ballonkaugummi, einem Päckchen für sich, einem für mich. Ich kaue das Zeug nicht, aber er kauft es mir trotzdem. Manchmal, wenn er mit seinem Kaugummi schnalzt und Blasen produziert, meine ich, ihn erwürgen zu müssen, um den Verstand nicht zu verlieren, aber ich bewahre Stillschweigen unter der Flagge der Liebe. Wir alle haben unsere lästigen Angewohnheiten. Ich kaue Bleistifte beinahe so schnell durch wie er Kaugummi.

Simon verläßt den Bürgersteig, geht fünf Schritte über die Straße.

Unsere Wohnung ist nur einen Block entfernt, aber er könnte geradesogut elf Lichtjahre entfernt sein. Wie Epsilon Eridani.

Dann, nach fünf Schritten…

Der Telefonhörer ist ein totes Gewicht in meiner Hand, und die Sonne scheint fürchterlich hell durch die Vorhänge. Sogar jetzt scheint sie, als wolle sie sagen, daß Simons Schicksal unwichtig sei. Die Erde dreht sich weiter. Die Sonne scheint weiter.

»Es muß schrecklich für dich sein«, sagt Roxanne.

Wie sollte es sonst für mich sein? Aber ich sage nichts. Sie ist nicht schlimmer als die anderen. Ich mache ihr und niemandem einen Vorwurf.

»Was ist, wenn er aus dem Koma erwacht?« fragt sie schüchtern. »Könnte das geschehen?«

»Es wäre besser für ihn, wenn er nicht erwachen würde. Er wäre ein Quadriplegiker mit der Intelligenz eines Kohlkopfes. Ich wünschte, er wäre gestorben.«

Der Schock macht sie für eine Weile sprachlos.

»Ich weiß nicht, was ich sagen soll, Kelly.«

Ich starre in die Staubteilchen, die durch die einfallenden Sonnenstrahlen schweben.

»Sag nichts. Laß mich einfach sein. Er würde dieses Aufsehen nicht wollen. Er würde wollen, daß wir uns wieder an die Arbeit machen.«

Wegen des Unfalls habe ich zwei zusätzliche Wochen Urlaub bekommen. Ich beschließe, schon heute ins Institut zu gehen. Mit der Arbeit weiterzumachen.

»Simon war ein prima Kerl, nicht?« sagt sie.

Meine Kehle ist zugeschnürt.

»Ja.«

– Simon ... Macht dich das unglücklich?

– Verdammt noch mal, verschwinde aus meinem Kopf! schreie ich ihn an.

Ich liege auf dem Marmorboden, die Knie angezogen wie ein Fötus.

– Du sehnst dich nach diesem Mann? fragt er spürbar neugierig und durch meine Wut nicht im mindesten entmutigt. Er hat einen lose hängenden Faden gefunden und wird daran ziehen, bis er das ganze Gewebe aufgelöst hat. Er zieht. Ich spanne mich innerlich an.

Ich stehe in einem weißgetünchten langen Korridor, wenige Schritte vom Büro des Direktors entfernt.

Martin ruft meinen Namen vom anderen Ende des Korridors. Er kommt auf mich zugelaufen.

Ich schlucke eine Verwünschung hinunter. Martin hat die Nachricht gefunden, die ich auf dem Kühlschrank zurückließ. Zu früh. Was eine Szene bedeutet. Noch dazu hier, vor dem Büro des Direktors.

Es ist nicht Martins Fehler. Ich weiß, was ich ihm mit meiner Abreise antun werde. Ich weiß, daß er mich liebt. Es reicht nur nicht.

Außer Atem bleibt er vor mir stehen.

»Kelly. Warte.«

Ich setze ein Lächeln auf und hoffe entgegen meiner Erwartung, das Gespräch ohne Auseinandersetzung hinter mich zu bringen.

»Wünsch mir Glück, Martin. Ich bin schon unterwegs ins große Unbekannte.«

»Gott, Kelly«, sagt er. »Ich glaube es nicht. Du wolltest doch bleiben. Du sagtest – Kelly, du sagtest, du bliebest. Erinnerst du dich?«

»Ich kann nicht«, sage ich. Mein Blick weicht seinen Augen aus, findet Halt am Institutssignet seines Hemdes.

»Kelly ...«

»Es ist so, wie es ist, Martin.«

Ich sage mir, daß ich mein Leben der Wissenschaft widme, was wahr ist, aber irgendwo in mir weiß ich auch, daß ich davonlaufe. Ich hätte nie gedacht, daß ich vor etwas davonliefe. Es ist hart zu entdecken, daß ich nicht die bin, für die ich mich hielt.

»Ich habe meine Zeit abgeleistet, Martin«, sage ich, bemüht, der Sache eine scherzhafte Wendung zu geben. »Ich habe einen kleinen Urlaub verdient.«

»Verdammt, Kelly, nach Eridani gibt es keine Rückfahrkarte!«

»Jemand muß gehen. Warum soll ich nicht diejenige sein? Ich werde dir eine Postkarte schicken, per Tachyonenstrahl. Das verspreche ich dir.«

Ich sehe seine Hände zittern. Er sieht aus, als werde er bei meinem nächsten Wort in Tränen ausbrechen. Ich fühle das Gewicht seines Schmerzes. Die Situation ist mir äußerst unangenehm.

»So«, sagt er mit Bitterkeit. »Was soll ich Simon sagen, wenn er aufwacht?«

Seine Worte treffen. Ich weiß, daß er verzweifelt sein muß, um dies zu sagen, aber es widert mich an. Tränen rinnen ihm über die Wangen, tropfen ihm vom Kinn. Plötzlich ist mein Zorn verflogen. Ich umarme ihn.

»Martin«, sagte ich ihm ins Ohr, »wir hängen hier mit zwanzig Leuten auf Regierungskosten herum und beschäftigen uns seit sieben Jahren mit Überlebenstraining, dem Studium eßbarer Wildpflanzen und Baumrinde, Korbflechterei und klassischem Tanz. Dabei reden wir uns ein, daß wir uns auf die Reise nach Eridani vorbereiten, aber schließlich muß jemand tatsächlich *gehen.* Es geht um außerirdische Intelligenz, Martin.«

Er hält mich auf Armeslänge von sich.

»Aber das ist doch nicht der Grund dafür, daß du gehst. Ich weiß, wie es mit dir und Simon war. Ich erwarte nicht, daß es mit mir genauso sein wird. Aber geh nicht fort, Kelly. Er könnte immer noch aufwachen.«

Seine Augen sehen mich eindringlich und voll Schmerz an.

»Er wird nicht aufwachen. Die Ärzte lassen ihn nur am Tropf, weil sie nicht für seinen klinischen Tod verantwortlich sein wollen. Aber er ist tot.«

Ich küsse Martin schnell auf die Wange, streife über seine Lippen.

»Kelly …«

Ich schüttle den Kopf, um ihn zum Schweigen zu bringen.

»Ich mußte Simon gehen lassen. Nun mußt du mich gehen lassen.«

»Kelly, verdammt noch mal, ich liebe dich. Geh nicht.«

Es gibt nichts mehr zu sagen. Noch so viele Worte können nicht reparieren, was irreparabel ist.

»Tut mir leid«, sage ich und breche damit mein Gelübde, diese Wendung nicht mehr zu gebrauchen. Ich murmle es noch einmal, dann hebe ich meine Tasche auf und wende mich ab.

Ich höre Martin schnaufen, dann schlägt er mit der Faust gegen die Wand.

Ich sage mir, daß es bald ausgestanden sein wird, daß Martin ohne mich besser dran sein wird, daß seine Wunde mit der Zeit heilen wird. Ich sage mir, daß es das Beste ist, was ich tun kann.

Im Büro des Direktors setze ich meinen Namen unter eine Menge Papier. Der Direktor schüttelt mir die Hand und gibt mir eine Fahrkarte zu einem fernen Stern in einem Raumschiff, das wie eine Kreuzung zwischen Sarg und Konservendose aussieht. Die Fahrkarte gilt nur für die einfache Fahrt. Ich kann den Tag der Abreise kaum erwarten.

– Und so hast du ihn verlassen. Bedauerst du es jetzt? fragt mein außerirdischer Gefangenenwärter.

Ich sitze am Boden des überkuppelten Raumes und blicke auf. Durch Tränen blinzle ich zum hellen Blau in den Fenstern auf. Blau, das das eines Himmels sein könnte, wahrscheinlich aber nicht ist.

– Ich mußte kommen. Ich mußte wissen.

– Daß es hier intelligentes Leben gibt?

– Daß es für mich einen Grund gibt zu leben. Daß ich etwas erreichen kann, das zählt.

– Und hast du es erreicht?

Selbst diese Frage kann meinen ermüdeten Zorn nicht mehr neu entfachen. Ich sage ihm, was ich ihm früher schon gesagt habe.

– Hierher zu kommen, war nutzlos ohne die Botschaft, die ich zurücksenden sollte.

Er drückt sein Mitgefühl aus, versteht aber nicht.

Siebzehn Jahre vergingen auf Erden, während ich im Kälteschlaf lag, unterwegs nach Eridani. Das ist eine lange Zeit für ein von der Regierung gefördertes Programm, aber das Institut war damit beschäftigt, während dieser Periode die automatischen Funktionsmeldungen und telemetrischen Messungen des Schiffs zu empfangen, die beständig über Tachyonenstrahl gesendet wurden, während es auf die eigentlichen Nachrichten wartete, die ich zurücksenden würde, sobald ich am Ziel aus dem Kälteschlaf geweckt würde.

Jeder Zentimeter des Schiffs war ausgefüllt mit Redundanzsystemen, die dafür zu sorgen hatten, daß eine Botschaft an die Erde geschickt würde, ganz gleich, was am Ziel geschehen mochte. Aber ich bin überzeugt, daß mein Schiff kein Sterbenswörtlein sendete, nachdem ich Eridani erreicht hatte. Es sollte eigentlich nicht möglich sein, das Schiff zum Verstummen zu bringen, aber ich bin ganz sicher, daß es meinen Fängern gelungen ist.

Ohne diese Erfolgsbotschaft bekäme das Institut schwerlich die Mittel bewilligt, um eine weitere Expedition zu finanzieren.

Aber schließlich, nach Jahrzehnten oder Jahrhunderten, würde die Erde ein weiteres Schiff entsenden. Der Ruf einer außerirdischen Intelligenz würde die Menschheit wieder nach Epsilon Eridani locken, das war gewiß. Es sei denn…

Es sei denn, Epsilon Eridani wäre vergessen worden. Vielleicht war die Technologie interstellarer Raumfahrt angesichts der zahlreichen drängenderen Probleme der Menschheit als zu teuer und unwirtschaftlich abgeschrieben worden und allmählich aus dem Bewußtsein der Öffentlichkeit verschwunden.

Diese Überlegungen sind es, die mich mutlos und verzagt machen. Im Institut predigten wir öffentlich und beteten insgeheim, daß die Existenz außerirdischer Intelligenz unserer Spezies einen unwiderstehlichen Antrieb zur Raumfahrt verliehen. Sobald dieser Schritt getan wäre, würde die Menschheit ihre destruktiven Neigungen überleben.

Es war eine Botschaft der Hoffnung, die ich nicht zurücksenden konnte. – Warum? frage ich ihn wieder.

Er zögert. Dann macht er es wie bisher und wickelt die Antwort in ein kleines Paket. Er bindet es zu und übergibt es mir. Ich wickle das Gedankenpaket mit besonderer Sorgfalt aus, weil ich dieses Ding verstehen will, das mein Leben wertlos gemacht hat. Aber die Schnur zerfällt in meinen Händen, und das Paket löst sich in Luft auf.

Es ist nicht mein Mangel an Verständnis, der ihn bestürzt macht. Er will meine Freude und bekommt stattdessen meine Verzweiflung.

– Du verstehst nicht, sagt er.

– Da hast du recht. Für einen verdammten Gefangenenwärter bist du ein kluger Bursche.

– Ich trauere.

Ich bin eine Nachspeise, die sauer geworden ist. Natürlich trauert er.

– Du bist einsam.

Ich antworte nicht. Er hat den Schlüssel zum heutigen Tag gefunden, und ganz gleich, was ich sage, er wird ihn an mir ausprobieren. Immer wieder, bis ich keine Tränen mehr habe. Bis ich meine Hände am Marmorboden blutig geschlagen habe. Dann wird er mich in einen Tiefschlaf versetzen, und ich werde Jahrhunderte verschlafen.

Die Türen des Raumes sind verschwunden, die Wände wieder glatt. Ein dunkler Nebel füllt den Raum, steigt auf und zieht umher. Er erschafft etwas. Ich frage mich nicht mehr, ob seine Schöpfungen Realität oder Illusion sind.

– Schau her, was ich für dich gemacht habe. Schau her und triff deine Wahl.

Ringsum stehen menschliche Gestalten. Nackte Männer, jeder aufrecht in einem Plastiksarg. Wie Eisblöcke. Ihre Augen sind offen, und keiner zwinkert.

– Wähle. So viele du willst. Alle sind für dich.

– Puppen, sage ich.

– Nicht Puppen, sagt er. Sie werden leben und atmen, das verspreche ich dir.

– Sind welche darunter, die du nicht gemacht hast?

– Alle sind von mir gemacht. Für dich. Für dein Vergnügen.

– Ich will sie nicht.

Seine Enttäuschung ist spürbar.

– Keinen?

– Keinen.

Er denkt darüber nach.

Es gibt einen, der anders ist. Einen, den du nicht haben kannst.

Ich blicke umher.

Einer der Plastiksärge pulsiert rosig. Ich trete näher heran und betrachte den Mann.

– Wieso ist dieser anders?

– Er ist derjenige, den du nicht haben kannst.

Ich weiß, daß es ein Spiel ist, aber es ist ein neues Spiel, also bin ich dabei.

– Ich möchte diesen, sage ich.

– Diesen einen kannst du nicht haben, wiederholt er.

Der nächste Zug ist offensichtlich, aber ich mache ihn trotzdem.

– Dann will ich keinen von ihnen.

Er ist plötzlich voll Freude.

– Ich verstehe dich. Du willst nur, was du nicht haben kannst.

– Nein. Du verstehst nicht.

Aber sein Enthusiasmus ist unverändert. Es ist ein weiterer Schlüssel, und er wird ihn an mir ausprobieren, bis er zerbricht oder mich zerbricht.

Der Wald von nackten Männern erinnert mich an meine eigene Nacktheit. Ich bin seit meiner Ankunft nackt. Damals nahm ich an, daß mein Gefangenenwärter mich studieren wolle. Ich war stolz auf mich, als ich kam, stolz auf mein Wissen als Anthropologin und stolz auf die Kenntnisse, die ich mir im Institut angeeignet hatte. Und so war ich nicht im geringsten verlegen.

Im Institut waren wir bis hart an die Grenzen kultureller Konditionierung gegangen, so daß wir alles aufgeben konnten, was der Kommunikation mit den Außerirdischen möglicherweise im Wege war. Wir aßen Insekten und Würmer, wir verkehrten öffentlich miteinander, wir entleerten uns, ohne uns abzuwischen. Heute habe ich keine Sittsamkeit mehr.

Aber ich habe Vorlieben.

– Gib mir Kleider, sage ich.

Er durchblättert meine Erinnerungen. Ich sehe Muster, fühle Gewebe. Plötzlich trage ich einen blaßblauen Institutsoverall.

Erstaunt befühle ich den Stoff. Es ist angenehm, bekleidet zu sein. Besser, als ich gedacht hatte. Ich bin jetzt beinahe in der Lage zu glauben, daß ich zu Hause bin. In einem Museum vielleicht, das ich eben betreten habe. Ich blicke in die Runde der lebensechten Männer und suche an der Wand nach der Plakette mit dem Titel und dem Namen des Künstlers. Irgendwo muß eine Plakette sein.

– Welchen willst du?

– Ich sagte dir: den Rosafarbenen.

– Nur diesen einen?

– Ja.

Alle Männer bis auf den rosafarbenen verschwinden. Dann verschwindet auch der durchscheinende rosafarbene Sarg, und der Mann fällt vornüber auf alle viere. Seine Brust arbeitet mit tiefen, keuchenden Atemzügen.

Ich trete zu ihm, berühre seine Schulter. Die Haut ist warm, die Muskeln sind fest.

– Sehr überzeugend.

Der Mann blickt zu mir auf. Hinter seinen Augen ist nichts. Kein Verstehen, keine Leidenschaft. Ich frage mich, ob dieser Körper ein Echo meines eigenen ist, den mein Gefangenenwärter inzwischen bis zur DNS-Struktur kennen muß. Illusion oder Wirklichkeit, es spielt keine Rolle. Dieses Ding ist nicht von meiner Art. Ich wende mich ab und gehe davon.

Mein Gefangenenwärter zeigt leichte Verärgerung. Hinter mir ist ein Geräusch wie von einem großen Abfluß. Oder von einem großen Schwamm, der ausgedrückt wird. Ich sehe mich um.

Wo der Mann kniete, ist ein nasser roter Hügel. Stücke von Fleisch und Organen gleiten langsam den Hügel hinab, der eine Masse von Fleisch und gesplitterten Knochen ist. Um den Hügel breitet sich eine große Blutlache aus.

Ich bedaure das Leiden des Geschöpfs, aber nur ein wenig. Wir alle leiden.

– Jetzt werde ich dir geben, was du wirklich willst, sagt mein Gefangenenwärter mit einer Stimme wie Honig, der von Stahl tropft.

Die Welt entgleitet mir.

Das Schiff hat mich gerade aus dem Kälteschlaf wiederbelebt, was bedeutet, daß ich den Planeten erreicht habe, den Eridani umkreist: die Welt, von der die Botschaft der fremden Intelligenz ausging. Die Konsole piept, und der Bildschirm blinkt, und beide bestätigen, daß der Computer die Nachricht von der Ankunft zur Erde gesendet hat.

Meine Finger fliegen über die Konsole. Ich überprüfe das Logbuch, um zu bestätigen, daß der Computer das moderne Äquivalent des Steins von Rosette als Grußbotschaft der Menschheit dem Planeten übermittelt hat. Ich gebe Befehle ein und absolviere alle vorgesehenen Analysen und Testprogramme, die der Computer bewältigen kann.

Minuten später halte ich inne, um zum Bullauge hinauszuspähen. Der Planet ist gelblich und braun, mit grünen Flecken. Ich schaue lange hinaus. Es ist schwer, den Blick abzuwenden.

Als ich Hunger verspüre, esse ich ein wenig von meinem dahinschwindenden Proviant. Wenn ich sparsam lebe, reicht mein Vorrat für einen weiteren Monat. Das stört mich nicht, ich finde es nicht beunruhigend. Ich bezahlte für eine einfache Fahrkarte.

Etwas läßt mir keine Ruhe. Es hat mit der Botschaft des Schiffs zur Erde zu tun. Ich überprüfe die Aufzeichnungen des Computers (mein Logbuch), um mich zu vergewissern, daß die Botschaft gesendet wurde. Die Aufzeichnungen bestätigen es. Trotzdem bin ich in Sorge, also wiederhole ich die Prüfung, dann zwinge ich mich zu meinen anderen Aufgaben.

Der Computer piept wieder. Eine Botschaft von der Erde erscheint auf dem Bildschirm. Empfangsbestätigung und Aufforderung: Versuchen Sie, Verbindung aufzunehmen.

Ich muß die ganze Zeit über lächeln. Es ist noch immer ein seltsames Gefühl, so als betrachtete ich mich selbst aus einer Distanz. Es ist die Erregung, sage ich mir. Ich bin im Begriff, die erste Verbindung der Menschheit mit einer außerirdischen Intelligenz herzustellen.

Etwas in mir schreit, daß es falsch sei. Plötzlich ist meine Hand auf dem Schalter, der ein Notsignal zur Erde sendet. Ich ziehe die Hand zurück.

»Was ist los mit dir?« flüstere ich. In der Enge der Kabine klingt meine Stimme trotzdem unnatürlich laut.

Dies entspricht der Art und Weise, in der es geschah.

Ich strecke die Hand aus, um die harten Metallwände des Schiffs zu berühren. Mich zu vergewissern, daß sie wirklich sind.

Geschah?

Der Computer piept. Es ist eine Antwort vom Planeten eingegangen. Der Computer leitet die Nachricht automatisch zur Erde weiter.

Ich halte den Atem an, als der Computer die Botschaft der Außerirdischen verdaut, das Innere nach außen kehrt und nach tausend Analysen eine vorläufige Übersetzung ausspuckt:

»Grüße kommen Freunde Einheit gut glücklich.«

Ich stoße mein Siegesgeschrei aus. Ich sehe sie alle vor mir, wie sie im Institut die Nachricht erhalten: ihr ekstatisches Grinsen. Sogar Simon lächelt an seinem Platz in mir. Ein neues Universum ist gerade geboren worden, unmittelbar vor mir, ein Universum, in welchem die Menschheit nicht allein ist.

Gleichwohl spüre ich, daß etwas nicht stimmt. Was?

Ich fluche, ärgerlich über dieses Gefühl, das mir den Augenblick des Triumphs verdirbt. Alles Erhoffte und mehr, eine erfolgreiche Mission, großartige Möglichkeiten. Viel besser als das erste Mal.

Das erste Mal? Das Warnsignal in meinem Kopf schrillt. Ich hole tief Atem, schließe die Augen und versuche, dem Gedanken auf die Spur zu kommen. Wie ein trüber ferner Stern verschwindet er, wenn ich ihn ansehe, also blicke ich daneben.

Dann erinnere ich mich des anderen Mals. Des ersten Mals.

– So ist es nicht gewesen. Du redigierst meine Erinnerungen, sage ich zu meinem Gefangenenwärter.

Der Computer piept, ich öffne die Augen. Der Bildschirm zeigt eine weitere Botschaft von den Außerirdischen. Sie haben uns ihr Äquivalent des Steins von Rosette gesendet. Der Computer übermittelt die Botschaft zur Erde und macht sich daran, den fremden Kode zu entziffern.

Ich balle die Faust und schlage auf die Konsole des Schiffs. Sie piept protestierend.

– Nein. So ist es nicht gewesen. Ich lasse mich nicht belügen. Ich lasse meine Erinnerungen nicht verändern.

Ich grabe tief in meinem Bewußtsein, tiefer als meine Hoffnungen und Träume davon, was hätte sein können.

Und da ist sie, die harte Wahrheit. Was wirklich geschah.

Ich erhalte keine Nachricht, weder von der Erde noch von dem Planeten. Stunden vergehen, dann Tage. Ich sende die Nachricht von meiner Ankunft in ständiger Wiederholung zur Erde. Ich überprüfe jeden Teil des Kommunikationssystems, finde keine Fehlfunktion.

Fünf Tage später ist noch immer keine Antwort von der Erde eingegangen. Ich habe die Systemüberprüfung hundertmal wiederholt. Ich habe kaum gegessen oder geschlafen.

Auf einmal hören die Bordinstrumente auf, meine Eingaben zu befolgen. Hilflos sehe ich zu, wie das Schiff durch die Atmosphäre stößt und zur Landung ansetzt.

Wieder versuche ich die Erde zu warnen. Das Schiff reagiert auf keines meiner Kommandos. In meinem schlaflosen, halb verhungerten Zustand bilde ich mir ein, daß die Außerirdischen Ungeheuer seien, die nichts im Sinn haben als die Vernichtung der Menschheit. Ich überlege, ob ich die Selbstzerstörung des

Schiffs einleiten soll, entscheide mich aber dagegen. Dann verliere ich das Bewußtsein.

Bei meinem Erwachen bin ich in einem überkuppelten großen Raum mit vielen hohen Fenstern. Ein Außerirdischer ist in mein Bewußtsein eingedrungen und versucht meine Gedanken, Freuden, Wünsche und Ängste zu verstehen. Er hat viel Zeit gehabt, mich kennenzulernen.

– Ich lasse mich nicht täuschen, sage ich ihm jetzt.

Das Schiff verschwindet. Ich stehe wieder auf Marmor.

– Warum verschmähst du deine Freude? Ich gebe dir die Vergangenheit, die du willst, und du weist sie zurück.

– Ich weise Falsches zurück.

Er ist enttäuscht; er ist wie ein rotes Leuchten in meinem Kopf.

– Muß deine Wahrheit immer schmerzlich sein? Kannst du dir nicht einmal ein wenig Freude erlauben?

– Nicht auf Kosten der Wahrheit. Du hast alles andere genommen.

Er denkt darüber nach.

– Du bist müde.

– Ja.

– Du möchtest schlafen.

Wir haben wieder das Ende eines Tages erreicht. Vielleicht kann ich nicht sterben, aber ich kann schlafen.

– Ja.

– Aber ich habe nicht genug von deiner Freude gehabt. Zuerst gibt mir davon.

Da ist er wieder, der Handel. Ich werde erst in meinen Schlummer fliehen können, nachdem ich ihm gegeben habe, was er will. Ich, die widerwillige Droge, feilsche mit meinem Gefangenenwärter um eine Tür, die mich in zeitweiliges Vergessen führt.

Ich will es nicht. Beinahe erinnere ich mich an das letzte Mal.

– Einverstanden, sage ich zögernd.

Ich verspreche mir, daß ich diesmal nur ein bißchen Freude daran haben werde. Ich werde nicht vergessen, wer ich bin. Ich sage mir, daß es nur für ein paar Minuten sein wird, nur damit ich schlafen kann.

Er überflutet mich. Alles ist hell.

Ich strecke lange Arme aus. Ich spiele in den weichen Wolken und grünen Seen. Die Sterne rufen mich, bitten mich, an ihrem Tanz teilzunehmen. Ich willige ein, und sie füllen die Luft um mich wie Glühwürmchen, kreisen und tanzen, werden mein Glorienschein.

Ich schaue an mir hinab und lache freundlich über mein sterbliches Selbst, über die köstlichen, einfältigen Ängste, die ich noch vor Augenblicken hatte. Ich bin jetzt eine Göttin, also erteile ich meinem geringeren Selbst den Segen. Ich mache ihm Versprechungen von den wundersamen Dingen, die da kommen werden.

Nun sehe ich viele Arten von Wahrheit. Die Wahrheiten vermischen sich, tanzen und drehen sich, erschaffen in jedem Augenblick neue Welten. Sie ziehen wie aufgereihte Diamanten an mir vorbei. Strahlend wie Sonnen, tief wie der Raum.

Das sah ich in dem Spiegel. Meine Freiheit. Ich konnte mein geringeres sterbliches Selbst mit einer Handbewegung befreien. Nun aber bin ich von anderen Dingen abgelenkt, die mit dem Versprechen noch phantastischeren Verstehens locken. Ich fliege zwischen den Versprechungen, ich tanze, ich weine, ich singe, ich begeistere mich.

Ich bin das Blütenblatt einer Rose, vom Wind der Blume gestohlen. Langsam schwebe ich zu Boden. Es ist ein Tod, aber ich verstehe ihn jetzt; es ist nur einer von vielen Toden. Eine Wahrheit, aber eine von vielen Wahrheiten.

Ich begrüße das Hinabsinken. Ich schlage die Augen auf.

Mein Gefangenenwärter seufzt zufrieden in mir. Er schenkt mir ein schläfriges Lächeln wie das eines Mannes nach der Ejakulation. Eine Tür erscheint in der glatten gekrümmten Wand vor mir. Die Tür zum Schlaf. Meine Bezahlung.

Die Veränderung, die er in der Biochemie meines Körpers vorgenommen hat, fordern jetzt ihren Tribut. Wie man sich der Euphorie nach ihrem Abklingen nur schwer erinnert, so ist es auch mit der folgenden Depression. Aber als sie mich überkommt, erinnere ich mich deutlich des letzten Mals. Ich sitze auf dem harten Boden, habe die Beine angezogen und die Arme um die Knie geschlungen.

Alles, was ich noch vor Augenblicken wußte, ist verschwunden. Die Worte bleiben, aber die Bedeutungen sind verweht. Wahrheit und Sterne und Freiheit – was habe ich für diese Worte vorzuweisen? Vorher hatte ich wenigstens Selbstachtung.

Ich sage mir, daß ich mir dies nicht wieder werde antun lassen, ganz gleich, wie gern ich schlafen möchte, ganz gleich, wie schlecht ich mich fühle. Ich sage es mir immer wieder, bis ich es fast glaube.

Ich lege eine flache Hand auf den kühlen Marmor und klammere mich an die einfache Wahrheit, daß ich nicht der Boden bin. Die Welt dunkelt um mich her. Mich schwindelt, mein Magen zieht sich zusammen. Ich weiß, es ist eine Reaktion auf die Veränderungen, die er in mir bewirkt hat, aber es wird vergehen.

Ich möchte schlafen. Einen langen traumlosen Schlaf.

Ich versuche aufzustehen, zur Tür zu gehen, aber ich bin zu schwach.

Die Tür wird geöffnet. Ein Mann tritt ein. Er hat langes dunkles Haar und einen Bart. Der Bart, bemerke ich mit seltsamer innerer Distanz, wirkt neu. Er blickt im Raum umher, sieht mich. Seine Augen weiten sich ein wenig, dann werden sie schmal. Ich bin nicht in der Verfassung für sein Spiel.

– Laß mich schlafen. Du hast es versprochen.

– Er hat lange geschlafen. Jetzt ist er wach, sagt mein Gefangenenwärter.

Ich schließe die Augen und ziehe die Knie fester an die Brust.

»Kelly?«

Seine Stimme ist vertraut, hier aber klingt sie unnatürlich. Ich habe in diesem Raum seit – Jahrhunderten keine Stimme gehört. Er geht auf mich zu, und sogar seine Schritte bringen die Vergangenheit zurück. Ich öffne die Augen. Er hat sich auf ein Knie niedergelassen, legt mir die Hand auf die Schulter.

»Kelly«, sagt er, die grüngrauen Augen spähen mir ins Gesicht. »Gott, bist du es wirklich?«

Er trägt den gleichen Overall, den ich anhabe. Jede Bewegung, die er macht, scheint wirklich, echt. Mein Gefangenenwärter hätte ihn nicht vollkommener vorführen können.

»Nein«, will ich sagen, aber ich habe so lange nicht gesprochen, daß es als ein Flüstern herauskommt. Er starrt mich an, ungewiß, dann mißtrauisch. Er steht auf.

»Kelly«, sagt er in scharfem Ton. Seine Stimme schlägt an mein Ohr. Wenn ein Wecker mich nicht wecken konnte, Simons Stimme konnte es.

»Du bist nicht echt«, flüstere ich. »Du bist tot. Geh fort.«

Er nickt. Ein kurzes schnelles Nicken, wie es für ihn typisch war, als wir zusammen am Institut studierten. Ich kenne seine Mienen; er schüttelt den Kopf, wie er es immer tat. Es ist sehr überzeugend.

Mein Lebenswerk, mein Bemühen um die Aufdeckung der Wahrheit, alles wäre im Nu verloren, wenn ich mich darauf einließe, dies zu glauben.

– Hübscher Versuch, aber er verfängt nicht. Du willst noch immer spielen? Einverstanden, aber schaff die Marionette fort.

Die Marionette schaut mich an.

»Du dachtest, ich sei tot«, sagt sie. »Nun bin ich hier. Du bist nicht sicher, daß ich es wirklich bin, richtig?«

Ich kann den Blick nicht von ihm wenden.

»Erinnere dich an Kramers Kurs über Metaphysik am Institut«, sagt er. »Welcher Beweis würde dich überzeugen, daß ich existiere?«

Es ist genau, was Simon sagen würde. Ich bekämpfe meine eigenen Erinnerungen. Ich muß ihn auf die Probe stellen, etwas finden, das nicht Simon ist. Erinnerungen sind nicht einfach, aber wenn man nicht locker läßt, wird man einen Widerspruch finden, einen Riß.

Irgendwo ist der Außerirdische und hält die Fäden der Marionette. Mühsam stehe ich auf.

»Ist dir noch nicht der Gedanke gekommen«, frage ich die Marionette mit etwas unsicherer Stimme, »dich zu fragen, wo du eigentlich bist?«

»Ja«, sagt die Marionette. »Gib mir einen Hinweis. Meine Bordinstrumente reagierten nicht mehr, als ich Eridani erreichte.«

»Du bist tot«, sage ich.

»Ich verstehe. Dann muß dies der Himmel sein.«

Ich bin verblüfft, diese Antwort hatte ich nicht erwartet. Ist es ein Riß in der Fassade oder etwas, was Simon sagen könnte?

»Nicht heiß genug, um die Hölle zu sein«, fügt er hinzu.

Es ist ein Scherz, aber in seiner lakonischen Ausdrucksweise liegt Spannung. Er hält fest an dem, was er weiß, verläßt sich auf das, was verifizierbar ist. Es ist genau das, was ich an seiner Stelle täte.

Verdammt.

Ich hebe die Hände, um den Raum anzudeuten. »Dies hier und du selbst. Alles hier hat der Außerirdische gemacht. Du erinnerst dich an ihn, nicht wahr?«

»Und ob ich mich erinnere«, sagt er mit plötzlicher Leidenschaft. »Wo sind sie?«

»Ich bin nur einem begegnet.«

»Ich hoffe, er ist klein, pelzig und niedlich. Willst du mich ihm nicht vorstellen?«

Ich lächle. Es ist ein hartes, sprödes Lächeln, ein bitterer Sieg. Simon würde das nicht sagen, nicht hier und nicht jetzt. Mein Gefangenenwärter verwendet die Erinnerungen, die ich an den Simon habe, der mein Liebhaber war. Nicht an den Simon, der immer und an erster Stelle Wissenschaftler war.

– Du hast verloren, sage ich meinem Gefangenenwärter.

– Vielleicht.

Ich entscheide mich gegen das Spiel, gehe um die Marionette herum zu der Tür, die Schlaf verheißt.

Die Marionette hält mich am Arm zurück und zieht mich so, daß ich ihr wieder gegenüberstehe. Ihre Hände halten mich bei den Schultern fest.

»Rede mit mir, Kelly. Was ist geschehen? Wo sind wir?«

Ich bin verblüfft, aber es ist gut, sehr gut, denn auch diese körperliche Behandlung wäre Simon niemals in den Sinn gekommen.

»Simon starb«, sage ich. »Vor Jahrhunderten.«

»Jahrhunderten?« Die Marionette runzelt die Brauen. »Wie kommst du auf Jahrhunderte?«

Ich zucke die Achseln. Die Marionette schüttelt mich.

»Wieviel Zeit ist seit deiner Ankunft vergangen?« fragt sie.

Der wahre Simon würde das fragen. Wir waren so; wir mußten wissen, wo, wie lang und wieviel. Die Frage ist so vernünftig, daß ich antworte.

»Zehn Tage«, sage ich. »Aber jede Nacht dauert Jahrhunderte. Ich schätze die gesamte Zeit auf ungefähr zweitausend Jahre.«

Er sieht mich ungläubig an. Aber er behält sich sein Urteil vor. Sammelt erst Daten. Wie ein Wissenschaftler.

»Wenn meine Quelle verläßlich ist«, füge ich hinzu.

»Was ist deine Quelle?«

»Der Außerirdische.«

»Der Außerirdische«, wiederholt er mit ausdrucksloser Stimme.

Ich rieche ihn jetzt. Er riecht wie Simon.

Verdammt, ich falle.

Ich versuche meiner Stimme Autorität zu verleihen. »Simon wurde von einem Wagen überfahren. Auf Erden. Er ist tot.«

»Wenn er nicht aus seinem Koma erwachte und dir hierher folgte.«

»Nicht möglich.«

»Nicht möglich? Seit wann? Seit deiner Abreise? Die Wissenschaft geht auch ohne dich voran, weißt du. Sie versetzten mich in Kälteschlaf und holten mich heraus, als sie die experimentelle Nervenregeneration entwickelt hatten. Experimentell, aber erfolgreich. Die Rekonvaleszenz war natürlich hart, und dann warst du fort. Ein Schiff zu bekommen, nachdem deins verschwunden war, gehörte auch nicht zu den einfachsten Aufgaben...«

Er blickt weg, die Lippen zusammengepreßt.

»Warum hast du keine Botschaft zurückgeschickt?« fragt er.

Ich versuche mich ihm zu entziehen. Er packt fester zu. Es schmerzt.

»Die Ärzte«, sagt er, ohne mich anzusehen, »waren nicht begeistert von dem Gedanken, ihren erfolgreichen Regenerationsfall zur Tür hinauszulassen. Und noch weniger begeistert war man im Institut und bei der Raumfahrtbehörde von der Idee, mir ein Schiff zu geben. Ich mußte sehr überzeugend sein. So überzeugend, daß man mich erschießen wird, sollte ich je Erde zurückkehren.« Nun sieht er mich an. »Aber ich mußte kommen. Ich mußte wissen, was geschehen war.«

Sein Gesicht verzerrt sich vor Wut. Nicht Simon, sage ich mir. Er schüttelt mich wieder. »Warum, zum Teufel, hast du nicht gesendet?«

»Ich versuchte es, verdammt noch mal«, fauche ich zurück. »Alles versagte, auch die Steuerung. Aber, zum Teufel, mit *dir.* Du bist nicht Simon. Simon ist tot.«

Er packt mich so hart bei den Schultern, daß ich aufschreie. Plötzlich läßt er los.

»Du mußt deiner eigenen Analyse vertrauen«, sagt er und wendet sich ab, »geradeso, wie ich der meinigen vertrauen muß.«

Ich sage mir wieder, daß dies nicht Simon sein kann, aber in meinem Herzen ist die Saat des Zweifels aufgegangen und strebt zum Licht.

Er tritt zur Wand und befühlt sie, blickt daran hinauf, versucht zu verstehen, wie der Raum gebaut ist. Ich habe das auch getan, als ich hierher gebracht wurde. Tut er es, weil wir gleich sind oder weil mein Gefangenenwärter die Marionette mich imitieren läßt? Ich stehe in ratloser Ungewißheit.

In meinem Kopf spricht der Gefangenenwärter.

– Ist dies nicht, was du wolltest?

– Nein. Ich will den wirklichen Simon, keine Marionette aus meinen Erinnerungen.

– Aber du scheinst nicht imstande, den Unterschied zu erkennen.

– Simon ist tot.

– Aber du bist nicht sicher.

– Nein, verdammt noch mal.

– Wenn dir dieser Mann nicht gefällt, werde ich ihn entfernen.

Ich denke an den Haufen Fleisch und Blut und Knochen.

– Nein.

– Dann soll ich ihn alt werden und sterben lassen, während du schläfst? Wird dich das glücklich machen?

Es geht im Raum umher und blickt zu den Fenstern hinauf.

Simon. Der einzige Mann, der mir in einer Landschaft von Leidenschaft und Vernunft auf der Spur bleiben konnte, ohne zu stolpern.

Er wendet den Kopf zu mir, und nun stehen mir Tränen in den Augen. Die Wurzeln meines Zweifels sind sehr tief. Aber glauben heißt kapitulieren.

Ich fürchte, daß ich bereits glaube.

– Ist es wirklich?

Ich weiß, daß ich keiner Antwort vertrauen kann, die der Außerirdische gibt, und frage trotzdem. Das ist meine Kapitulation.

– Er ist wirklich.

Und nun gibt es kein Zurück.

Simon kommt auf mich zu. Ich strecke die Arme nach ihm aus. Seine Berührung ist so sanft, daß der Rest meines inneren Widerstands dahinschmilzt. Wir umarmen uns, und ich erschüttere ihn mit meinem Schluchzen. Immer wieder sagt er meinen Namen, seine Stimme bricht, aber er hört nicht auf. Er küßt mich, streichelt meine Wange, wischt mir die Tränen ab. Mit zitternden Fingern ziehe ich die Konturen seines Gesichts nach.

– Nein, nimm ihn nicht weg. Er macht mir Freude.

– Er ist dein, sagt mein Gefangenenwärter, und ich bilde mir ein, daß er lächelt. Es ist ein zufriedenes Lächeln, das Lächeln eines Siegers. Mir ist es gleich.

Simon steckt seine Finger zwischen meine.

»Du möchtest den Außerirdischen sehen?« frage ich Simon und nicke zu der Tür, hinter der mein Bett, der Gefangenenwärter oder alles mögliche sein mag. »Dort hinaus.«

Simon runzelt die Brauen. Er denkt, es sei dieselbe Tür, durch die er hereingekommen ist, die zu seinem Schiff führt.

Ich sollte ihm sagen, daß der Außerirdische Gedanken und Gegenstände mit gleicher Mühelosigkeit manipulieren kann. Ich sollte ihm erzählen, was mir in diesen Jahrhunderten geschehen ist.

Ich sollte ihm sagen, daß es nie wieder Gewißheit für ihn geben wird.

Aber dafür wird später Zeit sein. Mehr als genug. Und ich kann es nicht ertragen, von der Freude dieses Augenblicks zu lassen.

Wir gehen zur Tür. Ich stoße sie mit der freien Hand auf, die andere hält seine Hand fest. Zusammen treten wir hindurch.

Originaltitel: ›It Might Be Sunlight‹ • Aus: ›Asimov's Science Fiction‹, November 1993 •

Übersetzung aus dem Amerikanischen von Walter Brumm

Kate Wilhelm

ICH WEISS, WAS DU DENKST

Am schlimmsten waren die Dinnerpartys. In lärmenden großen Gruppen schenkte man mir nie viel Aufmerksamkeit, weil ich still war und meist lächelte. Aber bei Dinnerpartys stand jeder einmal im Mittelpunkt, und sei es nur für einen Augenblick. Das weiße Rauschen in meinem Kopf verwandelte sich in echten Lärm, und ich geriet in Panik, ich könnte ausgleiten und darin ertrinken.

»Liebling, du mußt mitkommen«, sagte Cal. »Seine Leute investieren nicht nur in die Firma, sondern auch in die Personen, die dahinterstehen, und in ihre Familien. Sie verlangen Stabilität, sowohl im Geschäft wie auch im Privatleben der Menschen, für die sie sich interessieren.«

Es wurde genauso schlimm, wie ich es befürchtet hatte. Als Mr. Davies mir die Hand schüttelte, sagte er: »Endlich lerne ich die reizende Mrs. Paterson kennen. Wie geht es Ihnen?«

Freundlich lächelnd musterte er mich mit den kalten, abschätzenden Blicken eines Leichenbestatters. Das ist sie also, die Kleine mit dem vielen Geld, dachte er, hübsch, aber ein bißchen abwesend, wohl nicht ganz bei Trost. Den Reichtum sieht man ihr nicht an, aber das hat nichts zu sagen. Er fragte sich, ob Cal häufig fremdging, wie ich im Bett war und ob ich den Daumen auf dem Geld hielt. Morgen wollte er abreisen, er mußte seinen Rücken auskurieren, und wenn Gloria wieder Mist gebaut hatte, würde er ihr den Kopf abreißen. »... Ihr Mann hat mich sehr beeindruckt. Die Präsentation heute war ausgezeichnet, eine der besten, die ich je gesehen habe.« ... Dabei überlegte er, wie es um die finanzielle Situation der Firma stand.

Ich lächelte ihn an und ging weg. Den ganzen Abend lang lächelte ich immerzu und sagte so wenig wie möglich. Ich dachte, ich hätte alles richtig gemacht, bis wir im Wagen saßen und heimfuhren.

»Warum in Gottes Namen fingst du plötzlich an, über chemische Kriegsführung im Persischen Golf zu sprechen?« fragte Cal mit wütender leiser Stimme.

Meine ohnehin verkrampften Muskeln verspannten sich noch mehr, bis ich mich nicht mehr bewegen konnte. Es war mir schon wieder passiert.

Er fuhr viel zu schnell; in seinem Zorn wünschte er sich, irgendein Hindernis werde vor dem Wagen auftauchen, das er dann zerschmettern konnte. Nie wieder, dachte er, diese Entschuldigungen, Krankheit ... Na komm schon, fahr langsamer, damit ich dich rammen kann ...

Mir schauderte, als mir klar wurde, daß niemand sich verstellte oder sich um Selbstbeherrschung bemühte. Sie hörten sich nicht. Es lag nicht etwa daran, daß sie alle gelernt hätten, in einer so lauten Welt zu leben; sondern die Welt, in der sie existierten, war stumm.

Ich war zu erschrocken und zu benommen, um zu sprechen. Cal wollte, daß ich es zu erklären versuchte, damit er einen Grund hatte, mich anzuschreien. Im Laufe der Zeit hatte ich bei ihm Ungeduld, Gereiztheit, Abneigung erlebt, aber auch Liebe, Leidenschaft, Lust und Vergnügen; die gleichen Empfindungen hegte ich für ihn, jeder war solchen heftigen Gemütsschwankungen unterworfen. Auf der Heimfahrt haßte er mich, er wünschte mir den Tod, er wünschte sich den Tod, er wünschte uns allen den Tod, besonders Davies, diesem

Knilch... Ich saß da, mit angezogenem Kinn, die Augen geschlossen, und versuchte das weiße Rauschen zurückzuholen.

Die Rückfahrt war kurz; hinter Portland auf die Interstate, dann über die kurvenreiche Landstraße bis zu unserem Haus. Während Cal den Babysitter bezahlte, ging ich nach oben, um nach den Mädchen zu sehen. Donna war acht, Patty sieben. Pattys Bett war zerwühlt, die Zudecke halb auf den Boden gerutscht. Donna lag da, als habe sie sich seit dem Zubettgehen nicht gerührt. Ich richtete Pattys Decke, gab beiden Mädchen einen Kuß und ging wieder nach unten.

»Cal, wir müssen uns unterhalten«, sagte ich. Er saß auf der Couch im Wohnzimmer, einen Drink in der Hand, und dachte an Davies; er dachte an seine bevorstehende Präsentation vor einem Direktorengremium in Los Angeles, er dachte an Harry, dessen Aufgabe dies eigentlich gewesen wäre, der sich jedoch weigerte, die Präsentation zu übernehmen, er dachte an Leitsysteme und daß er nicht kneifen konnte; er dachte, daß Florence sich wieder über unsere Bar hergemacht hatte und daß Donnas Bücher verstreut auf dem Küchentisch lagen...

Er würdigte mich kaum eines Blickes. »Fang an.«

»Ich habe es gehört, Cal. Ich habe gehört, was Davies über chemische Kriegsführung sagte.«

»Er sprach über Leitsysteme und Flugzeugkontrolle.«

»In seinem Kopf sprach er über Systeme, wie man gefährliche Stoffe verkauft, Chemikalien und Nervengas.«

»Und du hast gehört, was er in seinem Kopf sagte«, höhnte Cal. »Ich weiß, daß du Probleme mit den Ohren hast, aber geht das nicht ein bißchen zu weit?«

»Aber ich habe es wirklich gehört.« Ich wußte nicht, wie ich es sonst beschreiben sollte. Ich hörte keine Worte; ich wußte einfach, was die Menschen dachten, wie wenn ihre Gedanken die meinen wären, alle wahllos durcheinandergemischt, unzusammenhängend wie meine eigenen und dennoch immer unterscheidbar.

Es war nicht möglich, es ihm zu erklären, wenn es ihm nicht genauso erging; und bis zu dieser Nacht hatte ich geglaubt, jeder würde dasselbe hören wie ich, die anderen hätten sich nur besser unter Kontrolle und verständen zu heucheln, wie ich es nur noch nicht gelernt hatte.

Er sah mich an. Sein Gesichtsausdruck veränderte sich, und eine Zeitlang war sein Geist wie betäubt; dann bekam er Angst. Ich schloß die Augen. Er dachte, ich sei verrückt, und meine Eltern hätten es gewußt; deshalb legten sie das Geld so fest an und unterwarfen es einer Verfügungsbeschränkung, deshalb behielten sie mich die ganzen Jahre über bei sich zu Hause; es ist nicht fair, dachte er, sie hätten es mir sagen müssen … Ich drehte mich um und rannte in die Küche.

Cal ging nach oben; kurz darauf hörte ich das entfernte Rauschen von Wasser, das in die Badewanne lief. Unser Haus war neunzig Jahre alt, und obwohl es renoviert war, hörte man überall die Wasserleitungen. Dad kaufte das Haus, als ich zwölf war, und seitdem hatte ich darin gewohnt – fünfzehn Jahre lang. Meine Eltern waren ausgezogen, weil sie wußten, daß etwas mit mir nicht stimmte. Knall auf Fall brühte ich mir eine Kanne Kaffee. Ich mußte mein gesamtes Leben überdenken; es würde eine lange Nacht werden.

Aber meine Gedanken waren genauso ungeordnet wie die von Cal. Gesprächsfetzen fielen mir ein, Sätze, Ideen, die nicht von mir stammten, verkehrte Antworten, Fragen, die ich stellte und auf die es keine Antworten gab … Als ich jung war, arbeitete einmal ein Zimmermann in dem Haus; er erzählte Mutter, er habe nicht gewußt, daß er farbenblind sei, es sei erst herausgekommen, als sie ihn bei der Luftwaffe untersuchten. Mutter erzählte, daß er glaube, er sehe genau dasselbe wie alle anderen Leute, aber vielleicht sahen nicht zwei

Menschen das gleiche, wenn sie von grün, blau oder rot sprachen. Es gab keine Möglichkeit, es festzustellen.

Später las ich einen Artikel, in dem behauptet wurde, was wir sähen oder hörten, sei kulturell vorherbestimmt; die Japaner zum Beispiel seien durch ihre Kultur darauf geprägt, keine Geräusche wahrzunehmen, die andere Menschen machten, die von ihnen lediglich durch eine Papierwand getrennt waren. Weiter hieß es, Großstadtbewohner hätten gelernt, andere Leute und das sie umgebende Chaos einfach zu übersehen. Mir war schleierhaft, wieso es erlaubt war, solche Lügen zu drucken.

In der fünften Klasse fingen bei mir die Schulprobleme an, und in der sechsten Klasse blieb ich sitzen. Ich wurde ärztlich untersucht; man testete meine Augen, man schleppte mich zu einem Psychologen. Ob ich Stimmen hörte? Sonderbare Dinge sah? Änderten sich Formen und verwandelten sich in etwas anderes?

Ich sagte, die Welt sei zu laut. Man schlug einen Hörtest vor. Der Ohrenarzt meinte, es sei eine Sache des Herausfilterns; wir müßten lernen, Geräusche zu differenzieren, wichtige wahrzunehmen und unwichtige zu überhören. Aber ich schenkte allen Geräuschen die gleiche Aufmerksamkeit, bei mir lag das Problem nicht an meinen Ohren, sondern an meinem Gehirn.

Cal kam wieder nach unten, im Bademantel; in der Tür blieb er stehen. Er dachte bei sich, Davies müsse leise vor sich hingemurmelt haben, was ihn innerlich wirklich bewegte.

»Vielleicht hat er es leise vor sich hingemurmelt«, sagte ich matt.

Ich fühlte mich genauso erlöst wie er. Er war müde, das Bad hatte ihn entspannt, in letzter Zeit hatte er unter zuviel Streß gelitten, und es war ein anstrengender Abend gewesen. Er trödelte nicht herum; ganz schwach vor Erleichterung ging er zu Bett.

Wie oft hatte ich meine Mutter verzweifelt ausrufen

hören: »Ich weiß, was du denkst, aber du irrst dich. Du denkst…« Damals nahm ich noch an, sie meine wirklich, was sie sagte. Als mir dann später klar wurde, daß sie gar nicht das aussprach, was Vater und ich dachten, folgerte ich, ihre Redewendung müsse zu demselben Verhaltensmuster gehören, das Menschen veranlaßte, etwas völlig anderes zu sagen, als sie in Wahrheit dachten.

Ich trank Kaffee und wanderte durch das Erdgeschoß; Wohnzimmer voller Antiquitäten; ein Eßzimmer, in dem zwölf Personen Platz fanden; eine kleine gemütliche Stube, das Wäschezimmer… Es war ein sehr großes Haus. Meine Eltern hatten es gekauft und so eingerichtet, daß ich nicht mehr losziehen mußte, um noch irgendein Teil zu erwerben.

In dem Jahr, als ich zwölf wurde, beschlossen sie, mich zu Hause zu behalten und selbst zu unterrichten. Vater litt an der Lou Gehrigschen Krankheit; er verkaufte seinen Anteil an einer Werbeagentur in Seattle, und wir zogen in dieses Haus, das inmitten von sechs Morgen Wald lag, elf Meilen von Portland entfernt. Ich konnte des Nachts wieder schlafen und fiel nicht mehr drei- oder viermal am Tag in eine Art Lähmungszustand, wenn mir der Krach zuviel wurde. Es gab keinen Lärm mehr.

Eine Zeitlang hing der Ausdruck akute Jugendschizophrenie in der Luft, aber man ließ mich nicht behandeln. Solange ich zu Hause war, ging es mir ausgezeichnet, und allmählich lernte ich, mit der Welt zurechtzukommen. Es dauerte ein paar Jahre, bis ich so weit war, die Geräusche in ein diffuses Hintergrundrauschen zu verwandeln, und dann konnte ich mit Mutter in die Bücherei, zum Einkaufen, in den Zoo oder ins Kino gehen, an Orte, wo keiner etwas über mich dachte. Doch sobald ich im Mittelpunkt stand, erstarrte ich oder beging den Fehler, auf Gedanken zu antworten anstatt auf laut ausgesprochene Sätze.

Ich sammelte Donnas Schulbücher ein und verwahrte sie in ihrem Ranzen. Was nun? fragte ich mich, konnte aber noch nicht über die Zukunft nachdenken; zuerst mußte ich meine Vergangenheit durchforsten.

Vater starb, als ich sechzehn war. Ein Jahr später traf ich Cal; seine Gedanken waren klar, auf mich konzentriert und angenehm. Er war zehn Jahre älter als ich, und er liebte mich. An meinem achtzehnten Geburtstag heirateten wir, und zehn Monate darauf kam Donna zur Welt. Ich wußte genau den Augenblick, in dem ich schwanger wurde; der Lärm verklang zu einem fernen gedämpften Flüstern. Ich erzählte Mutter, der Krach habe aufgehört, und endlich hätte ich Ruhe; wir weinten beide.

Sie suchte sich eine Wohnung in der Stadt und sprach davon, ihr Testament zu ändern. Sie und Vater hatten das Geld so angelegt, daß ich mein Leben lang ein Einkommen hätte, dazu kam das Haus, das treuhänderisch verwaltet wurde. Sollte ich das Haus verkaufen oder eine Hypothek aufnehmen, ginge das Geld in den Treuhandfonds. Ich war versorgt. Indem meine Eltern mein Erbe fest anlegten, dokumentierten sie, was ich jetzt wußte: sie nannten es ein Gehörproblem, aber sie glaubten, ich sei verrückt.

Die neun Monate der Schwangerschaft waren herrlich; wir luden Gäste ein und fingen an, Freundschaften zu schließen; wir lebten wie jedes andere junge Paar. Einen Tag nach Donnas Geburt wachte ich auf und ertrank wieder im Lärm. Man brachte mich nach Hause, und Mutter zog wieder ein.

Als Donna neun Monate alt war, starb Mutter bei einem Verkehrsunfall auf der Interstate, in den vier Fahrzeuge verwickelt waren; einen Monat später war ich wieder schwanger. Und wie beim ersten Mal dämpfte die Schwangerschaft den Lärm, doch sobald Patty geboren war, kehrte der Krach zurück, lauter als je zuvor.

Ich hatte mich damit abgefunden, daß die Leute mir jeden gesellschaftlichen Schliff absprachen, man hielt mich für schrullig, wenn nicht gar für unheimlich, aber ich glaubte, sie betrachteten mich mit dem Mitleid, das Schwimmer für Nichtschwimmer übrighaben; jeder kann es lernen, wenn er sich nur bemüht. Alle anderen Leute hatten den Lärm unter Kontrolle, ich konnte es auch schaffen.

Es war vier Uhr früh, als ich ins Bett fiel, ohne eine Antwort auf die Frage *Was nun?* gefunden zu haben.

Um sieben klingelte der Wecker; ich war so groggy, daß ich taumelte, als ich das Frühstück zubereitete. Ich sagte Donna, ihr Haar brauche nicht geflochten zu werden, und ich versuchte gar nicht erst, auf Cals Gedanken und Worte einzugehen, weil ich beides nicht auseinanderhalten konnte.

Ich brauche einen Arzt, dachte ich, vielleicht einen Gehirnspezialisten. Möglicherweise gab es ja eine Behandlung, eine Heilung. Wie ein Zombie verrichtete ich die üblichen frühmorgendlichen Arbeiten – Bettenmachen, den Geschirrspüler einräumen, Handtücher aufsammeln –, bis ich jählings innehielt. Warum eigentlich? fragte ich mich. Warum soll ich ein solches Risiko eingehen?

Mir fiel nur eine Antwort ein; Cal war es leid, sich mit einer Frau zu belasten, die ihn gesellschaftlich behinderte. Aber mein Problem konnte ich keinem anvertrauen, denn dann würde ich zu einer Bedrohung, die man ächten mußte, oder zu einer medizinischen Kuriosität, die es zu studieren und zu analysieren galt; oder – ich zwang mich dazu, den Gedanken zu Ende zu führen – man würde mich unter irgendeinem Vorwand einsperren.

Mir schauderte bei der Vorstellung, was wohl mit mir geschähe, wenn man mich in eine Klinik steckte und mit Drogen ruhigstellte; sie würden die Schleusen öffnen und meinen Schreien lauschen.

Nichts hat sich geändert, dachte ich; man wird mich immer für ein bißchen unheimlich halten... Ein Hörproblem, wissen Sie, aber sie ist sehr intuitiv. Ist es nicht merkwürdig, aber wenn jemand auf einem Gebiet ausfällt, entwickelt sich dafür ein anderer Sinn, beispielsweise bekommen Blinde eine sehr feine Nase, und Gehörgeschädigte werden intuitiv.

Wie oft hatte ich solche Gedanken schon gehört, ausgesprochen und unausgesprochen. Nichts hat sich geändert, sagte ich mir noch einmal, außer daß ich jetzt Bescheid weiß.

Cal verreiste für drei Tage nach Los Angeles. Ich schob meinen vorgeschriebenen Dienst in der Schulbibliothek und suchte zweimal die öffentliche Bücherei auf. Ich informierte mich über Psychologie, Gehirnphysiologie, Gehirnabnormalitäten... Ich beschäftigte mich mit Aversionstherapie, mit neurolinguistischen Theorien über die Behandlung von Phobien und anderen Modellen. Im Lesesaal sitzend, dachte ich: *Hier bin ich. Kann mich jemand hören? Wer mich hört, soll mir ein Zeichen geben. Ich weiß, was du denkst.* Menschen bewegten sich zwischen den Bücherregalen, hockten vor Computern, sprachen miteinander oder unterhielten sich mit Bibliotheksangestellten. Niemand beachtete mich.

Als Cal zurückkam, wirkte er nervös und gereizt. Alles, was er mir über die Reise, das Essen und die Präsentation erzählte, war gelogen. Es sei wunderbar gelaufen, behauptete er, doch als er dann schwieg, erfuhr ich, daß nichts geklappt hatte. Zuerst schob er den Mißerfolg auf das miese Hotel und das schlechte Essen. Dann haderte er mit sich, weil er sich nicht besser vorbereitet hatte und auf ein paar Fragen keine Antworten wußte. Schließlich gab er mir die Schuld.

Wenn ich besser angekommen wäre und bei Davies nicht den Eindruck hinterlassen hätte, ich sei neurotisch und stehe kurz vor einem Nervenzusammenbruch, wäre alles andere auch glatt verlaufen. Ich lauschte, was in seinem Kopf vor sich ging, und konnte doch nichts dazu sagen. Denn im Grunde hatte er ja recht.

Nachdem er zu Bett gegangen war, begann ich zu analysieren, auf welche Weise ich mir seine Gedanken verständlich gemacht hatte. Sie waren so wirr wie immer gewesen, aber ich hatte sie gesiebt und die unwichtigen ausgesondert – ihm schmeckte das Hühnchen, sein Fuß tat weh, Gedränge im Flughafen, holprige Landung, widerlicher Sitznachbar … Bei Cal gelang es mir ganz automatisch, so wie früher bei meinen Eltern. Ich kannte ihre Denkweise, vermochte einzelne Gedanken aus dem dichten Nebel herauszupicken. Wenn ich es bei ihnen gelernt hatte, dann mußte es bei anderen auch möglich sein.

Gleich am nächsten Tag probierte ich es aus. Ich suchte mir ein kleines Café, in dem um halb elf Uhr vormittags ein halbes Dutzend Leute saß. Zwanzig Minuten lang trank ich bedächtig eine Tasse Kaffee, und zum erstenmal in meinem Leben lauschte ich absichtlich dem Fluß der Gedanken, der die Luft füllte wie Radiowellen. Indem ich weder versuchte, sie auszublenden noch sie in Hintergrundrauschen zu verwandeln, sondern aufmerksam zuhörte, stellte ich fest, daß ich sie beinahe verstehen konnte. Nach zwanzig Minuten zitterten mir die Hände, der Kopf schmerzte mir, und ich mußte gehen; aber ich wußte, es war möglich.

An diesem Abend gingen Cal und ich zu Bett, sobald die Mädchen eingeschlafen waren. Sein düsterer Pessimismus war in einen nahezu euphorischen Optimismus umgeschlagen, und wir liebten uns leidenschaftlich und hemmungslos. Unser Sexualleben war immer stürmisch und unverkrampft gewesen. Ich wußte genau, was ihm gefiel, und ich war glücklich, wenn er es war.

Während ich in dieser Nacht dalag, noch benommen

von den genossenen Freuden, fragte ich mich plötzlich, wie es wohl wäre, wenn beide Partner über die Bedürfnisse des anderen Bescheid wüßten, und der Gedanke schockierte mich. Der nächste Schock kam, als ich merkte, daß seine Phantasie um eine Frau kreiste, die es wirklich gab. Manchmal phantasierte er von anderen Frauen, während wir uns liebten; seine imaginären Partnerinnen waren meistens Film- oder Fernsehstars oder eine exotische Tänzerin, irgendein schönes, unerreichbares Wesen. Mitunter malte er sich aus, er würde mich in einer fremden Umgebung lieben, auf einer Bank, in einem Zelt, gelegentlich eine Spur sadomasochistisch gefärbt. Aber in dieser Nacht dachte er an eine Frau aus seinem Büro, bevor er einschlief.

Die Menschen besaßen eine lebhafte Phantasie; an diese Tatsache hatte ich mich gewöhnt. Die meisten ihrer Gedanken wurden niemals ausgesprochen. Keiner kontrollierte den Strom ihrer Vorstellungen und Ideen, ihrer Eindrücke und Gefühle, ihrer Wünsche und Abneigungen, ihrer Anwandlungen von Haß, Eifersucht und Liebe; nur ihre Taten zählten, das gesprochene Wort. Ich wußte das, so wie ich wußte, ob jemand dunkles oder blondes Haar hatte, groß oder klein, dick oder dünn war.

Ich hatte erwogen, Cal die Wahrheit über mich zu sagen; sie ihm zu verschweigen, war unfair, er hatte ein Recht, Bescheid zu wissen. Wie ich jedoch wach dalag, hielt ich es für besser, zu schweigen. Ich konnte es ihm nicht erzählen, er würde nicht länger mit mir zusammenleben können. Und ich wußte, daß er jetzt, nach neun Ehejahren, in einer völlig neuen Art und Weise an andere Frauen dachte.

Ich war ihm nie eine gute Ehefrau gewesen. Sex allein genügte nicht. Das und die Kinder waren das einzige, was uns noch miteinander verband. Es fuchste ihn, wenn ich etwas erwähnte, über das er seines Wissens niemals mit mir gesprochen hatte, wie neulich zum Beispiel, als ich ihn beim Zahnarzt anmeldete. Er hatte Zahnschmerzen, aber er wollte nicht glauben, daß ich es wußte. Er verabscheute es, wenn ich ihm Dinge erzählte, die ich eigentlich gar nicht wissen konnte, besonders dann, wenn ich recht hatte.

Noch immer wollte er es nicht wahrhaben, daß es ihm zunehmend unerträglich war, mit einer unheimlichen Frau verheiratet zu sein, die ihn vor anderen Leuten blamierte und ihn auf eine unerklärliche Weise nervös machte. Seit vielen Jahren wußte ich schon, daß er mit den Kindern besser zurechtkam als mit mir, aber ich hatte angenommen, sein Grund dafür sei der gleiche wie meiner: die Kinder steckten nicht in seinem Kopf.

Angenommen, die Mädchen haben meine Veranlagung geerbt, dachte ich; der Gedanke beunruhigte mich derart, daß ich aufstand, in meinen Morgenrock schlüpfte und nach unten ging.

Würden sie sich entwickeln wie ich? Cal fand, meine Eltern hätten mich behandeln lassen sollen, statt mich zu verstecken, so daß sich mein wie auch immer geartetes Problem in eine Phobie verwandelte, die mich menschenscheu machte. Er würde darauf bestehen, daß die Mädchen einen Arzt aufsuchten; der würde sie mit Medikamenten ruhigstellen und in eine Klinik einweisen... Dort würden sie den Verstand verlieren oder sterben.

Aber bis ich Gewißheit hätte, konnten noch etliche Jahre vergehen. Bei mir hatte es kurz vor meinem zwölften Geburtstag angefangen.

Und dann begann ich endlich, ernsthaft die Zukunft zu planen.

Ich gewöhnte mir an, fast jeden Tag aus dem Haus zu gehen; anfangs hielt ich mich in kleinen Cafés auf, in denen nur wenige Leute saßen, dann wagte ich mich in ein größeres Restaurant, und zum Schluß marschierte ich in ein Bekleidungsgeschäft, wo ich ein paar Sachen kaufte.

Ständig sagte ich mir vor: Ich schaffe es, ich schaffe es. Ich hatte angenommen, Cal würde sich freuen, daß ich mir einen Hosenanzug gekauft hatte, aber er wurde bloß wütend. Wenn ich einkaufen gehen konnte, wieso hatte ich dann jahrelang Kataloge gewälzt? Warum hatte er soviel Zeit mit Einkäufen vergeudet?

Die Firma, die Davies vertrat, hatte Cal und Harry einen Korb gegeben; finanzielle Hilfe könne nicht gewährt werden, obwohl das Produkt, das sie vertrieben, gut sei; in ein, zwei Jahren vielleicht... Er gab mir die Schuld.

Donna hatte Geburtstag, und ich richtete eine Feier aus. Ein paar Mütter begleiteten ihre Kinder; und für sie gab ich eine Teeparty. Ich schaffe es, redete ich mir zu, ich schaffe es.

In den Schulferien fuhr ich, wie immer, mit den Kindern einen Monat lang ans Meer. Früher hatte Cal uns jedes Wochenende besucht, doch in diesem Jahr war er zu beschäftigt. Endlich hatte er doch seine Affäre; sie hieß Audrey und war die Frau aus seinem Büro.

Aber für ihn wurde die Geschichte zu einer bitteren Enttäuschung. Ich empfand eine boshafte Genugtuung, und er durfte mich nicht berühren, bis ich sicher war, daß sie Kondome benutzt hatten. Sie schliefen nur dreimal miteinander; hinterher quälten ihn monatelang Scham- und Schuldgefühle.

Während ich einmal am Strand saß und zusah, wie die Mädchen in den Wellen spielten, hörte ich einen Mann, der an einen Jungen dachte. Solche Gedanken hatte ich schon früher gehört, aber sie waren immer allgemein gehalten; dieser Mann hatte jedoch etwas ganz Konkretes im Sinn.

Wie erstarrt hockte ich da, zutiefst erschrocken, und erst nach einer Weile fing ich an, ihn zu suchen. Ich hatte gelernt, die Tropfenspur manchmal bis zu ihrer

Quelle zurückzuverfolgen, aber es klappte nicht immer; zuerst glaubte ich nicht, daß ich ihn orten könnte, doch dann wußte ich, wer er war. Ungefähr dreißig, mager, lag er rücklings im Sand, auf die Ellbogen gestützt, etwa fünf Meter von mir entfernt. Mich beachtete er nicht, seine ungeteilte Aufmerksamkeit galt dem Kind. Als nächstes fand ich den Jungen, ein schmächtiges Kerlchen von neun oder zehn Jahren, der mit seinem Vater Frisbee spielte.

Der Mann malte sich verschiedene Szenen aus; plötzlich nahmen seine Gedanken eine mörderische Richtung, und er stand auf. Der Junge warf die Scheibe, und der Hund sprang hoch, um sie zu fangen; dann trottete er zurück, ließ die Scheibe vor die Füße des Kindes fallen und harrte erwartungsvoll auf den nächsten Wurf.

Der gefährliche Mann entfernte sich; so schnell er konnte, watete er durch den weichen Sand, und als er den harten feuchten Strand am Wasser erreichte, fing er an zu rennen. Ich sah ihm hinterher, bis ich ihn aus den Augen verlor.

Mir schauderte bei der Vorstellung, daß er sich demnächst ein anderes Kind aussuchen würde. In diesem Augenblick vermochte ich die Geräusche nicht mehr zu kontrollieren. Ich mußte aufstehen und zu den Mädchen ans Wasser gehen, wo ich die lärmenden Gedanken der anderen Leute nicht mehr hörte.

In dieser Nacht tigerte ich auf und ab, bis mir die Füße schmerzten. Ich konnte solche Dinge wie den Vorfall am Strand nicht übergehen, aber ich wußte auch nicht, was ich unternehmen sollte. Erbittert dachte ich daran, die Rolle eines Racheengels zu übernehmen, der sich auf nichtsahnende Kriminelle stürzt und sie ins Jenseits befördert; ich konnte mich auch mit der Polizei zusammentun, das Böse aufstöbern und Verbrechen verhindern.

Ich setzte mich hin und starrte auf die Tischplatte; die Plastikdecke hatte ein Gittermuster aus unnatürlichen Rosen, die sich um ein Spalier rankten. Seit acht Jahren mieteten wir jeden Sommer dasselbe Ferienhaus, und die Tischdecke war noch nie ausgewechselt worden.

Am nächsten Tag kaufte ich eine Kamera, die so klein war, daß sie in meine Handtasche paßte. Sollte so etwas wie gestern wieder passieren, würde ich ein Foto machen und es zusammen mit Informationen über die Absichten der betreffenden Person an die Polizei schicken. Mehr zu tun, hatte ich Angst. Zum erstenmal kam es mir in den Sinn, daß das FBI, die Polizei, die CIA oder sonstwer mich für ihre Zwecke benutzen könnten, wenn sie von meiner Gabe erführen. Während ich Donna und Patty zusah, wie sie in einem Gezeitentümpel Krabben zu fangen versuchten, dämmerte mir, daß man mich zu allem erpressen konnte, wenn man meine Kinder bedrohte.

Ich übte Fotografieren; die Kamera versteckte ich in meiner Hand, hinter der Handtasche. Wieder zu Hause, ließ ich sechs Filme entwickeln; die meisten Bilder waren nichts geworden. Dem verdutzten Verkäufer erzählte ich, die Kinder hätten mit der Kamera gespielt, und er fand, das sei ein ziemlich teures Spielzeug. Spontan beschloß ich, fotografieren, entwickeln, abziehen und das ganze Drum und Dran zu lernen.

Als die Schule wieder anfing, belegte ich einen Fotokurs; ein paarmal war ich nahe daran, aus lauter Verzweiflung aufzuhören, aber immer wieder schaffte ich es, das diffuse Rauschen zu erzeugen und weiterzumachen.

Was mein ganz privates Problem betraf, so lernte ich meine Grenze kennen, die bei ungefähr fünfzehn Metern lag; ich lernte, das Geräusch in ein verständliches Muster zu verwandeln; ich lernte eine zuverlässige Methode, die Gedanken zu ihrer Quelle zurückzuverfolgen.

In meinem Keller richtete ich mir eine Dunkelkammer ein, und ich übte, wie man Bilder machte, entwickelte und Abzüge herstellte. Ein paar hundertmal fotografierte ich die Bäume auf unserem Grundstück, danach begann ich, Aufnahmen von Fremden in Geschäften und Restaurants zu machen. Zweimal schickte ich ein Bild mit einer Nachricht an die Polizei. Patty wurde acht Jahre alt, Donna zehn.

Cal und Harry fanden einen anderen potentiellen Geldgeber, und diesesmal gab ich die Dinnerparty. Ich war charmant, aufmerksam, ignorierte alle Gedanken, als gäbe es sie gar nicht, und hinterher erzählte ich Cal, Mr. Hendrickson sei lediglich darauf aus, das Programm zu stehlen, an dem er und Harry arbeiteten. Wütend stapfte er aus dem Haus und verbrachte die Nacht mit einer Frau namens Jean.

Als er am nächsten Abend zurückkam, hatte ich meine Sachen in mein ehemaliges Kinderzimmer geräumt. Fassungslos glotzte er mich an.

»Was hat das zu bedeuten?«

»Das weißt du genausogut wie ich. Du hast nicht mal ein Kondom benutzt, oder? Mit wem hast du in der letzten Woche, im letzten Monat geschlafen? Hast du gefragt? Ich glaube, man muß ein halbes Jahr warten und dann einen Bluttest machen lassen. Bis dahin getrennte Zimmer.«

Zum erstenmal, seit wir uns kannten, hätte er mich am liebsten geschlagen. »Ich habe nicht die geringste Ahnung, wovon du sprichst.«

»Muß ich noch deutlicher werden? Du hurst herum. Da hast du's. Ein halbes Jahr. Oder du kannst gehen, noch heute abend.«

Blitzartig kehrte seine alte Angst zurück. Er wandte sich ab. »Du hast dich verändert«, murmelte er und ging in das Stübchen, wo wir die alkoholischen Getränke aufbewahrten.

Wir hatten uns noch nie richtig gestritten. Nach unserer ersten Meinungsverschiedenheit merkte ich, daß ich zu destruktiv sein würde. Ich wußte genau, wie ich ihn vernichten konnte, und im Streit sagte ich vielleicht etwas Fürchterliches, das sich nie wiedergutmachen ließ. Jahrelang hatte ich geglaubt, er könnte dasselbe mit mir tun, und ihn für seine Zurückhaltung bewundert.

Und nun, nachdem wir uns elf Jahre lang nicht gestritten hatten, hinderte ihn sein schlechtes Gewissen, damit anzufangen. Er dachte an das Haus, an das gute Essen, an das alltägliche Zusammenleben und an meine monatliche finanzielle Zuwendung, die uns ein sorgenfreies Leben ermöglichte. Er dachte daran, wie Harry und June sich abstrampelten. Er dachte an die Mädchen und wie sehr er sie liebte.

Sollte er seinen Fehltritt zugeben, mich um Verzeihung bitten? Aber ein halbes Jahr! Er beschloß, alles abzustreiten. Mein Mißtrauen sei zwar geweckt, aber ich könne ihm nichts nachweisen. Ein bißchen verrückt sei ich ja immer gewesen, mal mehr, mal weniger, aber jetzt litte ich an einem Schub, der schlimmer war als alle anderen zuvor, denn nun sei ich paranoid. Schizophren und paranoid.

Als er sich seine Strategie zurechtgelegt hatte, befand ich mich längst in meinem alten Zimmer, hinter verriegelter Tür.

Wir sprachen nicht mehr darüber. Er traf sich weiterhin mit Jean, und ich schlief hinter abgeschlossener Tür. Ich wollte keine Aussprache mit ihm erzwingen, und ich wollte ihn auch nicht hinauswerfen. Mit den Mädchen verstand er sich sehr gut, und sie liebten ihn über alles. Außerdem hatte ich sonderbarerweise das Gefühl, ihn beschützen zu müssen. Es war nicht seine Schuld, daß ich wußte, was er dachte, daß er nichts vor mir verbergen konnte.

Donna wurde zwölf und war so normal wie jedes andere Mädchen in ihrem Alter; wenn sie sich gekränkt fühlte, weinte sie, oder sie wurde wütend. Sie experimentierte mit Make-up, unterhielt sich mit ihren Freundinnen über Jungen, und ihre Gedanken kreisten um Jungen, Make-up und Verabredungen. An dem Tag, als mir bewußt wurde, daß ich ihre Gedanken hörte, war mir klar, daß sie anders war als ich.

Nun wandte ich meine Aufmerksamkeit Patty zu, und abermals hieß es abwarten. Cal und Harry hatten ihre Verhandlungen mit Hendrickson abgebrochen. Aber dann ließen sie das Programm patentieren, an dem sie so lange gearbeitet hatten, und auf einmal verdienten sie eine Menge Geld. Ich freute mich für sie.

Nach einem Streit trennten sich Cal und Jean. Ein paar Monate lang lebte er genauso enthaltsam wie ich, und ihm kam der Gedanke, daß die sechs Monate, die ich ihm auferlegt hatte, vorüber seien. Doch zu seiner eigenen Überraschung gestand er sich eines Nachts ein, daß ihm der gegenwärtige Zustand gefiel. Er wollte mich nicht direkt verlassen, aber er wollte auch nicht ständig auf der Hut sein, sich unbehaglich fühlen, wenn ich in seiner Nähe war. Er wohnte gern in diesem Haus.

Er liebte die Kinder, das gute Essen, unsere geistlose Konversation; alles an seinem Leben gefiel ihm, mit Ausnahme der sexuellen Enthaltsamkeit, und schließlich löste er auch dieses Problem.

Auch ich fühlte mich irgendwie zufrieden. Das ganze Leben war einfacher geworden. Aus heiterem Himmel hatte ich angefangen, mich mit Fotografieren zu beschäftigen, und ich arbeitete fleißig daran, mich zu verbessern.

Hin und wieder fotografierte ich einen Fremden, schrieb eine Nachricht auf dem Computer, druckte sie aus und schickte sie zusammen mit dem Bild an die Polizei. Ein Mann plante eine große Drogenlieferung. Eine Frau bestahl Patienten in einem Pflegeheim. Ein Mann heckte einen Mordplan aus. Ein Kinderschänder …

Patty feierte ihren elften Geburtstag und wurde launisch; genau wie Donna gewesen war, und ich auch, vor langer, langer Zeit.

Ich befand mich auf dem rückwärtigen Teil des Grundstücks und fotografierte einen bestimmten Baum, der mir seit Monaten als Motiv diente; ich nahm ihn bei allen möglichen Lichtverhältnissen auf, denn gleichgültig, wie oft ich den Baum betrachtete, er sah immer anders aus. Ich versuchte, das Flüchtige, Wechselhafte einzufangen, das allen lebenden Wesen zu eigen ist, den ständigen Fluß, der die Ansicht zu bestätigen scheint, daß die Realität in jedem Augenblick neu geschaffen wird.

Während ich mir an der Hintertür die Stiefel auszog, klingelte es am vorderen Eingang. Es war März; die Stiefel waren sehr schmutzig, meine Hände steifgefroren, mein Gesicht taub. Erst nachdem ich mich der Stiefel entledigt hatte, ging ich öffnen, meine Jacke behielt ich an. Kurz vor der Tür blieb ich erschrocken stehen. Polizisten. Sie waren zu zweit. Kriminalbeamte in Zivil, durchgefroren und übermüdet. Einer war verärgert, der zweite teilnahmslos. Er dachte daran, wie unser Haus gelegen war, sehr schön inmitten des Waldes, und es war klug, die Bäume nicht bis dicht ans Haus wachsen zu lassen, für den Fall eines Brandes …

Ich öffnete die Tür.

Der ältere von beiden sagte: »Mrs. Paterson? Ich bin Detective Sergeant Lauria, und das ist Detective Neilson.« Er zeigte mir ihre Dienstmarken. »Können wir kurz mit Ihnen sprechen?«

Er war in den Vierzigern, kräftig gebaut und hatte fast eine Glatze. Er fand, in Socken, mit der Jacke und den rosigen Wangen sehe ich wie ein Kind aus. Sein Kollege war jung, ungefähr dreißig, schlank und sehr aufgebracht.

Ich trat einen Schritt zurück. »Worum geht es? Ist

etwas passiert? Hat es einen Unfall gegeben?« Ich wußte es besser, aber diese Fragen erwarteten sie von mir.

»Es ist nichts passiert«, erklärte Lauria. »Wir versuchen lediglich, jemanden zu finden.«

Ich führte sie ins Wohnzimmer, zog meine Jacke aus, und wir setzten uns hin.

»Was meinen Sie damit?«

»Mrs. Paterson, wir versuchen, eine Verbindung zwischen einer Gruppe von Personen herzustellen. Vielleicht können Sie uns weiterhelfen. Ich lese Ihnen gleich ein paar Namen vor, und Sie sagen mir, ob Sie einen oder mehrere von diesen Leuten kennen.«

Ich nickte. Neilson war wütend, weil er einem Phantom hinterherjagen mußte. In Burnside waren zwei junge Mädchen niedergemetzelt worden, Gangster hatten eine Schießerei angezettelt, dieser gottverdammte Spaulding, ihr Chef mußte ja ein Loch im Gehirn haben, so groß, daß ein LKW durchfahren konnte …

Lauria begann, eine Liste mit Namen vorzulesen. Jedesmal schüttelte ich den Kopf. Aber jetzt wußte ich, worauf sie aus waren. Innerhalb von zwei Jahren hatte ich elf Fotos an die Polizei geschickt; sieben dieser Namen standen in Laurias Notizbuch. Während er laut las, stellte er in seinem Kopf die Verbindungen her: die Krankenschwester, die die Patienten eines Pflegeheims bestahl; ein Kinderschänder; ein Mörder …

Bei sieben der elf Fälle hatten sie Nachforschungen angestellt. Einer der Namen war Gerald Spaulding; der Mann betrieb Industriespionage und verkaufte seine Informationen an die Japaner. Als sein Name fiel, klärte mich Neilson über den Rest der Geschichte auf. Jemand hatte Spaulding verraten, daß irgendein Irrer ihn beschuldigt und sein Foto an die Polizei geschickt habe. Spaulding war Mitglied einer Lobby, ein wichtiger Mann mit einflußreichen Beziehungen. Er hatte eine Ermittlung verlangt, die vor vier Monaten begonnen hatte. Vier Monate! Wieder kochte Nielson innerlich wegen der Zeitverschwendung …

Ich willigte ein, als Lauria mich bat, ein paar Bilder anzuschauen. Noch wußte ich nicht, wie sie auf mich gekommen waren. Aber mir wurde alles klar, als er aus seiner Aktentasche einen großen braunen Umschlag holte und ein Foto herauszog. In meinem Fotografiekurs hatten wir eine Reihe von Sportaufnahmen angefertigt. Dazu benutzten wir einen speziellen Film, ISO 1600, der geeignet ist, schnelle Bewegungen abzulichten, einen Dokumentationsfilm, wie unser Kursleiter ihn nannte. Jetzt erfuhr ich, daß er sehr selten verlangt wurde und meistens nur auf Bestellung zu haben war. Der Laden, in dem ich ihn kaufte, hatte ihn jedoch immer vorrätig, weil die Teilnehmer der Fotografiekurse ihn brauchten.

Sie hatten jeden in Portland und Umgebung aufgestöbert, der diesen Film innerhalb der letzten drei Jahre erstanden hatte. Ich gehörte zu den Dutzenden von Menschen, die überprüft wurden. Also bin ich nicht die einzige, stellte ich erleichtert fest.

Beim ersten Foto, es war ein älteres, schüttelte ich den Kopf. Dann kamen welche, die ich später aufgenommen hatte. Die Qualität wird immer besser, dachte ich beiläufig, während ich die Bilder betrachtete. Man merkte deutlich, daß ich die Kamera und die Dunkelkammertechniken immer perfekter beherrschte. Zum Schluß sagte ich: »Ich kenne keinen von diesen Leuten.« Dann stand ich auf.

Irgend etwas störte Lauria; er war unzufrieden mit mir, obwohl ihm kein Grund dafür einfiel, außer daß ich zu ruhig blieb. »Mrs. Paterson, benutzen Sie ISO 1600-Filme?« fragte er, während er sich erhob. Er teilte die Ansicht seines Partners, daß diese Besuche Zeitverschwendung seien, aber da war etwas …

»Nein«, entgegnete ich mit scharfer Stimme. »Und bevor Sie mir nicht sagen, was Sie eigentlich von mir wollen und weshalb Sie hier sind, beantworte ich Ihnen keine Fragen mehr.« Sein Mißtrauen legte sich ein wenig.

»Könnten wir einen raschen Blick in Ihre Dunkelkammer werfen?« fragte er.

»Nein. Wenn Sie nicht augenblicklich gehen, rufe ich meinen Anwalt an.«

Ich begleitete sie zur Tür, doch plötzlich dachte Lauria an einen anderen Fall, in dem ein verrückter Informant angeblich immer recht gehabt hatte, wenn er einen Verdächtigen bei der Polizei meldete. Mir stockte der Atem.

»Sergeant, warten Sie einen Augenblick«, sagte ich, die Hand bereits auf der Türklinke. »Von mir aus können Sie sich ruhig meine Dunkelkammer oder meine Fotos ansehen, wenn Ihr Dienst es verlangt.« Keinem von beiden fiel auf, wie seltsam das klang.

Neilson ärgerte sich über die neue Verzögerung, und jetzt, da ich ihnen alles zeigen wollte, war auch Laurias Eifer stark abgeflaut. Er sah auf einen Blick, daß meine Bäume ganz anders waren als die körnigen Aufnahmen von Gesichtern. Ich präsentierte ihnen jedoch immer mehr Bäume, Büsche und Grashalme, während ich die ganze Zeit über hier und da Gedankenfetzen aufschnappte.

Nachdem sie gegangen waren, setzte ich mich hin und dachte nach. Ich war nicht in Gefahr, aufzufallen. Anfangs hatte ich einmal auf einem Foto, das ich zu Übungszwecken schoß, das Spiegelbild meines Gesichts auf einer Autostoßstange gesehen; danach prüfte ich sorgfältig jedes Foto und merzte alle aus, die mich irgendwie hätten verraten können.

In der Dunkelkammer trug ich dünne Vinylhandschuhe, um keine Fingerabdrücke zu hinterlassen; auch befanden sich keine Fingerabdrücke auf dem Computerpapier und den Umschlägen, die ich in einem großen Warenhaus kaufte.

Zuerst hatte die Polizei den Hinweisen wenig Beachtung geschenkt. Beim dritten Bild, das einen Bankangestellten zeigte, der Geld veruntreute, änderten sie ihre Meinung und nahmen die ersten beiden Verdächtigen noch einmal unter die Lupe.

Bis jetzt hatten sie sechs der Leute gefunden und fünf davon verhaftet; im Fall der sechsten Person liefen die Ermittlungen noch. Fünf Verdächtige waren nicht aufzuspüren, und dann war da noch Spaulding.

Auf höchster Ebene hatten Konferenzen stattgefunden. Erpressung sei nicht im Spiel, einigte man sich, obwohl Spaulding hartnäckig das Gegenteil behauptete. Bei einem Treffen hatte jemand von einem ähnlichen Fall berichtet, der sich im Osten der Vereinigten Staaten zugetragen hatte; aber dieser Informant versorgte die Polizei nicht mit Bildern, er nannte gleich die Namen. Und kein einziges Mal hatte er sich geirrt.

Verzweifelt versuchte ich herauszufinden, wo genau im Osten dieser Informant steckte, und schließlich dachte Lauria daran, wie man den Fall in Cincinnati gehandhabt hatte. Man war zu dem Schluß gelangt, es könne sich nur um das Werk eines Insiders handeln, und jeder aus der Abteilung, angefangen beim Chef, mußte sich einem Lügendetektortest unterziehen. Es hatte einen ziemlichen Wirbel verursacht, und mehrere Leute reichten ihre Kündigung ein, denn die meisten Mitglieder der Abteilung hatten keinen blassen Schimmer, worum es bei dem Test eigentlich ging.

Wann das Ganze passiert war, bekam ich nicht heraus. Cincinnati war so weit weg wie Indien oder Marokko. Lebte die Person, die der Polizei die Informationen zugespielt hatte, immer noch dort, und war sie noch aktiv? Ich wußte es nicht.

Ich fieberte und kam mir mehr als nur ein bißchen verrückt vor, als ich daran dachte, daß es irgendwo da draußen noch jemanden gab wie mich. Immer und immer wieder hatte ich meine Botschaft ausgeschickt:

Sieh mich an; hör mir zu; ich bin hier; ich weiß, was du denkst. Zum Schluß hatte ich aufgegeben; keiner hörte mich.

Ich vermochte mich nicht zu erinnern, wann ich das letztemal mit jemandem ein richtiges Gespräch geführt hatte. Ich kam mir blöd vor, wenn ich auf Halbwahrheiten, Ausflüchte und Lügen einging, als würde ich sie glauben. Aber in Cincinnati lebt jemand, der ähnlich ist wie ich, dachte ich den ganzen Nachmittag über, bis in den Abend hinein.

Wie gewöhnlich bereitete ich das Essen zu, während ich dem Geplauder der Mädchen lauschte. Cal schwafelte etwas von einem Auto, das er Anfang der Woche probegefahren hatte. Ich fühlte mich wie eine Zuschauerin in meinem eigenen Haus; ich beobachtete, wie das Leben vor mir zurückwich.

Abermals verbrachte ich viel Zeit in der Bücherei; ich las über Cincinnati, über Ohio, studierte einen Stadtplan. Wo lebte diese Person? Hatte sie gelernt, ihr Talent zu kontrollieren wie ich? War sie verheiratet? Schickte sie der Polizei immer noch Hinweise? Wie hatte sie die Namen der Verdächtigen erfahren? Kaum ein Mensch denkt ja an seinen eigenen Namen. War die Person eine Frau oder ein Mann? Bei der Vorstellung, es könne sich um einen Mann handeln, bekam ich plötzlich weiche Knie, und ich mußte mich hinsetzen. Wie wäre es wohl, wenn einer die Gedanken des anderen hören konnte?

Seit ein paar Jahren wußte ich, daß Donna sich bemühte, ihre zwiespältigen Gefühle für mich zu verbergen. Ich hatte angenommen, dies sei ganz normal für ein heranwachsendes Mädchen. In der Pubertät fangen sie an, ihre Mütter zu kritisieren, sie bilden sich Urteile, hängen mehr an ihren Vätern… Beide Mädchen wußten, daß Cal und ich nicht miteinander schliefen; sie wußten von seiner Freundin und hatten sie sogar kennengelernt. Wir alle machten uns etwas vor, indem wir so taten, als ob das Ganze nicht wahr sei, aber wenn die Mädchen unter sich waren, wurde getuschelt, und Donna grübelte oft über unsere Situation nach.

Eines Nachmittags im Mai hielten sie sich in ihrem Zimmer auf. Ich wollte in mein Zimmer gehen, als ich an ihrer Tür vorbeikam und jählings stehenblieb. Die Stimmen waren zu leise, um zu tragen, aber ich merkte, daß ich die Mädchen in meinem Kopf hörte. Mit geschlossenen Augen lehnte ich mich gegen die Wand. Das Warten war vorbei; jetzt wußte ich Bescheid.

Donna dachte daran, daß sie im Fall einer Scheidung bei ihrem Vater bleiben wolle. Patty dachte an Stella, seine Freundin, wie gut sie sich mit ihr unterhalten könne, wie verständnisvoll sie sei. Zum erstenmal begriff ich, daß sie sich in meiner Gegenwart befangen fühlten, wie Cal; es lag also nicht nur an der Pubertät, daß sie mich auf einmal mit kritischen Augen sahen.

Als mir das klar wurde, hätte ich am liebsten geweint. Ich hatte nicht nur bei Cal, sondern auch bei meinen Kindern versagt. Obwohl ich so sehr aufpaßte, merkten sie, daß mit mir etwas nicht stimmte. Donna hielt mich für leicht verrückt. Sie glaubte, ich würde ihr hinterherspionieren und ihr Tagebuch lesen; wie sonst konnte ich Dinge wissen, die sie mir nie anvertraut hatte?

Jetzt dachte Patty, Cal treffe keine Schuld. Ich sei ein bißchen unheimlich, so völlig anders als Stella. Ich entfernte mich, und plötzlich traf mich die Erkenntnis wie ein Schlag: Ich war frei!

Es ging alles sehr zivilisiert zu. Ich wartete, bis das Schuljahr zu Ende ging, dann eröffnete ich Cal, ich wolle ihn verlassen. Er war mir dankbar, daß ich das Thema zur Sprache brachte.

Wir besprachen es in aller Ruhe mit den Mädchen, die sagten, sie wollten beim Vater bleiben. Wir einigten uns über das Sorgerecht, über Besuchsrechte, über die

Collegegebühren, einfach über alles, so daß der Anwalt kaum etwas zu tun bekam. Und dann war es vorbei, einfach so. Die Mädchen weinten, ich weinte, und Cal war den Tränen verdächtig nahe; aber wir alle fühlten uns erleichtert.

Am nächsten Tag packte ich meine Koffer und meine Kameraausrüstung und machte mich auf den Weg nach Ohio. Ich sagte ihnen, ich würde lange wegbleiben und ihnen viel Zeit lassen, sich umzugewöhnen. Wieder weinten wir alle, doch als ich losfuhr, war ich bester Stimmung, geradezu euphorisch.

Ich staunte über die Weite des Landes; die Wüste, die Berge und dann die Prärien schienen sich bis ins Endlose hinein zu erstrecken. Ich fuhr, bis ich müde wurde, ich aß, wenn ich Hunger hatte, ich übernachtete in Motels oder Hotels und fuhr am nächsten Morgen weiter.

Ich hatte mir vorgestellt, ich würde unterwegs beim Fahren Pläne schmieden und während schlafloser Nächte den Morgen herbeisehnen. Meine Erregung wuchs, aber ich machte keine Pläne, außer daß ich mir vornahm, öffentliche Einrichtungen zu besuchen – die Bibliothek, den Zoo, Parks – und dort zu rufen: *Hör mir zu. Sieh mich an. Sprich mit mir. Ich weiß, daß du hier bist. Ich weiß, was du denkst.*

Originaltitel: ›I Know What You're Thinking‹ • Aus: ›Asimov's Science Fiction‹, November 1994 • Übersetzung aus dem Amerikanischen von Ingrid Herrmann

---

Valerie J. Freireich

EIS-ATLANTIS

Ich nahm den Sturm persönlich. Als ob Meteorologie Zauberei und ich in der Lage wären, das Wetter zu steuern. Matthew Bell, der Hubschrauberpilot, mußte es auch so aufgenommen haben. Wann immer das Heulen des Windes kurz nachließ und die Turbulenzen ihm eine Verschnaufpause von der Beobachtung des künstlichen Horizonts und dem krampfhaften Griff um den Steuerknüppel gewährten, warf er mir einen anklagenden Blick zu.

»Sagten Sie nicht, die ganze Strecke bis McMurdo sei frei, Ellen?« rief er. Ich hatte meine berufliche Glaubwürdigkeit ihm gegenüber verloren.

Der Hubschrauber geriet in ein Luftloch, und wir fielen wie ein Stein. Bell biß die Zähne zusammen, und seine weißen Finger hielten den Steuerknüppel; es gelang ihm, den Sturz abzufangen. Meine Hände schmerzten, so fest hatte ich den Sitz umklammert, und der Fünf-Punkt-Sicherheitsgurt – ein Ding, wie es Kunstflugpiloten benutzen – schnitt mir in die Brust. Hubschrauber, selbst solche, die zum Boden der Welt geschickt werden, sind für derartige Beanspruchungen nicht gebaut. Ich überlegte, ob es zwischen Station Vostok und der Basis McMurdo irgendeinen Ort gab, der in Reichweite und sicherer war als ein auf gut Glück gewählter Notlandeplatz, ein Ort, wo wir aufsetzen und die Stunden oder Tage des Sturms bis zu seinem Abflauen verbringen konnten. Es gab nichts. Ich blickte hinaus. Vor dem Fenster nichts als konturloses Weiß. Es war unmöglich, durch Beobachtung zu verifizieren, daß wir auf der Welt waren – vorausgesetzt, Antarktika liegt in derselben Welt wie New York oder Buenos Aires.

»Wir müssen runter!« rief Bell in sein Mikrofon und gab unsere ungefähre Position für den Fall an, daß die Basis McMurdo uns aus so weiter Entfernung und niedriger Flughöhe hören konnte. Zwischen den Stößen, mit denen der Wind uns beutelte, schrie ich ihm eine Zustimmung zu. Er wandte den Blick nicht von den Instrumenten, während er gegen die unberechenbaren Windstöße kämpfte, die den Hubschrauber wie eine Wetterfahne im Sturm hin und her warfen. Ich spähte aus dem Fenster, hoffte, irgendwo etwas vom Boden zu sehen. Ich fürchtete mich, vor allem aber fühlte ich mich schuldig. Der letzte Flug, der Antarktika verließ und den offiziellen Winteranfang bestätigte, sollte in weniger als einer Woche starten. Ich hätte so spät in der Jahreszeit niemanden in die weiten, leeren Ebenen von Wilkes Land schleppen sollen. Als Meteorologin konnte ich den plötzlichen Ausbruch des Sturms mit dem Hinweis auf die wenigen meldenden Wetterstationen Antarktikas und die extremen Witterungsverhältnisse erklären und mich mit der Unberechenbarkeit solcher Phänomene rechtfertigen, doch als eine Person, die eben den zweiten Sommer mit Klimaforschung hinter sich gebracht hatte, argwöhnte ich allmählich Schwarze Magie in dieser weißen Landschaft – oder zumindest die völlige Gleichgültigkeit des Schicksals; ich konnte meine Entscheidung, diese letzte Überprüfung der automatischen Meldestationen vorzunehmen, tatsächlich nicht rechtfertigen. Die Daten waren unser Leben nicht wert. Die Wahrheit lautete, daß ich einfach nicht bereit gewesen war, dieses leere, menschenfeindliche Land zugunsten einer noch leereren ›Heimat‹ zu verlassen.

Plötzlich, wie ein Feuerwerk am Nachthimmel, erschien zu unserer Linken greller weißer Lichtschein und näherte sich rasch. Die Helligkeit blendete mich so, daß mir die Augen tränten und ich den Blick niederschlagen mußte; farbige Sonnenflecken tanzten durch mein Gesichtsfeld. Ich faßte Bell am Arm und zeigte hin. »Dort können wir landen!« schrie ich.

Es war eine impulsive Regung. Ich hatte keine Ahnung, was das Licht sein konnte, aber Licht wie dieses mußte künstlich sein, von Menschen gemacht. Bell blickt erst mich an, dann den Lichtschein. Der Hubschrauber schwankte und flatterte wie Papier in der von Schneewolken erfüllten weißen Luft. Seine Hände festigten den Griff am Steuerknüppel. Ich glaube, er nickte, und mit äußerster Konzentration drehte er die Maschine und hielt auf das Licht zu. Allmählich wurde die Maschine stabiler, so daß wir niedergingen und zur Landung ansetzten.

Eine Seitenbö packte den Hubschrauber und warf ihn herum. Ich war starr vor Schreck, als wir stürzten, aber noch im Fall versuchte Bell den Hubschrauber aufzurichten. Niemals werde ich diesen hilflosen, magenumdrehenden Absturz vergessen, der furchtbarer war als jeder Alptraum von einem Fall. Dann erinnere ich mich an nichts mehr.

Jemand summte. Die Melodie war mir unbekannt. Ich lag behaglich in einem Bett, lag still und lauschte träumerisch, während ich auf das Läuten des Weckers wartete. Die Decke fühlte sich wie Baumwollflanell an und war sehr warm. Ich kuschelte mich ins Bett, bis mir plötzlich der Absturz einfiel. Ich keuchte, riß die Augen auf und wollte mich aufrichten. Mein ganzer Körper schmerzte, aber Hals und Rücken standen in Flammen. Mit einem Aufschrei fiel ich zurück. Der Schmerz hörte auf, sobald ich wieder ruhig lag. Weißes wattiges Material, zu flauschig, um Verbandstoff zu sein, hüllte meine rechte Seite ein, und um den Hals fühlte ich einen leicht beengenden Druck.

Der summende Mann war verstummt und hatte sich umgewandt. Ich starrte ihn mit offenem Mund an; er lächelte. Er war mir nicht nur als Person unbekannt, sondern darüber hinaus ein Typ, wie ich noch keinen zuvor gesehen hatte, denn er verkörperte geradezu einen Querschnitt durch die Anthropologie. Mein Retter saß auf einem einfachen Stuhl vor einem Regal, das möglicherweise ein Arbeitsplatz oder ein Schreibtisch war. Es war nicht leicht, ihm bestimmte Rassenmerkmale zuzuschreiben – seine Augen hatten die Lidfalte der Mongolen, doch waren sie blau; seine Hautfarbe war bräunlich, und sein gleichfalls braunes Haar war in einer Art geschnitten, als hätte er sich eine Schüssel über den Kopf gestülpt und alle Haare abgeschnitten, die unter dem Rand herausschauten. Auf den ersten Blick hatte es den Anschein, daß seine Arme in seltsam dekorierten engen Ärmeln steckten, aber dann merkte ich, daß die komplizierten Muster aus Narben, Tätowierungen und Objekten bestanden, die unter die Haut geschoben waren und aus ihr hervorschauten. »Wer sind Sie?« fragte ich. Meine Stimme war ein heiseres Flüstern, mein Mund war ausgetrocknet. »Welche Station ist dies?«

Ein leicht gekrümmtes Panoramafenster zeigte genau das einförmige, ununterbrochene Weiß des Schneesturms, das ich vor dem Absturz des Hubschraubers gesehen hatte. Das Fenster hätte eine Fortsetzung der leeren weißen Wände des kleinen Raumes sein können, wäre nicht das wilde Gewirbel der Schneeflocken draußen gewesen, das vom gedämpften Heulen des Windes begleitet wurde. Die Wände waren elfenbeinweiß und hatten die angerauhte Beschaffenheit von Rohseide. Das von draußen einfallende Licht schien trübe, und im Raum gab es keine Lampe, aber eine indirekte Beleuchtung in der Decke und in den oberen Teilen der Wände verbreitete gerade genug Licht, so daß keine Lampe notwendig war. Wenn ich mich zuviel mit den Wänden zu beschäftigen scheine, liegt es daran, daß meine in Antarktika geschärfte Sensibilität sie bemerkenswert fand. Sie waren kahl; es fehlten die allgegenwärtigen Wandschränke und Regale, vollgestopft mit Proviant, Kleidung und Geräten, die für praktisch jeden anderen Raum in Antarktika so charakteristisch sind. Ich sah auch keine Tür. »Wo bin ich?« fragte ich.

Das erfreute Lächeln des Fremden wurde breiter. Um besser gegen den Schmerz gewappnet zu sein, ballte ich die Fäuste und unternahm einen neuen Versuch, mich aufzurichten.

Der Mann – seine bloße Brust verriet es mir; er trug nur eine weite Hose – stand rasch auf und kam mit einem Schritt herüber. Er beugte sich über mich, legte mir die offene Hand fest an die Brust und drückte mich zurück. Er sagte eine einzige Silbe: »Neh.«

Eine kehlige, körperlose Stimme sprach aus der Luft.

Ich bin keine Linguistin, und es gibt viele Sprachen, die ich nicht erkennen würde, aber keines der Länder, wo sie gesprochen werden, hat Stationen in der Antarktis; dies war ein völlig unvertrautes Idiom. Er sagte wieder *Neh*, aber in die Luft und nicht zu mir.

»Wo ist Bell?« fragte ich, zu ihm aufblickend.

»Der Pilot?« Er legte den Kopf auf die rechte Seite und lauschte, anscheinend ohne zu verstehen, lächelte aber aufmunternd. Ich fürchtete ihn nicht, trotz seiner grotesken Armverzierungen und seiner unbestimmten Herkunft, die noch am ehesten an einen Amazonasindianer denken ließ. Sein Lächeln schien vollkommen aufrichtig, und bei all seinem exotischen Aussehen war er ein ansehnlicher Mann. »Wer sind Sie?« fragte ich.

Er beugte sich näher, als hätte er einen Hörfehler. Ich versuchte zu lächeln. »Was haben Sie mit Matthew Bell gemacht?« Ich sprach langsam und mit sorgfältiger Aussprache.

»Ah?« sagte er und nickte ermutigend.

Ich stützte mich vorsichtig auf einen Ellbogen – er

runzelte die Brauen, ließ mich aber gewähren; die Schmerzen sorgten von selbst dafür, daß ich mich nicht weiter aufrichtete – und zeigte zum Fenster. »Der Hubschrauber ist abgestürzt«, sagte ich langsam. »Ich bin hier. Sie müssen mich hereingebracht haben. Es gab noch eine weitere Person an Bord. Wo ist sie?« Ich hielt zwei Finger hoch, dann einen, mit dem ich mich bezeichnete. Dann hielt ich den anderen Finger hoch und versuchte die Achseln zu zucken. Es schmerzte.

»Ah!« Er zeigte zur leeren Wand gegenüber dem Bett. Es gab keine Tür, die ich sehen konnte. Er sagte etwas Unverständliches, aber mit ernster Miene.

Ich suchte seine Absichten aus seinem Gesichtsausdruck zu deuten und bemerkte erst dabei die schwarz tätowierten dünnen Linien, die wie ein feines Netzwerk seine Augen und die Seiten seines Gesichts umgaben. Ich ließ mich zurücksinken. Die einzigen mir bekannten Menschen, die noch ihre Gesichter tätowierten, waren Maoris, Bewohner der pazifischen Inselwelt. Vielleicht gab es ähnliches auch noch in gewissen afrikanischen Stammesgemeinschaften. Dieser Mann mit seiner intelligenten, reservierten Aufmerksamkeit war mit Sicherheit kein Maori; dagegen sprach auch seine Anwesenheit in einer bisher unbekannten antarktischen Station.

Ich hob einen Finger, zeigte auf mich und sagte meinen Namen. Er lächelte und nickte. Ich wiederholte, was ich getan hatte, und zeigte dann auf ihn. Später fragte ich mich, welcher Instinkt mich bewogen hatte, ›Ellen‹ zu sagen, statt meinen vollen Namen oder ›Dr. Chapman‹. Im allgemeinen ziehe ich gesellschaftliche Distanz vor. Ich lächelte ihm zu und wartete.

Er murmelte etwas, das ich nicht verstand, dann hob er einen Finger, zeigte auf sich und sagte »Temas«, ein Wort, das ich aus Gründen der Zweckmäßigkeit für seinen Namen und nicht für sein Wort für Mensch nahm. Ich wiederholte es und zeigte auf ihn.

»Temas, yah«, sagte er.

Dieselbe körperlose Stimme – sie hörte sich weiblich an – unterbrach ihn. Er blickte zum Fenster hinaus, während er ihr zuhörte, dann antwortete er in ruhigem Ton. Er nickte mir zu, stand auf und ging zu der leeren Wand, auf die er vorher gezeigt hatte. Sie verschwand. Ich sah in einen viel größeren Raum, der vorwiegend leer war, dann war er fort und die Wand wieder an Ort und Stelle.

»Temas!« rief ich. Er kam nicht. Ich ließ mich zurücksinken, blickte ins Schneegestöber und versuchte Ordnung in diese beängstigend fremdartige Situation zu bringen. Ich vergegenwärtigte mir die Karte von Wilkes Land und überlegte, ob es möglich sei, daß ich nach zwei Sommern in Antarktika aus irgendeinem Grund die Existenz einer für antarktische Verhältnisse ansehnlichen Station auf der Eisebene übersehen hatte. Ich erinnerte mich an das grelle Licht, das wir kurz vor dem Absturz gesehen hatten. Temas mußte irgendwie mit diesem Licht gekommen sein, entschied ich, aber die Einsicht schien nicht alarmierend. Müdigkeit hüllte mich in ihre beruhigende Decke; das Bett war behaglich. Ich sagte mir, daß ich später darüber nachdenken würde, und schlief ein.

Als ich das nächste Mal erwachte, war ich allein. Ich fühlte mich viel besser und hellwach. Vorsichtig richtete ich mich auf, und konnte ohne Schmerz aufrecht sitzen. Ich war nackt, und mein Körper war ungeachtet des Gefühls von Wohlbefinden mit Prellungen und verblassenden Blutergüssen bedeckt. Das flauschige weiße Material war fort. Vor dem Fenster tobte noch immer der Sturm, aber im Raum war es angenehm warm. Ich stand auf und sah mich um. Bei näherer Untersuchung entpuppte sich das Regal, an dem Temas gesessen hatte, als eine Tastatur. Die meisten Buchstaben, Zahlen und Symbole waren erkennbar, aber nicht alle. Ich berührte die Tastatur, und meine Hand ging durch sie hindurch – es war eine Art Holographie. Gleich darauf verschwand die Tastatur. »Temas?« rief ich, dann fiel mir meine Nacktheit ein, und ich hielt nach etwas wie einem Kleidungsstück Ausschau. Im Raum war nichts dergleichen zu sehen, noch gab es einen Kleiderschrank, also versuchte ich die weiche Bettdecke abzuziehen. Sie widerstand meinen Bemühungen, und bei näherer Untersuchung entdeckte ich, daß sie Teil der Matratze war.

Ich spürte eine Luftbewegung und wandte mich um. Temas beobachtete mich aus dem jetzt offenen Durchgang. Sein Gesicht verriet Erheiterung und Interesse. Ich zeigte auf mich. »Nun, dann besorgen Sie mir etwas zum Anziehen!«

»Yah«, sagte er. Er ging wieder, doch blieb die Wand diesmal offen. Ich folgte ihm vorsichtig und spähte in den anderen Raum, während ich in meinem blieb. Dieser größere Raum vermittelte den Eindruck eines Arbeitszimmers oder Laboratoriums; er enthielt eine Anzahl zweiseitiger Mattscheiben mit Text und zahlreichen graphischen Darstellungen und Diagrammen, die scheinbar in der Luft hingen, eine optische Darstellung von Information ohne die üblichen mechanischen Geräte, und alles so perfekt gemacht, daß sie ebenso wirklich schienen wie die holographische Tastatur.

Temas stand vor einem offenen Wandschrank. Er sah mich in der Türöffnung stehen, nahm etwas aus dem Schrank und warf es mir zu; ein zusammengelegtes Kleidungsstück von leuchtendblauer Farbe. Ich fing das Bündel auf und hielt es an mich, während ich in meinen Raum zurücktrat. Ich verspürte einen Drang zu urinieren und hielt Ausschau nach einer Seitentür in ein Bad oder eine Toilette. Als ich keine fand, steckte ich den Kopf wieder zur Türöffnung hinaus. »Ich brauche ein Badezimmer«, sagte ich.

»Yah?« fragte er und zeigte auf die Kleider.

»Ich brauche dringend ein Badezimmer«, wiederholte ich. Dabei zeigte ich in einer, wie ich meinte, allgemein verständlichen Geste zwischen meine Beine.

Er errötete und lächelte mit einem Ausdruck törichter Verlegenheit. »Neh«, sagte er, und dann noch einiges mehr, als ob ich eine Südseeinsulanerin aus der Zeit vor zweihundert Jahren wäre, die ein liebenswürdiges, aber unnötiges Angebot intimen Dankes gemacht hatte, dessen Ablehnung er höflich erläuterte.

Ich errötete auch. »Neh!« sagte ich mit Nachdruck. Ich deutete ein Niederkauern an und machte eine weitere, noch etwas allgemeinere Geste. »Badezimmer!« Es war eine Situation peinlicher Verlegenheit.

»Ah!« Er schmunzelte und schlug sich mit der rechten Handfläche gegen die Stirn. Dann zeigte er zu einem Stuhl, der an einer Seitenwand stand; er hatte keinerlei Ähnlichkeit mit einer Toilette. Es gab kein Loch, und obwohl der Raum zwischen den vier Beinen des Stuhls abgeschlossen war, gab es auch keinen sichtbaren Wasseranschluß.

Ich zeigte auf den Stuhl. »Toilette?« fragte ich. »Yah?«

Er sah mich ratlos an. »Yah.«

Die Kleider an mich gedrückt, um meine Blöße zu bedecken, zog ich mich skeptisch zu dem Stuhl zurück. Es schien mir unpassend, meine Notdurft in einem offenen Raum zu verrichten, selbst in Antarktika, wo Schicklichkeit in der Enge der Station ein Luxus ist, aber ich setzte mich. Ich sank in den Sitz ein, es war wie Sitzen auf einem Schwamm, ein eigenartiges, aber nicht unangenehmes Gefühl. »Na, meinetwegen«, sagte ich und ließ den Dingen ihren Lauf. Der Urin verschwand, ohne mich zu nässen, obwohl der schwammige Stuhl wärmer wurde. Ich vermißte das vertraute Geräusch, dann hielt ich erfolglos nach Papier Ausschau, brauchte es aber nicht und gab auf.

»Yah?« fragte er nüchtern.

»Yah.« Ich entfaltete die Kleidungsstücke: ein paar

weite Hosen und ein passendes Hemd, das wie ein Rollkragenpullover geschnitten war. Ich zog beides unter seinen Blicken an, was meine Bewegungen unbeholfen machte. Das Hemd war für seine Größe geschnitten; die Schultern waren zu breit, die Oberweite zu knapp. Der Stoff fühlte sich anders an als alles, was ich je getragen hatte; weich und anschmiegsam wie Seide und dick wie Wolle. Während ich mich ankleidete, blieb er auf Distanz und blickte sogar zur Seite, vielleicht um zu zeigen, daß er ein Ehrenmann sei, doch als ich die Kleider anhatte, kam er näher.

»Welche Station ist dies?« fragte ich und faßte ihn ins Auge. »Wo ist Bell?« Ich hielt zwei Finger hoch, zeigte auf mich selbst, ließ dann einen Finger oben und hob fragend die Schultern.

Temas machte eine Kopfbewegung zur anderen Seite des Raumes und führte mich hin. In einem langen Zylinder mit aufgeklapptem Deckel, der für meinen Geschmack zuviel Ähnlichkeit mit einem Sarg hatte, lag Matthew Bell nackt auf dem Rücken. Sein Gesicht war zum größten Teil mit wattigem weißen Zeug bedeckt, das nur Lippen und Kinn freiließ; auch große Teile des Rumpfes und sein ganzes linkes Bein waren ähnlich verbunden. Ich sah ihn atmen und war erleichtert, daß er lebte.

Temas zeigte auf mich und sagte meinen Namen, dann zeigte er auf Bell.

»Bell«, sagte ich. Ich zögerte, entmutigt von unseren Verständigungsproblemen. »Geht es ihm schlecht? Bell, yah?«

Temas nickte. »Yah.« Er hielt drei Finger hoch, dann vier und zuckte die Achseln. Ich schloß daraus, daß Bells Wiederherstellung einige Tage in Anspruch nehmen werde. Temas beobachtete mich aufmerksam. Ich nickte und lächelte.

»Ellen, Bell, yah?« fragte er und hielt zwei ineinandergeflochtene Finger hoch.

Ich lachte, da ich erriet, was er meinte, dann runzelte ich die Brauen. Ich war praktisch allein mit Temas und der restlichen Besatzung dieser Station, wie groß oder klein sie auch sein mochte. Aber nach kurzer Überlegung schüttelte ich den Kopf und antwortete aufrichtig. »Neh, ich habe nichts mit ihm zu tun. Ich kenne ihn kaum.«

Wir blickten beide auf Bell nieder. Das wattige weiße Material schien sich ein wenig zu bewegen. Vorsichtig streckte ich die Hand aus, um es zu berühren, aber Tema stieß meine Hand beiseite. »Neh«, sagte er, nicht aggressiv, sondern wie zu meinem oder Bells Schutz.

Nach meinem ersten Erwachen war der unbestimmte Argwohn, daß ich in eine außergewöhnliche und phantastische Situation geraten sei, nicht von Furcht begleitet gewesen. Jetzt überkam sie mich plötzlich. Es gab kein bekanntes ärztliches Verfahren, das zu diesem wattigen weißen Zeug paßte, das Temas Bell und mir aufgelegt hatte. Ich wandte mich ab. Es gab auch keine bekannte Technologie auf Erden, welche die Dinge machte, die ich in dieser Station sah: die Toilette, die praktischen Darstellungen, die seltsamen Türen und Abteilungen. Ich warf Temas einen Seitenblick zu. Seine Arme erinnerten an prähistorische Zeichnungen, voll von unheimlichen Symbolen und aus dem Gleichgewicht geratener Symmetrie. Die schwarzen Tätowierungslinien seines Gesichts kamen mir auf einmal wie die magischen Zeichen eines Zauberers vor. Es war wichtig, von hier wegzukommen.

Ich ging zum Eingang meines ›Schlafzimmers‹, umfaßte zu beiden Seiten den Türrahmen und blickte zum Fenster hinaus in die dunkelnde Leere, in der ich den anhaltenden Schneesturm vermutete; sollte ich glauben, daß ich noch in Antarktika war? Ich hatte nicht das Gefühl veränderter Schwereverhältnisse, geschweige denn von einer merklichen Bewegung, aber was hatte das schon zu bedeuten? Konnte es nicht sein, daß wir durch den Weltraum reisten?

»Ellen, yah?« Temas' Stimme klang besorgt.

Ich wandte mich zu ihm um. Ich war nicht verrückt. Bis zum Beweis des Gegenteils wollte ich annehmen, daß wirklich war, was ich sah. »Neh«, sagte ich. Nichts war in Ordnung. Mit großer Anstrengung – hätte ich irgendwohin gehen können, wäre ich fortgegangen – starrte ich ihn kriegerisch an. Ich zeigte auf mich und auf den Boden, stampfte mit dem Fuß auf und sagte: »Erde.« Dann zeigte ich zuerst auf ihn und dann zum Himmel. »Temas, yah?«

»Neh!« Er grinste, als sei er erleichtert, sagte noch etwas und sprach dann in die Luft; die Stimme, die ich zuvor gehört hatte, antwortete ihm. Die Person, wer immer sie war, mußte sich in einem anderen Raum der Station aufhalten. Er sprach beiläufig zu ihr, wie zu einer Bediensteten, deren beflissene Aufmerksamkeit er für selbstverständlich hielt. Die fortgeschrittene Technologie, die ich hier sah, brachte mich auf den Gedanken, daß die Stimme künstlich war, obgleich sie natürlich klang. Ich hatte Stationen überall in Antarktika besucht und die Erfahrung gemacht, daß die Menschen dort begierig auf Gespräche mit den seltenen Besuchern waren und durch ihre Isolation bisweilen so schüchtern, daß ihr Bedürfnis nach Kommunikation mit Auswärtigen verzweifelte Züge annahm. Konnte es sein, daß Temas der einzige Bewohner der Station war? Ich lächelte, hoffte, daß es nicht zu schlau aussehe, und zählte an meinen Fingern ab, so daß er zusehen konnte. »Bell. Ellen. Temas.« Ich sah ihn fragend an, hielt den vierten Finger hoch und blickte umher.

»Ah«, sagte Temas und lächelte überlegen. »Lot.« Er machte eine ungewisse winkende Bewegung über Kopf, wandte sich in die andere Richtung und winkte wieder. »Lot.«

»Bell. Ellen. Temas«, sagte ich. Drei Finger – drei Menschen. Ich sah ihn forschend an. Gab es noch andere hier? Würde er es mir sagen?

»Yah«, sagte er. »Ellen. Temas. Bell.« Er lächelte wie ein stolzer Vater.

In diesem Gespräch, wenn man es so nennen konnte, kontrollierte ich die Situation mehr, als Temas ahnte, und ich fand meine Vermutung bestätigt. Meine Furcht ließ nach, ich gewann neue Zuversicht. Wir waren noch in Antarktika, natürlich. Temas war bloß ein Mann.

Er sagte wieder etwas, dann begann die körperlose Stimme – Lot – Sätze zu sprechen. Jeder unterschied sich von den anderen, und nach jedem Satz legte sie eine längere Pause ein, wie um eine Antwort abzuwarten. Ich vermutete, daß sie Sprachen oder Dialekte ausprobierte, aber ich erkannte keine einzige. Während einer dieser Pausen sprach ich eine Begrüßungsformel auf spanisch, dann versuchte ich es mit den deutschen, französischen, russischen und japanischen Wendungen, die ich kannte. Wahrscheinlich kannte ich weniger Sprachen als sein Computer. Temas beobachtete mich, bis ich achselzuckend aufgab. Er sagte etwas tröstlich Klingendes, dann blickte er zu seinen Diagrammen und Darstellungen und schien sich zu entschuldigen. Er machte sich in einem Bereich zu schaffen, der nicht weit von Bells Krankenlager lag, und arbeitete beinahe sofort mit ruhiger, gleichmäßiger Konzentration. Jedesmal wenn ich hinsah, hatte sich die Anordnung der scheinbar in der Luft schwebenden Darstellungen verändert. Später gab er Daten in eine Tastatur ein – ähnlich der im ›Schlafzimmer‹ –, und ich sah, daß seine Finger über den Tasten schwebten oder sie jedenfalls kaum berührten; diese Tastatur hatte ich vorher nicht bemerkt. Ich wußte nicht, wie er die Darstellungen abrief; seine Anweisungen wurden laut gesprochen, waren aber kurz. Einmal wiederholte ich etwas, was er sagte. Er hielt inne, sah sich nach mir um, lächelte und sprach einen anderen Befehl aus. Nichts schien auf meine Einmischung hin geschehen zu sein, oder es wurde gelöscht.

Ich ging im Raum umher, versuchte die Funktionen

der verschiedenen Einrichtungsgegenstände und Instrumente zu erraten – wenigstens gab es ein paar Dinge, die ich anfassen konnte –, hielt mich aber mit dem unbewußten Respekt des Wissenschaftlers vor der Arbeit eines anderen von Temas fern; da er allein diese Station zu leiten schien, hielt ich ihn für einen Wissenschaftlerkollegen. Dies fand ich bestätigt in der Art und Weise, wie er die eine oder die andere Darstellung studierte, manchmal innehielt und zu überlegen schien und dann wieder wie besessen arbeitete. Er war weder ein Techniker, der sich durch Routineaufgaben arbeitete, noch ein Abenteurer, der in Antarktika überwinterte, um flüchtigen Medienruhm zu ernten. Es gab Dinge, die er wissen wollte, die er erforschte.

Die Darstellungen zeigten häufig Zahlen, die unseren arabischen ähnlich waren, und diese studierte ich am eingehendsten, um daraus zu erfahren, was sie bedeuteten. Ich glaubte, daß ich einige dieser Darstellungen erkennen würde, wenn sie atmosphärische oder klimatische Daten enthüllten, die üblichsten Forschungsgegenstände in Antarktika, doch wenn es sich so verhielt, verstand ich den Maßstab nicht, den er zu ihrer Messung verwendete. Ich hätte ein Alchimist in einem modernen chemisch-physikalischen Laboratorium sein können, so wenig verstand ich. Das einzige, was ich identifizierte, war eine Uhr mit Digitalanzeige, aber selbst diese hatte zwei Darstellungen auf jeder Seite, die sich in verschiedenen Raten veränderten.

So verbrachte ich ungefähr zwei Stunden, bevor Temas seine Arbeit beendete. Er lehnte sich zurück und schaute zu mir her, also kam ich zu ihm. »Radio?« fragte ich, ohne zu erwarten, daß er mich verstehen würde. Ich hatte nichts gesehen, was wie ein Funkgerät oder eine Sendeanlage aussah, aber es war leicht möglich, daß sie sich in einem anderen Raum befand. Ich berührte mein Ohr, dann meinen Mund und wieder das Ohr und zeigte hinaus.

Er preßte die Lippen zusammen. »Neh.«

Ich berührte seinen Arm. »Ich glaube, die Antwort ist ›yah‹, nicht wahr?«

Er stand auf und trat einen Schritt von mir zurück, dann blickte er zu Bell in seinem zylindrischen Krankenbett und sprach. Ich weiß nicht, was er sagte. Ich bildete mir ein, es war etwas wie: »Was soll ich nur mit Ihnen beiden anfangen?« Er seufzte.

»Yah?« fragte ich in energischem Ton. Wieder zeigte ich auf Ohr und Mund. »Yah?«

»Neh!«

Ich starrte ihn stirnrunzelnd an, doch konnte ich ihn nicht zwingen, mich zur Funkstation zu führen. Ich ging hinüber zur anderen Seite des Raumes und blickte von dort finster zu ihm hinüber. Es war ausgeschlossen, daß dieser Mann, Herr über eine mit so fortgeschrittener Technologie ausgestattete Station, keine Sendeanlage oder Kommunikationseinrichtung hatte oder daß weder er noch sein Computer ein Wort Englisch kannte. Es widersprach dem gesunden Menschenverstand.

»Ellen?« Er rollte das L.

Ich antwortete nicht. Was nutzte es? Meine Unfähigkeit, mich mit Temas zu verständigen, ärgerte mich. Ich war überzeugt, daß er helfen würde, wenn ich ihm die Notwendigkeit erklären könnte, daß wir vor dem letzten Flug nach McMurdo zurückkehren müßten. Ich fühlte instinktiv, daß man ihm vertrauen konnte. Die Vorstellung, einem Mann zu vertrauen, mit dem ich nicht sprechen konnte, erheiterte mich plötzlich.

»Ellen?« sagte er wieder, leiser als zuvor.

Ich wandte den Kopf zur Seite.

Er seufzte, dann ging er an mir vorbei und öffnete einen Wandabschnitt, so daß eine Art Klapptisch entstand, dessen rückwärtige Längsseite eine Anzahl rechteckiger Behälter trug. Diese öffnete er nacheinander. Der Inhalt bestand aus verschiedenfarbigen Pulvern; er mischte sie in einer glänzenden Schale, fügte Wasser hinzu und füllte zwei Bechergläser. Einen brachte er mir, aber ich nahm ihn nicht an. Die Flüssigkeit darin schien warm zu sein und roch nach Zimt. Achselzuckend stellte er das Glas zurück auf den Klapptisch, dann lehnte er sich an die Wand und beobachtete mich mit einem Ausdruck geduldiger Erwartung.

Das Getränk roch nicht übel, und mein Appetit war geweckt. Etwas wie Küchengeruch drang aus dem Bereich, in dem er seine Pulver hatte, und breitete sich im Raum aus. Sorgsam darauf bedacht, ihn nicht anzusehen, trat ich zum Klapptisch und nahm mein Glas. Es fühlte sich kühl an, obwohl das Getränk sehr warm war.

»Yah?« fragte Temas.

»Gut«, sagte ich. Die Tastatur, die er vorher benutzt hatte, war noch offen, und ein Stuhl stand daneben. Ich ging hin und setzte mich. Das Alphabet schien dem lateinischen zu entsprechen, bis auf einen oder zwei zusätzliche Buchstaben oder Symbole, wobei das Q fehlte; die Zahlen waren in der obersten Reihe der Tastatur angeordnet. Temas kam herüber. Ich dachte, er würde mich wegscheuchen, aber er reichte mir nur einen Teller mit Essen. Ich blickte fragend auf; es gab keine Gelegenheit, das Glas abzustellen. Er lächelte und sagte etwas; ein Gerät wie ein Teewagen kam aus der nächsten Wand und neben der Tastatur zum Stillstand. Ich stellte das Glas darauf, Temas stellte den Teller daneben und ging fort. Er aß auf der anderen Seite des Raumes stehend am Klapptisch und beobachtete mich.

Ich aß heißhungrig. Die Mahlzeit bestand aus dünnen Nudeln mit Gemüse – gewöhnliches Gemüse, das ich identifizieren konnte: Karotten, Zwiebeln, Kürbisstücke und Spargel – in einer unbekannten grünen Soße, die etwas Pfeffriges hatte. Ich fand das Essen schmackhaft, die Zubereitung appetitlich. Danach sah ich mir den Teller genauer an. Er schien aus Keramik zu sein, aber mit etwas Druck konnte ich ihn in eine andere Form biegen. Temas lächelte, als ich aufblickte.

Mit neuer Entschlossenheit wandte ich mich der Tastatur zu und berührte vorsichtig die erste Taste auf der linken Seite, wie ich es bei Temas gesehen hatte, und hoffte, die Tastatur werde nicht verschwinden. Das tat sie zwar nicht, aber es geschah auch sonst nichts. Es gab keinen Schalter oder Knopf, soweit ich feststellen konnte. Ich sagte: »An!« aber nichts passierte. Ich sagte »Yah!«, doch ebenfalls ohne Erfolg.

Temas kam zu mir. »Ellen?«

»Zeig es mir«, sagte ich. »Vielleicht können wir mit Hilfe dessen reden.«

Er legte die Stirn in Falten, nahm meinen Teller und den Becher und ging fort. Der Teewagen rollte zurück in die Wand. Gleich darauf kehrte Temas ohne das Eßgeschirr zurück und blickte mir über die Schulter auf die Tastatur. Ich spürte seine Gegenwart als Wärme hinter mir. Er hatte einen leicht maskulinen Geruch, aber nichts, was dem Rasierwassergeruch oder Gestank auf mancher antarktischen Station entsprach. Er langte über meine Schultern, so daß seine phantastisch dekorierten Arme rechts und links von meinem Gesicht waren, und bediente die Tastatur. Sie leuchtete auf.

»Danke«, sagte ich und berührte leicht seinen rechten Unterarm, der noch neben mir war. Seine Muskeln spannten sich, aber er nahm ihn nicht weg. Neugierig streifte ich mit den Fingerspitzen über das gelbe und rote gefiederte Zeug, das unter seinem Ellbogen eine Art Rüsche bildete. Er zog seine Arme zurück. Ich wandte mich um, blickte zu ihm auf und lächelte. »Danke«, wiederholte ich.

Er seufzte tief, sprach ein paar knappe Worte und setzte sich auf einen geraden Stuhl, der aus der Wand gerollt kam, geradeso wie zuvor der Teewagen. Er sagte wieder etwas, und über der Tastatur erschien ein Fenster, denen ähnlich, die über den ganzen Raum verteilt waren.

»Ellen?« fragte er. Sein Ton forderte heraus.

Pflichtschuldig studierte ich die Tastatur. Ich hatte keine Ahnung, wie ich sie dazu bringen sollte, als Bindeglied für eine Verständigung zu wirken. Sollte ich englische Worte eingeben und hoffen, daß Lot, die künstliche Intelligenz, geschriebene Sprache übersetzen konnte, nachdem sie kein Verständnis für die gesprochene gezeigt hatte? Ich berührte den Bildschirm, den er gemacht hatte, eine leere Fläche, die nur durch das Schimmern entlang ihren Rändern erkennbar war. Wie bei der Tastatur gab es auch hier nichts Festes zu berühren. Aber als ich die Hand wegnahm, hatte mein Finger einen Abdruck hinterlassen. Vor allem interessierte mich, woher er kam. Von irgendeiner geheimen polynesischen Insel? Shangri-la? Ärgerlich über meine Hilflosigkeit, ließ ich die Tastatur unbeachtet und skizzierte eine Weltkarte mit allen Kontinenten, mißgestaltet durch meine Schnelligkeit, aber nichtsdestoweniger erkennbar, unmittelbar mit dem Finger auf den Bildschirm. Ich sah ihn fragend an. Sein Gesichtsausdruck war vollkommen neutral. Schließlich zeichnete ich Antarktika ein.

»Antarktika«, sagte ich, zeigte auf die Karte und stampfte gleichzeitig auf den Boden.

»Yah.« Er wies mit einer Handbewegung zu meiner Karte, zum Boden und sagte einen anderen Namen, etwas wie ›Sia Ourn‹.

»Yah, Sia Ourn«, sagte ich, ein Fortschritt. »Temas, Ellen, Sia Ourn.« Ich wartete einen Augenblick lang, um eine klare Trennung anzudeuten, dann zeigte ich auf mich und Nordamerika. »Vereinigte Staaten von Amerika«, sagte ich mit sorgfältiger Betonung. Ich zeigte auf ihn, dann zur Karte und zuckte die Achseln. Woher kommst du?

Er betrachtete mich wortlos. Ich wiederholte die gesamte Prozedur, dann berührte ich seine bloße warme Brust. »Temas?«

Er zögerte, dann ging er zum offenen Klapptisch. Ich

stand auf und folgte. Temas sah mich an. Vermutlich erwartete er, daß ich mich beklagen würde. Ich tat es nicht.

»Du bedauerst, daß du uns gerettet hättest«, sagte ich. »Du hast etwas zu verbergen, dachtest aber nicht so weit voraus, als du zwei Leute in Gefahr sahst; du handeltest nur, um ihnen zu helfen. Dafür danke ich dir; du hast mir das Leben gerettet. Ich werde dich einstweilen nicht nach deinem Geheimnis fragen.«

Er stand da und hörte mit ernster Miene mein Kauderwelsch an.

Ich holte tief Luft und überlegte, wieviel Bedeutung ein paar Worte erzeugen konnten. »Ellen: Sia Ourn«, sagte ich. »Temas: Sia Ourn. Yah?« Ich streckte beide Hände aus, die Handflächen nach oben, nicht als ein Händedruck, sondern als eine ältere Gebärde. Ich hatte sowieso länger in Antarktika bleiben wollen, und McMurdo konnte mitten in diesem Sturm keine Rettungsexpedition auf die Beine bringen, um einen abgestürzten Hubschrauber zu suchen. Es eilte nicht mit der Kontaktaufnahme.

»Sia Ourn, yah.« Temas lächelte und zeigte ins Schlafzimmer. »Ellen, *Yoan*.« Er berührte mich. Seine Finger strichen mir mit leichtem Druck über den Arm, um mir zu verstehen zu geben, daß er meine bloßen Arme hatte fühlen wollen und daß die Berührung ihm Freude gemacht hatte, dann schob er mich sanft zur offenen Tür.

Ich wurde verbannt. Niedergeschlagen über meinen erfolglosen Versuch, Näheres über seine Herkunft zu erfahren, betrat ich den kleinen Raum. Kurz darauf kam die Tastatur wieder zum Vorschein, und mit ihr ein Bildschirm. Der Sprachunterricht begann.

Als ich drei Tage später erwachte, hatte sich der Sturm gelegt. Der Blick aus dem Fenster zeigte mir eine scheinbar endlose Sastrugi, die wellenförmigen, bis meterhohen Riffelmarken, die der Wind in der Schneeoberfläche hinterlassen hatte. Die Wellen wurden betont durch eine schon fast winterliche Sonne, die gerade noch über den Horizont spähte. Ihr Licht fiel beinahe waagerecht ein und war schwach, so daß die Sastrugi reliefartig herausgearbeitet und der Schnee mit schimmernden violettblauen, grünen und rosigen Tönen überhaucht wurde. Es waren die falschen Gartenfarben des antarktischen Eises, aber trotzdem schön anzusehen. Ich saß auf dem Bett und blickte lange hinaus. Bis auf das leise Säuseln des Windes war es ganz still, leblos und unveränderlich: dieser Schnee war uralt. In Teilen der hohen Kältewüste war seit Jahrhunderten kein Neuschnee gefallen; er wurde nur vom Wind über die Landschaft geblasen. ›Großer Gott‹! hatte Scott am Südpol geschrieben, ›dies ist ein furchtbarer Ort!‹ Ich empfand die gleiche ängstliche Ehrfurcht vor einer Landschaft, die keine Kompromisse mit dem Menschen machte.

Temas war nicht gekommen, mich zu wecken, aber ich stand auf und zog mich an. Nach Tagen der ständigen Hintergrundgeräusche des tobenden Sturmes klang mir die Stille in den Ohren. Ich blickte wieder hinaus. Der abgestürzte Hubschrauber war nicht zu sehen. Ich fragte mich, in welcher Richtung und wie weit entfernt er lag.

Die Tür öffnete sich für mich, wie sie es jetzt immer tat, wenn ich mich ihr näherte, und ich betrat den großen inneren Raum. Temas war nicht zu sehen, aber ein dickes Bündel durcheinandergeworfener Decken lag in einer Ecke am Boden verstreut, wo Bells Krankenlager war. Temas hatte mein Angebot, den Schlafraum zu benutzen, zweimal abgelehnt. Ich sei sein Gast, hatte er durch Lot sagen lassen. Ich war auch eine Frau, hatten seine Augen hinzugefügt, aber das erwähnte keiner von uns, und dessen waren wir uns beide doch zunehmend bewußt.

»Temas, ila?« fragte ich Lot – Temas nannte sowohl die Stimme wie auch die ganze Station bei diesem Namen. »Temas, wo?« hatte ich übungshalber gefragt. Dank der Natur des Sprachunterrichts, den Lot mir erteilte, war das Lernen beiderseitig und im Gegensatz zu mir erinnerte sich der Computer immer aller gelernten Worte. Durch irgendeine elektronische oder nanotechnische Telepathie – oder unverständliche Magie – hatte Temas Zugang zu allen Informationen, die Lot sammelte, und infolgedessen war sein Englisch besser als mein … Was-immer. Lot nannte es ›richtige Sprache‹. Es gab in dieser Sprache Eigenheiten des Klanges und sogar Worte, die ich beinahe erkannte, aber ich hatte alle Nachforschung über Temas' Herkunft aufgegeben.

»Temas ist außerhalb dieser Abteilung«, antwortete Lot auf englisch.

Draußen? fragte ich mich, oder gibt es eine weitere Abteilung? Ich ersparte mir die Mühe der Fragen. Lot hatte eine Standardantwort auf meine neugierigen Nachforschungen: »Ich bin außerstande, solche Information preiszugeben.«

Statt dessen zog ich den Klapptisch der Essenzubereitung heraus. Bestellungen und die Anforderung des Menüs waren schwierig für mich, denn Lot akzeptierte nur Eingaben in Temas' Sprache, so daß ihm Auswahl und Vorbereitung unserer Mahlzeiten vorbehalten blieben. Ich hatte mir jedoch ein paar Anweisungen eingeprägt, und so bestellte ich eine Mahlzeit vom Vortag und war überrascht und erfreut, als sich kurz darauf der Duft von etwas Gebackenem im Raum verbreitete. Ich mischte Pulver, wie Temas es mir beigebracht hatte, um sein warmes Lieblingsgetränk zu bereiten.

»Tinepot«, sagte Lot. Veränderungsmeldung, *»Docal.«* Medizinisch.

»Wirklich?« Ich lief zu dem aufgeklappten Zylinder, wo Bell seit unserer Rettung bewußtlos gelegen hatte. Das wattige weiße Zeug, das anfangs mehr als die

Hälfte seines Körpers bedeckt hatte, ging allmählich zurück. Nun haftete es nur noch an seiner linken Hüfte und einem Teil seines Kopfes, wo es wie eine kecke weiße Kappe saß. Seine Atmung war seit dem Vortag mühsamer geworden, aber Temas erklärte, er atme jetzt ganz von selbst. Seine Lider zuckten.

»Bell?« sagte ich. Ich umfaßte seine rechte Hand. Sie fühlte sich warm an. Wieder rief ich seinen Namen.

Er schlug die Augen auf. »Sie sind in Sicherheit«, sagte ich und drückte ihm die Hand.

Er bemühte sich, mich durch seine Schläfrigkeit anzusehen, dann seufzte er und schlief wieder ein.

Ich legte ihm die Hand zurück, als eine Tür in der Wand sich öffnete und Temas zurückkehrte. Er sah mich mit hochgezogenen Brauen an. »Bell ist beinahe aufgewacht«, sagte ich.

»Ah. Gut.«

»Wo warst du?« Die Raumtemperatur war bei seinem Eintritt momentan gesunken, und als ich neben ihm stand, spürte ich eine von seinem Körper ausgehende Kälte. »Draußen? Ila?« Temas war wie üblich nur halb bekleidet und trug eine Hose ohne ein Hemd, also mußte es noch andere Wohnräume geben. Isolierkleidung für den Aufenthalt im Freien wird nicht draußen aufbewahrt.

»Yah. Außerhalb Lot.« Seine Aussprache war schlechter als Lots, und ich fand darin einen gewissen Trost, denn sonst schien er in allem sehr viel geschickter als ich. Er tat so, als fröstele ihn, dann lachte er. Ich erlebte die erfrischende Wirkung kalter antarktischer Luft nach langem Aufenthalt in einer Station.

»Kann ich hinausgehen?« fragte ich.

Er zuckte mit der Schulter. »Vielleicht yah.« Wir lächelten beide. Er hatte Lachfältchen in den Augenwinkeln, aber gewöhnlich waren sie in der Tätowierung verborgen.

»Wo warst du?«

Seine Miene verschloß sich; er machte eine nichtssagende Kopfbewegung und wich meinem Blick aus.

»Ich habe Frühstück gemacht«, sagte ich und nickte zum Klapptisch, ein Friedensangebot. Es gefiel mir, daß er keine Freude daran hatte, mir Information vorzuenthalten, und es schien ihm auch schwerer zu fallen. »*Etan* Temas?« Ist Temas hungrig?

Er nickte, sprach aber zuerst mit Lot, viel zu schnell, als daß ich hätte folgen können. Trotz seines kognitiven Zugangs zu Lots Daten wurden alle Befehle (von Temas) und Veränderungsmeldungen (von Lot) laut gesprochen. Vielleicht war es eine Methode zur Vermeidung von Mißverständnissen, oder es hatte den Zweck, Temas die Einsamkeit erträglicher zu machen.

Ich kehrte zurück zu Bell. Er lag ganz still, aber auf seinen Wangen war etwas Farbe. Ich vermutete, daß ich ihn wahrscheinlich wecken könnte, ließ es aber sein. Ein *meca* kam aus der Wand, hinter der die Nahrungszubereitung stattfand; er legte fleißig die Decken zusammen, die Temas als Nachtlager verwendet hatte, und brachte sie durch die Wandöffnung fort. Ich beobachtete den Vorgang, aber mir blieb unklar, wie der *meca* und sein Bündel verschwanden, ohne eine Tür zu öffnen und zu schließen. »Ist es Magie?« hatte ich Temas am Tag zuvor gefragt, aber das Wort ›Magie‹ war anscheinend nicht übersetzbar, also hatte er sich mit einem Achselzucken begnügt.

Die Mahlzeit, die ich bestellt hatte, kam aus der Wand und auf den Klapptisch. Ich ging hin und beugte mich darüber. Temas runzelte die Brauen. »Du willst dies?« fragte er. Er war in der Satzbildung nicht mehr so langsam wie am Anfang. »Ich mache besseres Essen für morgen.« Er schaute mich an. »Aber sehr gute Arbeit, Ellen, zu machen.«

»Yah, *matem kin, etem,* Temas.« Ja, mach etwas, ich bin hungrig, sagte ich, aber Temas lächelte in so nachsichtiger Weise, daß ich wohl einen Fehler gemacht haben mußte. Er warf die von mir bestellte Mahlzeit in die Abfallöffnung.

»Gibt es genug Nahrung, daß sie weggeworfen werden kann?« fragte ich.

Er zögerte; die Übersetzung schien etwas länger zu dauern. »Yah. Reichlich.«

»Für zwei, statt für einen?« beharrte ich. Ich zeigte zu Bell. »Für drei?«

»Reichlich.« Er lächelte sein ›Sei unbesorgt‹-Lächeln. »Nicht weggeworfen.«

Vielleicht war es das matte Sonnenlicht nach dem Sturm, das meine Lebensgeister wiedererweckt hatte, vielleicht war es Bells beginnende Genesung; jedenfalls wollte ich Antworten auf die Fragen, die ich während der vergangenen Tage unterdrückt hatte. »Wie?«

Er seufzte, und nachdem er seine minimale Arbeit der Essenvorbereitung beendet hatte, wandte er sich mir zu. »Ich weiß, wie.«

»Zeig es mir.«

»Später.«

»Wann?«

Wir sahen uns an, und jeder wartete, daß der andere den Stillstand überwinde. Hartnäckig starrte ich ihn an, und schließlich war er der erste, der den Blick abwandte. »Frauen!« sagte er. »Ich habe Arbeit zu tun.« Er ging zu seinem gewohnten Arbeitsplatz in der Nähe des medizinischen Zylinders.

»Temas?«

Er blieb stehen und blickte zurück.

»*Gency?*«

»*Gency-hua?*« Bitte was? Er war verdrießlich.

Ich schlug den Blick nieder und ging zu ihm; ich streckte die Hand aus und berührte seinen rechten Arm, fuhr den breiten roten Streifen nach, der die zentrale Achse seiner Tätowierung zwischen der fleckigen, wulstigen Narbe am Handgelenk und der seidigen Ellbogenrüsche bildete. Er rührte sich nicht, aber sein

Atem ging hörbar. Woher er auch kam, Temas war ein Mann mit den Schwächen eines Mannes, und wenn Lot auch Phantomfrauen für ihn erzeugt haben mochte (zwar hatte ich nie eine gesehen, aber ich dachte mir, sie könnten existieren), war er doch seit beträchtlicher Zeit allein. Gegen meine Prinzipien, wenngleich nicht – um die Wahrheit zu sagen – gegen meine gelegentlich geübten Praktiken spielte ich das Spiel, das ich in Gedanken ›armes kleines Ich‹ nannte. Warum nicht? Männer haben ihre eigenen Spiele. Mein Schuldgefühl rührte nur daher, daß Temas ein Mann war, der keine Spiele mit mir gespielt hatte. »Ich verstehe nicht«, sagte ich in seiner Sprache, dann fügte ich hinzu: »Lehre mich, ich kann lernen.«

»Yah«, sagte er. »Du lernst gut, Ellen. Ich lehre, aber später, wenn wir gehen. Hier, jetzt, du wartest und lernst von Lot.«

»Wir gehen irgendwohin? Wie? Wo?« Ich konnte meine Furcht nicht verbergen; sie spiegelte sich als Schuldgefühl in seinen blauen Augen. »Zum Stützpunkt McMurdo?«

Natürlich nicht. Er wandte sich ab, und ich ergriff seine Hand. »Gency, Temas? Werde ich jemals heimkehren?«

Er blickte zu Boden, als wolle er die weichen Sandalen an seinen Füßen untersuchen. »Nein.«

Ich hatte vermutet, daß wir seine Gefangenen waren, aber seine Höflichkeit, Freundlichkeit und die Unmöglichkeit, die Station während des Sturms zu verlassen, hatten mir erlaubt, den Gedanken zurückzudrängen. Ich versuchte die Fassung zu bewahren, merkte aber, daß ich es nicht konnte, und lief ins Schlafzimmer.

Er folgte mir. »Ellen.«

Ich warf mich aufs Bett und vergrub mein Gesicht in der Decke, um mein Schluchzen zu dämpfen. Er setzte sich auf die Bettkante. Lot meldete sich zu Wort, aber Temas gab einen knappen Befehl, und es blieb still. Ich wünschte, er ginge fort, doch ein anderer Teil von mir war froh, daß er es nicht tat. Er tätschelte mir unbeholfen den Rücken, dann nahm er die Hand weg und sagte in seinem akzentbehafteten Englisch: »Ich kann auch nicht heimgehen.«

Ich wälzte mich herum und zeigte ihm mein tränennasses Gesicht. »Selbst wenn das wahr ist, bist du hier, weil du eine Wahl getroffen hast. Ich war auf dem Heimweg.«

»Du warst tot. Ich traf eine Wahl auch für dich, Ellen.«

Ich starrte ihn an. Er schaute grimmig drein, und seine seltsame Tätowierung machte sein Gesicht zur Maske. Ich erinnerte mich jener letzten Augenblicke unseres Absturzes und des Nichts, das darauf folgte. Keine Kälte, kein Schmerz. Aber Bell hatte wegen den Sturm angekämpft, und er war ein erfahrener Hubschrauberpilot, der mehrere antarktische Stürme durchgestanden hatte. »Du kannst nicht wissen, ob wir gestorben wären«, sagte ich.

Er stand auf und machte mit beiden Händen eine Geste wie das Durchbrechen eines Zweiges. »Dein Hals war gebrochen. Hier.« Er zog mit dem Daumen eine Linie vom Nacken nach vorn. »Du warst tot.« Er nickte zum Nebenraum. »Bell wäre bald gestorben – zu viele kleine Verletzungen.« Er streckte mir die Hand hin. »Komm essen.«

Ins Leben zurückgerufen. Der Satz widerhallte in meinem Bewußtsein. Ich blickte Temas an, den Zauberer, der mich von den Toten zurückgebracht hatte. Ach was, Krankenhäuser machten das die ganze Zeit. Es war nichts Besonderes, gestorben zu sein. Ich richtete mich auf und nahm seine Hand. Er zog mich auf die Beine, und ich stand ein wenig schwankend. Mein Gewicht schien enorm zugenommen zu haben. Ich zitterte. Temas zog mich an sich und stützte mich. Ich war froh; ich legte den Kopf an seine Schulter. Er sagte etwas in seiner Sprache, von dem ich nicht viel verstand, aber ich wußte, was er meinte. Als mein Zittern nachließ, hörte er auf zu sprechen und hielt mich ein wenig auf Abstand. »Yah, Ellen?« fragte er in der kürzelhaften Art und Weise, die wir entwickelt hatten, um zu bestimmen, ob alles in Ordnung sei.

Ist es eine Rettung, wenn man hinterher gefangengehalten wird? Ist es Gefangenschaft, wenn die Alternative Tod war? »Yah«, sagte ich.

Ich plagte mich nicht mit weiteren Sprachlektionen, sondern saß statt dessen bei Temas im Zentralraum, wo er arbeitete. Ich wollte nicht allein sein. Mein Leben erstreckte sich vor mir wie die weiße Wüste, die uns umgab, aber ich konnte Temas nicht für diese Leere verantwortlich machen.

Die Wahrheit lautete, daß ich die automatischen Meßstationen ein letztes unnötiges Mal überprüft hatte, als wir in den Sturm geraten waren, weil die mir bewilligten Geldmittel nicht ausgereicht hatten, um in Antarktika zu überwintern, und ich hatte bleiben wollen. In Antarktika ist Meteorologie nicht gleich Wettervorhersage für Landwirte und Ausflügler, sie ist reine Wissenschaft, abgelöst von menschlichen Sorgen und Bedürfnissen. Nicht Scott oder Amundsen oder irgendein anderer Mensch hatten dieses Land großartig, episch und furchtbar gemacht, sondern die abweisende Größe des einzigen Kontinents auf Erden, der niemals von Menschen besiedelt war und erst in jüngster Vergangenheit ein paar ganzjährig bewohnte Stationen am Küstensaum trug. Hier hatte ich bleiben wollen, weil es im Norden nichts und niemanden gab, an dem mir lag oder dem an mir gelegen war: eine Arbeit, eine Wohnung, ein paar Artikel für Fachzeitschriften schreiben und hin und wieder ein Mann. Schon jetzt kannte ich Temas besser und vertraute ihm mehr als irgendeinem von ihnen. Diese Zukunft war mit meinem Tod umgekommen.

»Yah, Ellen?« fragte Temas von Zeit zu Zeit. Seine Arbeitsweise wirkte weniger angespannt, als sie während der ersten paar Tage gewirkt hatte. Er schien mit verschiedenen Tätigkeiten beschäftigt zu sein. Ich fragte ihn nicht danach.

»Yah, Temas.«

Dann lächelte er und schaute zu mir her, bevor er seine Arbeit fortsetzte. Später stand ich auf und fühlte seinen Blick im Rücken, als ich ins Schlafzimmer ging. Ich blickte aus dem Fenster.

Ich war tot oder hätte tot sein sollen. Antarktika hatte mich umgebracht. Ich befühlte Hals und Nacken und konnte kein Narbengewebe ertasten, nichts. Kein Gefühl von Verlust. Ich glaubte Temas. Er wich Fragen aus, oder er ging fort; aber er log nicht.

Ich legte mich aufs Bett und zog die Decke über mich, obwohl ich angekleidet war und rasch warm wurde. Die Sonne war kaum noch wahrnehmbar, ein schwacher Lichtschein unter dem Horizont; die fernen Sterne am dunklen Himmel und der kalte Schnee der Ebene schienen einen Tunnel zu bilden. Bald würde der antarktische Winter mit monatelanger Dunkelheit einsetzen. Ich schloß die Augen.

In Antarktika geht niemand hinaus, ohne sich abzumelden und die Uhrzeit anzuschreiben. So wird er frühzeitig vermißt, und Suchmannschaften können ausgeschickt werden, bevor er zu lange überfällig ist. Trotz der Enge in den antarktischen Stationen war das Gefühl von Einsamkeit, das mich von Kindheit an begleitet hatte, nie von mir gewichen, das Bewußtsein, daß ich jederzeit zu ersetzen war, daß es niemanden kümmerte, ob ich da war oder nicht. In den letzten Tagen hatte ich diese Einsamkeit nicht empfunden. Ich war gestorben, dann hatte Temas mich gefunden. Ich stellte mir das berüchtigte Ozonloch als eine Öffnung vor, durch die die Seelen der Toten der Welt in die Dunkelheit des Raumes entflohen, sich emporschwangen auf ihrem Weg zum Himmel. Vielleicht war meine Seele dieser Öffnung viel näher als die meisten, bereits auf und davon, und ich war etwas Neues. Nicht ins Leben zurückgerufen, aber wiedergeboren.

»Ellen?« Temas erschien in der Türöffnung. Er zog die Stirn in Falten, zögerte, dann sagte er: »Du bist jetzt gesund.«

»Ich weiß.« Ich streckte die Arme aus. »Komm her, Temas.« Ich mußte mich lebendig fühlen.

Er machte ein besorgtes Gesicht, trat aber näher zum Bett. Die Wand schloß sich hinter ihm wie eine Warnung, daß es kein Zurück für uns gab.

Ich setzte mich aufrecht. »Danke, daß du mich gerettet hast.«

Er schüttelte den Kopf. »Neh, Ellen, das ist nicht ...«

»Yah, Temas.« Ich stand auf, ging zu ihm und lehnte – drängte mich an ihn, küßte ihm den Hals.

Er wich zurück, ließ aber einen seiner Arme um mich. »Nicht erst, so ... traurig.« Er hob den anderen Arm, lächelte und nahm mich bei den Händen, führte mich zum Bett. Ich setzte mich, und er machte eine auffordernde Geste. Ich legte mich nieder, und er drehte mich auf den Bauch. Ich blickte über die Schulter, ein wenig besorgt, und überlegte, was er vorhaben mochte. Er blickte geistesabwesend aus dem Fenster, dann aber lächelte er mir zu, setzte sich auf die Bettkante und legte mir beide Hände auf den Rücken. Ich ließ den Kopf sinken, und er begann mich zu massieren: den Rücken, die Arme, die Beine, den Hals. Er knetete jeden Muskel, er zog und küßte mich zwischendurch, aber es war nichts Erotisches daran; es war großzügig, fürsorglich. Er schien Gefallen daran zu finden, mein Haar zu berühren. Um ihm Gelegenheit zu geben, seine Bemühungen auszuweiten, drehte ich mich zweimal um, aber beide Male widerstand er, obwohl ich seinem Blick anmerkte, daß es nicht Mangel an Interesse war, der ihn daran hinderte. Woher er auch kam, Temas glaubte nicht an freie Liebe, Sex war eine Verpflichtung, die mit Trost und Vertrauen begann.

»Ich liebe dich ... glaube ich«, sagte ich. Ich wußte, daß es für etwas, was ich noch nie gesagt hatte, von Lot keine Übersetzung gäbe, hoffte aber, daß Temas verstand.

An diesem Abend erwachte Bell und blieb wach. Temas ließ mich mit ihm allein und zog sich zur anderen Seite des Zentralraumes zurück, nachdem ich die beiden einander vorgestellt hatte. Sobald Bell seine erste Verblüffung überwunden hatte, musterte er Temas' Tätowierungen im Gesicht und auf den Armen mit unverhohlener Abneigung. Schlitzauge. Ich sah das Wort in Bells Gesichtsausdruck widergespiegelt, und was damit ausgedrückt wurde, ging tiefer als Dankbarkeit oder Respekt vor der fortgeschrittenen Technologie, die Lot aufbieten konnte. »Danke«, sagte Bell, und damit hatte es sich. Temas betrachtete ihn ernst, sah vielleicht, was ich sah. Er nickte mir zu und ging wieder an seine Arbeit. Ich war mir sehr gut Lots bewußt, der immer mithörte, und daß Temas alles wußte, was Lot wußte.

»Er läßt uns die Sendeanlage nicht benutzen?« Bell schlug mit der Faust gegen die Seite seines medizinischen Bettes. Ich rechnete schon damit, eine Wolke von wattigen weißen Dingern – Temas sagte, sie seien ›wie meca‹ – auf Bells Hand niedergehen.

»Ich bin nicht sicher, daß er eine hat«, sagte ich vorsichtig. »Ich habe nie ein Funkgerät oder dergleichen gesehen.«

»Er muß eine haben.« Bell war seiner Sache ganz sicher.

»Sie haben Temas gesehen; er ist anders als alle, die ich je gekannt habe, und diese Station ist es auch.«

»Woher kommt er?« fragte Bell »Wo sind wir? Diese Station muß doch auf einer Karte stehen.«

Ich lachte, überrascht, daß jemand, der in Antarktika

Hubschrauber geflogen hatte, soviel Vertrauen in Landkarten und Normalität setzen konnte.

»Aber warum läßt er uns nicht senden?« Es gelang Bell, sich sitzend aufzurichten. Einige der weißen Dinger, die noch an seinem Kopf hafteten, veränderten die Position. »Welchen Sinn sollte das haben? Nun, da das Wetter sich gebessert hat, werden sie kommen und uns suchen, und sie werden seine Station ausmachen. Der Signalgeber wird sie herbringen. Wir können nicht weit vom Hubschrauber sein, wie hätte er uns sonst im Sturm finden können, selbst mit diesen Maschinen, die er hat?«

»Es ist beinahe Winter. Die Sonne kommt nicht mehr über den Horizont. Die meisten Leute sind abgereist; das Eis ist für Schiffe bereits zu dick. Die Stürme werden schlimmer, und niemand wird fliegen können. Es könnte sein, daß man nicht imstande ist, eine Suchaktion zu starten.«

»Meine Kumpel werden sich nicht abschrecken lassen. Sie werden kommen.«

»Wahrscheinlich haben Sie recht.« Das war der alte Ehrenkodex der Grenzer.

Bell musterte mich eingehender. »Sie scheinen nicht allzu eifrig bestrebt, von hier wegzukommen, Dr. Chapman.« Er blickte zu Temas hinüber.

Ich folgte seinem Blick. Temas hatte eine Fensterdarstellung vor sich, die ganz aus Text bestand, aber stationär war. »Wir sind hier in Sicherheit«, sagte ich, wieder an Bell gewandt. »Er hat uns das Leben gerettet. Ich vertraue ihm, daß er uns kein Leid zufügen wird. Vielleicht läßt sich später ...« Ich brach ab. Wenn Temas mich nicht belog, wollte auch ich Bell nicht belügen. Temas hatte nicht die Absicht, uns in die Heimat zu entlassen – oder dorthin, wo wir ›Heimat‹ vermuteten. »Nun, jedenfalls sind wir in Sicherheit.«

Bell machte ein ironisches Geräusch. »Sobald ich wieder auf den Beinen bin, werden wir sehen, ob er uns hier festhalten kann.«

»Nein, Matt«, sagte ich mit Festigkeit. »Keine Drohungen. Wir verdanken ihm unser Leben. Wir waren bereits tot.«

»Das ist seine Geschichte«, erwiderte Bell. »Ich traue seinen Worten nicht, da kann er sagen, was er will. Und Sie sollten es auch nicht tun.«

»Ich vertraue ihm«, sagte ich.

Bell musterte mich kalt. »Wir sind nach meinen letzten Positionsberechnungen nur etwa dreihundert Kilometer von McMurdo entfernt. Wir können marschieren.« Wahrscheinlich hatte er niemals mehr gemacht als einen Spaziergang in der nahen Nachbarschaft der Station McMurdo oder der Amundsen-Scott-Basis am Südpol. In Antarktika gibt es keine gemütlichen Orte, aber diese Stationen kamen einer solchen Vorstellung noch am nächsten.

»*Nur* dreihundert Kilometer – in Antarktika, und im Winter? Unmöglich«, widersprach ich. »Haben Sie jemals den Bericht über die Winterreise gelesen, die einige von Scotts Leuten vor der Polexpedition unternahmen? Wir haben keine Vorräte und keine Ausrüstung; wir wären schlechter dran als sie. Sie haben keine Ahnung, wovon Sie reden. Keinen Schimmer.«

»Sie können bleiben, Ellen«, sagte er mit unverhohlener Geringschätzung. »Da Sie anscheinend einen Freund gefunden haben, wird Ihnen die Zeit nicht lang werden. Ich werde Hilfe schicken, wenn ich zurückkomme, sofern Sie noch Hilfe wünschen.«

Ich errötete nicht; ich schämte mich nicht, Temas zu begehren. Dann aber brachte Bell das Argument vor, das mich bewegen konnte, ihm zu helfen.

»Ich werde Ihnen Ihre Daten mitbringen, die so wichtig für Sie waren.«

Wir redeten noch eine Weile mit gedämpften Stimmen hin und her, aber es entstand ein Knoten in meinem Magen, der sich noch verhärtete, als ich zu Temas hinüberging. Bell rief mir etwas Zorniges und Häßliches nach. »Es ist unmöglich«, flüsterte ich Temas zu. »Wir drei können nicht in diesen zwei Räumen leben, selbst wenn du genug Nahrung hast. Sobald er gesund ist, werden wir einander entweder verrückt machen, oder jemand wird umgebracht.«

Temas antwortete nicht.

Ich strich mit der Hand über sein Fenster und wischte die Schriftzeichen aus. Temas blickte zu mir auf, erstaunt, aber nicht zornig. »Was wirst du tun?« fragte ich. »Ihn den Rest seines Lebens in diesem medizinischen Bett festhalten? Und was ist mit Suchmannschaften?«

»Niemand wird Lot sehen; niemand wird Radiogeräusche hören.«

Ich ergriff seinen Arm, denn ich brauchte die körperliche Berührung so sehr, als ob er das Geländer an der Kante eines Kliffs wäre. »Du mußt uns gehen lassen.«

»Dich?« Sein Gesichtsausdruck zeigte, daß er verletzt war. Temas war ein Romantiker.

»Er wird irgendeine verrückte Geschichte erzählen, und ich werde sagen, daß er den Verstand verloren hatte. Es ist Antarktika. Niemand wird ihm glauben, und du wirst wieder zu Hause sein.«

»Neh. Nicht nach Haus, sage ich dir.«

»Du wirst gehen, wohin du willst. Und wann du willst.«

Es dauerte eine kleine Weile, bis Lot meinen Kommentar interpretiert hatte oder bis Temas der Interpretation folgen konnte, aber es war offensichtlich, daß er verstanden hatte. Sein Körper spannte sich, er zog die Arme an und nahm die Füße sprungbereit unter den Stuhl. Seine Aufmerksamkeit konzentrierte sich auf mich, wie ein Raubtier seine Beute beobachtet – nein, das war falsch. Sein Ausdruck war das genaue Gegenteil.

»Ich sagte nichts, und ich werde nichts sagen.«

Er beobachtete mich unverwandt, aber es war keine Drohung in seinem Blick, dann legte er den Kopf zur

Seite. »Was sagen?« fragte er, Verwirrung vortäuschend. Er war ein sehr schlechter Lügner, und ich hätte ihn am liebsten umarmt; da Bell uns aber beobachtete, berührte ich nur seinen Arm. Temas rührte sich nicht und verharrte in seiner angespannten Haltung, aber ich fuhr die Linie von seinem Handgelenk bis zum Ellbogen nach. Sobald man sich an die Muster gewöhnt hatte, waren sie elegant. »Deine Arbeit ist wichtig. Ich verstehe das.«

»*Yoan,* Ellen.« Geh weg/hinein. Er stand auf und nickte mir zu. Der barmherzige Samariter, der sogar die Toten zum Leben erweckt hatte. Nun bezahlte er für seine widerrechtliche Aneignung.

Bell saß auf der anderen Seite des Raumes und beobachtete uns. Ich konnte nicht umhin, wiederholt in seine Richtung zu blicken. Einmal bewegte er die Lippen, und ich las das unausgesprochene Wort davon ab: »Verräterin«. Er hatte Temas zum Feind gemacht. Sollten wir jemals zur McMurdo-Station zurückkommen, würde er mir den Kopf rasieren wollen.

Ich tat, wie Temas geheißen hatte, ließ die beiden im zentralen Raum allein und kroch unter meine Bettdecke, obwohl die Tastatur erschien und versuchte, mit einer weiteren Sprachlektion zu beginnen.

Eigentlich waren Bell und ich bereits tot; Temas wußte das, und es mochte ihm ein gewisser Trost sein. Ich vertraute darauf, daß er mich lebendig wollte, aber Bell war etwas anderes. Temas würde ihn nicht direkt töten, aber er würde ihm vielleicht erlauben, die Station zu verlassen – im Winter und ohne hinreichende Kleidung oder Vorräte. Er mochte es Antarktika überlassen, ihm den Rest zu geben. Er mochte es als notwendig betrachten, als seine Pflicht.

Viel später, ich lag noch wach, kam Temas mit weichen, lockeren Schritten herein. Ich stellte mich schlafend und spürte, wie er über das Bett gebeugt stand. Er sagte meinen Namen.

»Temas?« Ich machte ihm Platz.

Er setzte sich aufs Bett. Ich roch Alkohol, das älteste Rauschmittel der Menschheit. Es war dunkel im Raum und dunkel draußen, aber das Licht war gerade noch ausreichend, so daß ich sein Gesicht sehen konnte. Seine Augen waren geschlossen. Die schwarzen Linien seines Gesichts breiteten sich als Spiralmuster bis über die Augenlider aus. Ich fragte mich, was sie bedeuten konnten. Ich vergaß Bell; er hatte keine Bedeutung neben dem Eindruck der Bekümmertheit, die ich bei diesem Mann sah. Ich hob die Hand und berührte Temas' Augenlider mit den Fingerspitzen, fuhr das Muster nach. »War es schmerzhaft, als das gemacht wurde?«

»Yah.« Er nahm meine Hand, legte sie zurück und deckte mich zu wie ein Kind. Dann streckte er sich neben mir aufs Bett. Er sagte etwas Unverständliches, dann: »Familienprobe.«

»Wir tun so etwas nicht. Kannst du mir schon von deiner Heimat erzählen?«

Er antwortete nicht. Wir lagen eine Weile schweigend und teilten das Bett. Der Alkoholgeruch vermischte sich mit seinem eigenen warmen Duft. Er veränderte die Lage und kam halb auf meinem Arm zu liegen, der unter der Decke und unter ihm wie festgenagelt war. Als ich glaubte, daß er eingeschlafen sei, versuchte ich den Arm unter seinem Gewicht hervorzuziehen; er grunzte, wälzte sich beiseite und gab ihn frei. Dann hob er den Kopf und blickte mir ins Gesicht, strich mir eine Haarsträhne aus der Stirn. Er sah überhaupt nicht betrunken aus. »Nein«, sagte er, »nicht jetzt.«

»Dann erzähl ich dir eine Geschichte«, sagte ich. »Alles war gut und schön, du warst erfolgreich in deinen Studienfächern und in deiner Arbeit, hattest aber nie das Gefühl, daß du hineinpaßtest. Vielleicht versuchtest du es sogar mit Heirat, konntest aber die Störung deiner Privatsphäre nicht ertragen. Manchmal, so scheint es, sind Leute nichts als Geräusch, und nur hin und wieder erspähst du eine Andeutung der Person, die du brauchtest, und du wußtest, daß du diese Person so sehr vermißtest, daß du keine andere sehen konntest. Es war nicht ihre Schuld, du warst es, du wartetest auf diese Person, einen anderen mit der Seele eines Eremiten, mit dem du immer hättest zusammenbleiben können, nur kam es nie zu einer Begegnung. Du vergaßest oder dachtest, es sei eine Phantasie. Es gab immer Forschungsstipendien zu ergattern und Wohnungen zu suchen, Lehraufträge zu bekommen und Studenten zu unterrichten, denen es ganz gleichgültig war, was du ihnen erzähltest, solange du ihnen ordentliche Noten gabst. Du warst froh, von alledem wegzukommen, in Frieden zu arbeiten, und es machte dir nichts aus, daß du allein warst, weil du keinen von ihnen wolltest.«

Ich hatte keine Ahnung, wieviel er verstand. Er betrachtete mich aufmerksam.

»Wohin deine Reise auch geht, und wann – ich sah das Licht deiner Ankunft – oder warum du sie unterbrichst, das ist auch alles unwichtig. Du bist jetzt hier bei mir.«

»Yah-ja-ja«, sagte er. Er beugte sich über mich, und seine Lippen streiften meine, als wäre ich eines seiner Geräte, die er mit äußerster Behutsamkeit behandeln mußte. Mit dem Zeigefinger zog er eine imaginäre Linie um meinen Hals und kämmte mir das Haar mit den Fingern. »Du bist keine Wilde«, flüsterte er, oder vielleicht war es Lot, der seine übersetzten Gedanken flüsterte, weil sie vollkommen klar waren. »Ich vergaß, daß frühe Menschen keine Kinder oder Schoßtiere sind.«

Ich erschauerte, sah meine Hypothese bestätigt. Temas fühlte es und umarmte mich. Ich schmiegte mich enger an ihn. Er strich mir über die Arme, als wäre er fasziniert von ihrer Glätte, dem Fehlen von Verzierungen. Unsere

Blicke begegneten sich. Er umfaßte mein Kinn mit der rechten Hand. »Ich liebe dich auch«, sagte er.

Ich hatte nie geglaubt, daß Sex wichtig sei. Ich hatte nie verstanden, warum jemand etwas für die Möglichkeit eines Orgasmus geben würde. Gewiß, es war angenehm, aber was sonst? Von einem Eisbrecher hatte man mehr. Mit Temas entdeckte ich in dieser Nacht und dann am folgenden Morgen zwar nicht den Sex, aber ich entdeckte, daß Temas lebenswichtig für mich war. Matthew Bell war meinem Bewußtsein so weit entrückt, daß mir der geschlossene Deckel des medizinischen Zylinders erst auffiel, als wir unser geruhsames Frühstück aus warmen Früchten und Bohnen zur Hälfte gegessen hatten. Der vorherige Knoten in meinem Magen machte sich wieder bemerkbar. Ich zeigte hinüber. »Bell?«

»Er schläft.«

Ich sah Temas stirnrunzelnd an, stand auf und trat zu dem Zylinder. Mit aufgelegtem Deckel sah er weniger wie ein Sarg und mehr wie ein Torpedo aus. Der durchsichtige Deckel verzerrte Bells Gesicht ein wenig. Die Anzeigeinstrumente an der Seite waren alle in Betrieb, aber ich konnte nichts ablesen, was mir die Sicherheit gegeben hätte, daß er lebte.

»Wir gehen hinaus, Ellen«, sagte Temas. »Niemand, Bell zu bewachen.«

»Wir verlassen die Station? Warum?«

Lot antwortete, wie es manchmal geschah, wenn die Botschaft Temas' Sprachgewandtheit überforderte. »Der Hubschrauber enthält deine Habseligkeiten, eine Überlebensausrüstung und Nahrung. Bell wird diese Dinge benötigen, wenn er zu eurem Stützpunkt marschieren will.«

Es war, wie ich vermutet hatte. »Du mußt bessere Sachen haben. Wärmere Kleidung, leichtere Lebensmittel. Vielleicht sogar ein Fahrzeug?«

»Yah«, sagte Temas. »Aber nichts von unseren Dingen kann gebraucht werden. Nichts darf bei ihm gefunden werden.«

»Wenn du ihn gehen läßt, könntest du mit einem Radiosignal Hilfe herbeirufen, kurz bevor du deine Station wieder verlegst. Dann können sie Bell hier aufnehmen.« Diesmal erwähnte ich mich nicht.

Temas sah mich nachdenklich an, ohne zu antworten.

»Weil du ihn nicht gehen lassen willst«, antwortete ich für ihn, »läßt du ihn draußen auf dem Eis sterben. Du weißt, daß er es nicht zum Stützpunkt McMurdo schaffen kann.«

»Er wird eine Chance haben, die gleiche Chance, die eure Leute für solche Notfälle einplanen«, sagte Lot mit ruhiger weiblicher Stimme, während Temas mich beobachtete. »Sogar eine bessere Chance, weil er geheilt ist. Das Risiko, das ich mit der Erlaubnis auf mich nehme, ist tatsächlich ungemein hoch.«

»Du willst nicht, daß er überlebt.«

Temas blickte seufzend zum Zylinder. »Ich hege keine Abneigung gegen ihn«, sagte Lot, »aber indem ich ihn am Leben erhielt, griff ich in die Geschichte ein, was ich niemals tun darf. Ich überlegte nicht sorgfältig, ich handelte nur. Antarktika hat keine Vergangenheit; ich erwartete keine Schwierigkeiten, wenn ich der geringfügigen und nicht ganzjährigen Besetzung durch eure Leute aus dem Weg ging. Ohne es zu wollen, habe ich einen ... Geist geschaffen.« Lot zögerte vor diesem Wort vielleicht, um mir zu verstehen zu geben, daß die Übersetzung ungenau sei. Ich stellte mir ein zukünftiges Spezialwörterbuch für Pannen bei Zeitreisen vor.

»Ihr reist nicht viel in die Vergangenheit«, sagte ich auf gut Glück, um ihm eine Erklärung zu entlocken.

»Wir reisen überhaupt nicht in der Zeit«, sagte Lot. »Diese Expedition ist ein Ausnahmefall und hat einen anderen Zweck.« Temas ergriff meine Hand. »Yah, Ellen?«

»Neh.« Ich verstand, daß er sich wegen möglicher zeitlicher Auswirkungen Sorgen machte, aber ich konnte mir solche Bedenken nicht zu eigen machen. Da er jetzt am Leben war, hatte Bell auch das Recht, weiterzuleben. »Was ist mit mir?«

»Du bleibst bei mir, in Lot«, sagte Temas. Er hatte mehr Mühe als sonst, die rechten Worte zu finden. »Alles ist gut. Du berührst nicht ... Heimat.«

»Und wenn ich mich zum Gehen entschließe, wirst du mich töten?«

»Ellen«, sagte Temas, als hätte ich ihm einen Schlag unter die Gürtellinie versetzt. Er starrte zu Boden. »Neh«, sagte er leise. »Wenn du gehst, lasse ich dich nicht sterben. Gehst du von mir?«

»*Vala etyer*«, sagte ich. »Gehen wir hinaus.«

»Yah«, sagte er unglücklich. »*Vala etyer.*«

Das Wrack des Hubschraubers war auf einer Seite vom angewehten Schnee zugedeckt. Fußspuren von unserer Rettung waren längst verschwunden, aber ich fragte mich, ob Temas selbst herausgekommen war oder nur seine *mecas* geschickt hatte. Ein *meca* war jetzt bei uns – groß, stabil, auf Gleisketten fahrend und nicht anthropomorph. Sein Oberteil bestand aus einem schwenkbaren Suchscheinwerfer, der die Umgebung beleuchtete. Während Temas und ich zusahen, räumte er den Weg zur Kabine des Hubschraubers frei.

Trümmer eines Flugzeugabsturzes bieten gewöhnlich einen häßlichen Anblick, aber hier war alles schön. Der Hubschrauber hatte sich Antarktika ohne Einschränkung ergeben und an der Schönheit des Verlustes teilgehabt.

Auf der Fahrt zur Absturzstelle waren wir an einem Rotorblatt vorbeigekommen, das aufrecht im Schnee stak. Es hatte mich an eine einsame Palme im Sand erinnert, und diese weiße Weite war unsere Wüsteninsel, die wir so zufrieden bewohnten. Später hatte ich ein

Stück vom Heck gesehen. Wir mußten hart aufgeschlagen sein.

In der dünnen Kleidung, die Temas mir gegeben hatte, fühlte ich mich im Freien gefährlich nackt, zugleich aber unbeengt. Das Gehen war leicht und ohne Hindernisse nicht halb so anstrengend, wie es draußen gewöhnlich war. Die Hosen waren dünn wie Jeans, aber viel weiter, wenn auch ein wenig zu lang.

Die Jacke mit Kapuze trug sich wie eine gefütterte Windjacke, hielt jedoch besser warm als meine beste unförmige Polarkleidung. Die Handschuhe waren so dünn und eng wie jene, die ein Arzt im Operationssaal trägt, und mit etwas Übung war die Empfindungsfähigkeit des Tastsinns wahrscheinlich wie ohne Handschuhe; sie paßten sich sogar meinen Fingern an. Kein Wind durchdrang die Kleider. Mir war etwas kühler als in Lot, aber nicht unangenehm. Wenn diese Kleidung als Beispiel für Temas' übrige Ausrüstung dienen konnte, mußte es auch im antarktischen Winter möglich sein, zu Fuß die Basis McMurdo zu erreichen.

Der *meca* hatte seine Arbeit getan und rollte zurück. Die Kabinentür auf der Passagierseite fehlte, und die Eingangsöffnung war mit Rauhreif besetzt, der sich auf Oberflächen bildet, die unter den Gefrierpunkt abgekühlt sind und von feuchter Luft bestrichen werden.

»Ich gehe zuerst hinein«, sagte ich mit einem Blick über die Schulter zu Temas. Hinter ihm sah ich die Station, geduckt hingelagert in Schnee, schemenhaft in der Dunkelheit wie die Burg eines Ungeheuers. »Ich weiß, was wir brauchen.« Ohne seine Antwort abzuwarten, kroch ich durch den Einstieg in die Kabine. Es störte mich, daß ich den Rauhreif abstreifen mußte, um hineinzukommen.

Drinnen bot sich mir kein schöner Anblick. Alles sah mehr zerbrochen und verbogen als durcheinandergeworfen aus, und ich benötigte eine Weile, um mich zurechtzufinden. Dann sah ich das rote Kreuz auf einem

Sack, zog ihn heraus und warf ihn durch die Türöffnung Temas und dem *meca* zu. Bells Tasche mit seinen Karten und Papieren lag unter meinem linken Knie, und ich warf auch sie hinaus. Vielleicht konnte sie ihm nützlich sein. Ich kroch an einem aufgerissenen Radioisotopengenerator vorbei, wie sie für unbemannte automatische Wetterstationen verwendet werden, und gelangte in die Pilotenkanzel.

Die Luftfeuchtigkeit im Innern des Hubschraubers zum Zeitpunkt des Absturzes hatte die Oberflächen bereift. Um den Pilotensitz war das Eis rot. Bell mußte eine Menge Blut verloren haben, bevor Temas uns rettete. Temas bückte sich und steckte den Kopf durch die Öffnung. »Yah, Ellen?« fragte er – und noch etwas. Dann kam er herein, versperrte mir die Sicht auf einen Großteil der Trümmer in der Kabine und stand mir im Weg.

»Yah.« Ich hielt Ausschau nach Bells Reisetasche – jeder trug in Antarktika überall eine mit sich herum –, aber ich fand nur meine und warf sie dem *meca* hinaus. Eine andere war nicht zu sehen.

Meine Aufmerksamkeit richtete sich auf das Armaturenbrett. Die Plastikabdeckung über den verschiedenen Anzeigeinstrumenten war größtenteils zersplittert, aber das Funkgerät schien intakt. Mit Energiezufuhr würde es vielleicht funktionieren. Ich schob mich näher, setzte mich auf die geborstene Kante des Pilotensitzes und befühlte das Gerät. Ich hatte die Löcher gesehen, die sichtbar wurden, wenn ein Funkgerät zu Reparaturzwecken ausgebaut worden war, und wußte, daß sie sich ziemlich leicht herausziehen ließen. In den idealen Handschuhen machte ich mich an die Arbeit, während Temas alles aus dem Hubschrauber holte, was leicht zu entfernen war, sogar den geborstenen Radioisotopengenerator, den ich unbeachtet gelassen hatte. Als er fertig war, kauerte er neben mir und sah zu. Ich hatte ein langes rechteckiges Gehäuse herausgezogen und hielt es auf dem Schoß; ich hoffte, daß es ein Sende- und kein Empfangsteil war.

»Was?« fragte Temas.

»Radio.« Ich zeigte auf mein Ohr.

Er mußte es bereits erraten haben, denn es war nicht die trockene Luft, die seine Stimme spröde machte. »Nein, Ellen.« Er zog die Stirn in Falten und suchte nach Worten. Hier draußen konnte Lot sie nicht wie ein telepathisches Wörterbuch bereitstellen. »Schlecht.«

»Meinst du nicht, daß deine Besorgnis ein bißchen weit hergeholt ist?« Ich beugte mich näher zu ihm und deckte gleichzeitig das Gerät mit meinem Körper. »Wenn ein Mann lebt, der andernfalls nicht überlebt hätte – kann das wirklich soviel Schaden anrichten?«

Er antwortete gereizt in seiner eigenen Sprache; vielleicht ärgerte er sich über unser beiderseitiges Unverständnis oder nur über mich. Ich gab vor, ein weiteres Mal die Kabine zu durchsuchen, um ihn nicht ansehen zu müssen. Mein Blick fiel auf einen ungeordneten Haufen Computerpapier: meine Daten, die aus ihrem Kasten gefallen waren. Die Disketten konnte ich nicht entdecken. Bell hatte gesagt, er werde meine Arbeit nach McMurdo zurückbringen, da sie ›so wichtig‹ sei. Weder Temas noch ich hatten uns darum gekümmert. Ich zeigte auf das Funkgerät. »Ich werde es Bell bringen«, sagte ich.

»Neh. *Vala etyer,* Ellen«, sagte er. Nein, laß uns hinausgehen.

Bell konnte es sich nicht leisten, daß ich in diesem Streit nachgab, und ich schuldete ihm wenigstens den Versuch. »Neh, Temas! Es gehört mir, und wir bringen es hinein, zu Bell.«

Temas zog sich mit finsteren Blicken aus der Kabine zurück. Ich wartete eine Minute, dann stellte ich das Gerät im Eingang auf den Boden, sprang hinaus und nahm es wieder an mich. Ich dachte, ich hätte gewonnen.

Der *meca* war mit allem beladen, was wir gefunden hatten, und glich einer fahrbaren Gepäckablage. Ich ging mit dem Funkgerät hinüber, um es noch aufzuladen, aber Temas vertrat mir den Weg, zog mir das Gerät aus den Händen und warf es zu Boden. »Nein«, sagte er und trat mit dem Fuß danach. Er sah mich an. »Nein, Ellen.«

Ich bückte mich, um es aufzuheben.

Temas kam mir zuvor und gab das Gerät dem *meca*. Ich lächelte ihn an. »Danke«, sagte ich, aber er gab seiner Maschine einen Befehl. Sie hatte Arme wie aufgerollte enge Spiralen, die Greifer an den Enden hatten. Diese Greifer hielten das Funkgerät. Vor meinen Augen brach der *meca* es in zwei Teile. Drähte hingen heraus. »Nein!« schrie ich. Der *meca* hielt inne, dann ließ er die zwei Hälften einfach fallen. Kleinteile fielen aus dem Gehäuse, als die auseinandergebrochenen Hälften im festgetretenen Schnee aufschlugen; rote, gelbe und schwarze Kabel lagen wirr durcheinander. Ich ging auf den *meca* los, aber er ergriff mich sehr vorsichtig und hob mich von den Füßen.

Temas und ich sahen uns an. Er bot mir keine Hilfe an. Ich hing hilflos ein paar Handbreit über dem Boden und war wütend, aber klug genug, mich nicht noch lächerlicher zu machen, indem ich mit der Maschine rang. Nach ein paar Augenblicken sagte Temas etwas, und der *meca* setzte mich ab.

Ich blickte zurück zum Hubschrauber. Es gab noch das Notfunkgerät.

»Neh, Ellen«, sagte Temas.

Selbst der Versuch würde nutzlos sein.

Ich blickte in die Ferne. Das Licht war gerade noch stark genug, daß ich den Horizont sah. Dreihundert Kilometer. »Bell wird sterben«, sagte ich. »Ich bin verantwortlich für ihn, denn ich brachte ihn mit hier hinaus.« Ich schüttelte Temas' Hand ab und machte mich auf den Rückweg zur Station, die ungefähr achthundert

Meter entfernt lag. Das Gehen in Temas' Stiefeln verlangte Konzentration; bei jedem Schritt schienen sie leichter zu werden, und bald hatte ich das Gefühl, sie höben mich vom Boden wie Siebenmeilenstiefel im Märchen. Sie bewegten mich schneller, als ich gehen wollte.

Lot schimmerte weiß in der Dunkelheit des Wintertages und erinnerte mich an eine mittelalterliche Burg, die in die Breite statt in die Höhe gebaut war. Schon als wir zum Hubschrauber hinausgegangen waren, hatte ich es bemerkt, aber der Rückweg gab mir mehr Zeit, die Station zu betrachten. Sie groß zu nennen, war eine Untertreibung. Sicherlich war es die größte menschliche Niederlassung in Antarktika. Ich verstand nicht, wie Temas so zuversichtlich sein konnte, daß eine Luftinspektion der Absturzstelle nicht zur Entdeckung führen würde; das schien ausgeschlossen, aber ich hatte *mecas* durch Wände gehen sehen und trug Kleider, in denen ich bei den herrschenden Kältegraden innerhalb kurzer Zeit hätte erfrieren müssen, also sollte ich die Möglichkeit einer wirksamen technisch-elektronischen Tarnung nicht zu gering einschätzen.

Die schiefen Winkel und ungleichen Höhen der Gebäudeteile, die Lot ausmachten, inspirierten meine Einbildungskraft zu Assoziationen mit bekannten Formen, und wie beim Beobachten von Wolken sah ich bald die Umrisse eines Bootes, bald das Profil eines Gesichts. Nahe der höchsten Stelle gab es eine Plattform wie die eines Flugzeugträgers, wenn auch nicht so groß. Eine Dachterrasse, Rapunzels oder Dornröschens Turm? Oder hatte Temas mich mit einem Zauberbann belegt? Neben ihm konnte ich mir selbst nicht trauen.

Die zwei Räume, in denen sich unser Leben abspielte, lagen an der Vorderseite. Ein dritter, annähernd doppelt so großer Raum, in dem wir uns umgezogen hatten, enthielt einen Garten, wahrscheinlich das größte Stück Grünland in Antarktika; von hier aus gab es Zugang zu den anderen Teilen der Station. Die drei Räume zusammengenommen machten jedoch weniger als zwanzig Prozent der Station aus. Was enthielt der Rest? Die Anlagen der Zeitreisetechnik? Temas' wissenschaftliche Ausrüstung?

Nun, da ich draußen gewesen war, wußte ich mehr über Lot. Vor allem wußte ich, wie man die Station verlassen konnte. Was immer sie mir bedeutete, Zuflucht oder Heimat, für Bell war sie ein Gefängnis. Ich konnte ihn hinausbringen, aber ich wollte bleiben.

Temas und sein *meca* folgten mir. Ich blieb stehen und wartete auf sie. Temas ging mit gesenktem Kopf, doch als er mich stehen und warten sah, blickte er auf. Ich lächelte ihn an. »Lot ist groß«, sagte ich und breitete die Arme weit aus.

»Yah.« Es klang verdrießlich. Der *meca* rollte auf seinen Gleisketten weiter, aber Temas blieb bei mir stehen.

»Temas«, sagte ich, »du mußt dafür sorgen, daß Bell am Leben bleibt und sicher ist.«

»Du willst Bell?« Er zeigte stirnrunzelnd zur Station.

»Neh. Aber ich kann nicht bei dir bleiben, wenn er stirbt.«

Temas schüttelte den Kopf. »Ich verstehe nicht«, sagte er in seiner Sprache.

»Gehen wir hinein.« Ich nahm ihn beim Arm, um es ihm dort mit Lots Hilfe zu erklären. Meine Aufmerksamkeit wurde auf eine Gestalt gelenkt, die auf einer Seite der Stationsplattform saß. Ich glaubte Flügel zu sehen und zeigte hinüber. »Hubschrauber?«

Er folgte der angezeigten Richtung, dann blickte er zurück zu mir. Ich sah, wie er nach Worten suchte. Schließlich sagte er: *»Yah, cumbi.«* Dann schüttelte er den Kopf, »Neh, Ellen, nicht McMurdo *re* Bell.«

»Yah, McMurdo«, sagte ich und wollte weitergehen. Er hielt mich zurück. Er blickte mir aufmerksam in die Augen, dann zu Lot und zurück zu mir. Er schob meine Kapuze ein wenig zur Seite, und eisige Luft biß mir ins

Gesicht. Ich keuchte aufgrund der Intensität dieser Kälte, aber dann beugte Temas sich näher, und seine Wärme verdrängte sie. Er küßte mich, zog mich an sich. Auch ich legte die Arme um ihn. »*Gency,* Ellen«, flüsterte er. Bitte.

»Yah, Temas«, sagte ich, ja, alles ist in Ordnung. Er log nicht, aber ich.

Wenn er nicht in einer Pilotenkanzel saß, bewegte sich Matthew Bell wie ein Footballspieler, mit mehr Kraft als Anmut. Als er verdrießlich im Zentralraum auf und ab marschierte, war ich froh, daß die projizierten Darstellungen – wenn sie projiziert waren – nicht wirklich da waren, sonst hätte er sie womöglich umgestoßen. »Warum will er uns nicht gehen lassen?«

»Sie können gehen, sobald Sie sich ausgeruht fühlen«, sagte Lot stellvertretend zu Temas. »Ich habe Ihre Ausrüstung und Vorräte in die Station gebracht. Nehmen Sie davon, was Sie brauchen. Aber ich werde den Gebrauch eines Funkgeräts nicht erlauben.«

»Dann sind Sie es?« beschuldigte er mich. Seine Stimme war schrill. »Warum wollen Sie, daß ich bleibe?«

Temas sah mich an; in seinen Augen stand die gleiche Frage.

»Ich habe eine Frau – das wissen Sie«, sagte Bell.

Ich wußte es nicht. Ich kümmere mich nicht um anderer Leute Leben, nicht einmal dort, wo es nur wenige Leute gab. Aber das Wissen, daß Bell eine Frau hatte, die ihn liebte und auf ihn wartete, machte Temas' Plan nur noch schlimmer. »Es ist Selbstmord, Bell, im antarktischen Winter dreihundert Kilometer nach McMurdo zu gehen, oder vielleicht ist es Mord.« Ich blickte finster zu Temas hinüber, denn seine Hartnäckigkeit ließ meine Verärgerung wiederaufleben. »Er könnte mehr für Sie tun, aber er wird es nicht, weil er will, daß Sie sterben.«

Bell hielt in seinem Auf und Ab inne und blickte Temas an, der seinem Blick ruhig standhielt.

»Ich werde Sie nicht am Verlassen der Station hindern«, sagte Lot. »Ich werde Ihnen keinen Schaden zufügen.« Ich fragte mich, ob Lot besser log als Temas.

Bell wandte sich an mich. »Kommen Sie mit oder nicht? Denn ich werde gehen. Unsere eigenen Vorräte sind gut genug.«

Ich biß mir auf die Unterlippe. »Nein. Und Sie sollten auch nicht gehen. Es ist meine Schuld, daß Sie hier sind, und ich möchte nicht, daß Sie meinetwegen umkommen. Temas« sagte ich, zu ihm gewandt, *»gency*, Temas. Ich bin für Bell verantwortlich. Flieg ihn bis zwanzig oder dreißig Kilometer vor McMurdo und laß ihn von dort laufen.«

»Fliegen? Er hat eine Maschine?« Bell blickte umher, als ob das Ding vielleicht im Raum versteckt sei.

Temas trat zur Essenausgabe, öffnete den Klapptisch und machte sich ein Getränk. Er beachtete uns nicht.

»Es gibt nichts, was ich nicht fliegen kann«, sagte Bell eifrig. »Wo ist die Maschine?« Er sprach zu Temas' Rücken, als ob die ganze Geschichte mit dem Funkgerät ein Mißverständnis und er der festen Überzeugung sei, daß unser Retter/Gefangenenwärter ihm die Schlüssel zum Flugzeug aushändigen werde.

»Auf dem Dach«, sagte ich. »Ich sah sie, als wir draußen waren.«

»Nein«, sagte Temas. »*Cumbi* ist mein.« Er wandte sich zu uns um und nippte an seinem Glas. »Ellen, du verstehst, daß es sein muß; laß Bell gehen.«

»Nein!« rief ich verzweifelt. »Warum durch die Zeit reisen, wenn du so ängstlich bist, die Geschichte zu verändern, ein Leben solch einen Unterschied machen kann? Warum bist du hier, Temas? Sag es mir. Ich möchte verstehen.«

»Zeitreisen?« Bell schien verwirrt.

Temas sprach zu mir durch Lot. »Raum und Zeit sind

ähnlich. Wir hatten nicht genug Raum, um dieses Experiment auszuführen, also gebrauchten wir die Zeit.«

»Lächerlich«, sagte Bell nach einem Augenblick, aber Temas sah mich an.

»Das sagt mir nicht viel«, erwiderte ich.

»Ich habe keine Worte«, fuhr Lot fort. »Die großen Ringe, die wir fanden, sind aus dieser Zeit – verstehst du?«

Ich dachte an CERN und Fermilab. »Lot ist eine Art Partikelbeschleuniger?« Die verdammten Physiker mit ihren großwissenschaftlichen Kosmologieexperimenten. Die Hälfte der in dieser Saison in Antarktika aufgestiegenen ›Wetterballons‹ wurden eingesetzt, um kosmische Hintergrundstrahlung zu messen, statt den profanen Experimenten zu dienen, die geeignet wären, die hier auf Erden wirkenden Kräfte besser zu erklären. »Warum tut ihr es in eurer Vergangenheit?«

»Vergangenheit?« Bell sah sich um, als wären ihm jetzt erst die Augen aufgegangen. Ich bewunderte die Schnelligkeit, mit der er die Information aufnahm und verarbeitete. »Oh«, sagte er und blieb eine Weile still, während Temas und ich durch Lot weiterdiskutierten.

»Wie weit?« fragte ich. »Von wann bist du? Wie weit unserem Heute voraus?«

Temas zuckte die Achseln. »Ich halte in weiteren dreitausend Jahren«, antwortete Lot. »Ich bin weniger als auf halbem Wege, beinahe zweitausend. Lot kann nur rückwärts gehen. Eine Maschine, die den lokalen Strom unterbricht, tut dies nur einseitig. Ich halte an, überprüfe meine Position zeitlich und physikalisch durch eine Kartierung der Sternpositionen, und dann springe ich wieder. Ich dachte, ich könnte fortfahren, nachdem die ... *sisian* gemacht sind.« Temas schlürfte sein Getränk und beobachtete mich über den Rand des Glases hinweg. »Aber dann dachte ich, mit *cumbi* könnten wir einen harmlosen Ort finden.«

Die Begriffe waren mir zu fremd, zu unzusammenhängend, als daß ich sie verstand. »Temas«, sagte ich, »dieses Experiment ist kein Menschenleben wert.« Ich machte eine Kopfbewegung zu Bell.

»Ich kam auf einem Weg«, sagte Temas mit seiner eigenen Stimme.

»Es ist viele Leben wert«, fuhr Lot fort. »Lot ist einzigartig, aber Reisen durch die Zeit sind auch ... Reisen durch den Raum. Mit diesen Daten werden wir, wenn meine Leute die ... *sisian*-Überreste aus dem Eis gegraben haben werden, endlich wissen, wie wir schnell aufwärtsgehen können.« Temas zeigte mit seinem Glas zum Himmel.

»Zu den Sternen?«

»Yah, Ellen. Ist es wert?«

»Sie müssen mit uns gehen«, sagte Bell plötzlich. »Wir können diese Station untersuchen – diese medizinischen Techniken ... Es würde viel bedeuten. Wenn ich mir vorstelle ...«

Seine Stimme verlor sich in stummer Spekulation. Temas' entsetzter Gesichtsausdruck entging ihm.

»Das möchte er gerade vermeiden«, sagte ich zu Bell. »Seine Gegenwart, unsere Zukunft, hängt davon ab, daß in seiner Vergangenheit nichts verändert wird. Wir waren bereits tot, als er uns nach dem Absturz fand, also müssen wir tot bleiben, soweit es alle anderen hier betrifft.«

Bells Gesicht lief rot an. »*Sie* haben den Absturz verursacht!« rief er Temas zu. »Der einzige Grund, daß wir starben – wenn es wirklich so war –, war die Schockwelle von Ihrem Ding hier. Wir kamen zurecht. Wir wollten landen und den Sturm aussitzen. Kein Problem; wir hatten Vorräte an Bord. Sie töteten uns. Sie!«

Ich schloß die Augen und besann mich auf die Augenblicke kurz vor dem Absturz, aber ich war kein Pilot und wußte wirklich nicht, wie viel oder wie wenig Kontrolle Bell gehabt hatte. Der Flug durch den Sturm war sehr unruhig gewesen; Bell hatte alle Hände voll zu tun gehabt, den Hubschrauber in den Sturmböen in der Luft zu halten. Wir mußten tatsächlich in Gefahr gewesen sein. Unsere Rotoren hätten brechen können, eine Sturmbö hätte uns auf die Seite werfen und uns wie einen Stein zu Boden schleudern können, aber wäre das ohne die zusätzliche Turbulenz einer Druckwelle von Lot geschehen? Hätten wir den Sturm unbeschadet überleben können? Wären wir rechtzeitig gerettet worden, wenn wir ihn am Boden ausgesessen hätten? »Temas?« flüsterte ich.

»Ich weiß nicht«, sagte er. Sein Gesicht war blaß. Er drückte das Glas an die Stirn, dann stellte er es auf den Klapptisch. »Ich bin mir dieser Möglichkeit bewußt.«

»Dann laß ihn gehen! Um Gottes willen, Temas, wenn du es nicht weißt, laß Bell gehen. Niemand wird jemals eine Geschichte über dich und Lot glauben, da kannst du beruhigt sein. Es wären bloß eine weitere Aufschneiderei und ein ungeklärter Todesfall; niemand dort sorgt sich um mich. Bring ihn bis dreißig Kilometer vor McMurdo und laß ihn gehen!«

»Und du, Ellen?«

»Ich sagte es dir. Ich möchte bleiben.«

Temas schüttelte den Kopf. »Dann ist die Vergangenheit immer halb falsch. Eine am Leben und einer fort, mit einer sonderbaren Geschichte. Nein.«

Ich trat zu ihm und ergriff seine Hände. »Wenn du einen Fehler machst, dann laß es einen Fehler auf der Seite des Lebens sein – genauso, wie es das erstemal war«, sagte ich. »Du rettetest uns, als deine Logik argumentierte, wir hätten tot bleiben sollen. Wenn du nicht weißt, ob er leben oder sterben soll, dann rette ihn noch einmal. Du tätest es, wenn es um mich ginge.« Ich rieb mit dem Daumen die breite rote Linie seines Unterarms hinauf. Temas seufzte.

»Es ist schon vorbei«, sagte Bell. »Sie sind verdammt, wenn Sie es tun, und verdammt, wenn Sie es nicht tun. Genausogut können Sie mit uns aus dem Eis kommen.«

»Nein«, sagte Lot, während Temas den Blick nicht von mir wandte. »Wenn es eine Störung gibt, muß es die kleinstmögliche sein. Die Lokalzeit darf nicht wissen, daß ich kam. Bell kann nicht zurückkehren.«

»Ich werde niemandem etwas sagen«, sagte Bell eifrig. Es war offensichtlich gelogen, aber sein Gesichtsausdruck verhärtete sich, als meine Erklärungen über Temas' Absichten gegen ihn ihre Bestätigung fanden. Er ballte die Fäuste.

Temas berührte meine Wange mit dem Finger, fuhr ein Muster nach, das nur er sehen konnte, dann schüttelte er den Kopf.

»Ich werde darüber nachdenken«, sagte er und griff zu seinem Glas. Er wollte ins Schlafzimmer gehen.

»Sie laufen mir nicht weg!« rief Bell. Temas wandte sich um, und im gleichen Augenblick griff Bell ihn mit einem massiven Schwinger gegen den Unterkiefer an.

Das Glas zersplitterte am Boden und verbreitete den Geruch von Alkohol. Temas fiel jedoch nicht, obwohl ihm der Kopf in den Nacken gerissen wurde. Er wich zurück und nahm eine geduckte Kämpferhaltung an.

Bell griff wieder an. Ich verstand den Grund nicht, weil ich intuitiv gespürt hatte, daß Temas bald eingewilligt hätte, Bell in Sicherheit zu bringen, aber nun waren sie von einem Augenblick auf den anderen in einen Zweikampf verstrickt. Der Alkoholgeruch und das Fehlen klarer Logik erinnerten an eine Wirtshausschlägerei.

Bell war jünger und größer, aber Temas war schneller und setzte Finten ein, denen ich nicht folgen konnte. So verfehlte Bell mit einem Kinnhaken das Ziel, und Temas setzte blitzschnell einen Armhebel ein und warf Bell auf den Rücken. Temas sprang auf ihn, aber Bell wälzte sich seitwärts, und die beiden rangen am Boden. Jeder schien entschlossen, den anderen ernstlich zu verletzen und kampfunfähig zu machen.

Und ich? Wo war Ellen Champan? Ich folgte dem

weiblichen Rollenklischee, hatte die Hände vor den Mund geschlagen und sah starr vor Schrecken zu, nicht weil ich unfähig gewesen wäre, in den Kampf einzugreifen oder zu helfen, sondern weil ich nicht entscheiden konnte, auf welche Seite ich mich stellen sollte. Beide Männer hatten einen Anspruch auf mich.

Temas löste sich schnell und sauber mit einem Überschlag rückwärts von seinem Gegner. Die Fenster-Projektionen verschwanden, als er und Bell durch sie hindurchgingen. Das Getränk hatte eine Pfütze gebildet, in der die Scherben lagen. Als Bell wieder angriff, wich Temas nach rechts aus, aber Bell war darauf gefaßt, erreichte ihn, stieß ihn zu Boden und setzte sich rittlings auf ihn. Er schlug ihm so hart ins Gesicht, daß Temas' Kopf vom Boden abprallte.

»Holen Sie einen Strick, irgendwas, womit wir ihn fesseln können!« Bell blickte nicht einmal zu mir auf.

Ich wich zurück. »Nein.« Ich versuchte zu überlegen, was ich tun sollte. »Lassen Sie ihn gehen«, sagte ich.

Temas öffnete den Mund, um etwas zu sagen, aber Bell schlug ihm den Kopf wieder auf den Boden, dann verschloß er ihm den Mund mit der linken Hand. Temas wand sich unter Bell, versuchte freizukommen, aber Bell war auf ihm und der größere und schwerere Mann. Ich sah Blut in Temas' Haar und am Boden unter seinem Kopf. »Halt's Maul!« sagte Bell. »Du wirst diesem Computer keine Befehle geben, verstanden?« Er wandte den Kopf zu mir. »Bringen Sie mir was, schnell!«

Ich zögerte. Ein *meca* kam aus der Wand, stand dann aber leblos, weil weitere Anweisungen ausblieben. Bell beobachtete die Bewegung, und Temas schnellte mit dem ganzen Körper aufwärts und versetzte Bell einen Kniestoß in den Unterleib. Bell keuchte; Temas wand sich und kam beinahe frei. »Machen Sie schon!« sagte Bell. »Wenn Sie es nicht tun, muß ich ihn töten.«

Ich glaubte, daß Bell es tun würde. »Es ist nichts da …«

»Nehmen Sie Ihr Hemd, verdammt noch mal!«

Ich zog es aus, und mit dieser Bewegung war ich darauf festgelegt, ihm zu helfen. Ich näherte mich vorsichtig. Temas verhielt sich momentan ruhig und beobachtete mich.

»Reißen Sie das Hemd entzwei!« befahl Bell.

Ich versuchte es, aber der Stoff ließ sich nicht durchreißen. »Ich werde ein anderes holen.« Ich wollte von den beiden wegkommen, um zu überlegen.

»Knebeln Sie ihn zuerst«, sagte Bell.

Ich kniete neben ihnen nieder. Temas hatte seinen Widerstand vorläufig aufgegeben; er starrte zu mir auf, als gäbe er mir die Schuld. Wenn ich nicht solch ein Aufhebens gemacht hätte, wäre Bell einfach gegangen. Vorsichtig nahm Bell die Hand von Temas' Mund. Auch dort sah ich Blut, tropfend und rot; Temas hatte Bell gebissen. Als Temas etwas zu sagen versuchte, nahm Bell das Hemd und stieß es ihm tief in den Mund. Temas hustete, aber Bell legte die Hand über den Knebel. Temas starrte mich an; er war verraten worden.

»Lassen Sie ihn gehen, Bell. Er wollte Ihnen helfen. Er hat Ihnen das Leben gerettet.«

»Nein!« Bell zog Temas' Oberkörper hoch und schlug ihn mit aller Kraft auf den Boden. Ein Zucken durchlief Temas, und seine Augen wurden ausdruckslos, schlossen sich. Er war besinnungslos. Bell wandte sich zu mir. »Passen Sie auf, jetzt. Ich gehe zurück. Ich werde dieses Flugzeug nehmen, das Sie sahen, und Sie kommen mit mir. Seine Geräte sind so konzipiert, daß man ihnen *sagen* muß, was sie tun sollen, und Sie kennen seine Sprache. Richtig?«

Temas atmete noch; ich befühlte sein Gesicht. Es war schweißbedeckt, kühl. Bell stieß mich an; ich starrte ihn an, unfähig, mich zu erinnern, was er wollte. »Ich kenne nur ein paar Worte«, sagte ich. »Bell, legen Sie ihn in den medizinischen Zylinder, bitte!«

»Vergessen Sie's. Wir werden ihn fesseln und gehen.«

»Ich will bleiben!«

»Halten Sie den Mund! Was Sie wollen, ist mir scheißegal. Und Ihr tätowierter Liebhaber ist mir genauso scheißegal. Diese Station ist zu wertvoll, um sie durch die Lappen gehen zu lassen, und er wird sich mit ihr davonmachen, wenn wir ihn lassen. Also werde ich ihn fesseln oder umbringen. Was soll es sein, Ellen?«

Wortlos ging ich und holte ein paar Kleidungsstücke. Es war eine unangenehme Situation, als Bell Temas die Arme und Beine mit seinen eigenen Hosen und Hemden fesselte und den Knebel in seinem Mund fest verschnürte. Als die Arbeit halb getan war, stöhnte Temas und öffnete die Augen, aber er lag still und sah mich nicht an, während Bell ihn fesselte.

»Es tut mir leid«, flüsterte ich. »Ich muß ihm helfen. Ich will nicht, daß du stirbst.«

»Diese Station hat überhaupt keine Sicherheitsvorkehrungen«, sagte Bell, als er sich aufrichtete. Er versetzte dem *meca* einen Fußtritt, und das Ding wich vor ihm zurück, tat aber weiter nichts.

»Dies ist Antarktika; es gibt hier keine Einbrecher«, sagte ich zur Verteidigung von Lots Konstrukteuren. »Sie rechneten nicht mit Schwierigkeiten.«

Bell zuckte mit den Schultern. »Wo ist diese Maschine? Je eher wir hier herauskommen, desto eher werden wir zurück sein.«

»Ich sah sie von draußen; ich weiß nicht, welche inneren Wege hinführen.« Ich hob Temas' Kopf vom Boden; er gab ein dumpfes Geräusch durch den Knebel von sich. Ich wußte nicht, was ich tun sollte. Als ich seinen Kopf losließ, hatte ich Blut an den Fingern.

Bell blickte auf mich herab, begutachtete lüstern meine bloßen Brüste. »Sie kommen mit. Wir gehen nach Haus.« Er zog mich von Temas fort. Ich konnte nichts für seine Platzwunden tun.

»Wir sollten trotzdem warme Kleidung und Lebensmittel mitnehmen«, sagte ich zu Bell, die Arme vor der Brust verschränkt. »Ein Zelt – die gesamte Überlebensausrüstung des Hubschraubers. Wie können Sie wissen, daß Sie mit einem Flugzeug aus der Zukunft zurechtkommen werden? Vielleicht sollten wir gehen.«

»Ausgeschlossen.« Er war jetzt gut gelaunt. »Nicht, wenn Flügel verfügbar sind.« Er schüttelte den Kopf, blickte auf Temas' hilflose Gestalt und lächelte. »Ein Flugzeug wird ein manuelles Hilfssystem haben. Wir brauchen es nur in die Luft zu bringen.« Er warf mir einen Seitenblick zu und machte ein Gesicht. »Ziehen Sie sich an.«

Ich ging zum offenen Wandschrank und zog eines von Temas' Hemden über, ein rotes. Die Lebensmittelausgabe war noch offen; ein Duft wie von frischgebackenem Brot drang zu uns herüber. Er verursachte mir einen sauren Geschmack im Mund.

Bell klatschte in die Hände. »Die Entdeckung dieser Station wird uns ein Vermögen einbringen!«

Ich schluckte mühsam und schwieg.

Er ging im Raum umher und untersuchte mißtrauisch die glatten Wände. »Wo ist mein Zeug?«

»Ihres ist besser«, sagte ich. »Die Kleidung ist wärmer und bequemer.« Dann bedauerte ich, daß ich gesprochen hatte. »Tragen Sie, was Sie wollen. Ich trage mein eigenes Zeug, aber wir sollten etwas mitbringen, um unsere Geschichte zu beweisen.«

»Das Flugzeug wird ausreichen. Seine Kleider sehen normal aus.«

»Dann kommen Sie«, sagte Bell. »Öffnen Sie die Tür zum äußeren Raum.«

Er stand an der falschen Stelle; ich zeigte ihm, wo es durchging, und er betrat den dritten Raum. Ich eilte zu Temas, aber Bell kam gleich wieder zurück. Ich blickte schuldbewußt auf.

»Worauf warten Sie noch? Kommen Sie.«

Ich holte tief Luft. Temas beobachtete mich. »Nein«,

sagte ich, »ich werde Ihnen nicht helfen, wenn Sie ihn so zurücklassen oder wenn Sie ihn töten. Er hat uns das Leben gerettet. Er braucht Hilfe, und ich werde ihn in diesen medizinischen Zylinder stecken.«

»Ellen ...«

Er sagte es in einem beschwörenden Ton, der mir zuwider war. Temas wurde auf die Seite gewälzt. Er blickte mit feindseligem Ausdruck zu mir auf. Ich verstand ihn gut. Wenn Menschen unserer Zeit die Station in Besitz nahmen, würde seine zukünftige Welt möglicherweise zerstört.

Ich kniete nieder, legte ihm meine Hand auf die Schulter. »Yah, Temas«, sagte ich, dann nickte ich Bell zu. »Einverstanden?«

»Ich traue Ihnen nicht«, sagte er.

»Wenn Sie ihm nicht helfen, werden Sie als Mörder dastehen, sobald wir mit anderen Leuten hierher zurückkommen.«

»Meinetwegen«, sagte Bell. Er hob Temas auf und trug ihn zum medizinischen Zylinder. Ich öffnete den Deckel, und Bell ließ Temas hineinfallen. »Zufrieden?«

»In Ordnung.«

Bell ging wieder in den anderen Raum, aber ich wußte, daß er zurückkommen würde, um sich zu vergewissern, daß ich Temas nicht von seinen Fesseln befreite, also unterließ ich es. Ich beugte mich über ihn. »Wird der medizinische Zylinder die Kleidung und die Fesseln auflösen?« fragte ich. Ich vermutete – hoffte –, daß es so sein würde, da Bell und ich unter den wattigen weißen Flocken nackt gewesen waren.

Temas nickte. Sein Blick schien weniger feindselig, aber er wand sich. Offenbar wollte er, daß ich ihm den Knebel löste.

»Ich kann nicht«, sagte ich. »Ihr würdet euch umbringen; wahrscheinlich würde er dich töten. Es tut mir leid.« Ich beugte mich über ihn und küßte seine Wange über dem Knebel. Er rührte sich nicht, aber sein Blick folgte jeder meiner Bewegungen. »Niemand wird kommen«, sagte ich. »Wie ich es auch zuwege bringen muß, ich schwöre, daß niemand hierherkommen wird. Wenn du freigekommen bist, geh fort. Geh in eine andere Zeit.« Ich weinte. Ich wollte nicht fort; ich wußte, daß ich ihn nie wiedersehen würde. »Wenn du warten kannst – wenn du mich noch willst...«, flüsterte ich, dann brach ich ab. Es war grausam, weiterzusprechen, zu schwer für uns beide. »Tu, was du tun mußt.«

Temas wandte das Gesicht von mir ab. Die weißen medizinischen Wattebäusche schwärmten ihm bereits um den Kopf.

Ich sagte nichts mehr; ich ging.

Bell fand die Maschine auf dem Dach der Station; ich war benommen, während wir den Weg hinauf suchten, denn meine Gedanken waren bei Temas. Nachdem wir im Innern des Gebäudes nicht durchgekommen waren, stiegen wir an der Außenseite hinauf. Die Kletterei war anstrengend, doch schien es, daß die Erbauer an einen Aufstieg an der Außenseite gedacht hatten, denn die senkrechten Wandpartien waren mit Griffen und Tritten versehen, die zu dem kurzen Landeplatz hinaufführten. Oben angekommen, fand ich, daß das Flugzeug nicht allzu exotisch aussah. Es hatte nur einen Sitz. »Ich werde bleiben«, sagte ich.

»Sie steigen in den Laderaum«, erwiderte Bell mit grimmiger Entschlossenheit. Anstelle eines Amaturenbretts gab es nur einen roten Knopf. Ich sah weder einen Steuerknüppel noch ein Rad zur Betätigung von Seiten- und Höhenrudern, keinen künstlichen Horizont, nichts. Wahrscheinlich waren die Steuergeräte virtuell wie die Computertastaturen, aber Bell war endlich einmal ratlos, und ich verspürte kein Bedürfnis, ihn zu trösten.

Ich kroch in das rückwärtige Abteil. Die unverkleidete Innenseite zeigte die Skelettbauweise des Flugzeugrumpfes. Die Verstrebungen waren mit Gurten zum Festmachen der Ladung ausgerüstet. Ich schnallte mich an eine dieser Verstrebungen und harrte der Dinge, die da kommen sollten.

Nichts geschah. »Die Maschine wird nicht vom Lot kontrolliert«, sagte ich schließlich. »Sie muß unabhängig sein, da sie für selbständiges Operieren weit außerhalb der Station gedacht ist.«

Ohne mich zu warnen, drückte Bell den roten Knopf.

Eine Stimme, die nicht Lot gehörte, begann zu zählen. »Zahlen!« rief ich Bell zu.

Vor ihm waren Ablesungen erschienen, die er aufmerksam studierte. Das Zählen hörte auf. »Sagen Sie ihm, daß es starten soll«, verlangte Bell.

»Vala!« rief ich. Es geschah nichts. *»Vala etyer!«*

Vielleicht hätte während der Pause etwas geschehen sollen, denn obwohl die Zählung wieder aufgenommen wurde, schien meine Anweisung keine Wirkung zu zeigen. Aber dann, bei ›Eins‹, starteten wir unversehens.

Ich war plötzlich schwerelos und trieb an meinem Gurt. Bell saß sicher und festgeschnallt in seinem Sitz, aber er konnte nichts tun. Es gab kein Gefühl von Beschleunigung. Von meinem Platz im engen Frachtraum aus sah ich nach vorn in die Pilotenkanzel und einen Ausschnitt der Windschutzscheibe, aber wir bewegten uns zu langsam, um mit Hilfe der Sterne die Flugrichtung zu bestimmen. Immerhin merkte ich, daß wir flogen, denn die Maschine sackte von Zeit zu Zeit leicht durch und erhielt sanfte Stöße von Seitenböen; sie hielten jedoch keinen Vergleich mit dem aus, was wir im Hubschrauber durchgemacht hatten.

»Fliegen wir in die richtige Richtung?« rief ich nach vorn.

Bell antwortete nicht. Er saß vornübergebeugt im Pilotensitz und war immer noch mit der Untersuchung der Anzeigen beschäftigt. Besorgt reckte ich den Hals, um sie zu sehen, aber es war nicht möglich.

Die Maschine glitt wie ein Segelflugzeug durch die Luft. Es gab kein Geräusch außer dem Sausen des Windes noch irgendeine Vibration von einer Maschine. Wieder reckte ich mich, so hoch ich konnte, um durch die Windschutzscheibe ein Stück der Oberfläche zu erspähen und unsere relative Geschwindigkeit zu bestimmen, aber von meinem Platz aus war es nicht möglich. »Bell?« rief ich.

»Seien Sie still!« sagte er.

Der Schatten seines Armes ging über die Anzeigen. Er berührte etwas. Darauf folgte eine plötzliche Veränderung in der Fluglage der Maschine; ich schwebte seitwärts, und die Maschine flog eine Kurve. Dann richtete sie sich langsam wieder auf.

»Ich hab's!« rief Bell. »Erst fliegen, dann navigieren. Wir sind auf Heimatkurs.« Er spähte hinaus in den Himmel. Wir hatten seine Flugtasche mit den Navigationsunterlagen mitgenommen, und ich schob ihm die obersten Blätter zu, aber er ließ sie unbeachtet.

Vorsichtig begann er eine andere Wendung. Dies schien eine Ewigkeit zu dauern, aber als es so allmählich aufhörte, wie es begonnen hatte, glaubte ich allmählich, daß er wußte, was er tat. Ich versuchte es mir bequem zu machen und schloß die Augen.

Wir waren auf der Rückreise nach McMurdo, unterwegs in die wirkliche Welt. Unsere Ankunft würde eine Menge Aufregung und ein großes Aufhebens mit sich bringen, und wenn man Matthew Bells Geschichte glaubte, würde eine Untersuchung folgen, und wenn man ihr nicht glaubte, mußte ich eine Erklärung für den *cumbi* finden, den er gesteuert hatte, und für unsere längere Abwesenheit.

Der einzige Faktor auf meiner Seite, der Temas schützte, war der nahende Winter. Es wären nur noch wenige Leute auf dem Kontinent, höchstens fünfhundert, und es wäre schwierig, weitere heranzuholen. Gelänge es mir, Temas' Maschine zu zerstören, bevor viele Leute sie zu Gesicht bekamen, stünde Bells Aussage gegen meine, und in der langen dunklen antarktischen Winternacht würde niemand der Geschichte von einem südpolaren Popanz aus der Zukunft mit Stammesnarben und Tätowierungen viel Glauben schenken und noch weniger Lust verspüren, eine Suchexpedition zu organisieren.

Die eigentümliche Schwerelosigkeit ließ mich nicht zur Ruhe kommen – mir wurde übel. Ich hielt mich an Bells Rückenlehne fest und zog mich vorwärts. »Alles in Ordnung?« fragte ich.

Er wandte den Kopf über die Schulter und grinste. »Nichts dabei«, sagte er. Er wirkte jungenhaft, völlig unähnlich dem Mann, der Temas' Leben bedroht hatte. »Aber das Ding ist langsam, und ich kann die Geschwindigkeit offenbar nicht erhöhen.«

Ich nickte und ließ seine Sitzlehne los. Der Flug langweilte mich. Ich trieb an meinem Gurt und war mit mir selbst und meiner Übelkeit beschäftigt, während Bell den Kurs bestimmte und seine Anzeigen studierte. Die Turbulenz verstärkte sich, schien aber keine Stärke zu erreichen, die das Flugzeug in Gefahr bringen konnte. Draußen war Himmel, kein Schneesturm, aber Dunkelheit, in der von meinem Platz aus nur wenige Sterne zu sehen waren. Ich dachte an Temas, wie er im medizinischen Zylinder lag und zur Decke starrte, einen Knebel im Mund, bei dessen Anbringung ich geholfen hatte. Was ich auch tat, ich konnte es nicht wiedergutmachen. Ich hatte niemals jemandem den Tod gewünscht, aber nun wünschte ich zu spät, daß Bell umgekommen wäre.

»Ich glaube, wir verlieren an Höhe«, sagte er ungefähr eine Stunde später.

»Wie hoch sind wir noch?« Höhe ist die beste Überlebensgarantie für ein Flugzeug. »Landen wir?«

»Vielleicht ein allmähliches Niedergehen. Nach dem Start von seiner Station stiegen wir eine Zeitlang. Ich weiß nicht, wie man die Flughöhe verändern kann, es ist nicht die gleiche Steuerung wie bei Kursänderungen, und ich finde keine Einstellung zur Veränderung der Antriebsenergie. Ich habe alles versucht, was ich riskieren konnte. Können Sie der Maschine sagen, daß sie wieder steigen soll?«

Es schien Bell entgangen zu sein, daß dieser *cumbi* auf nichts reagiert hatte, was ich gesagt hatte. Trotzdem zog ich mich näher zur Pilotenkanzel und versuchte die Anzeigen zu sehen, aber der Winkel war noch immer ungünstig. »*Vala*«, sagte ich in einem neuen Versuch. Nichts geschah. »Wie weit sind wir gekommen?« fragte ich.

»Nicht weit genug. Wahrscheinlich nicht einmal die halbe Strecke, wenn ich unsere Geschwindigkeit richtig einschätze – ungefähr sechzig Knoten. Nun, irgendwann müßten wir sowieso landen.« Er streckte die Hand zu den Anzeigen aus, während ich den Atem anhielt. Nichts passierte.

»Versuchen Sie lieber nichts!« Ich zog mehr Langeweile jedem Risiko vor, aber er wollte manövrieren. »Lassen Sie es einfach tun, was es will«, sagte ich. »Vielleicht ist ihm der Treibstoff ausgegangen oder was, und es ist ein automatisches System.«

»Dieses Ding hat keinen Treibstoff an Bord«, sagte er. »Drinnen ist alles leerer Frachtraum. Sehen Sie sich die Tragflächen an – darin ist kein Platz für Treibstoff. Ich kann mir nicht vorstellen, wie es ohne eine sichtbare Antriebskraft fliegen kann.«

Die Maschine glitt weiter durch den dunklen Himmel. »Es wird schon gutgehen«, sagte ich. »Das Flugzeug wird von selbst landen, wenn es landen muß.« Wir waren nicht ausreichend vorbereitet, um einen langen Marsch durch die Winternacht zu überleben. Bell hatte es abgelehnt, mehr als die Überlebensausrüstung für Notfälle mitzunehmen, weil wir außen an der Station hinaufklettern mußten, um das Flugzeug zu erreichen, und weil er seiner Fähigkeit als Pilot vertraute.

Plötzlich sackte die Maschine ab; ich hatte das Gefühl, daß sie ein Wendemanöver begann.

Bell fluchte. Ich erkannte sein Gesicht nur im Viertelprofil und als dunkle Spiegelung auf den Anzeigen und sah nicht, was er berührte, aber die Maschine trudelte, als er gegenzusteuern versuchte.

»Tun Sie es nicht!« schrie ich. Bells weiße Zähne grinsten in der Spiegelung. »Noch hat er uns nicht!«

Meine Hände umklammerten die Sitzlehne. Hatte Temas sich schon befreit, und hatte Lot die Fähigkeit, den *cumbi* fernzusteuern? Ich hatte Angst, Bell zu fragen, was geschah.

Er begann die Anzeigen oder ihre Funktionen zu manipulieren. Einige beeinflußten unseren Flug, andere nicht. Ich verlor den Überblick über die Stöße, das Taumeln und Durchsacken der Maschine, aber diese Bewegungen schienen an Heftigkeit zuzunehmen, als ob das Flugzeug das Seil in einem verbissenen Tauziehen wäre. Dann hörten alle Störungen auf, und der Flug verlief wieder ruhig. Ich war erleichtert. Auf einmal rief Bell: »Wir landen! Jetzt!«

Ich schreckte auf, konnte aber nichts tun, als mich an meinem Gurt festhalten und abwarten. Wenn Bell der Maschine vertraut hätte, die Landung automatisch auszuführen, wären wir vermutlich gut hinuntergekommen. Statt dessen versuchte er den Kurs zu ändern oder die Maschine hochzuziehen, ich weiß nicht, warum, und als die Schräglage zunahm und wir gleichzeitig rasch an Höhe verloren, wurden seine Reaktionen willkürlicher und folgten zu rasch aufeinander. Das Flugzeug stabilisierte sich nicht mehr ganz, aber bis zum letzten Augenblick schien es so, als ob wir glatt landen würden. Er geriet nicht in Panik. Dann streifte die Spitze der linken Tragfläche den Kamm einer Schneewehe.

Wir überschlugen uns auf den Felsen und Schneewächten irgendwo in den Bunger-Hügeln. Ich blieb bei

Bewußtsein, aber als wir aufprallten, wurde ich gegen die seitlichen Verstrebungen des Rumpfs geworfen. Das Flugzeug kam ungefähr dreihundert Meter nach der ersten Bodenberührung zur Ruhe. Ein Flügel war abgerissen, ein klaffender Riß in der linken Rumpfseite ließ die antarktische Kälte herein. Es war alles sinnlos gewesen. Matthew Bell war wieder tot. Zu spät. Ich war allein.

Ein Fußmarsch als einzige, wenn auch schwache Hoffnung, mich aus der mißlichen Lage zu retten, war ausgeschlossen; mein rechtes Bein war gebrochen. Es konnte mich nicht tragen und schmerzte in der Kälte, die durch das Loch eindrang, welches mein Knochen in Temas' Schutzkleidung gestoßen hatte. Nach dem Absturz des Hubschraubers hatte es eine Rettungschance gegeben, aber hier gab es keine. Wenn man noch immer suchte, dann in einem ganz anderen Gebiet, viele Kilometer entfernt, wo der Hubschrauber seine letzte Positionsmeldung durchgegeben hatte. Da ich nicht gehen konnte, war mein Tod nur eine Frage der Zeit und meiner körperlichen Kondition.

Vielleicht würde in einigen Jahren jemand zufällig auf diese Absturzstelle stoßen und die Leichen in diesem bizarren, zerbrochenen Flugzeug identifizieren. Mich würde es nicht kümmern, niemanden würde es kümmern außer Matthew Bells Witwe und vielleicht jemanden, der dann in ferner Vergangenheit leben würde.

Da ich mich nicht auf die Kunst verstand, in ruhiger Schicksalsergebung auf den Tod zu warten, beschäftigte ich mich mit den Einzelheiten polaren Überlebens, das heißt, mit Wärme und Nahrung in allen ihren Kombinationen: einem Schlafsack, obwohl Temas' Kleidung mich bis auf mein rechts Bein warmhielt; einem elektrischen Ofen und zehn Packungen mit Fertignahrung zum Aufwärmen. Ich hatte sogar eine Leuchtpistole aus der Überlebensausrüstung und legte sie in Reichweite, obwohl sie nicht geeignet war, meine Stimmung zu heben. Ich wünschte beinahe, daß ich die Überlebensausrüstung des Hubschraubers nicht bei mir hätte. Nach diesen ersten Arbeiten gab es nichts mehr zu tun. Optimismus und ständige Zukunftsplanung sollen den Überlebenswillen stärken, doch ich konnte den Willen nicht aufbringen. Vielleicht nahm die Zeit, die Temas unterbrochen hatte, wieder ihren natürlichen Verlauf, oder vielleicht würden unsere Tode die Zukunft in einer unbekannten, aber unerbittlichen Weise verbiegen, obgleich ich es wahrscheinlicher fand, daß Bells Leben und das meine für die größeren Entwicklungen bedeutungslos waren, daß wir verirrte Schmetterlinge waren, die bis zur tödlichen Erschöpfung an einer Fensterscheibe flatterten, um unbemerkt zu sterben. Ich fühlte mich nicht schuldig, weil ich Bells Tod herbeigewünscht hatte und weil der Wunsch in Erfüllung gegangen war; ich wünschte nur, daß er eher gestorben wäre. Ich wollte wieder in Lot sein, bei Temas.

Während ich im Schlafsack lag und schwitzte, hing ich Tagträumereien über die Zeit mit Temas nach und phantasierte einen anderen Ausgang. Ich fuhr die tätowierten Linien in seinem Gesicht mit dem Finger nach, lachte wieder über jedes Mißverständnis, das wir in den ersten Tagen hatten, bevor Bell erwachte.

Ich knauserte nicht mit meinen Rationen aus der Überlebensausrüstung, obwohl ich nicht hungrig war. Ich bewegte mich nur, wenn es sein mußte, weil mein Bein zu sehr schmerzte, aber ich hatte mich und den Schlafsack zu der offenen Wunde in der Flanke des Flugzeugs gezogen, wo ich hinausblicken und ein Stück Sternhimmel sah. Vielleicht, dachte ich, blickte auch Temas hinauf, jetzt oder in irgendeiner anderen Zeit.

Ich stellte mir vor, daß Antarktika das sagenhafte Atlantis sei, das in die See versunkene Land. Es war eine alte Vorstellung von mir, die ihren Ursprung wahrscheinlich im antarktischen Schelfeis hatte, wo das Eis so schwer auf dem Land lastet, daß sein Gewicht die Erdkruste unter Meeresspiegelhöhe gedrückt hat. Ich stellte mir Männer und Frauen vor, die alle wie Temas gekleidet waren, mit Stammesmarkierungen, die sie wie Wilde aussehen ließen, die mich aber mit offenen Armen empfingen und mich in ihren *meca*-getriebenen Schneeschlitten heimbrachten. Vielleicht war Atlantis ein zukünftiges Land, dessen Resonanz von der künftigen Weltkatastrophe durch die Zeit zu uns herabhallte, und der tiefe Einschnitt, den diese Katastrophe für die Menschheitsgeschichte bedeutet, trennte Temas Welt von der unsrigen und schaffte eine kulturelle Diskontinuität. Ich stellte mir vor, daß diese zukünftigen Atlanter Temas zu mir zurückwarfen, wie man einen Kieselstein über die Oberfläche eines Teiches tanzen läßt, bis sein Weg und meiner zusammentrafen. Aber sie konnten es nicht mehr als einmal tun.

Ich war noch in diesen Tagträumen gefangen, als mich ein Geräusch wie von aufkommendem Wind weckte. Ich dachte, ein Schneesturm sei aufgezogen. Gut, sagte ich mir, aber ich spähte aus dem Riß und sah rote und grüne Lichter am Himmel. Es beginnt alles mit Licht. Ich erkannte sie. Hubschrauber.

Sie kamen näher und bewegten sich in einem Suchmuster, das sehr präzise schien. Beinahe resigniert und weil ich es als meine Pflicht empfand, griff ich zur Leuchtpistole. Ich wollte nicht zurück nach McMurdo und dann nach Norden zu dem Leben, das ich zurückgelassen hatte, aber ich feuerte die Leuchtkugel ab. Dann schloß ich die Augen und wartete. So kehrte ich eine Woche später als erwartet nach McMurdo zurück, aber nach dem letzten Flug, der Antarktika verlassen hatte. Mir war es gleich.

Niemand unterzog mich einem Verhör. Man nahm an, daß ich eine Woche auf dem Eis verbracht hätte, und hielt meine Schweigsamkeit für innere Stärke. Die Leute, die auf diesem Kontinent überwintern, neigen ohnedies zur Einsilbigkeit, also ließ man mich die meiste Zeit über in Ruhe. Es war ein weiterer Schneesturm im Anzug gewesen, und die Hubschrauberpiloten hatten sich nicht lange bei dem geheimnisvollen Flugzeugwrack aufgehalten. Schließlich war es dunkel gewesen, die Maschine war auseinandergebrochen, und ich hatte ärztlicher Hilfe bedurft. Es gibt viele Geheimnisse in Antarktika, zu viele, um jedem einzelnen nachzugehen. Dies war eins, das bis zum Frühjahr warten konnte.

Bells Freund, ein Hubschrauberpilot namens Mirabelli, besuchte mich. Ich sagte ihm Banalitäten über Bells Mut und Können und hoffte, Mirabelli werde gehen, aber er tat es nicht.

»Matt war der Beste«, sagte Mirabelli ernst. Er war eine dunklere Ausgabe von Bell und, seltsam für einen Hubschrauberpiloten, nicht übermäßig zuversichtlich. Er schien beunruhigt.

»Warum suchten Sie dieses Gebiet ab?« fragte ich, um seine Anwesenheit auszunutzen. Der Arzt hatte es nicht gewußt. »Wir gaben zuletzt eine andere Position durch.«

»Nein, das stimmt nicht.« Mirabelli schüttelte verwirrt den Kopf. »Ich selbst hörte Ihre Botschaft, Dr. Chapman. Sie war verdammt präzise für … für einen Nichtpiloten.«

Ich starrte ihn an.

»Vielleicht erinnern Sie sich nicht«, sagte er und beugte sich auf dem Stuhl, den er an mein Bett gezogen hatte, nach vorn, die Ellbogen auf die Knie gestützt. »Es war eine harte Zeit für Sie.« Ich blickte weg; er rutschte noch ein Stück näher heran. »Ich habe mir Gedanken gemacht. Dieses Wrack …?« Er war einer der Piloten gewesen, die mich gerettet hatten.

Ich dachte an Lot, stellte mir vor, daß Temas ihn instruierte, noch einmal unser Leben – mein Leben – zu retten. Ich drehte den Kopf im Kissen wieder in seine Richtung und versuchte kein allzu großes Interesse zu zeigen. »Sie erhielten einen Funkspruch? Von mir – einer Frau?« Ich beobachtete sein Gesicht.

»Richtig. Wir hörten Sie. Wir suchten ein ganz anderes Gebiet ab, das wir nach Ihrer letzten bekannten Positionsmeldung ermittelt hatten, da wir keine Funkortung hatten. Wir hätten Sie dort wahrscheinlich nie gefunden und waren schon nahe daran, die Suche abzubrechen. Dann kam Ihre Meldung einen Tag bevor wir Sie fanden. Wir mußten zurück zum Stützpunkt, auftanken und dann wieder starten.«

»Seltsam, daß ich mich nicht entsinne«, log ich. »Was – sagte ich in der Meldung?«

»Also ...« Er richtete sich auf und zog die Brauen zusammen, als er sich den Wortlaut ins Gedächtnis zu rufen suchte. »Die Nachricht kam verstümmelt durch und war kurz. Sie sagten, es habe eine Bruchlandung gegeben, und bezeichneten die Position. Das war alles. Wir konnten den Kontakt nicht wiederherstellen, um den Empfang zu bestätigen.«

»Ja, richtig, ich erinnere mich jetzt«, sagte ich unbestimmt.

Er nickte. »Was Matt angeht. Der Arzt sagte, er sei erst am Tag vorher gestorben ... Das hat mir zu denken gegeben. Meinen Sie, wenn wir schneller gekommen wären ...?«

Ich zuckte die Achseln. »Ich weiß nicht ... Sagen Sie, könnten wir morgen weiterreden?« fragte ich. Armes kleines Ich. »Ich bin müde, und die Erinnerung an all dies ...« Ich erschauerte.

»Sicher, Dr. Chapman.« Gutgläubig stand er auf und stellte den Stuhl zurück, wohin er gehörte.

»Mirabelli«, sagte ich, »wie schwierig wird es sein, zur Absturzstelle zurückzufliegen? Dort müssen noch Papiere von mir sein.« Er runzelte die Stirn. »Und

Matts Sachen sind auch dort. Seine Frau könnte Wert darauf legen.«

»Nun ...«, sagte er. »Es ist möglich, wäre aber schwierig. Besser, man wartet auf den nächsten Frühling.« Er ging zur Tür.

»Noch etwas«, sagte ich. »Als Sie mich fanden, meldeten Sie über Funk nach McMurdo, daß ich am Leben sei? Und daß Matt tot sei?«

»Klar«, sagte er. »Selbstverständlich.«

Ich starrte auf den Streckverband an meinem Bein und überlegte, wie lange die weißen wattigen Dinger benötigen würden, um den Splitterbruch zu heilen. »Danke, Mirabelli«, sagte ich. »Und wissen Sie, ich glaube nicht, daß Sie für Matt etwas hätten tun können.« Er nickte mir zu, lächelte zum ersten Mal und ging.

Wie lange hatte Temas in dieser Gegenwart verweilen wollen? Er hatte es mir nie erzählt. Später, hatte er gesagt, werde ich dich lehren, wenn wir abreisen. Es gab vieles, was ich nicht wußte, aber eines wußte ich jetzt: Er war nicht sofort abgereist, und vielleicht, wenn er sich sicher genug fühlte – schließlich war Bell tot, und der Winter stand vor der Tür –, war er noch da. Vielleicht wartete er. Er wartet auf mich, sagte ich mir. Ich bin ganz sicher.

Die Winter sind lang in Antarktika. Die Kälte ist mörderisch. Niemand nimmt eine Reise auf sich, die nicht unbedingt notwendig ist; keine Frau, die bei klarem Verstand ist, bricht in dieser Zeit zu einem Ziel auf, von dem sie nicht einmal weiß, ob es noch da ist. Aber statt es verrückt zu nennen, sagen Sie lieber, es sei eine Tat des Glaubens: an mich selbst, an einen Mann und an Antarktikas Zauberei.

Im Stützpunkt McMurdo stehen Flotten von Motorschlitten und Raupenschleppern in den Lagerhallen, dazu ungezählte Paare Skier für den Fall, daß der mechanische Transport zusammenbrechen sollte, und überall sind Lebensmittel und Ausrüstungen eingelagert. Ich habe noch immer Temas' leichte Schutzkleidung. Ich kann Mirabelli nicht bitten; das war ein törichter Gedanke. Ich muß allein zurückkehren.

Ich grübelte über Karten und Plänen, studierte die meteorologischen Aufzeichnungen. Es gibt keine bessere Zeit bis zum nächsten Sommer. Ich kann geradesogut jetzt gehen.

Ich sandte einen Funkspruch hinaus; im Winter war es einfach, inoffiziell Zugang zur Funkstation zu bekommen. Ich hoffe, er hörte mich. »Yah, Temas«, sagte ich. »Ich komme. Warte auf mich. *Vala etyer. Gency.*«

So, nun wissen Sie alles, wer immer Sie sind, die oder der diese Botschaft gefunden hat. Ich verbrachte die Tage meiner Rekonvaleszenz mit der Niederschrift, und nun bin ich fort. Ich achte Temas' zeitliche Imperative, aber sie sind nicht die meinigen, oder vielleicht sind wir beide bloß zeitliche Chauvinisten. Wenn Sie mir glauben, dann untersuchen Sie im nächsten Sommer dieses *cumbi*-Flugzeug. Wenn Temas nicht Mittel und Wege gefunden hat, es zu zerstören oder zu entfernen. Lernen Sie, was Sie können. Folgen Sie mir nicht. Ich habe den Ort gefunden, den ich nicht wieder verlassen will, ich habe den Mann gefunden, der ihn mit mir teilt. Ich bin daheim. Ich gehe bloß nach draußen und könnte einige Zeit wegbleiben.

Originaltitel: ›Ice Atlantis‹ • Aus: ›Asimov's Science Fiction‹, November 1993 • • Übersetzung aus dem Amerikanischen von Walter Brumm

---

Ursula K. Le Guin

DAS FEST DER VERGEBUNG

Als Tochter eines Mobilen war Solly eine Weltraumgöre und hatte auf verschiedenen Schiffen und den unterschiedlichsten Welten gelebt; als sie zehn war, hatte sie bereits fünfhundert Lichtjahre zurückgelegt. Mit fünfundzwanzig hatte sie eine Revolution auf Alterra hinter sich, hatte auf Terra die Kunst des Aiji und von einem alten Hilfer auf Rokana das Ferndenken gelernt, sich oberflächlich mit den Schulen auf Hain befaßt und eine Mission als Beobachterin auf dem mörderischen sterbenden Kheak überlebt. Dabei hatte sie weitere fünfhundert Jahre mit Fast-Lichtgeschwindigkeit übersprungen. Sie war jung, aber sie war schon weit herumgekommen.

Es langweilte sie, wenn die Angehörigen der Botschaft auf Voe Deo ihr rieten, sich vor diesem zu hüten und jenes nicht zu vergessen; schließlich war sie jetzt selbst eine Mobile. Werel hatte seine Eigenheiten – aber welche Welt hatte das nicht? Sie hatte ihre Hausaufgaben gemacht, wußte, wann sie knicksen mußte und wann sich nicht rülpsen durfte und umgekehrt. Es war eine Erleichterung, daß sie endlich in dieser herrlichen kleinen Stadt auf diesem herrlichen kleinen Kontinent als erste und einzige Gesandte des Ekumen im Göttlichen Königreich von Gatay selbständig war. Die Höhe machte sie tagelang euphorisch, wenn die Strahlen der winzigen blendenden Sonne senkrecht in die lärmenden Straßen fielen, die Gipfel hinter jedem Gebäude unglaublich hoch aufragten, wenn den ganzen Tag lang große nahe Sterne am dunkelblauen Himmel glühten und nachts sechs bis sieben leuchtende Mondstücke herumhoppelten, wenn sie die hochgewachsenen schwarzen Menschen mit den schwarzen Augen, den schmalen Köpfen, den langen schmalen Händen und Füßen sah, diese herrlichen Menschen, ihr Volk! Sie liebte sie alle. Selbst wenn sie ein bißchen zu oft mit ihnen zu tun hatte.

Im Passagierraum des Fluggleiters, den Gatay ausgesandt hatte, um sie von Voe Deo über den Ozean zu bringen, war sie zum letztenmal allein gewesen. Eine Delegation von Priestern und Beamten des Königs und des Kronrats, die in ihren roten, braunen und türkisfarbenen Gewändern prächtig aussahen, empfing sie auf der Landebahn und brachte sie in den Palast. Dort wurde stundenlang sehr oft geknickst und natürlich nicht gerülpst – sie wurde Seiner abgezehrten kleinen Majestät, den Hohen Muckamucks und Lord Hooziwers vorgestellt, man hielt Reden, und es gab ein Bankett – alles völlig vorhersehbar und völlig problemlos, nicht einmal die gebratene zähe Riesenblume, die man ihr servierte, stellte eine Schwierigkeit dar. Doch vom ersten Augenblick auf der Landebahn an und in jedem weiteren Augenblick befanden sich ständig zwei Männer diskret hinter oder neben ihr oder in ihrer unmittelbaren Nähe: ihr Führer und ihr Bewacher.

Der Führer hieß San Ubattat und war ihr von ihren Gastgebern in Gatay zur Verfügung gestellt worden; natürlich berichtete er der Regierung über sie, aber er war ein sehr zuvorkommender Spion, der ihr unermüdlich den Weg ebnete, ihr diskret andeutete, was man von ihr erwartete oder was ein Fauxpas gewesen wäre, ein ausgezeichneter Linguist, der immer eine Übersetzung bereit hatte, wenn sie eine solche benötigte. San war in Ordnung. Aber der Bewacher war ein anderer Fall.

Er war von den Gastgebern des Ekumen auf dieser

Welt, der dominierenden Macht auf Werel, der großen Nation von Voe Deo, zu ihr abkommandiert worden. Sie hatte der Botschaft in Voe Deo sofort erklärt, daß sie weder einen Leibwächter benötige, noch einen wolle. In Gatay trachtete ihr niemand nach dem Leben, und selbst wenn es der Fall gewesen wäre, zog sie vor, selbst auf sich achtzugeben. Die Gesandtschaft seufzte. Tut uns leid, sagten sie. Den wirst du nicht los. Voe Deo ist in Gatay militärisch präsent, schließlich ist es ein Handelspartner und wirtschaftlich von ihnen abhängig. Es liegt in Voe Deos Interesse, die legitime Regierung von Gatay vor den lokalen terroristischen Splittergruppen zu schützen, und du wirst als eine ihrer Interessen geschützt. Dagegen können wir nichts einwenden.

Sie wußte, daß es sinnlos war, mit der Gesandtschaft zu streiten, aber sie konnte sich mit dem Major nicht abfinden. Sie hatte seinen militärischen Titel Rega mit dem archaischen Ausdruck ›Major‹ übersetzt; er stammte aus einer Parodie, die sie auf Terra gesehen hatte. Dieser Major war eine ausgestopfte, mit Medaillen und Orden bedeckte Uniform gewesen. Er blähte sich auf, stolzierte herum, erteilte Befehle und zerplatzte schließlich. Wenn dieser Major doch auch zerplatzt wäre! Er stolzierte zwar nicht herum und erteilte auch keine direkten Befehle. Er war von eisiger Höflichkeit, schweigsam wie ein Stein, steif und kalt wie eine Leiche. Sie gab bald jeden Versuch auf, mit ihm zu sprechen; auf alles, was sie sagte, reagierte er immer mit ›Jamam‹ oder ›Neinmam‹, mit der sofortigen Dummheit eines Mannes, der gar nicht zuhört und nicht zuhören will, ein Offizier, der offiziell keiner menschlichen Regung fähig war. Und er befand sich bei jedem offiziellen Anlaß an ihrer Seite, Tag und Nacht, auf der Straße, beim Einkaufen, bei Zusammenkünften mit Geschäftsleuten und Beamten, bei Besichtigungen, bei Hof, bei der Ballonfahrt über die Berge – er war überall bei ihr, nur nicht im Bett.

Und sogar im Bett war sie nicht so allein, wie sie es gern gewesen wäre; der Führer und der Bewacher gingen zwar am Abend nach Hause, aber im Vorraum zu ihrem Schlafzimmer schlief die Zofe – ein Geschenk Seiner Majestät, ihre persönliche Leibeigene.

Sie erinnerte sich noch an ihre Ungläubigkeit, als sie dieses Wort zum ersten Mal vor Jahren in einem Text über Sklaverei gelesen hatte. ›Auf Werel bezeichnet man die Mitglieder der herrschenden Kaste als *Besitzer*; Mitglieder der dienenden Kaste werden *Aktivposten* genannt. Nur Besitzer werden als Männer und Frauen bezeichnet; Aktivposten werden Leibeigene genannt.‹

Sie war also die Besitzerin einer Leibeigenen. Das Geschenk eines Königs weist man nicht zurück. Ihre Leibeigene hieß Rewe. Wahrscheinlich war Rewe ebenfalls eine Spionin, doch es fiel Solly schwer, das zu glauben. Sie war eine würdevolle hübsche Frau, einige Jahre älter als Solly; beide hatten die gleiche intensive Hautfarbe, obwohl Solly rosa-bräunlich und Rewe blaubräunlich war. Ihre Handflächen waren zart himmelblau. Rewes Benehmen war ausgezeichnet, sie verfügte über Takt, Scharfsinn und ein unfehlbares Gefühl dafür, wann sie gebraucht wurde und wann nicht. Solly behandelte sie natürlich als Gleichgestellte und erklärte ihr von Anfang an, daß ihrer Überzeugung nach kein Mensch das Recht hatte, über einen anderen Menschen zu verfügen, geschweige denn, ihn zu besitzen, daß sie Rewe nie befehlen werde und daß sie hoffte, sie würden Freundinnen werden. Unglücklicherweise betrachtete Rewe dies als neuen Satz von Befehlen. Sie lächelte und sagte ja. Sie war unendlich nachgiebig. Was immer Solly sagte und tat, versank in dieser Nachgiebigkeit und ging darin verloren, ohne daß Rewe sich veränderte: eine aufmerksame, gefällige, sanfte körperliche Anwesenheit, knapp außer Reichweite. Sie lächelte, sagte ja und war unberührbar.

Nach den ersten aufregenden Tagen auf Gatay gelangte Solly zu der Erkenntnis, daß sie Rewe brauchte; sie brauchte sie als Frau, mit der sie sprechen konnte. Sie hatte keine Möglichkeit, die Frauen der Besitzer-Klasse kennenzulernen, die versteckt lebten, ›zu Hause‹, wie man es hier nannte. Alle Leibeigenen außer Rewe gehörten jemand anderem, und sie konnte nicht mit ihnen sprechen. Sie kam immer nur mit Männern zusammen. Und mit Eunuchen.

Auch das hatte zu jenen Dingen gehört, die sie kaum glauben konnte: daß ein Mann seine Männlichkeit freiwillig gegen ein wenig gesellschaftliches Ansehen eintauschte; doch sie traf an König Hotats Hof ständig mit solchen Männern zusammen. Sie waren als Leibeigene geboren, hatten sich aus der Sklaverei befreit, indem sie Eunuchen wurden, und erreichten unter ihren Besitzern oft beachtliche Macht- und Vertrauensstellungen. Der Eunuch Tayandan, Haushofmeister des Palastes, beherrschte den König, der nicht herrschte, sondern nur das Aushängeschild für den Kronrat war. Der Kronrat bestand aus verschiedenen Arten von Lords, jedoch nur aus einer Priesterkaste, den Tualiten. Nur Leibeigene verehrten Kamye, und die ursprüngliche Religion von Gatay war abgeschafft worden, als die Monarchie vor ungefähr einem Jahrhundert zum tualitischen Glauben wechselte. Wenn es etwas gab, das Solly außer der Sklaverei und der Männerherrschaft an Werel überhaupt nicht mochte, dann war es die Religion. Die Lieder über die Lady Tual waren sehr schön, ihre Statuen und die großen Tempel in Voe Deo waren prachtvoll, und die *Arkamye* war zwar eine langatmige, aber gute Geschichte; doch die tödliche Selbstgerechtigkeit, die Intoleranz, die Dummheit der Priester, die abscheulichen Doktrinen, die im Namen des Glaubens jegliche Grausamkeit rechtfertigten! Gab es eigentlich, fragte sich Solly, überhaupt etwas, das sie an Werel mochte?

Sie beantwortete sich ihre Frage sofort selbst: Ich

liebe es, ich liebe es. Ich liebe die eigenartige kleine Sonne und alle zerbrochenen Stückchen der Monde und die Berge, die wie Mauern aus Eis emporragen, und die Menschen – die Menschen mit den schwarzen Augen ohne eine Spur von Weiß, wie die Augen der Tiere, Augen wie dunkles Glas, wie dunkles Wasser, geheimnisvoll – ich möchte sie lieben, ich möchte sie kennenlernen, ich möchte sie erreichen!

Doch sie mußte zugeben, daß die Idioten in der Botschaft in einer Hinsicht recht hatten: Auf Werel war es hart, eine Frau zu sein. Sie fiel aus dem Rahmen. Sie ging allein herum, sie bekleidete ein öffentliches Amt und war dadurch ein Widerspruch in sich: Anständige Frauen blieben zu Hause und waren unsichtbar. Nur Leibeigene gingen auf den Straßen herum oder trafen Fremde, oder hatten einen öffentlichen Posten inne. Sie benahm sich wie eine Leibeigene, nicht wie eine Besitzerin. Dennoch war sie etwas Hochstehendes, eine Abgesandte des Ekumen, und Gatay war sehr bestrebt, dem Ekumen beizutreten und seine Gesandte nicht zu beleidigen. Daher bemühten sich die Beamten, die Höflinge und die Geschäftsleute, mit denen sie im Namen des Ekumen sprach, ganz besonders: sie behandelten sie wie einen Mann.

Diese Vortäuschung gelang nicht immer und brach manchmal gänzlich zusammen. Der arme alte König befummelte sie eifrig, weil er den undeutlichen Eindruck hatte, daß sie eines seiner Betthäschen war. Wenn sie Lord Gatuyo bei einer Diskussion widersprach, starrte er sie so verdutzt und ungläubig an, als hätte ihm sein Schuh widersprochen. Er hatte sie als Frau gesehen. Doch im allgemeinen funktionierte ihre Geschlechtslosigkeit und ermöglichte es ihr, mit ihnen zu arbeiten. Sie paßte sich allmählich dem Spiel an, und Rewe half ihr dabei, indem sie Kleidung nähte, die jener der Männer von Gatay glich, und alles vermied, was ausgesprochen weiblich war. Rewe war eine flinke, kluge Schneiderin. Die hellen, schweren, enganliegenden Hosen waren praktisch und standen ihr, die bestickten Jacken hielten Solly herrlich warm. Sie trug sie gern. Aber sie fühlte sich von den Männern, die sie nicht als das akzeptieren konnten, was sie war, ihres Geschlechts beraubt. Sie mußte unbedingt mit einer Frau sprechen.

Sie versuchte, einige der zurückgezogen lebenden Frauen durch ihre Männer kennenzulernen, und stieß an eine Wand der Höflichkeit ohne Tür, ohne Guckloch. Eine wunderbare Idee; sobald das Wetter besser wird, werden wir einen Besuch vereinbaren! Ich wäre überwältigt, wenn die Gesandte mir die Ehre erwiese, Lady Mayoyo und meine Töchter zu empfangen, aber meine törichten provinziellen Mädchen sind so unverzeihlich schüchtern – Sie verstehen mich sicherlich. Aber selbstverständlich, wir werden die inneren Gärten besuchen – doch nicht jetzt, wenn die Reben noch nicht blühen! Wir müssen warten, bis die Reben blühen!

Sie hatte niemanden, mit dem sie sprechen konnte, niemanden, bis sie Batikam den Makil kennenlernte.

Es war ein Ereignis: eine Wandertruppe aus Voe Deo. In der kleinen Berghauptstadt von Gatay gab es nicht viel Unterhaltung, mit Ausnahme der Tempeltänzer – natürlich nur Männer – und der rührseligen, anspruchslosen Stücke, die das werelanische Netzwerk als Theaterstücke ausstrahlte. Solly hatte es hartnäckig mit einigen dieser farblosen Stücke versucht und gehofft, daß sie einen Blick auf das ›häusliche Leben‹ erhaschen würde, aber sie ertrug die in Ohnmacht fallenden Jungfrauen nicht, die aus Liebe starben, während die halsstarrigen Esel von Helden, die alle wie der Major aussahen, edel in der Schlacht fielen, worauf sich Tual die Gnadenreiche aus den Wolken herniederbeugte und auf ihr Sterben herablächelte; sie schielte leicht, und als Zeichen ihrer Göttlichkeit war das Weiß ihrer Augäpfel sichtbar. Solly war aufgefallen, daß sich die werelanischen Männer nie die Dramen im Netzwerk ansahen. Jetzt wußte sie, warum. Aber die Empfänge im Palast und die Partys, die verschiedene Lords und Geschäftsleute ihr zu Ehren gaben, waren ganz schön langweilig; es waren immer nur Männer anwesend, weil sie die Sklavenmädchen nicht dabeihaben konnten, solange die Gesandte anwesend war; und sie konnte nicht einmal mit den nettesten Männern flirten, durfte sie nicht daran erinnern, daß sie Männer waren, denn das hätte sie daran erinnert, daß Solly eine Frau war, die sich nicht wie eine Dame benahm. Als die Truppe der Makilen eintraf, war die ursprüngliche Euphorie bereits eindeutig verflogen.

Sie hatte San gefragt, ihren verläßlichen Berater in Sachen Etikette, ob es in Ordnung sei, wenn sie die Vorstellung besuchte. Er druckste herum und gab ihr schließlich mit außergewöhnlich öligem Taktgefühl zu verstehen, daß es in Ordnung sei, vorausgesetzt, sie trage Männerkleidung. »Sie wissen ja, daß Frauen sich nicht in der Öffentlichkeit zeigen. Aber manchmal möchten sie so gern die Vorstellung sehen, Sie verstehen? Lady Amatay begleitete alljährlich Lord Amatay und trug dabei seine Kleidung; alle wußten es, niemand sagte etwas – Sie wissen ja. Für Sie wäre es in Ordnung, weil Sie eine wichtige Persönlichkeit sind. Niemand wird etwas sagen. Es wäre wirklich in Ordnung. Ich werde Sie natürlich begleiten, der Rega wird Sie ebenfalls begleiten. Wie Freunde, was? Sie verstehen, drei gute Freunde, die die Vorstellung besuchen, ha? Ha?«

Ha, ha, wiederholte sie gehorsam. Welch ein Spaß! Aber das war es wert, dachte sie, wenn sie die Makilen sehen konnte.

Das Netzwerk sendete sie nie. Die jungen Mädchen zu Hause sollten nicht ihren Darbietungen ausgesetzt werden, da einige von ihnen, wie San ihr ernsthaft versicherte, ungehörig waren. Sie traten nur in Theatern auf. Die Makilen waren Clowns, Tänzer, Prostituierte,

Schauspieler, Musiker und bildeten als einzige eine Unterklasse, die niemandem persönlich gehörte. Ein begabter junger Sklave, den die Corporation seinem Besitzer abkaufte, gehörte von da an der Corporation, die ihn ausbildete und für den Rest seines Lebens für ihn sorgte.

Sie gingen zu Fuß zum sechs oder sieben Straßen entfernten Theater. Solly hatte vergessen, daß alle Makilen Transvestiten waren, und erinnerte sich auch nicht daran, als sie sie zum ersten Mal erblickte – eine Truppe schlanker, hochgewachsener Tänzer, die mit der Kraft und Grazie großer Vögel auf die Bühne fegten, kreisten, sich versammelten, sich emporschwangen. Sie sah ihnen gedankenlos zu, war von ihrer Schönheit bezaubert, bis sich die Musik plötzlich veränderte und die Clowns hereinkamen, schwarz wie die Nacht, schwarz wie Besitzer, die phantastische Schleppkleider trugen, phantastisch vorragende juwelenbesetzte Brüste hatten und mit zarten schwachen Stimmen sangen: »O bitte vergewaltigt mich nicht, guter Herr, o nein, nein, nicht jetzt!« Sie sind Männer, sie sind Männer! begriff Solly, die sich bereits vor Lachen nicht mehr halten konnte. Als Batikam seinen Akt mit seiner berühmten Nummer, einem wunderbaren dramatischen Monolog beschloß, war sie bereits sein Fan. »Ich möchte ihn kennenlernen«, sagte sie in einer Pause zwischen den Akten zu San. »Den Schauspieler – Batikam.«

Sans Gesicht nahm den sanften Ausdruck an, der bedeutete, daß er überlegte, wie er es bewerkstelligen und dabei etwas Geld verdienen konnte. Doch der Major war wie immer wachsam. Er blieb steif wie ein Stock, wandte kaum merklich den Kopf und warf San einen Blick zu. Sans Gesichtsausdruck begann sich zu verändern.

Wenn ihr Vorschlag ungehörig gewesen wäre, hätte San es angedeutet oder es ausgesprochen. Der steife Major kontrollierte sie einfach und versuchte, sie genauso zu unterdrücken wie eine ›seiner‹ Frauen. Es war an der Zeit, ihn herauszufordern. Sie wandte sich ihm zu und starrte ihn an. »Ich weiß genau, Rega Teyeo«, begann sie, »daß Sie den Auftrag haben, mich zu beaufsichtigen. Aber wenn Sie San oder mir Befehle erteilen, müssen Sie sie laut aussprechen und rechtfertigen. Ich werde mich nicht durch Ihre Andeutungen und Launen beherrschen lassen.«

Es folgte eine beträchtliche Pause, eine wirklich köstliche und lohnende Pause. Sie konnte kaum feststellen, ob sich der Gesichtsausdruck des Majors veränderte; im schwachen Theaterlicht erkannte man keine Einzelheiten seines blauschwarzen Gesichts. Aber etwas an seiner eisigen Stille verriet ihr, daß sie ihm Einhalt geboten hatte. Schließlich sagte er: »Ich habe den Auftrag, Sie zu beschützen, Gesandte.«

»Droht mir von den Makilen Gefahr? Ist es für eine Gesandte des Ekumen unschicklich, einem großen Künstler Werels zu seiner Darbietung zu gratulieren?«

Wieder das eisige Schweigen. »Nein«, antwortete er.

Er nickte einmal steif. Steif, verkrampft, besiegt. Eins zu null! dachte Solly, lehnte sich vergnügt zurück und sah den Lichtmalern, den erotischen Tänzen und dem seltsam berührenden kleinen Drama zu, mit dem der Abend endete. Es war in altertümlichen Versen geschrieben und schwer zu verstehen, aber die Schauspieler waren so schön und ihre Stimmen so zärtlich, daß sie Tränen in den Augen hatte, ohne zu wissen warum.

»Ein Jammer, daß sich die Makilen immer von der *Arkamye* inspirieren lassen«, erklärte San selbstgerecht voll frommer Mißbilligung. Er war kein hochklassiger Besitzer, besaß de facto keine Leibeigenen, aber er war ein Besitzer und ein bigotter Tualite und rief es sich gern ins Gedächtnis. »Zu diesem Publikum würden Szenen aus *Die Inkarnationen Tuals* besser passen.«

»Ich bin sicher, daß Sie der gleichen Ansicht sind, Rega.« Solly genoß ihre Ironie.

»Keineswegs«, erwiderte er mit so tonloser Höflichkeit, daß sie zuerst nicht erfaßte, was er gesagt hatte; und dann vergaß sie das kleine Rätsel in dem Trubel, in dem sie den Weg suchte und Zutritt zu den Garderoben der Schauspieler erhielt.

Als die Manager begriffen, wer sie war, wollten sie alle übrigen Darsteller vertreiben und sie mit Batikam (und natürlich mit San und dem Major) alleinlassen; aber sie widersprach, nein, nein, diese wunderbaren Künstler dürfen nicht gestört werden, lassen Sie mich nur einen Augenblick mit Batikam sprechen. Sie stand in dem Durcheinander aus abgelegten Kostümen, halbnackten Menschen, verschmierter Schminke, Gelächter, abklingender Spannung, wie es in den Garderoberäumen jeder Bühne auf jeder Welt zugeht, und sprach mit dem klugen, konzentrierten Mann im prunkvollen altertümlichen Frauenkostüm. Sie vertrugen sich auf Anhieb. »Können Sie mich besuchen?« fragte sie. »Mit Vergnügen«, erwiderte Batikam, ohne einen Blick auf das Gesicht von San oder des Majors zu werfen: Er war der erste Leibeigene, den sie kennenlernte, der weder zu ihrem Führer noch ihrem Wächter blickte, damit sie ihm erlaubten, etwas zu sagen oder zu tun, irgend etwas. Solly warf ihnen nur einen kurzen Blick zu, um festzustellen, ob sie empört waren. San sah wie ein Mitverschwörer aus, der Major wirkte steif. »Ich komme bald«, sagte Batikam. »Ich muß mich umziehen.«

Sie lächelten einander an, und sie brach auf. In der Luft lag wieder die Euphorie. Die riesigen Sterne hingen dicht gedrängt wie feurige Trauben am Himmel. Ein Mond purzelte über die eisigen Gipfel, ein anderer tanzte wie eine schiefe Laterne über den verschnörkelten Zinnen des Palastes. Sie schritt die dunkle Straße entlang, genoß die Freiheit und die Wärme der männlichen Kleidung, die sie trug, und San mußte laufen, um nicht zurückzubleiben; der langbeinige Major hielt mit ihr Schritt. Eine trillernde hohe Stimme rief: »Gesandte!« Sie drehte sich lächelnd um, dann fuhr sie herum, als sie sah, daß der Major kurz im Schatten eines Hauseingangs mit jemandem rang. Er riß sich los, erreichte sie wortlos, packte sie mit eisernem Griff am Arm und zerrte sie laufend mit sich fort. »Lassen Sie los!« befahl sie und wehrte sich; sie wollte keinen Aiji-Griff gegen ihn anwenden, doch sie hätte sich nur damit befreien können.

Er brachte sie beinahe aus dem Gleichgewicht, als er plötzlich in eine Seitengasse abbog; sie lief mit ihm mit und ließ zu, daß er sie am Arm festhielt. Sie gelangten unerwartet in ihre Straße und zu ihrem Tor, durch dieses und in das Haus, das er mit einem Wort aufsperrte – wie hatte er das bewerkstelligt? »Was soll das alles?« fragte sie, befreite sich mühelos und rieb sich den Arm an der Stelle, an der er sie gepackt hatte.

Sie entdeckte empört den letzten Anflug eines erheiterten Lächelns auf seinem Gesicht. »Sind Sie verletzt?« fragte er schweratmend.

»Verletzt? Ja – dort, wo Sie mich mitgezerrt haben! Was haben Sie sich überhaupt dabei gedacht?«

»Ich habe Ihnen den Kerl vom Leib gehalten.«

»Welchen Kerl?«

Er schwieg.

»Den, der rief? Vielleicht wollte er mit mir sprechen!«

Nach einem Augenblick meinte der Major: »Das ist möglich. Er stand im Schatten. Ich hielt es für möglich, daß er bewaffnet war. Ich muß hinaus und San Ubattat suchen. Bitte versperren Sie die Tür, bis ich zurückkomme.« Er war zur Tür hinaus, während er ihr den Befehl erteilte; er kam gar nicht auf die Idee, daß sie ihm nicht gehorchen würde, und sie gehorchte wütend. Glaubte er, daß sie nicht selbst auf sich achtgeben könne? Daß sie jemanden brauchte, der in ihr Leben eingriff und Leibeigene herumstieß, um sie zu ›beschützen‹? Vielleicht war es an der Zeit, ihm einen Aiji-Fallwurf zu demonstrieren. Er war stark und schnell, hatte aber keine richtige Ausbildung. Dieses dilettantische Eingreifen war unerträglich, wirklich unerträglich; sie mußte sich unbedingt wieder bei der Gesandtschaft beschweren.

Sobald sie ihn mit dem nervösen, beschämten San im Schlepptau wieder hereinließ, sagte sie: »Sie haben meine Tür mit einem Losungswort geöffnet. Ich wußte nicht, daß Sie das Recht haben, bei Tag und Nacht hereinzukommen.«

Er hatte wieder seine ausdruckslose militärische Miene aufgesetzt. »Neinmam.«

»Sie werden es nie wieder tun. Sie werden mich nie wieder anfassen. Ich muß Ihnen mitteilen, daß ich Sie verletzen werde, falls Sie es dennoch tun. Wenn Sie etwas beunruhigt, sagen Sie mir, was los ist, und ich werde so darauf reagieren, wie ich es für richtig halten. Jetzt gehen Sie bitte.«

»Mit Vergnügen, Mam.« Er machte kehrt und marschierte hinaus.

»O Lady – o Gesandte«, sagte San, »das war eine gefährliche Person, sehr gefährliche Leute, es tut mir so leid, es ist eine Schande.« Und er brabbelte weiter. Sie brachte ihn schließlich dazu, ihr zu verraten, wer es seiner Meinung nach war, ein religiöser Dissident, einer der Anhänger des Alten Glaubens, die an der ursprünglichen Religion von Gatay festhielten und alle Fremden und Ungläubigen vertreiben oder töten wollten. »Ein Leibeigener?« fragte sie interessiert, und er war entsetzt. »O nein, nein, eine richtige Person, ein Mann – aber sehr irregeleitet, ein Fanatiker, ein heidnischer Fanatiker. Sie nennen sich Messermänner. Aber ein Mann, Lady Gesandte, ganz gewiß ein Mann!«

Die Vorstellung, sie könne annehmen, daß ein Leibeigener sie berühren würde, empörte ihn genauso wie der versuchte Überfall. Falls es einer gewesen war.

Als sie darüber nachdachte, fragte sie sich, ob der Major, den sie im Theater zurechtgewiesen hatte, einen

Vorwand gefunden hatte, sie zurechtzuweisen, indem er sie ›beschützte‹. Falls er es noch einmal versuchte, würde er kopfüber an der gegenüberliegenden Wand landen.

»Rewe!« rief sie, und die Leibeigene erschien wie immer augenblicklich. »Einer der Schauspieler wird gleich kommen. Würdest du uns Tee oder etwas Ähnliches zubereiten?« Rewe lächelte, sagte ja und verschwand. Jemand klopfte an die Tür. Der Major öffnete sie – offenbar stand er draußen Wache –, und Batikam trat ein.

Sie war nicht auf die Idee gekommen, daß der Makile noch immer Frauenkleidung trüge, doch er blieb auch außerhalb des Theaters dabei, zwar nicht so prächtig, aber elegant in den zartfließenden Stoffen und feinen dunklen Schattierungen, die die schmachtenden Damen in den Stücken trugen. Sie empfand den Gegensatz zu ihrer männlichen Kleidung als sehr pikant. Batikam wirkte nicht so attraktiv wie der Major, der phantastisch aussah – bis er den Mund öffnete. Der Makile verfügte jedoch über Anziehungskraft, man mußte ihn einfach ansehen. Seine Haut war dunkelgraubraun, nicht blauschwarz, worauf die Besitzer so stolz waren (obwohl Solly bemerkt hatte, daß es auch sehr viele schwarze Leibeigene gab; das war ganz natürlich, da jede Leibeigene die sexuelle Dienerin ihres Besitzers war). Die sternenstaubschwarze Schminke des Makilen verbarg keineswegs seine ausgeprägte Intelligenz und Einfühlsamkeit; er sah sich langsam um und lachte Solly, San und den an der Tür stehenden Major herzlich an. Er lachte wie eine Frau, warm und gedämpft, nicht *ha, ha* wie ein Mann. Er streckte Solly die Hände entgegen, und sie trat vor und ergriff sie. »Danke, daß Sie gekommen sind, Batikam!« begrüßte sie ihn, und er erwiderte: »Danke, daß Sie mich eingeladen haben, Fremde Gesandte!«

»Das ist Ihr Stichwort, San«, sagte sie.

San wußte offensichtlich nicht, was er tun sollte, und hatte deshalb gezögert, bis sie sprechen mußte. Er wartete noch einen Augenblick lang, lächelte dann salbungsvoll und sagte: »Ja, entschuldigen Sie, eine sehr gute Nacht, Gesandte. Morgen um zwölf Uhr im Minenbüro, nicht wahr?« Er wich zurück und stieß dabei gegen den Major, der wie ein Posten in der Tür stand. Sie sah den Major an und wollte ihm ohne große Umstände befehlen zu gehen – wie konnte er es wagen, sich hereinzudrängen –, als sie seinen Gesichtsausdruck sah. Zum ersten Mal war seine glatte Maske gesprungen und enthüllte Verachtung. Ungläubige, angewiderte Verachtung. Als müsse er zusehen, wie jemand ein Stück Scheiße aß.

»Hinaus«, sagte sie und wandte beiden den Rücken zu. »Kommen Sie, Batikam«, forderte sie ihn auf, »das hier ist der einzige Ort, an dem ich ungestört bin.« Damit führte sie den Makilen in ihr Schlafzimmer.

Er kam an dem gleichen Ort zur Welt, an dem schon seine Vorväter geboren wurden, in dem alten kalten Haus in den Vorbergen oberhalb von Noeha. Seine Mutter schrie nicht, als sie ihn gebar, denn sie war die Frau eines Soldaten und jetzt die Mutter eines Soldaten. Er wurde nach seinem Großonkel genannt, der bei dem ersten Stammesaufstand auf Yeowe getötet worden war. Er wuchs in der strengen Disziplin eines armen Haushalts rein veotischer Abstammung auf. Wenn sein Vater Urlaub hatte, brachte er ihm alles bei, was ein Soldat können mußte; wenn sein Vater Dienst hatte, übernahm der alte Leibeigenen-Sergeant Habbakam den Unterricht. Dieser begann im Sommer wie im Winter um fünf Uhr morgens mit einem Gebet, Übungen mit dem Kurzschwert und einem Geländelauf. Seine Mutter und seine Großmutter lehrten ihn alles Übrige, das ein Mann können mußte; sie begannen bevor er zwei Jahre alt war mit dem guten Benehmen, und nach seinem zweiten Geburtstag gingen sie zu Geschichte, Poesie und Stillsitzen ohne zu sprechen über.

Der Tag des Kindes war mit Unterricht gefüllt und durch die Ausbildung eingeengt; aber der Tag eines Kindes ist lang. Es blieben noch Platz und Zeit für Freiheit, die Freiheit des Bauernhofes und der offenen Hügel. Seine Gesellschaft waren die Haustiere – Foxterrier, Windhunde, gefleckte Katzen, Jagdkatzen, das Vieh auf dem Hof und die Arbeitspferde; sonst hatte er nicht viel Gesellschaft. Mit Ausnahme von Habbakam und den beiden Hausdienerinnen waren die Leibeigenen der Familie Sklaven, die den steinigen Boden der Vorberge als Farmpächter bearbeiteten, auf dem sie und ihre Besitzer seit eh und je lebten. Ihre Kinder waren hellhäutig, schüchtern, bereits durch die lebenslange Arbeit gebeugt und kannten nur ihre Felder und Hügel. Manchmal schwammen sie im Sommer mit Teyeo in den tiefen Stellen des Flusses. Manchmal brachte er einige dazu, mit ihm Soldaten zu spielen. Sie standen ungeschickt und unbeholfen um ihn herum, grinsten, wenn er »Angriff!« schrie und sich auf den unsichtbaren Feind stürzte. »Mir nach!« rief er schrill, und sie stapften hinter ihm her, feuerten ihre Astgewehre auf gut Glück ab, *bumm, bumm.* Meist war er allein unterwegs, ritt auf seiner guten Stute Tasi oder wurde von einer Jagdkatze begleitet, die neben ihm herlief.

Jedes Jahr kamen einige Male Besucher auf das Gut, Verwandte oder mit Teyeos Vater befreundete Offiziere, die ihre Kinder und ihre Dienerschaft mitbrachten. Teyeo führte die Kinder der Gäste schweigsam und höflich herum, zeigte ihnen die Tiere und ritt mit ihnen aus. Er und sein Vetter Gemat begannen schweigend und höflich, einander zu hassen; mit vierzehn kämpften sie eine Stunde lang auf einer Lichtung hinter dem Haus, hielten dabei die Regeln des Ringkampfes peinlich genau ein, verletzten einander erbarmungslos, wurden immer blutiger, müder und verzweifelter, bis sie den Kampf in stillschweigendem Einvernehmen abbrachen und stumm ins Haus zurückkehrten, wo sich alle zum Abendessen versammelten. Alle sahen sie an und schwiegen. Sie wuschen sich rasch und eilten zu Tisch. Während des gesamten Mahls tropfte aus Gemats Nase Blut; Teyeos Kiefer schmerzte so sehr, daß er den Mund nicht öffnen konnte, um zu essen. Niemand gab einen Kommentar ab.

Als Teyeo und Rega Toebawes Tochter fünfzehn waren, verliebten sie sich schweigend und höflich ineinander. Am letzten Tag ihres Besuchs entkamen sie in geheimem Einverständnis, ritten nebeneinander, ritten stundenlang und waren zu schüchtern, um zu sprechen. Er hatte ihr Tasie als Reitpferd gegeben. In einem wildromantischen Tal in den Hügeln saßen sie ab, um die Pferde zu tränken und rasten zu lassen. Sie saßen nebeneinander, nicht zu nahe, am Ufer des kleinen, ruhig dahinfließenden Bachs. »Ich liebe dich«, sagte Teyeo. »Ich liebe dich«, sagte Emdu und senkte das glänzende schwarze Gesicht. Sie berührten sich nicht und sahen sich auch nicht an. Sie ritten glücklich, schweigsam über die Hügel zurück.

Als Teyeo sechzehn war, wurde er in die Offiziersakademie in der Hauptstadt seiner Provinz geschickt. Dort lernte und übte er weiterhin die Kunst des Krieges und die Kunst des Friedens. Seine Provinz war die ländlichste in Voe Deo; die Bevölkerung war sehr konservativ und seine Ausbildung zum Teil anachronistisch. Man brachte ihm natürlich die Technologie der modernen Kriegsführung bei und bildete ihn zu einem erstklassigen POD-Piloten und Fachmann für Tele-Aufklärung aus; doch man lehrte ihn nicht die modernen Denkweisen, die in anderen Schulen die Technologien ergänzten. Er lernte die Dichtkunst und Geschichte von Voe Deo, aber nicht die Geschichte und Politik des Ekumen. Die Anwesenheit der Fremden auf Werel blieb für ihn etwas weit Entferntes, Theoretisches. Seine Realität war die alte Realität der Veotenklasse, deren Männer sich von allen Männern fernhielten, die keine Soldaten waren, und ein brüderliches Verhältnis zu allen Soldaten hatten, ob sie nun Besitzer, Leibeigene oder Feinde waren. In bezug auf Frauen hielt Teyeo sein Vorrecht über sie für absolut; es verpflichtete ihn genauso absolut zu verantwortungsbewußter Ritterlichkeit Frauen seiner eigenen Klasse gegenüber und zur beschützenden, gnädigen Behandlung der weiblichen Leibeigenen. Er hielt alle Fremden für grundsätzlich feindliche, nicht vertrauenswürdige Heiden. Er verehrte Lady Tual, doch er betete zu Lord Kamye. Er erwartete keine Gerechtigkeit, suchte keinen Dank und schätzte vor allem Kompetenz, Mut und Selbstachtung. In mancher Hinsicht war er für die Welt, in die er eintreten würde, vollkommen ungeeignet, andererseits war er in vieler Hinsicht gut auf sie vorbereitet, weil er sieben Jahre lang auf Yeowe in einem Krieg kämpfen würde, in dem es keine Gerechtigkeit, keinen Dank und nicht einmal die Illusion eines endgültigen Sieges gab.

Der Offiziersrang war bei den Veoten erblich. Teyeo trat als Rega, dem höchsten der drei Veotenränge, in den aktiven Dienst ein. Weder völlige Unfähigkeit noch die hervorragendsten Eigenschaften konnten seinen Status oder seinen Sold vermindern oder erhöhen. Materieller Ehrgeiz nutzte einem Veoten nichts. Aber Ehre und Verantwortlichkeit konnten erworben werden, und Teyeo erwarb sie schnell. Er liebte den Dienst, wußte, daß er gut war, intelligent gehorchen konnte, als Kommandant geeignet war; er hatte die Akademie mit den höchsten Empfehlungen verlassen, und als er in die Hauptstadt versetzt wurde, fiel er als vielversprechender Offizier sowie als sympathischer junger Mann auf. Mit vierundzwanzig war er auf dem Höhepunkt seiner Kraft, sein Körper erbrachte jede Leistung, die er von ihm verlangte. Dank seiner strengen Erziehung hatte er nichts für Verwöhnung übrig, doch er schätzte Unterhaltung sehr, so daß der Luxus und die Vergnügungen der Hauptstadt ihn entzückten. Er war zurückhaltend und eher schüchtern, aber umgänglich und fröhlich. Er war ein attraktiver junger Mann in einer Gruppe junger Männer, die ihm sehr ähnlich waren, ein absolut privilegiertes Leben führten, das er genoß. Die strahlende Intensität dieses Genusses stand in krassem Gegensatz zu dem dunklen Hintergrund des Krieges auf Yeowe, der Sklavenrevolte auf dem Kolonie-Planeten, der seit Teyeos Geburt geführt und jetzt heftiger wurde. Ohne diesen Hintergrund hätte er nicht so glücklich sein können. Ein Leben lang Spiele und Zerstreuungen interessierte ihn nicht; als er als Pilot und Divisionskommandant nach Yeowe versetzt wurde, war sein Glück beinahe vollkommen.

Seinen dreißigtägigen Urlaub verbrachte er zu Hause. Sobald er die Zustimmung seiner Eltern erhalten hatte, ritt er über die Hügel zu Rega Towbawes Gut und bat ihn um die Hand seiner Tochter. Der Rega und seine Frau erklärten ihrer Tochter, daß sie seinen Antrag billigten, und fragten sie – denn sie waren keine strengen Eltern –, ob sie Teyeo heiraten wolle. »Ja«, erwiderte sie. Als erwachsene unverheiratete Frau führte sie im Frauentrakt des Hauses ein abgeschiedenes Leben, aber sie und Teyeo durften sich treffen und sogar miteinander spazierengehen, während die Anstandsdame etwas zurückblieb. Teyeo erzählte ihr, daß es eine Abkommandierung auf drei Jahre sei; wollte sie jetzt eilig heiraten oder drei Jahre warten und eine richtige Hochzeit haben? »Jetzt«, sagte sie und senkte das glänzende schmale Gesicht. Teyeo lachte entzückt auf, und sie lachte ihn an. Neun Tage später heirateten sie – es war nicht schneller möglich, denn es mußte Hast und Zeremonien geben, auch wenn es sich um eine Soldatenhochzeit handelte –, und siebzehn Tage lang liebten Teyeo und Emdu sich, gingen zusammen spazieren, liebten sich, ritten zusammen aus, liebten sich, lernten sich kennen, lernten sich zu lieben, stritten, versöhnten sich, liebten sich, schliefen engumschlungen. Dann zog er in den Krieg auf einer anderen Welt, und sie übersiedelte in den Frauentrakt im Haus ihres Ehemanns.

Jahr um Jahr wurde seine dreijährige Abkommandierung verlängert, weil seine wertvollen Dienste als Offizier erkannt wurden und weil sich der Krieg auf Yeowe aus vereinzelten Eindämmungseinsätzen in einen immer verzweifelteren Rückzug verwandelte. Während seines siebten Dienstjahres erhielt das Hauptquartier auf Yeowe den Befehl, Rega Teyeo aus dringenden familiären Gründen auf Urlaub zu schicken, weil seine Frau infolge von Komplikationen des Berlotfiebers im Sterben lag. Zu diesem Zeitpunkt gab es auf Yeowe kein Hauptquartier; die Armee zog sich aus drei Richtungen auf die alte Hauptstadt der Kolonie zurück; Teyeos Division deckte den Rückzug in den Meeressümpfen; das Fernmeldewesen war zusammengebrochen.

Das Oberkommando auf Werel hielt es weiterhin für unvorstellbar, daß ein Haufen ungebildeter Sklaven mit primitivsten Waffen die Armee von Voe Deo besiegen konnte, eine disziplinierte, ausgebildete Truppe, die über ein perfektes Kommunikationsnetz, Aufklärer, PODS und alle in der Ekumenischen Übereinkunft genehmigten Waffen und Geräte verfügte. Eine starke Fraktion in Voe Deo schob die Schuld an den Rückschlägen auf das unterwürfige Festhalten an fremden Vorschriften. Zum Teufel mit Ekumenischen Übereinkünften. Bombt die verdammten Schlammfresser in den Morast zurück, aus dem sie gekommen sind. Setzt endlich die Biobombe ein, dazu haben wir sie schließlich. Holt unsere Leute von dem widerlichen Planeten zurück und rottet die Sklaven aus. Fangt wieder von vorn an. Wenn wir den Krieg auf Yeowe nicht gewinnen, wird die nächste Revolution auf Werel ausbrechen, in unseren Städten, in unseren Häusern. Doch die furchtbar nervöse Regierung hielt dem Druck stand. Werel absolvierte eine Probezeit, und Voe Deo wollte für den Planeten den Ekumenischen Status erreichen. Niederlagen wurden bagatellisiert, Verluste wurden nicht ergänzt, Aufklärer, PODS, Waffen und Männer wurden nicht ersetzt. Als Teyeos siebtes Jahr zu Ende ging, hatte die Regierung die Armee auf Yeowe größtenteils abgeschrieben. Zu Beginn des achten Jahres, als das Ekumen endlich seine Gesandten nach Yeowe schicken durfte, brachten Voe Deo und die übrigen Länder, die Hilfstruppen entsandt hatten, ihre Soldaten nach Hause.

Teyeo erfuhr erst in Werel, daß seine Frau tot war.

Er kehrte nach Noeha heim. Sein Vater umarmte ihn schweigend, doch seine Mutter weinte, als sie ihn umarmte. Er kniete vor ihr nieder und bat sie um Verzeihung dafür, daß er ihr mehr Kummer bereitet hatte, als sie ertragen konnte.

In dieser Nacht lag er in dem kalten Zimmer in dem stillen Haus und lauschte dem langsamen Trommelschlag seines Herzens. Seine Erleichterung über den Frieden und das süße Gefühl, zu Hause zu sein, waren zu groß, als daß er unglücklich gewesen wäre; doch es war eine trostlose Ruhe, und irgendwo in dieser Ruhe schwelte Zorn. Da er nicht an Zorn gewöhnt war, wußte er nicht genau, was er empfand. Während er versuchte, über die sieben Jahre auf Werel nachzudenken, zuerst als Pilot, dann als Infanterist, dann der lange Rückzug, das Töten und das Getötetwerden, war es, als würde ein schwaches, trübes, rotes Aufflackern die Bilder seiner Erinnerung färben. Warum hatte man sie dort gelassen, damit sie gejagt und abgeschlachtet wurden? Warum hatte ihnen die Regierung keine Verstärkungen geschickt? Damals war es sinnlos gewesen, diese Fragen zu stellen, und es hatte auch heute keinen Sinn. Es gab nur eine einzige Antwort: Wir tun, was sie von uns verlangen, und wir beschweren uns nicht. Ich habe mich Schritt für Schritt durchgekämpft, dachte er ohne Stolz. Das neue Wissen durchschnitt alle übrigen Erkenntnisse wie ein scharfes Messer. Und während ich kämpfte, lag sie im Sterben. Alles auf Yeowe war Vergeudung. Alles auf Werel war Vergeudung. Er setzte sich in der Dunkelheit auf – in der kalten, stillen, süßen Dunkelheit der Nacht in den Hügeln. »Lord Kamye«, sagte er laut, »hilf mir. Mein Verstand läßt mich im Stich.«

Während des langen Heimaturlaubs saß er oft bei seiner Mutter. Sie wollte über Emdu sprechen, und zunächst mußte er sich zwingen, ihr zuzuhören. Es wäre leicht gewesen, das Mädchen zu vergessen, das er vor sieben Jahren siebzehn Tage lang gekannt hatte, wenn seine Mutter ihm das Vergessen erlaubt hätte. Allmählich lernte er, das anzunehmen, was sie ihm geben wollte, das Wissen, wer seine Frau gewesen war. Seine Mutter wollte die Freude, die sie an Emdu gehabt hatte, ihrem geliebten Kind und ihrer Freundin, mit ihm teilen. Sogar sein mittlerweile pensionierter Vater, ein erloschener, stiller Mann, konnte sagen: »Sie war das Licht des Hauses.« Sie dankten ihm für sie. Sie versicherten ihm, daß nicht alles vergeudet gewesen war.

Aber was lag vor ihnen? Das Alter, das leere Haus. Sie beschwerten sich natürlich nicht und schienen mit der strengen, ruhigen Verrichtung der täglichen Arbeit zufrieden zu sein; aber für sie war der stetige Verlauf der Vergangenheit in der Zukunft unterbrochen.

»Ich sollte wieder heiraten«, sagte Teyeo zu seiner Mutter. »Ist euch jemand aufgefallen …?«

Es regnete, graues Licht fiel durch die nassen Fenster, und es trommelte leise auf die Dachrinnen. Er erkannte das Gesicht seiner Mutter nicht deutlich, als sie sich über die Näharbeit beugte.

»Nein«, antwortete sie. »Eigentlich nicht.« Sie blickte zu ihm auf und fragte nach einer Weile: »Was … wo werden sie dich wohl hinschicken?«

»Ich weiß es nicht.«

»Der Krieg ist vorbei«, sagte sie mit ihrer sanften, ruhigen Stimme.

»Richtig«, antwortete Teyeo. »Der Krieg ist vorbei.«

»Wird es jemals wieder einen Krieg geben? Was glaubst du?«

Er stand auf, ging im Raum auf und ab und setzte sich wieder auf die gepolsterte Sitzfläche neben ihr. Beide saßen sehr aufrecht und regungslos bis auf die spärlichen Bewegungen ihrer Hände, während sie nähte; er hatte die Hände leicht ineinandergelegt, wie man es ihm beigebracht hatte, als er zwei Jahre alt war.

»Ich weiß es nicht«, antwortete er. »Es ist seltsam. Als hätte es nie einen Krieg gegeben. Als wären wir nie in Yeowe gewesen – die Kolonie, der Aufstand, alles. Sie sprechen nicht darüber. Es ist nicht geschehen. Wir führen keine Kriege. Es ist ein neues Zeitalter; das sagen sie oft im Netzwerk. Das Zeitalter des Friedens, der Verbrüderung zwischen den Sternen. Sind wir also jetzt mit Yeowe verbrüdert? Sind wir mit Gatay, Bambur und den Vierzig Staaten verbrüdert? Sind wir mit unseren Leibeigenen verbrüdert? Es ergibt für mich keinen Sinn; ich weiß nicht, was sie meinen. Ich weiß nicht, wo mein Platz ist.« Auch seine Stimme war ruhig und gelassen.

»Nicht hier, finde ich«, meinte sie. »Noch nicht.«

Nach einer Weile sagte er: »Ich dachte … Kinder …«

»Natürlich. Wenn der richtige Zeitpunkt gekommen ist.« Sie lächelte ihn an. »Du konntest nie auch nur eine halbe Stunde stillsitzen … Warte. Warte ab.«

Sie hatte natürlich recht; trotzdem stellte alles, was er im Netzwerk und in der Stadt sah, seine Geduld und seinen Stolz auf eine harte Probe. Anscheinend war es jetzt eine Schande, Soldat zu sein. Die Regierungsberichte, die Nachrichten und die Kommentare bezeichneten die Armee und vor allem die Veotenklasse ständig als teure und nutzlose Fossilien und als Haupthindernis für Vor Deos volle Mitgliedschaft im Ekumen. Er erfaßte seine Lage, als sein Ansuchen um Abkommandierung mit einer unbefristeten Verlängerung seines Urlaubs bei halbem Sold beantwortet wurde. Er war zweiunddreißig, und man schien ihm mitzuteilen, daß er pensionsreif war.

Er schlug seiner Mutter noch einmal vor, daß er die Situation hinnehmen, sich niederlassen und sich nach einer Frau umsehen sollte. »Sprich mit deinem Vater«, antwortete sie. Er tat es, und sein Vater erwiderte: »Selbstverständlich freuen wir uns über deine Hilfe, aber ich kann die Farm noch eine Weile selbst betreiben. Deine Mutter meint, daß du in die Stadt zur Kommandobehörde gehen solltest. Sobald du dort bist, müssen sie Notiz von dir nehmen. Nach allem. Nach sieben Jahren im Einsatz – deine Leistungen …«

Teyeo wußte jetzt, was das alles wert war. Aber hier brauchte man ihn bestimmt nicht, und wahrscheinlich reizte er seinen Vater nur mit seinen Vorschlägen, dieses oder jenes anders zu machen. Sie hatten recht; er sollte sich in die Hauptstadt begeben und selbst herausfinden, welche Rolle er in der neuen, friedlichen Welt spielen konnte.

Das erste halbe Jahr in der Hauptstadt war hart. Er kannte sowohl in der Kommandobehörde als auch in den Kasernen so gut wie niemanden; die Kameraden seiner Generation waren tot oder als Invaliden aus dem Heer entlassen worden oder saßen mit halbem Sold zu Hause. Die jüngeren Offiziere, die nicht in Yeowe gewesen waren und die immer über Geld und Politik sprachen, wirkten kalt und zugeknöpft. Kleine Geschäftsleute, dachte er insgeheim. Er wußte, daß sie Angst vor ihm hatten – vor seinen Leistungen, seinem Ruf; ob er wollte oder nicht, erinnerte er sie daran, daß Werel einen Krieg geführt und verloren hatte; einen Bürgerkrieg; seine Rasse hatte gegen sich selbst gekämpft, Klasse gegen Klasse. Sie hätten es gern als unbedeutenden Streit auf einer anderen Welt abgetan, mit dem sie nichts zu tun hatten.

Teyeo ging durch die Straßen der Hauptstadt, beobachtete die Tausenden Leibeigenen, die im Auftrag ihrer Besitzer umhereilten, und fragte sich, worauf sie warteten.

»Das Ekumen mischt sich nicht in die sozialen, kulturellen oder wirtschaftlichen Einrichtungen und Angelegenheiten anderer Völker«, wiederholten die Botschaften und die Regierungssprecher. »Die volle Mitgliedschaft hängt nur von dem Nichtvorhandensein oder dem Verzicht auf bestimmte Methoden der Kriegsführung und auf bestimmte Kriegsgeräte ab.« Dann folgte eine Liste entsetzlicher Waffen, von denen Teyeo meist nur den Namen kannte, doch einige von ihnen waren in seinem Land entwickelt worden: die sogenannte Biobombe und die Neuronenwaffen.

Er persönlich war in bezug auf die Verurteilung solcher Erfindungen der gleichen Ansicht wie die Ekumene und achtete die Geduld, mit der sie darauf wartete, daß Voe Deo und der Rest von Werel nicht nur bereit waren, das Verbot einzuhalten, sondern auch das Prinzip akzeptierten. Doch er nahm ihnen ihre Herablassung sehr übel. Sie verurteilten alles Werelanische, das sie von oben herab betrachteten. Je weniger sie über die Klassentrennung sprachen, desto deutlicher wurde ihre Mißbilligung. ›Auf den ekumenischen Welten kommt die Sklaverei sehr selten vor‹, stand in ihren Büchern, ›und sie verschwindet gänzlich, sobald die volle Beteiligung an der ekumenischen Politik erreicht ist.‹ Wartete die Botschaft der Aliens in Wirklichkeit darauf?

»Bei unserer Lady!« sagte einer der jungen Offiziere (viele von ihnen waren sowohl Tualiten als auch Geschäftsleute). »Die Aliens werden die Schlammfresser noch vor uns aufnehmen!« Er kochte vor Wut, ein rotgesichtiger alter Rega, der einem unverschämten Sklavensoldaten gegenübersteht. »Yeowe, ein verdammte Planet der Wilden und der Stämme, der in die Barbarei zurückgefallen ist, wird uns vorgezogen!«

»Sie haben gut gekämpft«, bemerkte Teyeo; er wußte, daß er es nicht so sagen sollte, wie er es gesagt hatte, aber er mochte es nicht, wenn man die Männer und Frauen, gegen die er gekämpft hatte, als Schlammfresser bezeichnete. Leibeigene, Rebellen, Feinde, das schon.

Der junge Mann starrte ihn an und sagte nach einer Weile: »Sie lieben sie wohl, was? Die Schlammfresser?«

»Ich habe so viele getötet, wie ich konnte«, erwiderte Teyeo höflich und wechselte dann das Thema; der junge Mann war dem Rang nach zwar Teyeos Vorgesetzter, gehörte aber zu den Oga, der niedrigsten Veoten-Klasse, und es wäre unhöflich gewesen, ihn vor den Kopf zu stoßen.

Sie waren spießig, und er war empfindlich; die alten Zeiten fröhlicher, guter Kameradschaft wurden zur immer blasseren, unwahrscheinlicheren Erinnerung. Die Abteilungsleiter in den Kommandobehörden nahmen sein Ansuchen auf Wiederaufnahme in den aktiven Dienst zur Kenntnis und schickten ihn endlos von Abteilung zu Abteilung. Er konnte nicht in der Kaserne wohnen, sondern mußte eine Wohnung suchen wie ein Zivilist. Der halbe Sold erlaubte ihm nicht, die teuren Vergnügungen der Stadt zu genießen. Während er auf Termine wartete, um diesen oder jenen Beamten zu sprechen, verbrachte er seine Tage im Bibliotheksnetzwerk der Akademie. Er wußte, daß seine Ausbildung unvollständig gewesen und nicht auf dem neuesten Stand war. Wenn sein Land vom Ekumen aufgenommen wurde, mußte er, um ihm nützlich zu sein, mehr über die Denkweise der Aliens und über die neuen Technologien wissen. Weil er nicht sicher war, was er wissen mußte, kämpfte er sich durch das Netzwerk, war durch die endlose Information verwirrt, die zur

Verfügung stand, begriff allmählich, daß er weder ein Intellektueller noch ein Gelehrter war und die Denkweise der Aliens nie verstehen würde, trieb sich jedoch verbissen weiter, um seine Unsicherheit zu überwinden.

Ein Mann von der Botschaft bot im öffentlichen Netzwerk eine Einführung in die ekumenische Geschichte an. Teyeo nahm daran teil und besuchte acht oder zehn Vorlesungs- und Diskussionseinheiten, saß gerade und regungslos dort, und nur seine Hände bewegten sich leicht, während er vollständige, methodische Notizen machte. Der Vortragende, ein Hainisch, der seinen extrem langen hainischen Namen mit Alte Musik übersetzte, beobachtete Teyeo, versuchte ihn bei Diskussionen einzubeziehen und bat ihn schließlich, nach dem Unterricht zu bleiben. »Ich möchte Sie gern kennenlernen, Rega«, sagte er, sobald die anderen den Raum verlassen hatten.

Sie trafen sich in einem Café. Sie trafen sich wieder. Teyeo gefiel das Benehmen des Alien nicht; er fand es zu überschwenglich und traute seinem schnellen, scharfen Verstand nicht; er hatte das Gefühl, daß Alte Musik ihn benutzte, ihn als Beispiel für Den Veoten, Den Soldaten, wahrscheinlich Den Barbaren zu studieren. Der Alien fühlte sich infolge seiner Überlegenheit sicher, Teyeos Kälte ließ ihn gleichgültig, er übersah dessen Mißtrauen, bestand darauf, ihm mit Informationen und Unterweisungen zu helfen, und wiederholte schamlos Fragen, denen Teyeo ausgewichen war. Eine dieser Fragen lautete: »Warum sitzen Sie bei halbem Sold hier herum?«

»Ich habe es mir nicht ausgesucht, Mr. Alte Musik«, antwortete Teyeo schließlich, als er zum dritten Mal gefragt wurde; die Unverschämtheit des Mannes ärgerte ihn sehr, deshalb antwortete er besonders sanft. Er vermied es, Alter Musik in die bläulichen Augen zu sehen, bei denen das Weiß so sichtbar war wie bei einem erschrockenen Pferd. Er konnte sich nicht an die Augen des Alien gewöhnen.

»Man will Sie nicht mehr in den aktiven Dienst aufnehmen?«

Teyeo nickte höflich. Bemerkte der Mann tatsächlich nicht, daß diese Fragen zutiefst demütigend waren?

»Wären Sie bereit, in der Botschaftsgarde zu dienen?«

Diese Frage raubte Teyeo einen Augenblick lang die Sprache; dann beging er die außergewöhnliche Unhöflichkeit, eine Frage mit einer anderen zu beantworten. »Warum fragen Sie?«

»Ich hätte sehr gern einen Mann mit Ihrer Leistungsfähigkeit in diesem Korps«, erwiderte Alte Musik und fügte mit seiner erschreckenden Offenheit hinzu: »Die meisten von ihnen sind Spione oder Dummköpfe. Es wäre wunderbar, wenn ich einen Mann bekommen könnte, von dem ich weiß, daß er keines von beiden ist. Es handelt sich nicht nur um Wachdienst. Ich nehme an, daß Ihre Regierung Sie auffordern wird, ihr Informationen zu liefern; das ist zu erwarten. Und sobald Sie genügend Erfahrung gesammelt haben und dazu bereit sind, würden wir Sie als Verbindungsoffizier einsetzen. Hier oder in anderen Ländern. Wir werden Sie jedoch nicht bitten, uns Informationen zu liefern. Drücke ich mich deutlich genug aus, Teyeo? Ich möchte nicht, daß es in bezug auf das, was ich von Ihnen verlange, und das, was ich nicht verlange, ein Mißverständnis gibt.«

»Und Sie wären in der Lage …?« fragte Teyeo vorsichtig.

Alte Musik lachte und erwiderte: »Ja, ich habe in Ihrer Kommandobehörde die Fäden in der Hand. Jemand schuldet mir einen Gefallen. Lassen Sie es sich durch den Kopf gehen?«

Teyeo schwieg eine Minute lang. Er war seit fast einem Jahr in der Hauptstadt, und seine Gesuche um eine Versetzung waren nur auf bürokratische Ausweichmanöver und in letzter Zeit auf die Andeutung gestoßen, daß man sie als Insubordination betrachtete. »Wenn ich darf, möchte ich Ihr Angebot jetzt annehmen«, sagte er mit kalter Ehrerbietung.

Der Hainisch sah ihn an, und sein Lächeln verwandelte sich in einen nachdenklichen, ruhigen Blick. »Danke«, sagte er. »Sie werden in einigen Tagen von der Kommandobehörde hören.«

Teyeo zog also seine Uniform wieder an, übersiedelte wieder in die Stadtkaserne und diente weitere sieben Jahre auf fremdem Boden. Einer diplomatischen Übereinkunft zufolge gehörte die Ekumenische Botschaft nicht zu Werel, sondern zum Ekumen – ein Teil des Planeten, der nicht mehr zu ihm gehörte. Die von Voe Deo gelieferten Gardisten waren eine dekorative Schutzeinheit und stellten in ihren weiß-goldenen Gardeuniformen eine deutlich sichtbare Präsenz auf dem Grund der Botschaft dar. Sie waren auch sichtbar bewaffnet, da der Protest gegen die Anwesenheit der Aliens noch immer von Zeit zu Zeit als Gewalttätigkeit ausbrach.

Rega Teyeo, der zuerst den Befehl über eine Einheit dieser Gardisten erhielt, erhielt bald eine andere Aufgabe – er begleitete Botschaftsangehörige in der Stadt und auf Reisen. Er diente als Leibwächter in Alltagsuniform. Die Botschaft zog es bei weitem vor, nicht die eigenen Leute und Waffen einzusetzen, sondern ersuchte Voe Deo um seinen Schutz und vertraute sie ihm an. Er wurde auch oft als Führer und Dolmetscher und manchmal als Begleiter eingesetzt. Er mochte es nicht, wenn irgendwelche Besucher aus dem Weltraum gesellig und vertraulich wurden, ihn über sein Privatleben ausfragten und ihn einluden, mit ihnen zu trinken. Er lehnte solche Einladungen mit vollendet getarntem Abscheu und vollendeter Höflichkeit ab. Er tat seine Arbeit und blieb auf Distanz. Er wußte, daß die Botschaft ihn genau deshalb schätzte. Ihr Vertrauen in ihn erfüllte ihn mit kalter Befriedigung.

Seine eigene Regierung hatte ihn nie ersucht, Informationen zu liefern, obwohl er natürlich vieles erfuhr, das sie interessiert hätte. Voe Deos Geheimdienst rekrutierte seine Agenten nicht unter den Veoten. Er wußte, wer die Agenten in der Gesandtschaftsgarde waren; einige von ihnen versuchten, von ihm Informationen zu erhalten, aber er hatte nicht vor, für Spione zu spionieren.

Als er von einem Winterurlaub zu Hause zurückkehrte, ließ ihn Alte Musik, den er jetzt für den Leiter des Geheimdienstes in der Botschaft hielt, zu sich kommen. Der Hainisch hatte gelernt, keine emotionellen Forderungen an Teyeo zu stellen, konnte jedoch die Zuneigung in seiner Stimme nicht verbergen, als er ihn begrüßte.

»Hallo, Rega! Geht es Ihrer Familie gut? Gut. Ich habe einen besonders heiklen Auftrag für Sie. Königreich Gatay. Sie waren doch vor zwei Jahren mit Kemehan dort? Jetzt wollen sie, daß wir ihnen einen Gesandten schicken. Sie wollen beitreten. Natürlich ist der alte König eine Marionette der Regierung; aber es geschieht dort noch eine Menge. Eine starke, religiöse, separatistische Bewegung. Eine patriotische Front: Werft alle Ausländer hinaus, sowohl Voe Deaner als auch Aliens. Aber der König und der Kronrat haben um einen Gesandten ersucht, und wir haben nur einen Neuankömmling zur Verfügung. Sie werden vielleicht Schwierigkeiten mit ihr haben, bis sie sich eingearbeitet hat. Ich halte sie für etwas eigensinnig. Ausgezeichnete Anlagen, aber jung, sehr jung. Und sie ist erst seit ein paar Wochen hier. Ich habe Sie angefordert, weil sie Ihre Erfahrung brauchen wird. Haben Sie Geduld mit ihr, Rega. Ich glaube, daß Sie sie mögen werden.«

Er mochte sie nicht. In den sieben Jahren hatte er sich an die Augen der Aliens gewöhnt, an ihre verschiedenen Gerüche, Farben und Verhaltensweisen; dank seiner makellosen Höflichkeit und seines Ehrenkodex ertrug oder übersah er ihr seltsames, empörendes oder verwirrendes Verhalten und ihre Unwissenheit. Er diente den ihm anvertrauten Fremden und beschützte sie, hielt Distanz zu ihnen, ließ sich nicht berühren und berührte sie nicht. Seine Schutzbefohlenen begriffen bald, daß sie sich auf ihn verlassen konnten, sich ihm gegenüber jedoch nichts herausnehmen durften. Frauen nahmen seine Abwehrhaltung oft schneller zur Kenntnis als die Männer und reagierten auch schneller; eine angenehme, beinahe freundschaftliche Beziehung verband ihn mit einer alten Terranischen Beobachterin, die er auf etlichen langen Forschungsreisen begleitet hatte. »Ihre Gesellschaft ist genauso friedlich wie die einer Katze, Rega«, hatte sie ihm einmal gesagt, und er schätzte dieses Kompliment. Doch die Gesandte Gatays war etwas anderes.

Sie war körperlich außergewöhnlich schön, hatte die rotbraune helle Haut eines Babys, glänzendes langes Haar, und einen stolzen, freien Gang – zu frei: Sie stellte ihren reifen, schlanken Körper vor Männern zur Schau, die nie Zugang zu ihr haben würden, drängte ihn jedem und auch ihm hartnäckig und schamlos auf. Sie äußerte ihre Meinung zu allem voll grober Selbstsicherheit. Sie erkannte keine Andeutungen und weigerte sich, einen Befehl entgegenzunehmen. Sie war ein aggressives, verwöhntes Kind mit der Sexualität einer Erwachsenen, der man die Verantwortlichkeit eines Diplomaten in einem gefährlich instabilen Land übertragen hatte. Sobald Teyeo sie kennenlernte, wußte er, daß es eine unmögliche Aufgabe war. Er konnte weder ihr noch sich trauen. Ihre sexuelle Schamlosigkeit erregte ihn und stieß ihn gleichzeitig ab; sie war eine Hure, die er wie eine Prinzessin behandeln mußte. Da er sie ertragen mußte und sie nicht mit Mißachtung strafen konnte, haßte er sie.

Zorn war ihm jetzt vertrauter als früher, aber er war nicht an Haß gewöhnt. Es verwirrte ihn außerordentlich. Er hatte noch nie in seinem Leben um eine Versetzung gebeten, doch an dem Morgen, nachdem sie den Makilen in ihr Zimmer mitgenommen hatte, schickte er der Botschaft ein steifes kurzes Gesuch. Alte Musik antwortete mit einer verschlüsselten, gesprochenen Botschaft über den diplomatischen Kanal. »Die Liebe zu Gott und dem Vaterland ist wie das Feuer, ein wunderbarer Freund, ein schrecklicher Feind; nur Kinder spielen mit dem Feuer. Mir gefällt die Situation nicht. Aber es gibt hier niemanden, durch den ich einen von Ihnen ersetzen könnte. Würden Sie noch eine Weile durchhalten?«

Er wußte nicht, wie man ablehnt. Ein Veote weigerte sich nie, seine Pflicht zu tun. Er schämte sich, weil er überhaupt daran gedacht hatte, und haßte sie noch mehr, weil sie an dieser Schande schuld war.

Der erste Satz der Nachricht war rätselhaft und entsprach nicht dem üblichen Stil von Alte Musik, sondern war blumig, indirekt, wie eine verschlüsselte Warnung. Teyeo kannte selbstverständlich weder die Geheimcodes seines Landes noch die des Ekumen. Alte Musik mußte deshalb für ihn Andeutungen und Umschreibungen verwenden. ›Die Liebe zu Gott und dem Vaterland‹ konnte sich sehr wohl auf die Anhänger des Alten Glaubens und die Patrioten beziehen, die beiden subversiven Gruppen in Gatay, die fanatisch gegen fremde Einflüsse kämpften; die Gesandte konnte das Kind sein, das mit dem Feuer spielte. Hatte sie eine der Gruppen kontaktiert? Er hatte nichts dergleichen bemerkt, es sei denn, der Mann im Schatten war kein Messermann, sondern ein Bote gewesen. Teyeo überwachte sie den ganzen Tag, und die unter seinem Befehl stehenden Soldaten beobachteten die ganze Nacht ihr Haus. Der Makile Batikam arbeitete sicherlich für eine dieser beiden Gruppen. Er konnte sehr wohl ein

Mitglied der Hame sein, der Untergrundorganisation der Leibeigenen von Voe Deo, doch er würde die Gesandte sicherlich nicht gefährden, denn für die Hame war der Ekumen die Fahrkarte nach Yeowe und in die Freiheit.

Teyeo zerbrach sich den Kopf über die Worte, spielte sie immer wieder ab und war sich darüber klar, wie unerfahren er dieser Art von Raffinesse, dem Wechselspiel innerhalb der politischen Labyrinthe, gegenüberstand. Schließlich löschte er die Nachricht und gähnte, denn es war spät geworden. Er badete, ging zu Bett, löschte das Licht, murmelte »Lord Kayme, gib mir den Mut, am einzig Edlen festzuhalten« und schlief wie ein Stein.

Der Makile kam jeden Abend nach dem Theater in ihr Haus. Teyeo versuchte sich einzureden, daß das in Ordnung war. Auch er hatte in den glücklichen Tagen vor dem Krieg ganze Nächte mit den Makilen verbracht. Fachkundiger, künstlerischer Beischlaf gehörte zu ihrem Beruf. Er wußte vom Hörensagen, daß reiche Stadtfrauen die Makilen oft engagierten, um die Umzulänglichkeiten des Ehemannes auszugleichen. Aber sogar solche Frauen taten es heimlich und diskret und nicht auf diese vulgäre, schamlose Art; sie kümmerte sich nicht im geringsten um den Anstand und spottete allen Sittengesetzen, als habe sie das Recht zu tun, was immer sie wollte, wo auch immer und wann auch immer sie es wollte. Batikam spielte selbstverständlich eifrig mit, nutzte ihre Vernarrtheit aus, machte sich über die Gatayaner und über Teyeo lustig – und auch über sie, obwohl sie es nicht wußte. Es war eine einmalige Gelegenheit für einen Leibeigenen, alle Besitzer gleichzeitig lächerlich zu machen.

Teyeo beobachtete Batikam und war jetzt sicher, daß er Mitglied der Hame war. Sein Spott war sehr subtil, er versuchte nicht, der Gesandten Schande zu bereiten. Seine Diskretion war wesentlich größer als die ihre. Er versuchte zu verhindern, daß sie Schande über sich brachte. Der Makile erwiderte Teyeos kühle Höflichkeit auf die gleiche Weise, doch ein- oder zweimal hatten sich ihre Blicke getroffen, und zwischen ihnen entstand ironisch ein kurzes, unwillkürliches, brüderliches Verständnis.

Ein öffentliches Fest stand bevor, das Tualiter Fest der Vergebung, und der König sowie der Kronrat luden die Gesandte dringlich dazu ein. Man zeigte sie bei vielen solchen Anlässen vor. Teyeo dachte nicht darüber nach – außer darüber, wie man in einer erregten Festtagsmenge für Sicherheit sorgen konnte –, bis ihm San erzählte, daß es sich bei diesem Festtag um den höchsten heiligen Tag des alten Glaubens von Gatay handelte und daß die Anhänger des Alten Glaubens empört übelnahmen, daß fremde Riten den ihren überlagert wurden. Der kleine Mann wirkte ehrlich besorgt. Teyeo begann ebenfalls, sich Sorgen zu machen, als San am nächsten Tag plötzlich durch einen älteren Mann ersetzt wurde, der beinahe nur gatayanisch sprach und nicht erklären konnte, was mit San Ubattat geschehen war. »Andere Pflichten, andere Pflichten rufen«, sagte er in sehr schlechtem Voe Deanisch lächelnd, wobei er sich in ständiger Bewegung befand, »sehr große relischiöse Zeit, aha? Relischiöse Pflichten rufen.«

In den Tagen vor dem Fest nahm die Spannung in der Stadt zu; Graffiti tauchten auf, Symbole der alten Religion wurden auf die Wände geschmiert, ein tualitischer Tempel wurde entweiht, worauf die Anwesenheit der königlichen Garde auf den Straßen verstärkt wurde. Teyeo ging in den Palast und verlangte aus eigener Machtbefugnis, man solle die Gesandte nicht auffordern, während einer Zeremonie, die ›unpassende Demonstrationen sehr wahrscheinlich stören würden‹, in der Öffentlichkeit zu erscheinen. Er wurde hereingebeten, und ein Hofbeamter behandelte ihn mit einer Mischung aus herablassender Unverschämtheit und verschwörerischem Kopfnicken und Blinzeln, die bei

Teyeo ein sehr unangenehmes Gefühl hinterließ. In dieser Nacht ließ er vier Männer beim Haus der Gesandten Wache stehen. Als er in sein Quartier zurückkehrte, einer kleinen Kaserne weiter unten an der Straße, die man der Botschaftsgarde überlassen hatte, stand das Fenster seines Zimmers offen, und auf dem Tisch lag ein Zettel mit einer handschriftlichen Notiz in seiner Sprache: *Fest F ist für Ermorderung vorbereitet.*

Er fand sich am nächsten Morgen prompt im Haus der Gesandten ein und bat ihre Leibeigene, ihr zu sagen, daß er sie sprechen müsse. Sie wickelte ein weißes Laken um ihren nackten Körper, während sie aus dem Schlafzimmer kam. Batikam folgte ihr halb bekleidet, verschlafen und belustigt. Teyeo gab ihm mit einem Blick zu verstehen, er solle gehen, was er mit gelassenem, gönnerhaftem Lächeln zur Kenntnis nahm und der Frau zumurmelte: »Ich werde jetzt gehen und frühstücken. Rewe? Hast du für mich etwas zum Essen?« Er folgte der Leibeigenen aus dem Zimmer. Teyeo stellte sich der Gesandten und hielt ihr den Zettel hin.

»Das habe ich vergangene Nacht bekommen, Ma'am«, sagte er. »Ich muß Sie ersuchen, an dem morgigen Fest nicht teilzunehmen.«

Sie nahm das Papier entgegen, las es und gähnte. »Von wem ist das?«

»Ich weiß es nicht, Ma'am.«

»Was soll das heißen? *Ermorderung?* Die können wohl keine Rechtschreibung, was?«

Einen Augenblick später sagte er: »Es gibt eine Anzahl anderer Hinweise; sie reichen aus, um Sie zu bitten ...«

»Am Fest der Vergebung nicht teilzunehmen, ja. Ich habe Sie verstanden.« Sie trat zu einer Fensterbank und setzte sich; ihr Kleid klaffte weit auf und gab ihre Beine frei; ihre nackten braunen Füße waren kurz und geschmeidig, die Sohlen rosig, die Zehen klein und gepflegt. Teyeo starrte die Luft neben ihrem Kopf an. Sie spielte mit dem Stückchen Papier. »Wenn Sie es für gefährlich halten, Rega, dann bringen Sie doch einen oder zwei Männer der Garde mit«, sagte sie leicht verärgert. »Ich muß wirklich daran teilnehmen. Der König hat darum ersucht. Und ich soll das große Feuer entzünden oder so etwas. Es ist eines der wenigen Dinge, die Frauen hier in der Öffentlichkeit tun dürfen ... Ich kann mich nicht davor drücken.« Sie hielt ihm das Papier hin, und nach einem Augenblick näherte er sich ihr so weit, daß er es in Empfang nehmen konnte. Sie sah lächelnd zu ihm auf; sie lächelte ihn immer an, wenn sie ihn besiegt hatte. »Wer sollte mich Ihrer Meinung nach in die Luft sprengen wollen? Die Patrioten?«

»Oder die Anhänger des Alten Glaubens, Ma'am. Morgen ist einer ihrer Festtage.«

»Und Ihre Tualiter haben ihnen diesen Tag weggenommen? Sie können doch kaum dem Ekumen die Schuld dafür geben, oder?«

»Ich halte es für möglich, daß die Regierung Gewalttätigkeiten zulassen würde, um einen Grund für Vergeltungsmaßnahmen zu haben, Ma'am.«

Sie setzte zu einer vorschnellen Antwort an, erfaßte, was er gesagt hatte, und runzelte die Stirn. »Sie glauben, daß der Kronrat mich in eine Falle locken will? Welche Beweise haben Sie dafür?«

Nach einer Pause antwortete er: »Sehr wenige, Ma'am. San Ubattat ...«

»San ist krank gewesen. Der alte Mann, den man mir geschickt hat, taugt zwar nicht viel, aber er ist wohl kaum gefährlich. Ist das alles?« Er schwieg, und sie fuhr fort: »Mischen Sie sich erst in meine Pflichten ein, wenn Sie über echte Beweise verfügen. Ihr militaristischer Verfolgungswahn ist unangebracht, sobald er die Menschen betrifft, mit denen ich es hier zu tun habe. Beherrschen Sie sich bitte! Ich erwarte für morgen einen oder zwei zusätzliche Angehörige der Garde, und das reicht.«

»Ja, Ma'am«, erwiderte er und ging. Sein Kopf dröhnte vor Wut. Ihm fiel erst jetzt ein, daß ihr neuer Führer ihm erzählt hatte, San Ubattat sei wegen religiöser Pflichten ferngeblieben, nicht krankheitshalber. Er kehrte nicht zurück. Wozu auch? »Bleib noch etwa eine Stunde hier, ja, Seyem?« sagte er zu dem Wachposten vor ihrem Tor und ging die Straße hinunter, versuchte, von ihr loszukommen, von ihren weichen braunen Schenkeln, den rosigen Fußsohlen und ihrer dummen, unverschämten Hurenstimme, die ihm Befehle erteilte. Er wollte sich von der hellen, eisigen, sonnendurchfluteten Luft, den abgestuften Straßen, den im Wind knatternden festlichen Bannern, den glitzernden hohen Bergen und dem Lärm der Märkte erfüllen, blenden und ablenken lassen; doch während er ging, sah er seinen Schatten, der vor ihm wie ein Messer über die Steine fiel, und erkannte die Sinnlosigkeit seines Lebens.

»Der Veote wirkte besorgt«, sagte Batikam mit seiner samtweichen Stimme, und sie lachte, spießte eine eingelegte Frucht vom Teller auf und steckte sie ihm noch tropfend in den Mund.

»Ich möchte jetzt frühstücken, Rewe!« rief sie und setzte sich ihm gegenüber. »Ich bin am Verhungern! Er hatte einen seiner männlich-chauvinistischen Anfälle. In letzter Zeit hat er mich vor nichts gerettet, und das ist schließlich seine einzige Aufgabe. Deshalb erfindet er einfach Anlässe. Ich möchte, ich möchte ihn los sein. Es ist so angenehm, wenn der arme, kleine, alte San nicht wie eine Filzlaus um mich herumkriecht. Wenn ich auch den Major jetzt loswerden könnte!«

»Er ist ein Ehrenmann«, sagte der Makile; sein Ton klang nicht ironisch.

»Wie kann ein Sklavenbesitzer ein Ehrenmann sein?«

Batikams längliche dunkle Augen beobachteten sie. Sie konnte nicht in werelanischen Augen lesen, so schön sie auch waren, wenn ihre Lider nur von Dunkelheit erfüllt waren.

»Die männlichen Angehörigen einer Hierarchie sprechen immer von ihrer kostbaren Ehre«, meinte sie. »Und natürlich von der Ehre ›ihrer‹ Frauen.«

»Ehre ist ein großes Privileg«, stellte Batikam fest. »Ich bin neidisch auf sie. Ich beneide ihn.«

»Zum Teufel mit dieser ganzen verlogenen Würde, das ist genauso, als würde man urinieren, um sein Revier zu markieren. Das einzige, worum du ihn beneiden solltest, Batikam, ist seine Freiheit.«

Er lächelte. »Du bist der einzige Mensch, den ich je gekannt habe, der weder Leibeigener noch Besitzer ist. Das ist Freiheit. *Das* ist Freiheit. Ich möchte wissen, ob es dir bewußt ist.«

»Natürlich«, antwortete sie. Er lächelte und wandte sich wieder seinem Frühstück zu, aber in seiner Stimme hatte etwas gelegen, das sie noch nie zuvor gehört hatte. Sie war gerührt und ein wenig verwirrt und sagte nach einer Weile: »Du wirst bald fortgehen.«

»Gedankenleserin. Ja. In zehn Tagen bricht die Truppe zu einer Tour durch die vierzig Staaten auf.«

»O Batikam, du wirst mir fehlen! Du bist der einzige Mann, der einzige Mensch, mit dem ich hier sprechen kann – ganz zu schweigen von der Liebe ...«

»Haben wir denn jemals ...?«

»Nicht oft«, erwiderte sie lachend, doch ihre Stimme zitterte ein wenig. Er hielt ihr die Hand hin; sie kam zu ihm, setzte sich auf seinen Schoß, und ihr Kleid öffnete sich. »Hübsche kleine Gesandtenbrüste«, sagte er und liebkoste sie mit Lippen und Händen, »kleiner weicher Gesandtenbauch ...« Rewe kam mit einem Tablett herein und setzte es vorsichtig ab. »Iß dein Frühstück, kleine Gesandte«, mahnte Batikam, und sie machte sich los und kehrte lächelnd zu ihrem Stuhl zurück.

»Du kannst ehrlich sein, weil du frei bist«, fuhr er fort, während er eine Pinifrucht sorgfältig schälte. »Sei nicht zu hart zu jenen von uns, die es nicht sind und es nicht können.« Er schnitt eine Scheibe ab und fütterte sie damit über den Tisch hinweg. »Dich zu kennen, war ein Vorgeschmack der Freiheit. Eine Andeutung, ein Schatten ...«

»Es wird höchstens noch ein paar Jahre dauern, Batikam, bis du frei sein *wirst*. Dieses ganze verrückte Gebilde aus Besitzern und Sklaven wird gänzlich zusammenbrechen, wenn Werel dem Ekumen beitritt.«

»Falls es das tut.«

»Natürlich wird es beitreten.«

Er zuckte die Schultern. »Meine Heimat ist Yeowe.«

Sie starrte ihn verwirrt an. »Du kommst von Yeowe?«

»Ich bin noch nie dort gewesen. Ich werde wahrscheinlich nie dorthin reisen. Wozu brauchen sie dort Makilen? Aber es ist meine Heimat. Das ist mein Volk. Das ist meine Freiheit. Wann wirst du begreifen ...« Seine Hand war zur Faust geballt; er öffnete sie mit einer sanften Geste, als ließe er etwas los. Dann wandte er sich lächelnd wieder seinem Frühstück zu. »Ich muß ins Theater zurück«, erklärte er. »Wir proben ein Stück für den Tag der Vergebung.«

Sie vergeudete den ganzen Tag am Hof. Sie hatte hartnäckig versucht, die Erlaubnis zu einer Besichtigung der Minen und der von der Regierung betriebenen riesigen Farmen auf der anderen Seite der Berge zu erhalten, von denen Gatays Reichtum stammte. Sie war genauso hartnäckig abgewiesen worden – vom Protokoll und der Bürokratie der Regierung, hatte sie zuerst angenommen, vom Widerwillen dagegen, daß ein Diplomat etwas anderes tat als von einem bedeutungslosen Ereignis zum anderen zu eilen. Aber einigen Geschäftsleuten war etwas über die Bedingungen in den Minen und auf den Farmen entschlüpft, das sie auf die Idee gebracht hatte, daß dort eine brutalere Form der Sklaverei versteckt wurde als jene, der sie in der Hauptstadt begegnete. Heute erreichte sie nichts, weil sie auf Verabredungen wartete, die nicht getroffen worden waren. Der alte Kerl, der für San eingesprungen war, verstand das meiste falsch, das sie auf Voe Deanisch sagte, und wenn sie versuchte, Gatayanisch zu sprechen, verstand er es absichtlich oder aus Dummheit falsch. Der Major war zum Glück den größten Teil des Vormittags abwesend und ließ sich von einem seiner Soldaten vertreten; er erschien jedoch steif und still mit entschlossenem Gesicht am Hof und begleitete sie, bis sie aufgab und nach Hause ging, um ein frühes Bad zu nehmen.

In dieser Nacht kam Batikam erst spät. Mitten in einem der komplizierten Phantasiespiele mit Rollentausch, die sie von ihm gelernt hatte und aufregend fand, wurden seine Liebkosungen immer langsamer und schwächer, glitten wie Federn über sie, so daß Solly vor unbefriedigtem Verlangen erschauerte, sich an ihn schmiegte und dabei feststellte, daß er eingeschlafen war. »Wach auf!« rief sie lachend und doch kühl und rüttelte ihn ein wenig. Er öffnete die dunklen Augen verwirrt, voll Angst.

»Es tut mir leid«, sagte sie sofort, »schlaf weiter, du bist müde. Nein, nein, das ist in Ordnung, es ist schon spät.« Doch er machte weiter, und sie wußte jetzt, daß sie es trotz seines Einfühlungsvermögens und seiner Zärtlichkeit als seine Arbeit sehen mußte.

Am Morgen fragte sie beim Frühstück: »Kannst du mich als dir gleichgestellt sehen, Batikam?«

Er sah müde und älter aus als sonst. Er lächelte nicht. Nach einer Weile fragte er: »Was willst du von mir hören?«

»Daß du es kannst.«

»Ich kann es«, erwiderte er ruhig.

»Du vertraust mir nicht«, stellte sie bitter fest.

Er machte wieder eine Pause, bevor er sprach. »Heute ist der Tag der Vergebung. Die Lady Tual kam zu den Männern von Asdok, die ihre Jagdkatzen auf die Anhänger der Lady gehetzt hatten. Sie kam auf einer großen Jagdkatze mit feuriger Zunge geritten, und die Männer fielen vor Entsetzen zu Boden, aber sie segnete sie und vergab ihnen.« Während er die Geschichte erzählte, stellten seine Stimme und seine Hände sie dar. »Vergib mir«, schloß er.

»Du brauchst keine Vergebung.«

»O doch, die brauchen wir alle. Deshalb leihen wir Kamyter uns die Lady Tual gelegentlich aus. Wenn wir sie brauchen. Und heute wirst du bei den Ritualen Lady Tual sein?«

»Ich muß nur ein Feuer entzünden, hat man mir gesagt«, meinte sie ängstlich, und er lachte. Als er sie verließ, sagte sie ihm, daß sie am Abend nach dem Fest ins Theater kommen werde, um ihn zu sehen.

Die Pferderennbahn, der einzige ebene, halbwegs große Platz in der Nähe der Stadt, wimmelte vor Menschen, Verkäufer riefen, die Fahnen wehten; die königlichen Motorwagen fuhren geradewegs in die Menge, die sich wie Wasser teilte und sich hinter ihnen schloß. Für Lords und Besitzer waren einige wacklig aussehende Tribünen errichtet worden, auf denen es auch einen mit Vorhängen versehenen Teil für die Damen gab. Sie sah, wie ein Motorwagen an die Tribünen heranfuhr; eine in roten Stoff gewickelte Gestalt wurde eilig herausgeholt und rasch hinter die Vorhänge gebracht, wo sie verschwand. Gab es Gucklöcher, durch die man die Zeremonie beobachten konnte? In der Menge gab es zwar Frauen, aber nur Leibeigene, Sklavinnen. Ihr wurde klar, daß man sie bis zum Augenblick der Zeremonie versteckt halten würde: In der Nähe des durch Seile abgegrenzten Platzes, auf dem die Priester sangen, erwartete sie ein rotes Zelt. Unterwürfige und entschlossene Höflinge holten Solly aus dem Wagen und schoben sie in das Zelt.

Im Zelt boten ihr Leibeigene Tee, Süßigkeiten, Spiegel, Schminke und Haaröl an und halfen ihr, das komplizierte Wickelkleid aus feinem roten und gelben Stoff anzulegen, das Kostüm für ihre kurze Darstellung der Lady Tual. Niemand hatte ihr genauer erklärt, was sie zu tun hatte, und auf ihre Fragen antworteten die Frauen: »Die Priester werden es Ihnen zeigen, Lady, Sie gehen einfach mit ihnen mit. Sie zünden nur das Feuer an. Sie haben alles vorbereitet.« Sie hatte den Eindruck, daß die Leibeigenen auch nicht mehr wußten als sie; es waren hübsche Mädchen, Leibeigene des Hofs, die aufgeregt waren, weil sie Teil der Veranstaltung waren, und denen die Religion gleichgültig war. Sie kannte die Symbolik des Feuers, das sie entzünden sollte; man konnte Fehler und Vergehen hineinwerfen, die verbrannten und vergessen wurden. Der Gedanke gefiel ihr.

Die Priester wurden immer lauter; sie schaute hinaus (es gab tatsächlich Gucklöcher in den Zeltwänden) und entdeckte, daß die Menge dichter geworden war. Wahrscheinlich sahen nur die Leute auf den Tribünen und an den Absperrseilen etwas, aber alle schwenkten rote und gelbe Fähnchen, kauten gebratene Speisen und amüsierten sich nach Leibeskräften, während die Priester ihre dunklen Gesänge fortsetzten. Am äußersten rechten Ende ihres verschwommenen kleinen Gesichtsfelds sah Solly einen vertrauten Arm: natürlich den des Majors. Man hatte ihm nicht erlaubt, in ihrem Wagen mitzufahren. Vermutlich war er wütend gewesen. Er war dennoch hierhergelangt und hatte seinen Posten bezogen. »Lady, Lady«, sagten die Hofmädchen, »jetzt kommen die Priester«, und sie summten um sie herum und vergewisserten sich, daß ihr Kopfschmuck richtig saß und daß der Faltenwurf der abscheulichen behindernden Röcke stimmte. Sie zupften und glätteten noch immer an ihr herum, als sie lächelnd aus dem Zelt trat und vom Tageslicht geblendet versuchte, sich aufrecht und würdevoll zu bewegen, wie es sich für eine Göttin gehörte; sie wollte ihnen ihre Zeremonie wirklich nicht versauen.

Zwei Männer in Priestergewändern erwarteten sie vor dem Zelteingang. Sie traten sofort auf sie zu, faßten sie an den Ellbogen und sagten: »Hier entlang, hier entlang, Lady.« Offensichtlich mußte sie sich tatsächlich nicht darum kümmern, was sie zu tun hatte. Zweifellos hielten sie Frauen überhaupt für unfähig, aber unter diesen Umständen war es eine Wohltat. Die Priester drängten Solly schneller weiter, als sie in dem enggewickelten Rock eigentlich gehen konnte. Sie befanden sich jetzt hinter den Tribünen; lag die Einfriedung nicht in der anderen Richtung? Ein Wagen kam direkt auf sie zu und zerstreute die wenigen Menschen, die ihm im Weg standen. Jemand schrie etwas; die Priester begannen plötzlich zu laufen und zerrten sie mit; einer von ihnen schrie auf und ließ ihren Arm los; eine fliegende Dunkelheit hatte ihn mit einem Stoß gefällt – sie befand sich mitten in einem Handgemenge, war nicht imstande, den eisernen Griff um ihren Arm abzuschütteln, ihre Beine waren in dem Rock gefangen, und dann kam der Lärm, ein ungeheurer Lärm, der ihren Kopf traf und vorbeugte, sie konnte weder sehen noch hören, war blind, wehrte sich, wurde mit dem Gesicht voran in einen dunklen Ort gestoßen, ihr Gesicht wurde in eine stickige, kratzende Dunkelheit gedrückt, und jemand hielt ihr die Arme auf dem Rücken fest.

Ein sich bewegender Wagen. Lange. Männer, die leise sprachen. Sie sprachen gatayanisch. Das Atmen fiel ihr schwer. Sie wehrte sich nicht; es war sinnlos. Man hatte ihr Arme und Beine mit Klebstreifen gefesselt und ihr einen Sack über den Kopf gezogen. Nach einer langen Zeit wurde sie wie eine Leiche aus dem Wagen gezerrt und schnell in ein Gebäude, Treppen hinunter getragen, auf ein Bett oder eine Couch gesetzt, nicht grob, aber mit der gleichen verzweifelten Hast. Sie lag still. Die Männer sprachen, noch immer beinahe flüsternd. Es ergab für sie keinen Sinn. Ihr Kopf hörte noch immer das ungeheure Geräusch – war es wirklich gewesen?

Hatte man sie niedergeschlagen? Sie hatte das Gefühl, taub zu sein, als befände sie sich in einer Wand aus Baumwolle. Der Stoff des Sacks klebte immer wieder an ihrem Mund fest und wurde an die Nasenlöcher gesaugt, während sie zu atmen versuchte.

Er wurde ihr abgenommen; ein Mann beugte sich über sie und drehte sie herum, so daß er ihre Arme und dann ihre Beine befreien konnte; dabei murmelte er auf Voe Deanisch: »Keine Angst haben, Lady, wir tun Ihnen nicht weh.« Er trat rasch von ihr zurück. Es waren vier oder fünf Männer; es war schlecht zu erkennen, es war zu dunkel. »Hier warten«, sagte ein anderer, »alles in Ordnung. Nur ruhig bleiben.« Sie versuchte, sich aufzusetzen, und ihr schwindelte. Als ihr Kopf aufhörte, sich zu drehen, waren alle verschwunden. Wie durch Zauberei. Nur ruhig bleiben.

Ein kleiner, sehr hoher Raum. Dunkle Ziegelwände, die Luft roch nach Erde. Das Licht kam von einer kleinen Biolumen-Platte, ein schattenloses schwaches Leuchten. Für werelanische Augen wahrscheinlich vollkommen ausreichend. Nur ruhig bleiben. Ich bin entführt worden. Was sagt man dazu. Sie machte Inventur: die dicke Matratze, auf der sie lag; eine Decke; eine Tür; ein kleiner Krug und eine Tasse; war das dort drüben ein Abflußloch? Sie schwang die Beine von der Matratze, und ihre Füße berührten etwas, das am Ende der Matratze auf dem Boden lag – sie rollte sich zusammen, betrachtete die dunkle Masse, den Körper, der dort lag. Ein Mann. Die dunkle Uniform, die Haut so schwarz, daß sie seine Gesichtszüge nicht sah, doch sie erkannte ihn. Sogar hier, sogar hier war der Major bei ihr.

Sie erhob sich unsicher und ging zum Abflußloch, um es zu untersuchen, doch es war nur ein mit Zement verkleidetes Loch im Boden, das ein wenig nach Chemikalien, leicht faulig roch. Ihr Kopf schmerzte und sie setzte sich wieder auf das Bett, um Arme und Knöchel zu massieren, bis die Spannung und der Schmerz nachließen und sie zu sich zurückfand, indem sie sich rhythmisch und methodisch berührte und sich selbst bestätigte. Ich bin entführt worden. Was sagt man dazu. Nur ruhig bleiben. Was ist mit ihm?

Sie wußte plötzlich, daß er tot war, erschauerte und rührte sich nicht.

Nach einer Weile beugte sie sich langsam vor, versuchte sein Gesicht zu sehen, und lauschte. Sie hatte wieder das Gefühl, taub zu sein. Sie hörte keinen Atem. Sie zitterte, und ihr war übel, sie streckte die Hand aus und berührte sein Gesicht mit dem Handrücken. Es war kühl, kalt. Doch ein warmer Hauch strich über ihre Finger, einmal, noch einmal. Sie kauerte auf der Matratze und betrachtete ihn. Er lag vollkommen still, aber als sie ihm die Hand auf die Brust legte, spürte sie den langsamen Herzschlag.

»Teyeo«, flüsterte sie. Ihre Stimme konnte nur noch flüstern.

Sie legte ihm die Hand wieder auf die Brust. Sie wollte den langsamen, gleichmäßigen Herzschlag spüren, die schwache Wärme; es war beruhigend. Nur ruhig bleiben.

Was hatten sie noch gesagt. Nur warten. Ja. Das war offenbar das Programm. Vielleicht konnte sie schlafen. Vielleicht konnte sie schlafen, und wenn sie aufwachte, war das Lösegeld bereits gekommen. Oder was sie sonst haben wollten.

Sie wachte mit dem Gedanken auf, daß sie ihre Uhr noch hatte, betrachtete die winzige silberne Anzeige eine Zeitlang verschlafen und gelangte zu der Erkenntnis, daß sie drei Stunden geschlafen hatte; es war noch immer der Festtag und wahrscheinlich zu früh für das Lösegeld, und sie würde heute abend nicht ins Theater gehen können, um den Makilen zu sehen. Ihre Augen hatten sich an das schwache Licht gewöhnt, und als sie den Major betrachtete, sah sie, daß eine Seite seines

Kopfes zur Gänze mit getrocknetem Blut bedeckt war. Sie betastete ihn, fand eine faustgroße heiße Beule oberhalb seiner Schläfe, und auf ihren Fingern blieb etwas Klebriges zurück. Er war niedergeschlagen worden.

Wahrscheinlich war er es gewesen, der sich auf den Priester gestürzt hatte, den falschen Priester, sie konnte sich nur an einen fliegenden Schatten, einen harten Schlag und ein *Uuuuf* wie bei einem Aiji-Angriff erinnern, und dann war das laute Geräusch gewesen, das alles durcheinanderbrachte. Sie schnalzte mit der Zunge und klopfte an die Wand, um ihr Gehör zu überprüfen. Es schien in Ordnung zu sein; die Wand aus Watte war verschwunden. Vielleicht war sie ebenfalls niedergeschlagen worden? Sie tastete ihren Kopf ab, fand jedoch keine Beule. Wenn der Mann nach drei Stunden noch immer ohnmächtig war, mußte er eine Gehirnerschütterung haben. Wie schlimm war sie? Wann würden die Männer wiederkommen?

Sie stand auf und fiel beinahe hin, weil sie sich in den verdammten Göttinnen-Röcken verhedderte. Wenn sie nur ihre eigene Kleidung anhätte und nicht dieses Kostüm, drei Stück dünnen Stoffs, die man nur mit Hilfe der Diener anziehen konnte! Sie zog den Rockteil aus und verwendete den Schalteil, um eine Art Wickelrock herzustellen, der ihr bis zu den Knien reichte. In dem Keller – oder wo immer sie sich befand – war es nicht warm; er war feucht und ziemlich kalt. Sie ging auf und ab, vier Schritte umdrehen, vier Schritte umdrehen, vier Schritte umdrehen, und machte ein paar Aufwärmübungen. Sie hatten den Mann auf den Boden fallen lassen. Wie kalt war es? Gehörte zu einer Gehirnerschütterung auch ein Schock? Menschen, die einen Schock erlitten haben, brauchen Wärme. Sie schwankte lange, wunderte sich über ihre Unentschlossenheit, darüber, daß sie nicht wußte, was sie tun sollte. Sollte sie versuchen, ihn auf die Matratze zu hieven? War es besser, ihn nicht zu bewegen? Wo zum Teufel steckten die Männer? Würde er sterben?

Sie beugte sich über ihn und sagte scharf: »Rega! Teyeo!« Und nach einem Augenblick holte er Luft.

»Wachen Sie auf!« Sie erinnerte sich jetzt – sie nahm an, daß sie sich erinnerte –, daß es wichtig war, Menschen mit einer Gehirnerschütterung nicht ins Koma fallen zu lassen. Es sei denn, es war bei ihm bereits passiert.

Er holte wieder Atem, und sein Gesichtsausdruck veränderte sich, war nicht mehr starr und unbeweglich, wurde weicher; seine Augen öffneten und schlossen sich, blinzelten, ohne etwas zu sehen. »O Kamye«, sagte er sehr leise.

Sie konnte nicht fassen, wie froh sie war, ihn zu sehen. Nur ruhig bleiben. Er hatte sichtlich unerträgliche Kopfschmerzen und gab zu, daß er doppelt sah. Sie half ihm, sich auf die Matratze zu ziehen, und deckte ihn zu. Er stellte keine Fragen, blieb stumm liegen und schlief bald wieder ein. Sobald er versorgt war, kehrte sie zu ihren Übungen zurück und trainierte eine Stunde lang. Sie sah auf die Uhr. Es war zwei Stunden später, es war der gleiche Tag, der Festtag. Es war noch nicht Abend. Wann würden die Männer wiederkommen?

Sie kamen zeitig am Morgen, nach der endlosen Nacht, die genauso war wie der Nachmittag und der Morgen. Die Metalltür wurde aufgesperrt und klirrend aufgestoßen, und einer von ihnen kam mit einem Tablett herein, während zwei von ihnen in der Tür standen und mit erhobenen Waffen auf sie zielten. Er konnte das Tablett nur auf dem Boden abstellen, deshalb drückte er es Solly in die Hände, sagte »Entschuldigung, Lady!« und ging rückwärts hinaus; die Tür fiel zu, das Schloß schnappte ein. »Wartet!« sagte sie.

Der Mann war aufgewacht und sah sich benommen um. Nachdem sie ihn an diesem Ort bei sich vorgefunden hatte, war ihr irgendwie sein Spitzname entfallen, er war für sie nicht mehr der Major, doch sie schreckte trotzdem vor seinem Namen zurück. »Ich nehme an, das ist das Frühstück«, sagte sie und setzte sich auf den Rand der Matratze. Das geflochtene Tablett war mit einem Tuch bedeckt; darunter befanden sich ein Stoß gatayanischer Kornrollen, mit Fleisch und Gemüse gefüllt, ein paar Früchte und eine verschlossene Wasserkaraffe aus einer dünnen, mit Perlen verzierter Metallegierung. »Vielleicht Frühstück, Mittagessen und Abendessen in einem«, sagte sie. »Scheiße. Na gut. Es sieht gut aus. Können Sie essen? Können Sie sich aufsetzen?«

Er setzte sich mühsam auf, lehnte sich mit dem Rücken an die Wand und schloß die Augen.

»Sehen Sie noch immer doppelt?«

Er gab ein schwaches zustimmendes Geräusch von sich.

»Sind Sie durstig?«

Schwaches zustimmendes Geräusch.

»Hier.« Sie reichte ihm den Becher. Er umfaßte ihn mit beiden Händen, führte ihn zum Mund und trank das Wasser langsam, schluckweise. Inzwischen verschlang sie drei Kornrollen nacheinander, zwang sich dann aufzuhören und aß eine Pinifrucht. »Können Sie ein bißchen Obst essen?« fragte sie mit einem Anflug von schlechtem Gewissen. Er antwortete nicht. Sie erinnerte sich daran, wie Batikam sie noch – wann? – gestern beim Frühstück, vor hundert Jahren, mit einer Scheibe Pinifrucht gefüttert hatte.

Von dem Essen wurde ihr übel. Sie nahm den Becher aus der erschlafften Hand des Mannes – er war wieder eingeschlafen – , schenkte sich Wasser ein und trank es langsam, schluckweise.

Als sie sich besser fühlte, ging sie zur Tür und untersuchte die Angeln, das Schloß und die Oberfläche. Sie tastete die Ziegelwände mit Händen und Augen ab, untersuchte den Boden aus gegossenem Beton, wußte nicht, wonach sie suchte, etwas, mit dem sie entkommen konnte, etwas …

Sie sollte Übungen machen. Sie zwang sich dazu, aber ihr wurde wieder übel, und damit kam die Mattigkeit wieder. Sie kehrte zur Matratze zurück und setzte sich. Nach einer Weile bemerkte sie, daß sie weinte. Nach einer Weile bemerkte sie, daß sie geschlafen hatte. Sie mußte urinieren. Sie hockte sich über das Loch und hörte zu, wie der Urin hineinfiel. Es gab nichts, womit sie sich reinigen konnte. Sie kehrte zum Bett zurück, setzte sich darauf, streckte die Beine aus, umfaßte die Knöchel mit den Händen. Es herrschte vollkommene Stille.

Sie drehte sich um und sah den Mann an; er beobachtete sie. Sie zuckte zusammen. Er sah sofort weg. Er lag noch immer halb an die Wand gelehnt, zwar unbequem, aber entspannt.

»Sind Sie durstig?« fragte sie.

Er sagte: »Danke.« Hier, wo es nichts Vertrautes gab und die Zeit von der Vergangenheit losgelöst war, war ihr seine sanfte, leise Stimme durch ihre Vertrautheit willkommen. Sie schenkte ihm den Becher voll ein und reichte ihn ihm. Es gelang ihm, schon viel sicherer zu trinken, und er setzte sich dazu auf. »Danke«, flüsterte er wieder und gab ihr den Becher zurück.

Er legte die Hand auf die Beule, zuckte zusammen und lehnte sich zurück.

»Einer hatte einen Stab«, sagte sie, als ein Bild blitzartig im Durcheinander ihrer Erinnerungen auftauchte. »Einen Priesterstab. Sie haben sich auf den anderen gestürzt.«

»Man hat mir die Pistole weggenommen«, erklärte er. »Festtag.« Seine Augen blieben geschlossen.

»Ich habe mich in der verdammten Kleidung verheddert. Ich konnte Ihnen überhaupt nicht helfen. Hören Sie, gab es ein Geräusch, eine Explosion?«

»Ja. Vielleicht ein Ablenkungsmanöver.«

»Wer sind Ihrer Meinung nach diese Burschen?«

»Revolutionäre. Oder ...«

»Sie hatten doch angenommen, daß die gatayanische Regierung dahintersteckt.«

»Ich weiß es nicht«, murmelte er.

»Sie hatten recht, ich hatte unrecht, es tut mir leid.« Sie kam sich sehr rechtschaffen vor, weil sie daran gedacht hatte, sich zu entschuldigen.

Er bewegte die Hand leicht mit einer Geste, die besagte, daß es keine Rolle spielte.

»Sehen Sie noch immer alles doppelt?«

Er antwortete nicht; er verfiel wieder in Dämmerschlaf.

Sie war aufgestanden und versuchte, sich an die Atemübungen von Selish zu erinnern, als die Tür krachend und klirrend aufflog und die gleichen drei Männer dastanden, zwei mit Pistolen, alle jung, schwarzhäutig, kurzhaarig, sehr nervös. Der Anführer bückte sich, um ein Tablett auf den Boden zu stellen, und Solly trat ihm, ohne zu überlegen, auf die Hand und verlagerte ihr ganzes Gewicht auf den Fuß. »Du wartest!« sagte sie. Sie starrte direkt in die Gesichter und die Pistolenläufe der anderen beiden. »Wartet einen Augenblick und hört mir zu! Er hat eine Kopfverletzung, wir brauchen einen Arzt, wir brauchen mehr Wasser, ich kann seine Wunde nicht reinigen, es gibt kein Toilettenpapier, und wer zum Teufel seid ihr überhaupt?«

Der Mann, auf dessen Hand sie stand, schrie: »Hinunter! Lady, von meiner Hand hinuntersteigen!« Doch die anderen beiden hatten sie gehört. Sie hob den Fuß und trat zurück, als er sich rasch aufrichtete, rückwärts ging und gegen seine Kumpel mit den Pistolen stieß. »In Ordnung, Lady, es tut uns leid für haben Schwierigkeiten«, sagte er mit Tränen in den Augen, während er die Hand an sich drückte. »Wir sind Patrioten. Sie schicken Botschaft zu diesem Prätendenten, wie unsere Botschaft. Niemand verletzt werden. In Ordnung?« Er ging weiterhin rückwärts, und einer der Pistolenträger schlug die Tür zu. Krachen, Klirren.

Sie holte tief Luft und drehte sich um. Teyeo beobachtete sie. »Das war gefährlich«, sagte er und lächelte kaum merklich.

»Das weiß ich«, antwortete sie schweratmend. »Es war dumm. Ich kann mich nicht beherrschen. Ich habe das Gefühl, daß ich auseinanderbreche. Aber sie schieben das Zeug nur herein und laufen davon, verdammt. Wir müssen mehr Wasser bekommen!« Sie brach in Tränen aus, wie immer nach einem Augenblick der Gewalttätigkeit oder einem Streit. »Sehen wir einmal nach, was sie diesmal gebracht haben.« Sie stellte das Tablett auf die Matratze; sie hatten wieder lächerlicherweise den Service eines Hotels oder eines Hauses mit Sklaven nachgeahmt, indem sie das Essen mit einem Tuch bedeckten. »Jeder Komfort«, murmelte sie. Unter dem Tuch lagen ein Berg Feingebäck, ein kleiner Handspiegel aus Plastik, ein Kamm, ein kleines Gefäß mit etwas, das nach verwelkten Blumen roch, und eine Schachtel, deren Inhalt sie bald als gatayanische Tampons identifizierte.

»Es sind Sachen für eine Dame«, erklärte sie. »Verdammt noch mal, diese idiotischen Arschlöcher! Ein Spiegel!« Sie schleuderte das Ding quer durch den Raum. »Natürlich halte ich es keinen Tag lang aus, nicht in den Spiegel zu schauen! Verflucht noch mal!« Sie warf alles bis auf das Feingebäck hinter dem Spiegel her, obwohl sie dabei wußte, daß sie die Tampons einsammeln und unter der Matratze aufbewahren würde und sie, Gott behüte, auch verwenden würde, wenn sie mußte, wenn sie hierbleiben mußten, wie lang würde es dauern? Zehn Tage oder länger? »Mein Gott«, sagte sie wieder. Sie stand auf und hob alles wieder auf; legte den Spiegel und die Obstschalen von der letzten Mahlzeit dazu und stellte den leeren Wasserkrug sowie das kleine Gefäß auf das Tablett, das sie neben die Tür stellte. »Mist«, sagte sie auf Voe Deanisch. Ihr fiel ein, daß sie bei ihrem Wutanfall eine andere Sprache verwendet hatte; vermutlich Altterranisch. »Haben Sie überhaupt eine Idee«, fragte sie, während sie sich wieder auf die Matratze setzte, »wie schwer ihr es einem macht, eine Frau zu sein? Ihr könntet eine Frau so weit bringen, daß sie keine Frau mehr sein will!«

»Ich glaube, daß sie es gut gemeint haben«, sagte Teyeo. In seiner Stimme lag nicht die geringste Spur von Spott oder Belustigung. Falls er die Schmach genoß, die man ihr zugefügt hatte, schämte er sich, es ihr zu zeigen. »Ich halte sie für Amateure.«

Nach einiger Zeit sagte sie: »Das könnte schlimm sein.«

»Möglicherweise.« Er setzte sich auf und betastete vorsichtig die Beule auf dem Kopf. Das dichte spröde Haar rund um die Wunde war blutverklebt. »Entführung«, sagte er. »Lösegeldforderungen. Keine Mörder. Sie hatten keine Pistolen. Mit Pistolen wären sie nie hineingekommen. Ich mußte meine abgeben.«

»Sie glauben, daß es nicht die Leute sind, vor denen man Sie gewarnt hat?«

»Ich weiß es nicht.« Sein vorsichtiges Tasten ließ ihn vor Schmerz zusammenzucken, und er hörte damit auf. »Sind wir mit Wasser sehr knapp?«

Sie brachte ihm wieder einen vollen Becher. »Zu wenig zum Waschen. Ein idiotischer, verdammter Spiegel, während wir Wasser brauchen!«

Er dankte ihr, trank, lehnte sich zurück und schwenkte die letzten Schlucke im Becher. »Sie hatten nicht vor, mich mitzunehmen.«

Sie dachte darüber nach und nickte. »Angst, daß Sie sie erkennen könnten?«

»Wenn sie Platz für mich hätten, würden sie mich nicht mit einer Lady zusammensperren.« Er sprach ohne jede Ironie. »Sie hatten das da für Sie vorbereitet. Es muß irgendwo in der Stadt sein.«

Sie nickte. »Die Autofahrt hat eine halbe Stunde oder weniger gedauert. Allerdings steckte mein Kopf in einem Sack.«

»Sie haben eine Nachricht in den Palast geschickt. Sie haben keine oder eine unbefriedigende Antwort bekommen. Sie wollen eine Nachricht von Ihnen.«

»Um die Regierung davon zu überzeugen, daß sie mich tatsächlich in ihrer Gewalt haben? Warum muß sie überzeugt werden?«

Beide schwiegen.

»Tut mir leid«, sagte er. »Ich kann nicht denken.« Er legte sich hin. Nach dem Adrenalinstoß war sie müde, mutlos, gereizt und legte sich neben ihn. Sie hatte den Rock der Göttin als Kissen zusammengerollt; er hatte keines. Die Decke lag über ihren Beinen.

»Kissen«, sagte sie. »Mehr Decken. Seife. Was noch?«

»Schlüssel«, murmelte er.

Sie lagen in der Stille und dem schwachen gleichbleibenden Licht nebeneinander.

Am nächsten Morgen betraten vier Patrioten, nach Sollys Uhr gegen acht, den Raum; zwei standen als Wache mit schußbereiten Pistolen in der Tür; die anderen beiden standen unbehaglich in dem engen Raum und blickten zu den Gefangenen hinunter, die im Schneidersitz auf der Matratze saßen. Der neue Wortführer sprach besser Voe Deanisch als die anderen. Er sagte, es tue ihnen sehr leid, daß sie der Lady Unannehmlichkeiten verursachten, und sie würden alles Erdenkliche tun, um es ihr bequemer zu machen, und sie müsse geduldig sein und eine handschriftliche Botschaft an den unrechtmäßigen König schreiben, in der sie erklärte, daß man sie unversehrt freilassen werde, sobald der König dem Kronrat befehle, vom Vertrag mit Voe Deo zurückzutreten.

»Das wird er nicht tun«, meinte sie. »Sie werden es ihm nicht erlauben.«

»Bitte nicht diskutieren!« befahl der Mann scharf und nervös. »Hier ist Schreibmaterial. Hier ist die Botschaft.« Er legte ihr fahrig die Papiere und einen Kugelschreiber auf die Matratze, als habe er Angst, ihr nahezukommen.

Ihr war bewußt, wie Teyeo sich im Hintergrund hielt, regungslos mit gesenktem Kopf dasaß, die Augen niederschlug; die Männer beachteten ihn nicht.

»Wenn ich das für euch schreiben soll, dann will ich Wasser, viel Wasser, Seife, Decken und Toilettenpapier, Kissen und einen Arzt, und ich will, daß jemand kommt, wenn ich an die Tür klopfe, und ich möchte ordentliche Kleidung. Warme Kleidung. Männerkleidung.«

»Kein Arzt!« erklärte der Mann. »Schreiben Sie! Bitte! Jetzt!« Er war nervös und fahrig, und sie wagte es nicht, ihm noch weiter zuzusetzen. Sie las ihre Erklärung, schrieb sie mit ihrer großen kindlichen Handschrift ab – sie schrieb selten etwas mit der Hand – und übergab beides dem Sprecher. Er überflog es und trieb die Männer wortlos hinaus. Die Tür krachte zu.

»Hätte ich mich weigern sollen?«

»Ich glaube nicht.« Er stand auf und streckte sich, setzte sich jedoch wieder hin, weil ihm offensichtlich schwindelte. »Sie verhandeln gut.«

»Mal sehen, was wir bekommen. O Gott! Was ist hier *los?*«

»Vielleicht ist Gatay nicht bereit, auf diese Forderungen einzugehen«, sagte er langsam. »Aber wenn Voe Deo – und Ihr Ekumen – davon erfahren, werden sie Gatay unter Druck setzen.«

»Sie sollten endlich etwas unternehmen. Wahrscheinlich ist es für Gatay furchtbar peinlich, und sie versuchen, das Gesicht zu wahren, indem sie das Ganze geheimhalten – ist das möglich? Wie lange können sie es aufrechterhalten? Was ist mit Ihren Leuten? Werden sie nicht nach Ihnen suchen?«

»Zweifellos«, antwortete er auf seine höfliche Art.

Es war seltsam, wie seine steife Art, sein Benehmen, mit dem er sie immer abgeschoben und ausgeschlossen hatte, hier ganz anders auf sie wirkten; seine Zurückhaltung und seine Förmlichkeit gaben ihr die Sicherheit, daß sie noch zu der Welt außerhalb dieses Raums gehörte, aus der sie kamen und in die sie zurückkehren würden, eine Welt, in der die Menschen lange lebten.

Warum war ein langes Leben wichtig? fragte sie sich und wußte es nicht. Sie hatte noch nie darüber nachgedacht. Doch diese jungen Patrioten lebten in einer Welt der geringen Lebenserwartung. Forderungen, Gewalttätigkeit, Unverzüglichkeit und Tod, wofür? Für Selbstgerechtigkeit, Haß und Machtrausch.

»Wenn sie gehen«, flüsterte sie, »bekomme ich richtig Angst.«

Teyeo räusperte sich. »Ich auch.«

Übungen.

»Fassen Sie mich – nein, fassen Sie *zu!* Ich bin nicht aus Glas! Jetzt …«

»Ha!« rief er vor Aufregung grinsend, als sie ihm den Befreiungsgriff zeigte und er ihn wiederholte und sich aus ihrem Griff befreite.

»In Ordnung, also angenommen, Sie warten hier« – ein dumpfer Schlag –, »sehen Sie?«

»Ai!«

»Es tut mir leid – es tut mir leid, Teyeo! Ich habe nicht an Ihren Kopf gedacht – sind Sie in Ordnung? Es tut mir wirklich leid.«

»O Kamye«, sagte er, setzte sich auf und faßte sich mit beiden Händen an den schwarzen schmalen Kopf. Er holte ein paarmal tief Luft. Sie kniete schuldbewußt und besorgt vor ihm.

»Das« – er holte noch einige Male tief Luft – »ist nicht, überhaupt nicht fair«, erklärte er.

»Natürlich nicht – es ist Aiji. Auf Terra sagt man: In

der Liebe und im Krieg ist alles erlaubt. Wirklich, es tut mir leid, es tut mir schrecklich leid, das war so dumm von mir!«

Er lachte irgendwie gepreßt und verzweifelt, schüttelte den Kopf, schüttelte ihn wieder. »Zeigen Sie es mir«, verlangte er. »Ich weiß nicht, wie Sie es gemacht haben.«

Übungen.

»Was tun Sie mit Ihrem Geist?«

»Nichts.«

»Lassen Sie ihn einfach herumstreifen?«

»Sind mein Geist und ich zwei verschiedene Wesen?«

»Also … Sie konzentrieren sich nicht auf etwas? Sie schweifen einfach mit ihm herum?«

»Nein.«

»Also Sie lassen ihn nicht schweifen?«

»Wen?« fragte er ziemlich gereizt.

Eine Pause.

»Denken Sie über …«

»Nein«, unterbrach er sie. »Seien Sie still.«

Eine sehr lange Pause, vielleicht eine Viertelstunde.

»Ich kann nicht, Teyeo. Ich muß etwas tun. Mein Geist muß etwas tun. Seit wann tun Sie das?«

Eine Pause, eine widerwillige Antwort. »Seit ich zwei Jahre alt war.«

Er unterbrach seine vollkommen entspannte, regungslose Haltung, beugte den Kopf, um die Nacken- und Schultermuskeln zu lockern. Sie sah ihm zu.

»Ich denke immer wieder an ein langes Leben, daran, lange zu leben«, erklärte sie. »Ich meine damit nicht nur, lange Zeit am Leben zu sein, verdammt, ich lebe seit ungefähr elfhundert Jahren, was bedeutet das schon, nichts. Ich meine … Es ist anders, wenn man an ein so langes Leben denkt. So wie es anders ist, Kinder zu haben. Es genügt, daß man daran denkt, Kinder zu haben. Es ist, als würde man ein Gleichgewicht verändern. Es ist merkwürdig, daß ich jetzt daran denke, da meine Chancen auf ein langes Leben sozusagen einen tiefen Sturz hinter sich haben ...«

Er sagte nichts. Er sagte auf eine Art nichts, die es ihr weiterzusprechen ermöglichte. Er war einer der schweigsamsten Männer, die sie jemals kennengelernt hatte. Die meisten Männer waren so wortreich. Sie war selbst ziemlich wortreich. Er war ruhig. Sie hätte gern gewußt, wie man so ruhig sein konnte.

»Es ist nur Übung, nicht wahr?« fragte sie. »Einfach dasitzen.«

Er nickte.

»Jahrelange Übung ... O Gott. Vielleicht ...«

»Nein, nein«, unterbrach er sie, weil er ihren Gedanken sofort erfaßte.

»Aber warum *tun* sie nichts? Worauf *warten* sie? Es sind *neun* Tage!«

Der Raum war von Anfang an aufgrund einer nicht geplanten, nicht besprochenen Übereinkunft in zwei Hälften geteilt worden: die Trennlinie verlief über die Mitte der Matratze zur gegenüberliegenden Wand. Die Tür befand sich auf ihrer, der linken Seite; das Scheißloch auf seiner, der rechten Seite. Wollte einer von ihnen den Bereich des anderen betreten, bat er mit einer beinahe unmerklichen Andeutung darum, und die Erlaubnis wurde ihm auf dieselbe Art erteilt. Wenn einer von ihnen das Scheißloch benutzte, sah der andere unauffällig weg. Wenn sie genügend Wasser für eine Katzenwäsche hatten, was selten der Fall war, galt die gleiche Vereinbarung. Die Trennungslinie in der Mitte der Matratze war absolut. Ihre Stimmen und auch die Geräusche und Gerüche ihrer Körper überbrückten sie. Manchmal fühlte sie seine Wärme; die Körpertemperatur der Werelaner war etwas höher als die ihre, und in der unbewegten feuchten Luft spürte sie diese schwache Ausstrahlung. Aber sie überschritten diese Linie nie, nicht einmal mit einem Finger oder im tiefsten Schlaf.

Solly dachte darüber nach und fand es in manchen Augenblicken recht komisch. Dann wieder kam es ihr dumm und pervers vor. Schließlich konnten beide menschlichen Trost brauchen. Sie hatte ihn ein einziges Mal berührt, am ersten Tag, als sie ihm auf die Matratze geholfen hatte; wenn sie später genügend Wasser hatten, hatte sie die Wunde auf seinem Kopf gesäubert und allmählich das verklumpte stinkende Blut aus seinem Haar gekämmt; dazu hatte sie den Kamm verwendet, der sich schließlich doch als nützlich erwies, und auch Stücke aus dem Rock der Göttin, eine unschätzbare Quelle für Waschlappen und Verbände. Sobald seine Kopfwunde verheilt war, übten sie täglich Aiji; doch die unpersönlichen Umklammerungen und Griffe waren von einer rituellen Reinheit, die nichts mit körperlichem Trost zu tun hatte. Die übrige Zeit war seine körperliche Anwesenheit klar und ausnahmslos abgegrenzt und unberührbar.

Er behielt unter unglaublich schwierigen Umständen die strenge Selbstbeherrschung bei, die er immer gezeigt hatte. Nicht nur er, sondern auch Rewe; alle, alle, außer Batikam; aber war die Art, wie Batikam sofort auf ihre Launen und Wünsche eingegangen war, der echte Kontakt, für den sie es gehalten hatte? Sie erinnerte sich an die Angst in seinen Augen in der letzten Nacht. Keine Beherrschung, sondern Zwang.

Es war die Mentalität einer Sklavengesellschaft: Sklaven und Herren waren in der gleichen Falle des radikalen Mißtrauens und des Selbstschutzes gefangen.

»Ich verstehe die Sklaverei nicht, Teyeo«, begann sie. »Lassen Sie mich erklären, was ich meine«, fuhr sie fort, obwohl er sie weder unterbrochen noch protestiert hatte, sondern nur höflich zuhörte. »Ich meine, daß ich verstehe, wie es zu einer sozialen Einrichtung kommt und wie ein einzelner nur ein Teil von ihr ist – ich frage Sie nicht, wieso Sie nicht bestätigen, daß die Sklaverei verderbt und unrentabel ist, ich fordere Sie nicht auf, die Sklaverei zu verteidigen oder abzulehnen. Ich versuche zu verstehen, wie es ist, wenn man glaubt, daß zwei Drittel der menschlichen Wesen in Ihrer Welt tatsächlich zu Recht Ihr Eigentum sind. Eigentlich fünf Sechstel, wenn man die Frauen Ihrer Kaste einbezieht.«

Nach einiger Zeit sagte er: »Meine Familie besitzt etwa fünfundzwanzig Leibeigene.«

»Machen Sie keine Ausflüchte.«

Er nahm die Zurechtweisung hin.

»Ich habe den Eindruck, daß ihr den menschlichen Kontakt abgebrochen habt. Ihr berührt die Sklaven nicht, und die Sklaven berühren euch nicht so, wie menschliche Wesen sich berühren sollten – gegenseitig. Ihr müßt getrennt bleiben und immer dafür sorgen, daß diese Grenze erhalten bleibt. Weil es keine natürliche Grenze ist – sie ist durch und durch künstlich, von Menschen geschaffen. Körperlich kann ich Besitzer und Leibeigene nicht unterscheiden. Können Sie es?«

»Meist.«

»Aufgrund von kulturellen, verhaltensmäßigen Unterschieden – richtig?«

Er dachte eine Weile nach, dann nickte er.

»Ihr gehört der gleichen Art, der gleichen Rasse, dem gleichen Volk an, ihr seid in jeder Hinsicht gleich, nur bei der Hautfarbe gibt es geringfügige, selektionsbedingte Unterschiede. Würde man das Kind eines Leibeigenen wie einen Besitzer aufziehen, würde es in jeder Hinsicht ein Besitzer *sein* und umgekehrt. Deshalb verbringt ihr euer Leben damit, diese schreckliche Unterscheidung beizubehalten, die es gar nicht gibt. Ich verstehe nicht, wieso ihr nicht erkennt, welch erschreckende Verschwendung es ist. Ich meine es nicht wirtschaftlich.«

»Im Krieg«, begann er, und dann folgte eine sehr lange Pause; obwohl Solly noch eine Menge zu sagen hatte, wartete sie neugierig. »Ich war auf Yeowe«, fuhr er fort, »Sie wissen ja, im Bürgerkrieg.«

Da hast du dir all diese Narben und Löcher geholt, dachte sie; denn obwohl sie gewissenhaft wegsah, war sie inzwischen mit seinem mageren Onyxkörper recht vertraut und wußte, daß er beim Aiji den linken Arm schonen mußte, aus dem dicht über dem Bizeps ein großes Stück Fleisch fehlte.

»Die Sklaven in den Kolonien revoltierten, zuerst waren es nur einige, dann alle. Nahezu alle. Deshalb waren alle Angehörige des Heeres Besitzer. Wir konnten keine leibeigenen Sklaven hinschicken, weil sie womöglich desertiert wären. Alle von uns waren Veoten und Freiwillige. Besitzer, die gegen Leibeigene kämpften. Ich kämpfte gegen Gleichberechtigte. Das lernte ich sehr schnell. Später lernte ich, daß ich gegen Menschen kämpfte, die mir überlegen waren. Sie besiegten uns.«

»Aber das ...«, begann Solly und verstummte; sie wußte nicht, was sie sagen sollte.

»Sie besiegten uns vom Anfang bis zum Ende. Teilweise deshalb, weil meine Regierung nicht begriff, daß sie es konnten. Daß sie besser, härter, intelligenter und tapferer kämpften als wir.«

»Weil sie um ihre Freiheit kämpften!«

»Vielleicht deshalb.« Er sprach höflich wie immer.

»Also ...«

»Ich wollte Ihnen erklären, daß ich die Leute achte, gegen die ich kämpfte.«

»Ich weiß so wenig über Kriege, über das Kämpfen«, stellte sie halb zerknirscht, halb gereizt fest. »Eigentlich gar nichts. Ich war auf Kheak, aber das war kein Krieg, sondern der Selbstmord einer Rasse, die Massenschlachtung einer Biosphäre. Es besteht also ein Unterschied ... Damals entschloß sich das Ekumen für die Waffenkonvention. Weil sich Kheakh und Orint selbst vernichteten. Die Terraner hatten die Konvention seit Ewigkeiten energisch gefordert. Sie hatten sich vor einiger Zeit beinahe selbst vernichtet. Ich bin zur Hälfte

Terranerin. Meine Vorfahren stürmten über ihren Planeten und schlachteten sich ab. Jahrtausendelang. Sie waren ebenfalls Besitzer und Sklaven, einige von ihnen, viele ... Aber ich weiß nicht, ob die Waffenkonvention eine gute Idee war. Ob es richtig ist. Wer sind wir, daß wir anderen vorschreiben, was sie tun und was sie lassen sollen? Das Ekumen wollte einen Ausweg anbieten. Ihn öffnen. Ihn nicht für alle versperren.«

Er hörte ihr aufmerksam zu, antwortete aber erst nach einer Weile. »Wir lernen ... die Reihen zu schließen. Immer. Ich glaube, daß Sie recht haben, man vergeudet ... Energie, den Mut. Sie sind offen.«

Diese Worte kosten ihn soviel, dachte sie, während ihre Worte einfach dahergeflogen kamen und sich wieder in Luft auflösten; bei ihm kamen sie aus seinem innersten Wesen. Dadurch wurden sie zu einem feierlichen Kompliment, das sie dankbar entgegennahm, denn während die Tage verstrichen, wurde ihr gelegentlich bewußt, wieviel Vertrauen sie bereits verloren hatte und weiterhin verlor: Selbstvertrauen, Vertrauen darauf, daß man Lösegeld für sie bezahlen, sie retten würde, daß sie diesen Raum verlassen, daß sie ihn lebend verlassen würden.

»War der Krieg sehr grausam?«

»Ja. Ich kann nicht ... Ich war nie imstande – ihn zu sehen. Nur manches taucht blitzartig auf ...« Er hob die Hände, als wolle er seine Augen schützen. Dann sah er sie vorsichtig an. Sie wußte jetzt, daß seine scheinbar eiserne Selbstachtung an vielen Stellen verwundbar war.

»Dinge aus Kheak, von denen ich gar nicht wußte, daß ich sie gesehen hatte, kommen genauso daher. Nachts.« Nach einer Weile fragte sie: »Wie lange waren Sie dort draußen?«

»Sieben Jahre.«

Sie zuckte zusammen. »Hatten Sie Glück?«

Es war eine seltsame Frage, und sie hatte sie anders

stellen wollen, aber er faßte sie so auf, wie sie gemeint war. »Ja. Immer. Die Männer, mit denen ich dorthin kam, wurden alle getötet. Die meisten von ihnen während der ersten Jahre. Auf Yeowe fielen dreihunderttausend Mann. Darüber wird nie gesprochen. Zwei Drittel der Veoten in Voe Deo wurden getötet. Wenn es ein Glück war, am Leben zu bleiben, dann habe ich Glück gehabt.« Er blickte auf seine verschlungenen Hände hinunter, verschloß sich in sich selbst.

Nach einer Weile sagte sie leise: »Ich hoffe, daß Sie noch immer Glück haben.«

Er antwortete nicht.

»Wieviel Zeit ist vergangen?« fragte er; sie räusperte sich, blickte automatisch auf die Uhr und erwiderte: »Sechzig Stunden.«

Die Männer, die sie gefangen hielten, waren gestern nicht zu der gewohnten Zeit gegen acht Uhr morgens gekommen. Auch an diesem Morgen waren sie ausgeblieben.

Sie hatten nichts mehr zu essen und auch kein Wasser mehr und waren immer schweigsamer und träge geworden; sie hatten seit Stunden nicht mehr gesprochen. Er hatte die Frage nach der Zeit so lange hinausgeschoben, wie es ihm möglich war.

»Das ist entsetzlich«, sagte sie, »es ist so entsetzlich. Ich muß immer daran denken ...«

»Man wird Sie nicht im Stich lassen«, unterbrach er sie. »Sie haben eine Verantwortung.«

»Weil ich eine Frau bin?«

»Zum Teil.«

»Scheiße.«

Er erinnerte sich daran, daß ihn im früheren Leben ihre Derbheit verletzt hatte.

»Man hat sie gefaßt, erschossen. Niemand hat sich die Mühe gemacht herauszufinden, wo sie uns festhielten«, sagte sie.

Er konnte nicht antworten, weil er schon Hunderte Male das gleiche gedacht hatte.

»Es ist ein so schrecklicher *Ort*, um zu sterben«, fuhr sie fort. »Es ist schmutzig. Ich stinke. Ich stinke seit zwanzig Tagen. Jetzt habe ich Durchfall, weil ich Angst habe. Aber ich kann nichts ausscheißen. Ich bin durstig und kann nicht trinken.«

»Solly«, sagte er scharf. Es war das erste Mal, daß er ihren Namen aussprach. »Sei ruhig. Halt dich fest.«

Sie starrte ihn an.

»Woran soll ich mich festhalten?«

Er antwortete nicht sofort, und sie sprach weiter. »Du läßt nicht zu, daß ich dich berühre.«

»Nicht an mir ...«

»Woran dann? Es gibt hier nichts!« Er glaubte, daß sie weinen werde, aber sie stand auf, ergriff das leere Tablett und schlug damit gegen die Tür, bis es in kleine Rohrteilchen und Staub zerbrach. »Kommt! Verdammt! Kommt, ihr Schweine! Laßt uns hier raus!«

Dann setzte sie sich wieder auf die Matratze. »Na also.«

»Horch!« sagte er.

Sie hatten es schon früher gehört: Wo immer dieser Keller lag, es drangen keine Geräusche herein, aber das war etwas Lauteres. Explosionen, dachten sie beide.

Die Tür klapperte.

Als sie sich öffnete, standen sie beide schon: Die Tür öffnete sich nicht krachend und klirrend, sondern langsam. Ein Mann wartete draußen, zwei kamen herein. Den einen, der bewaffnet war, hatten sie noch nie gesehen; der andere, der junge Mann mit dem harten Gesicht, den sie den Sprecher nannten, sah aus, als sei er gelaufen oder habe gekämpft, staubig, erschöpft, ein wenig benommen. Er schloß die Tür. In der Hand hielt er einige Papiere. Die vier starrten sich eine Minute lang schweigend an.

»Wasser«, sagte Solly. »Ihr Schweine.«

»Lady«, antwortete der Sprecher, »es tut mir leid.« Er hörte ihr nicht zu. Er sah sie nicht an. Er sah zum ersten Mal Teyeo an. »Es wird überall gekämpft«, erklärte er.

»Wer kämpft?« fragte Teyeo und hörte, wie er in den ruhigen Tonfall der Autorität verfiel, und der junge Mann reagierte genauso automatisch darauf. »Voe Deo. Sie haben Truppen geschickt. Nach dem Begräbnis verkündeten sie, daß sie Truppen schicken würden, wenn wir uns nicht ergeben. Sie kamen gestern. Sie gehen tötend durch die Stadt. Sie kennen alle Zentren des Alten Glaubens. Und einige von unseren.« In seiner Stimme lag ein verwirrter, anklagender Unterton.

»Welches Begräbnis?« fragte Solly.

Als er nicht antwortete, wiederholte Teyeo die Frage. »Welches Begräbnis?«

»Das Begräbnis der Lady, Ihres. Hier – ich habe Ausdrucke aus dem Netzwerk mitgebracht. Ein Staatsbegräbnis. Sie behaupten, daß Sie bei der Explosion ums Leben gekommen seien.«

»Welche Explosion?« fragte Solly mit heiserer, ausgetrockneter Stimme, und diesmal antwortete er ihr: »Am Festtag. Die Anhänger des Alten Glaubens. Das Feuer, Tuals Feuer, enthielt Sprengstoff. Nur ist er zu früh explodiert. Wir kannten ihren Plan. Wir haben Sie davor gerettet, Lady«, sagte er im gleichen anklagenden Tonfall und wandte sich ihr zu.

»Mich gerettet, du Arschloch!« schrie sie, und Teyeos trockene Lippen öffneten sich zu einem überraschten Lachen, das er sofort unterdrückte.

»Geben Sie mir das«, verlangte er, und der junge Mann reichte ihm die Papiere.

»Bringen Sie uns Wasser«, forderte Solly.

»Bitte bleiben Sie hier. Wir müssen miteinander reden«, erklärte Teyeo, der instinktiv seine Überlegenheit beibehielt. Er setzte sich mit den Ausdrucken auf die Matratze. Innerhalb einiger Minuten hatten er und Solly die Berichte überflogen – die entsetzliche Unterbrechung des Festes der Vergebung, der beklagenswerte Tod der Gesandten des Ekumen durch einen Terrorakt der Anhänger des Alten Glaubens, die kurze Erwähnung des Todes eines Wächters der Voe Dean Botschaft durch die Explosion, bei der über siebzig Priester und Zuschauer getötet worden waren, eine lange Beschreibung des Staatsbegräbnisses, Berichte über Unruhen, Terrorakte, Vergeltungsmaßnahmen, dann Berichte darüber, daß der Palast das Angebot von Voe Deo, den Krebs des Terrorismus auszurotten, dankbar angenommen hatte …

»Also«, sagte Teyeo endlich, »Sie haben keine Antwort vom Palast erhalten. Warum haben Sie uns dann am Leben gelassen?«

Solly sah aus, als empfinde sie die Frage als taktlos, aber der Sprecher erwiderte genauso offen: »Wir nahmen an, daß Ihr Land Lösegeld für Sie bezahlen werde.«

»Das wird es tun«, antwortete Teyeo. »Sie müssen nur verhindern, daß Ihre Regierung erfährt, daß wir noch am Leben sind. Wenn Sie …«

»Warte.« Solly berührte seine Hand. »Immer langsam. Ich will über all das nachdenken. Du darfst das Ekumen nicht aus der Diskussion ausschließen. Die Schwierigkeit besteht darin, Kontakt mit ihnen aufzunehmen.«

»Wenn Voe Deanische Truppen hier sind, muß ich nur eine Nachricht an jemanden in meiner Kommandobehörde oder an die Botschaftsgarde schicken.«

Ihre Hand lag noch immer auf der seinen, und sie drückte sie warnend. Mit der anderen Hand zeigte sie mit erhobenem Zeigefinger auf den Sprecher: »Ihr habt eine Gesandte des Ekumen gekidnappt, ihr Arschlöcher. Jetzt müßt ihr das Nachdenken nachholen, das ihr nicht rechtzeitig besorgt habt. Und ich werde ebenfalls nachdenken, weil ich von eurer verdammten kleinen Regierung nicht weggepustet werden will, wenn ich lebend auftauche und sie in eine peinliche Lage bringe. Wo versteckt ihr euch überhaupt? Haben wir wenigstens eine Chance, aus diesem Raum hinauszukommen?«

Der nervöse Mann schüttelte verzweifelt den Kopf. »Wir sind jetzt alle hier unten. Die meiste Zeit. Hier sind Sie in Sicherheit.«

»Ja, sorgen Sie nur für die Sicherheit Ihrer Passierscheine!« meinte Solly. »Bringen Sie uns Wasser, verdammt. Lassen Sie uns Zeit, uns zu beraten. Kommen Sie in einer Stunde wieder.«

Der junge Mann beugte sich plötzlich mit verzerrtem Gesicht zu ihr. »Sie sind eine verdammt dreckige Lady«, sagte er. »Sie ausländische, schmutzige, stinkende Fotze.«

Teyeo sprang auf, aber sie umklammerte seine Hand noch fester: einen Augenblick lang herrschte Stille, dann wandten sich der Sprecher und der zweite Mann der Tür zu, rüttelten am Schloß und wurden hinausgelassen.

»Hornochse«, sagte sie benommen.

»Tu es nicht«, begann er, »tu es nicht …« Er wußte nicht, wie er sich ausdrücken sollte. »Sie verstehen nicht«, fuhr er fort. »Es ist besser, wenn ich spreche.«

»Natürlich. Frauen erteilen keine Befehle. Frauen sprechen nicht. Arschlöcher! Du hast doch behauptet, daß sie sich so verantwortlich für mich fühlen!«

»Das tun sie auch. Aber es sind junge Männer. Fanatiker. Sehr verängstigt …« Und du sprichst mit ihnen, als wären sie Leibeigene, dachte er, sprach es aber nicht aus.

»Ich bin ebenfalls verängstigt!« erklärte sie und vergoß ein paar Tränen. Sie trocknete sich die Augen und setzte sich wieder zwischen die Papiere. »Du meine Güte. Wir sind seit zwanzig Tagen tot. Und seit fünfzehn begraben. Wen haben sie deiner Ansicht nach begraben?«

Sie hatte kräftig zugepackt; Gelenk und Hand schmerzten. Er massierte die Stelle vorsichtig und beobachtete sie.

»Danke«, sagte er. »Ich hätte ihn niedergeschlagen.«

»Ja, ich weiß. Verdammte Ritterlichkeit. Der mit der Pistole hätte dir den Kopf weggepustet. Hör zu, Teyeo. Bist du sicher, daß du es nur schaffen mußt, jemanden in der Armee oder in der Garde zu benachrichtigen?«

»Ja, selbstverständlich.«

»Bist du sicher, daß dein Land nicht das gleiche Spiel spielt wie Gatay?«

Er starrte sie an. Als er sie verstand, erwachte in ihm der Zorn, den er in all den endlosen Tagen der Gefangenschaft mit ihr unterdrückt und geleugnet hatte, eine leidenschaftliche Flut von Groll, Haß und Verachtung.

Er war nicht imstande zu sprechen, denn er befürchtete, daß er genauso zu ihr sprechen würde wie der junge Patriot.

Er ging in seinen Teil des Raums und setzte sich leicht von ihr abgewendet auf seine Seite der Matratze. Er saß im Schneidersitz und hatte eine Hand leicht in die andere gelegt.

Sie sprach weiter. Er hörte nicht zu und antwortete nicht.

Nach einer Weile meinte sie: »Wir sollten jetzt miteinander reden, Teyeo. Wir haben nur eine Stunde Zeit. Diese Jungen werden vielleicht tun, was wir sagen, wenn wir ihnen etwas Plausibles erzählen können – etwas, das klappen kann.«

Er wollte nicht antworten. Er biß sich auf die Lippen und schwieg.

»Was habe ich gesagt, Teyeo? Ich habe etwas Falsches gesagt. Ich weiß nicht, was es war. Es tut mir leid.«

»Sie würden…« Er bemühte sich, Lippen und Stimme zu beherrschen. »Sie werden uns nicht hintergehen.«

»Wer? Die Patrioten?«

Er antwortete nicht.

»Meinst du Voe Deo? Daß es uns nicht hintergehen wird?«

In der Pause, die auf ihre sanfte, ungläubige Frage folgte, wurde ihm bewußt, daß sie recht hatte; daß es eine geheime Absprache zwischen den Mächtigen der Welt war; daß seine Loyalität seinem Land und dem Militärdienst gegenüber vergeudet war, genauso sinnlos wie der Rest seines Lebens. Sie sprach weiter, beschönigte, fand, daß er sehr wohl recht haben könne. Er legte den Kopf in die Hände, sehnte sich nach Tränen, war trocken wie ein Stein.

Sie überquerte die Linie. Er spürte ihre Hand auf seiner Schulter.

»Es tut mir sehr leid, Teyeo«, begann sie. »Ich wollte dich nicht beleidigen. Ich achte dich. Du bist meine Hoffnung und meine einzige Hilfe.«

»Es ist schon in Ordnung. Wenn ich … Wenn wir nur Wasser hätten.«

Sie sprang auf und hämmerte mit den Fäusten und einer Sandale auf die Tür ein. »Mistkerle, Mistkerle!« schrie sie.

Teyeo stand auf und ging umher, drei Schritte hin und zurück, drei Schritte hin und zurück, und blieb auf seiner Seite des Raums stehen. »Wenn du recht hast«, begann er langsam und förmlich, »dann droht uns und den Männern, die uns gefangengenommen haben, Gefahr, und zwar nicht nur von Gatay, sondern auch von meinen Leuten, die vielleicht … die diese regierungsfeindlichen Fraktionen unterstützt haben, um einen Vorwand zu haben, unter dem sie Truppen hierher brachten … um Gatay zu *befrieden*. Deshalb wissen sie, wo sie die Mitglieder der Fraktionen finden können. Wir sind … wir haben Glück gehabt, weil unsere Gruppe … echt war.«

Sie betrachtete ihn mit einer Zärtlichkeit, die er als nicht zur Sache gehörig empfand.

»Wir wissen nicht«, fuhr er fort, »auf welche Seite sich das Ekumen schlagen wird. Das heißt… Eigentlich gibt es nur eine Seite.«

»Nein, es gibt auch unsere Seite. Die der Benachteiligten. Wenn die Botschaft merkt, daß Voe Deo die Machtübernahme in Gatay anstrebt, werden sie zwar nicht eingreifen, es aber auch nicht billigen. Besonders wenn es dabei zu einer so massiven Unterdrückung kommt, wie es den Anschein hat.«

»Die Gewalttätigkeit richtet sich nur gegen die antiekumenischen Fraktionen.«

»Sie werden es trotzdem nicht billigen. Und wenn sie herausfinden, daß ich noch am Leben bin, werden sie auf die Leute, die behauptet haben, daß ich in die Luft geflogen bin, stocksauer sein. Unser Problem ist, wie wir ihnen eine Nachricht zukommen lassen. Ich war die einzige Person, die das Ekumen auf Gatay vertreten hat. Wen können wir als sicheren Boten einsetzen?«

»Jeden meiner Männer. Aber…«

»Die hat man wahrscheinlich schon zurückgeschickt; warum sollte man die Botschaftsgarde hierbehalten, wenn die Gesandte tot und begraben ist? Wir könnten es versuchen. Das heißt, wir könnten die Jungen bitten, es zu versuchen.« Sie fuhr versonnen fort: »Sie würden uns vermutlich nicht gehen lassen – verkleidet? Für sie wäre das am sichersten.«

»Es gibt einen Ozean«, warf Teyeo ein.

Sie schlug sich vor den Kopf. »Warum bringen sie uns kein *Wasser*…« Ihre Stimme klang wie raschelndes Papier. Er schämte sich über seinen Zorn, seinen Kummer, sich selbst. Er wollte ihr sagen, daß sie ihm ebenfalls Hilfe und Hoffnung gewesen sei, daß er sie schätzte, daß sie unglaublich tapfer sei; aber nichts davon kam ihm über die Lippen. Er war leer, erschöpft. Er fühlte sich alt. Wenn sie ihnen endlich Wasser brächten!

Sie bekamen schließlich Wasser; auch Essen, nicht viel

und nicht frisch. Die Männer, die sie gefangenhielten, hatten sich offensichtlich versteckt und handelten unter Zwang. Der Sprecher – er nannte ihnen seinen Kriegsnamen Kergat, das gatayanische Wort für Freiheit – erzählte ihnen, daß ganze Viertel geräumt und in Brand gesteckt worden seien, daß Voe Deanische Truppen den größten Teil der Stadt einschließlich des Palastes eingenommen hätten und daß das Netzwerk fast nichts darüber berichtet. »Wenn es vorbei ist, wird Voe Deo mein Land besitzen«, sagte er voll ungläubigen Zorns.

»Nicht lange«, wandte Teyeo ein.

»Wer kann sie besiegen?« fragte Kergat.

»Yeowe. Die Idee Yeowe.«

Kergat und Solly starrten ihn an.

»Revolution«, fuhr er fort. »Wie lange wird es dauern, bis Werel zum neuen Yeowe wird?«

»Die Leibeigenen?« fragte Kergat so ungläubig, als hätte Teyeo von einem Aufstand des Viehs oder der Fliegen gesprochen. »Sie werden sich nie organisieren.«

»Sehen Sie sich vor, wenn sie es tun«, meinte Teyeo sanft.

»Haben Sie keine Leibeigenen in Ihrer Gruppe?« fragte Solly Kergat verblüfft. Er machte sich nicht die Mühe, ihr zu antworten – er hatte sie als Leibeigene eingestuft. Teyeo verstand, warum; er hatte es ebenfalls getan, in dem anderen Leben, in dem solche Unterscheidungen sinnvoll waren.

»Deine Leibeigene Rewe«, fragte er Solly, »war sie deine Freundin?«

»Ja«, antwortete Solly, und berichtigte dann: »Nein. Ich hätte sie gern zur Freundin gehabt.«

»Der Makile?«

Sie schwieg, bevor sie antwortete. »Ich glaube schon.«

»Ist er noch hier?«

Sie schüttelte den Kopf. »Die Truppe ging wenige Tage nach dem Fest wieder auf Tour.«

»Seit dem Festtag sind Reisen eingeschränkt worden«, mischte sich Kergat ein. »Nur Regierungsmitglieder und Truppen.«

»Er ist Voe Deaner. Falls er noch hier ist, werden sie ihn und seine Truppe wahrscheinlich nach Hause schicken. Versuchen Sie ihn zu kontaktieren, Kergat.«

»Einen Makilen?« fragte der junge Mann wiederum angewidert und ungläubig. »Einer Ihrer Voe Deanischen schwulen Clowns?«

Teyeo warf Solly einen Blick zu: Geduld, Geduld.

Solly beachtete ihn nicht. »Bisexuelle Schauspieler«, antwortete sie. Zum Glück hatte Kergat beschlossen, sie nicht zu beachten.

»Ein kluger Mann«, warf Teyeo ein, »mit Beziehungen. Er könnte uns helfen. Ihnen und uns. Es wäre den Versuch wert. Falls er noch da ist. Wir müssen uns beeilen.«

»Warum sollte er uns helfen? Er ist Voe Deaner.«

»Leibeigener, kein Bürger«, erklärte Teyeo. »Und ein Mitglied der Hame, der Untergrundorganisation der Leibeigenen, die gegen die Regierung von Voe Deo agiert. Das Ekumen hat die Hame anerkannt. Er wird der Botschaft berichten, daß eine Gruppe von Patrioten die Gesandte gerettet hat und sie unter größter Gefahr an einem sicheren Ort versteckt hält. Das Ekumen wird vermutlich sofort und entscheidend handeln. Richtig, Gesandte?«

Die plötzlich wieder eingesetzte Solly nickte kurz und würdevoll. »Aber diskret«, erklärte sie. »Sie werden die Anwendung von Gewalt vermeiden, wenn sie politischen Druck ausüben können.«

Der junge Mann versuchte, alles aufzunehmen und zu überdenken. Teyeo hatte Verständnis für seine Müdigkeit, sein Mißtrauen und seine Verwirrung und wartete ruhig. Er bemerkte, daß Solly genauso ruhig dasaß und eine Hand in die andere gelegt hatte. Sie war mager und schmutzig, und ihre ungewaschenen, schmierigen Haare waren zu einem glatten Zopf geflochten. Sie war tapfer, wie eine tapfere, starke Stute; sie würde eher sterben als aufgeben.

Kergat stellte Fragen; Teyeo beantwortete sie schlüssig und beruhigend. Gelegentlich sprach Solly, und Kergat hörte ihr jetzt wieder zu, allerdings unruhig und widerstrebend, nachdem er sie so beschimpft hatte. Schließlich ging er, ohne zu sagen, was er vorhatte; aber er kannte Batikams Namen und hatte eine identifizierende Nachricht von Teyeo an die Botschaft erhalten: »Beoten mit halbem Sold lernen schnell, alte Lieder zu singen.«

»Was soll das wieder heißen?« fragte Solly, sobald Kergat gegangen war.

»Kanntest du in der Botschaft einen Mann namens Alte Musik?«

»Ah! Ist er ein Freund von dir?«

»Er war freundlich zu mir.«

»Er war von Anfang an auf Werel. Ein Erster Beobachter. Ein ziemlich mächtiger Mann. Ja, und ›fix‹... Mein Gehirn funktioniert wirklich nicht mehr. Ich würde mich gern in die Wiese an das Ufer eines kleinen Baches legen und trinken. Den ganzen Tag lang. Jedesmal, wenn ich das Bedürfnis hätte, würde ich den Hals ausstrecken und *schlürf, schlürf, schlürf*... Fließendes Wasser... Im Sonnenschein... O Gott, o Gott, Sonnenschein. Es ist sehr schwierig, Teyeo. Es ist schwieriger denn je. Man glaubt, daß es vielleicht wirklich einen Weg hinaus gibt. Aber man weiß es nicht. Man versucht, nicht zu hoffen, und wagt nicht, nicht zu hoffen. Ich habe es so satt, hier herumzusitzen!«

»Wie spät ist es?«

»Halb neun. Abends. Draußen ist es dunkel. Dunkelheit! In der Dunkelheit zu sein... Gibt es irgendeine Möglichkeit, die verdammte Biolume abzudecken? Wenigstens teilweise? So zu tun, als sei es Nacht, damit wir dann so tun könnten, als sei es Tag?«

»Wenn du auf meine Schultern steigst, reichst du hinauf. Aber wie könnten wir ein Tuch befestigen?«

Sie starrten die Platte an und überlegten.

»Ich weiß es nicht. Hast du bemerkt, daß ein kleiner Fleck so aussieht, als liege er im Sterben? Vielleicht müssen wir uns nicht bemühen, Dunkelheit zu erzeugen. Wenn wir lange genug hierbleiben. O Gott!«

Nach einer Weile bemerkte er merkwürdig schüchtern: »Ich bin müde.« Er stand auf, streckte sich, bat mit einem Blick um die Erlaubnis, ihr Territorium zu betreten, trank etwas Wasser, kehrte auf sein Territorium zurück, zog Jacke und Schuhe aus, so daß sie Zeit hatte, ihm den Rücken zuzuwenden, zog die Hose aus, legte sich hin, zog die Decke hoch und sagte im Geist: »Lord Kayme, gib mir die Kraft, an dem einzig Wesentlichen festzuhalten.« Aber er schlief nicht.

Er hörte ihre leisen Bewegungen; sie urinierte, trank einen Schluck Wasser, zog ihre Sandalen aus, legte sich hin.

Eine lange Zeitspanne verstrich.

»Teyeo.«

»Ja.«

»Glaubst du … daß es … unter den Umständen … ein Fehler wäre … miteinander zu schlafen?«

Eine Pause. »Unter diesen Umständen nicht«, antwortete er beinahe unhörbar. »Aber – in dem anderen Leben …«

Eine Pause.

»Ein kurzes Leben gegen ein langes Leben«, murmelte sie.

»Ja.«

Eine Pause.

»Nein«, sagte er und wandte sich ihr zu. »Nein, das ist falsch.« Sie griffen nacheinander. Sie klammerten sich an den anderen, klebten aneinander, blind und hastig, gierig, drängend, riefen gleichzeitig Gottes Namen in ihren unterschiedlichen Sprachen, und dann wie

Tiere mit der wortlosen Stimme. Sie kuschelten sich aneinander, verausgabt, klebrig, verschwitzt, erschöpft, lebten wieder auf, fanden wieder zueinander, wurden durch die Zärtlichkeit des Körpers wiedergeboren, durch die endlose Erforschung, die alte Entdeckung, den langen Flug in die neue Welt.

Er erwachte langsam, entspannt und behaglich. Sie waren ineinander verschlungen, sein Gesicht ruhte an ihrem Arm und ihrer Brust; sie streichelte sein Haar, manchmal seinen Nacken und seine Schultern. Ihm waren lange nur der träge Rhythmus und die kühle Haut an seinem Gesicht, unter seiner Hand, an seinem Bein bewußt.

»Jetzt weiß ich«, flüsterte sie tief in der Brust in sein Ohr, »daß ich dich nicht kenne. Jetzt muß ich dich kennenlernen.« Sie beugte sich vor und berührte sein Gesicht mit den Lippen und den Wangen.

»Was willst du wissen?«

»Alles. Erzähl mir, wer Teyeo ist ...«

»Das weiß ich nicht. Ein Mann, dem du teuer bist.«

»O Gott.« Sie verbarg ihr Gesicht einen Augenblick lang in der stinkenden rauhen Decke.

»Wer ist Gott?« fragte er schläfrig. Sie sprachen Voe Deanisch, aber sie fluchte für gewöhnlich auf Terranisch oder Altterranisch; diesesmal war es Altteranisch gewesen. *Seyt.* Deshalb fragte er: »Wer ist Seyt?«

»Ach – Tual – Kamye – was immer ihr habt. Ich sage es nur so. Es ist nur ein lästerlicher Ausdruck. Glaubst du an einen von ihnen? Entschuldige! Neben dir komme ich mir wie ein Volltrottel vor. Ich stolpere in deine Seele, dringe in dich ein. Wir *sind* Eindringlinge, ganz gleich, wie pazifistisch und dünkelhaft wir auch sind.«

»Muß ich das ganze Ekumen lieben?« fragte er, während er ihre Brüste streichelte, ihr zitterndes Verlangen und das seine fühlte.

»Ja«, sagte sie, »ja, ja.«

Es war seltsam, dachte Teyeo, wie Liebe so wenig an den Dingen änderte. Alles war gleich, ein wenig leichter, weniger Verlegenheit und Hemmungen; und es gab eine beständige, wundervolle Quelle des Vergnügens für sie, wenn sie ausreichend Wasser und Nahrung bekommen hatten, um genügend Vitalität für die Liebe zu besitzen. Doch das einzige, das sich wirklich verändert hatte, war etwas, für das er kein Wort hatte. Sex, Trost, Zärtlichkeit, Liebe, Vertrauen, kein Wort war das richtige, das ganze Wort. Es war etwas zutiefst Intimes, in der Vertrautheit ihrer Körper Verborgenes, und es veränderte nichts an ihrer Situation, nichts in der Welt, nicht einmal in der winzigen elenden Welt ihres Gefängnisses. Sie waren noch immer gefangen. Sie wurden immer müder und waren die meiste Zeit hungrig. Sie hatten immer mehr Angst vor den immer verzweifelteren Männern, die sie gefangen hielten.

»Ich werde eine Lady sein«, sagte Solly. »Ein braves Mädchen. Sag mir wie, Teyeo.«

»Ich will nicht, daß du aufgibst«, protestierte er so heftig, mit Tränen in den Augen, daß sie zu ihm trat und ihn in die Arme nahm.

»Bleib standhaft«, verlangte er.

»Das werde ich«, versprach sie. Doch wenn Kergat oder die anderen hereinkamen, war sie ruhig und schüchtern, schlug die Augen nieder und ließ die Männer sprechen. Er ertrug es nicht, sie so zu sehen, und wußte, daß sie sich richtig verhielt.

Das Türschloß rasselte, die Tür krachte auf und riß ihn aus einem elenden, durstigen Schlaf. Es war Nacht oder früher Morgen. Er und Solly hatten engumschlungen geschlafen, um einander Wärme und Trost zu spenden; als er Kergats Gesicht jetzt sah, hatte er große Angst. Genau das hatte er befürchtet, daß er ihre sexuelle Verletzlichkeit aufzeigen, beweisen würde. Sie war noch immer erst halb wach und klammerte sich an ihn.

Ein weiterer Mann war hereingekommen. Kergat schwieg. Teyeo brauchte einige Zeit, bis er in dem zweiten Mann Batikam erkannte.

Trotzdem blieb sein Geist leer. Er schaffte es, den Namen des Makilen auszusprechen. Sonst nichts.

»Batikam?« krächzte Solly. »O mein Gott!«

»Es ist ein interessanter Augenblick«, stellte Batikam mit der warmen Stimme des Schauspielers fest. Er war nicht als Transvestit gekommen, sondern trug gatayanische Männerkleidung. »Ich wollte Sie befreien, Gesandte, Rega, nicht in Verlegenheit bringen. Können wir jetzt weitermachen?«

Teyeo war aufgestanden und zog seine schmutzige Hose an. Solly hatte in der zerschlissenen Hose geschlafen, die ihre Bewacher ihr gegeben hatten. Beide hatten ihre Hemden anbehalten, um es wärmer zu haben.

»Hast du die Botschaft kontaktiert, Batikam?« fragte sie mit zitternder Stimme, während sie die Sandalen anzog.

»O ja. Ich war dort und bin zurückgekommen. Es tut mir leid, daß es so lange gedauert hat. Mir war eure Lage nicht ganz bewußt.«

»Kergat hat für uns getan, was er tun konnte«, erklärte Teyeo steif.

»Das sehe ich. Er ist ein beträchtliches Risiko eingegangen. Von nun an ist das Risiko gering. Außer ...« Er sah Teyeo direkt an. »Was halten Sie davon, Rega, sich in die Hände der Hame zu begeben? Irgendwelche Probleme damit?«

»Laß das, Batikam«, sagte Solly. »Vertrau ihm.«

Teyeo schnürte seine Schuhe, richtete sich auf und sagte: »Wir befinden uns alle in den Händen von Lord Kamye.«

Batikam lachte, das schöne, volle Lachen, an das sie sich erinnerten.

»Also dann in die Hände des Lords.« Damit führte er sie aus dem Raum.

In der *Arkamye* steht geschrieben: ›Es ist überaus kompliziert, einfach zu leben.‹

Solly suchte darum an, auf Werel zu bleiben, und nach einem Erholungsurlaub am Meer schickte man sie als Beobachterin nach Süd-Voe-Deo. Teyeo begab sich direkt nach Hause, da man ihm mitgeteilt hatte, daß sein Vater schwerkrank sei. Nach dem Tod seines Vaters bat er um Urlaub von der Botschaftsgarde auf unbestimmte Zeit und blieb bei seiner Mutter auf der Farm, bis sie zwei Jahre später starb. In diesen Jahren kamen er und Solly nur gelegentlich zusammen, weil ein ganzer Kontinent zwischen ihnen lag.

Als Teyeos Mutter starb, ließ er die Leibeigenen seiner Familie durch einen Akt unwiderruflicher Freilassung frei, überschrieb ihnen ihre Farmen, versteigerte seinen jetzt beinahe wertlosen Besitz und zog in die Hauptstadt. Er wußte, daß sich Solly kurz in der Botschaft aufhielt. Alte Musik verriet ihm, wo sie zu finden war. Er fand sie in einem kleinen Büroraum im Palast. Sie sah älter aus und war sehr elegant. Sie sah ihn verzweifelt und doch argwöhnisch an. Sie kam ihm nicht entgegen, um ihn zu begrüßen oder zu berühren, sondern sagte nur: »Teyeo, man hat mich gebeten, Erste Mobile auf Yeowe zu werden.«

Er rührte sich nicht.

»Gerade jetzt. Ich habe soeben mittels Ansibel mit Hain gesprochen.« Sie verbarg das Gesicht in den Händen. »O mein Gott!«

»Meine herzlichsten Glückwünsche, Solly«, sagte er.

Sie lief plötzlich zu ihm, schloß ihn in die Arme und rief: »O Teyeo, und deine Mutter ist gestorben. Ich habe nie gedacht, es tut mir so leid, ich habe nie, ich tue nie ... ich habe geglaubt, wir könnten ... Was wirst du jetzt tun? Wirst du hierbleiben?«

»Ich habe die Farm verkauft.« Er ertrug ihre Umarmung mehr als sie zu erwidern. »Ich dachte daran, in den Militärdienst zurückzukehren.«

»Du hast deine *Farm* verkauft? Ich habe sie nie gesehen!«

»Ich habe nie gesehen, wo du geboren wurdest.«

Beide verstummten. Sie trat zurück, und sie sahen sich an.

»Du kämst mit?« fragte sie.

»Ich käme mit«, erwiderte er.

Einige Jahre, nachdem Yeowe dem Ekumen beigetreten war, schickte man die Mobile Solly Agat Terwa als ekumenischen Verbindungsoffizier nach Terra; später ging sie von dort nach Hain, wo sie als Stabile ausgezeichnete Arbeit leistete. Auf allen Reisen und auf allen Posten begleitete sie ein werelanischer Offizier, der einige Jahre älter war als sie, ein sehr gut aussehender Mann, der ebenso zurückhaltend wie sie extrovertiert war. Leute, die sie kannten, wußten, welch leidenschaftlicher Stolz und gegenseitiges Vertrauen sie verbanden. Solly war vielleicht die Glücklichere, da ihre Arbeit sie belohnte und erfüllte; doch Teyeo bedauerte nichts. Er hatte seine Welt verloren, doch er hatte am einzig Wichtigen festgehalten.

Oliver Pfohlmann

BIGFISH PAT

Es war bei Mickeys letzter Lieferung dabeigewesen; hinter *Space Gladiators, Super Mind Copy* und *3-D-Tennis Pro* lag es als letztes in der Box: ein daumengroßes PERCEPT-Modul, auf das Mickey mit Leuchtschrift *Wall Street Professional 4.0* geschrieben hatte.

Ehrfürchtig hielt ich es in der Hand. *WSP* war weder aus einem der großen SWare-Häuser zu beziehen noch aus einem illegalen Verteilernetz. Aber Mickey kannte einen echten Freak aus dem Dschungel, einen BigFish Datenjockey, mindestens so gut wie der legendäre Elias. Behauptete Mickey jedenfalls. Bisher hatte ich ihm nicht geglaubt, aber jetzt nahm ich alles zurück. Ins Großhirn der BankofEurope einzudringen, dort aus der Entwicklungsabteilung die Kopie eines streng geheimen Experten-Systems zu ziehen und ungehindert wieder herauszukommen – solche Stories kannte ich bisher nur aus *JungleFreaks* oder diversen Underground-Zines.

Die folgenden zwei Wochen bastelte ich an Gordon. *WSP* war mit einem 1A-PersonalityGen ausgestattet, das mir die absurdesten Typen erlaubte. Aber ich entschied mich dann doch für die konservative Tour, es war einfach stilgerechter. Gordon bekam eine blasse Haut verpaßt, fettiges, zurückgekämmtes schwarzes Haar, einen gierigen Blick. In der Linken hielt er ständig eine Zigarette. Dazu noch die Kleidung eines Bankers mit altmodisch geblümter Krawatte, Hosenträger und eine Stimme Marke John Wayne.

Am Ende sah er aus wie aus einem WerbeHolo von *Komm zu uns – deine europäischen Großbanken.* Ich generierte noch den passenden Hintergrund, wählte und kopierte aus anderen Programmen Möbel, Teppiche und Stadtaussichten.

Am 4. war es dann soweit. Unter den Klängen des *Walkürenritts* ließ ich Gordon von der Leine.

Drei Wochen lang tat Gordon in seinem Büro gar nichts, außer herumzusitzen und Charts zu studieren. Ich war enttäuscht.

»Bald, Boß, bald geht's los«, konnte ich ihm als einziges entlocken.

Deprimiert gestand ich mir ein, daß Rechner und WorldNet-Verbindung wohl doch zu klein für ihn waren.

Eines Morgens um sechs platzte Gordon dann herein. Ich war gerade im Schlaf mit Sue und Liz beschäftigt, zwei Schönheiten aus dem Sortiment von *For Your Eyes Only.* Der DreamHelper brauchte nur wenig Speicher und war kompatibel zu fast allem anderen. Und sehr anregend.

»Sorry, Boß«, sagte Gordon mit beifälligem Grinsen. »Sie sollten unbedingt ins Büro kommen.«

Seufzend verscheuchte ich die beiden Nackedeis in eine Ecke, wo sie sich mit sich selbst beschäftigten und ich sie immer im Auge behalten konnte. Dann wechselte ich hinüber in mein neues Büro im Messenhoff-Tower, Wall Street No. 1.

Gordon deutete auf die vor uns schwebende Holowand. Alle Round-the-Clock-Börsen waren zu sehen, alle, die vor zehn Jahren das 24-Stunden-System eingeführt hatten.

Gordon vergrößerte aus der obersten Reihe New

Tokio, bis es die anderen verdeckte. Die weiße Linie des Nikkei überkroch gerade die 75000er Linie.

»Sehen Sie, Boß«, sagte Gordon und blies eine herrlich nach Muskat riechende Rauchwolke aus. »Jetzt ist der große Augenblick gekommen. Jetzt können Sie reich werden.«

»Meinst du das im Ernst?«

Langsam fühlte ich Spannung aufkommen. Sollte das Programm doch noch funktionieren? Meine aus *For Your Eyes* stammende Erregung wechselte in einen anderen Gehirnwellenbereich, beobachtete ich auf einer Mini-Grafik. Ich sah zu Sue und Liz. Tatsächlich, ihre Fummelei wurde zunehmend langweiliger.

Okay, Gordon meint es also wirklich ernst. Jetzt nur keinen Fehler machen, sagte ich mir und löschte Sue und Liz endgültig.

»Also, Gordon?«

Grinsend zauberte er eine Reihe weiterer Holos hervor. Und warf mir dann zehn Minuten lang Infos um die Ohren: Stand der FUTURE-Optionen am Terminmarkt, Stochastik- und Stimmungs-Indikatoren, Volumina, seine von ihm selbst entwickelte Wellen-Theorie. Vergleich zwischen AD-Linie und RS-Index. Chart-Formationen. Und so weiter. Ich war beeindruckt. Und versuchte vergeblich, das alles zu verbinden.

»Gordon, ich hasse Ratespiele. Was hast du entdeckt?«

»Schauen Sie sich Timing- und Stimmungs-Indikator im Vergleich zu den Umsätzen an, Boß. In zehn Minuten ist die einmalige Gelegenheit, NewTokio auf den Schlitten zu setzen.«

Ich starrte mit betont herablassender Miene die Linien und Grafiken an, konnte aber nichts Außergewöhnliches erkennen.

»Okay«, sagte ich. »Was willst du tun?«

»Passen Sie auf, Boß.«

Gordon wandte sich um. Ein neues Holo erschien,

ein FacetoFace aus Fernost. Ein Japaner trank gerade aus einem Champagnerglas und verschluckte sich fast, als er Gordon sah.

»Mitsawa Financial, Sir, was kann ich für Sie tun?«

Einen Augenblick lang überlegte ich, ob auch er generiert war. Außerdem mußte *WSP* einen Translater zwischengeschaltet haben, der …

»… kaufen Puts, mein Herr«, sagte Gordon gerade im Befehlston, »auf die zwanzig größten Standardwerte. Außerdem auf Nikkei, Topix und Mekix. Des weiteren beabsichtigen wir Leerverkäufe in Höhe von mehreren Millionen Stück bis zum Ende der Tageseinheit. Meinen Sie, daß Sie das schaffen?«

Ich schluckte. Der Asiate auf der anderen Erdhälfte, generiert oder nicht, ebenfalls. Ich war ein Amateur, sicher, deshalb hatte ich mir auch Gordon geschaffen. Aber mitten in einen ungebrochenen Aufwärtstrend *(und ohne Geld, was willst du überhaupt ohne Geld machen?)* auf einen Absturz zu spekulieren, war Selbstmord.

Ich wechselte ins Controlmenü und entdeckte zu meinem Entsetzen, daß Gordon nicht nur ein Gespräch führte, sondern deren zwanzig, quer über ganz Südostasien verstreut. Außerdem wurden gerade Anschlüsse in Paris und London angewählt.

Schalt ihn ab, alter Junge, bevor es zu spät ist, spät ist, spät ist …

Ein roter Wecker erschien, wurde größer und größer, schrillte ohrenbetäubend. Darunter erschien das verfaßte Wort ›Aufstehen!‹

Es kam mir wie eine Flucht vor, als ich mich ausklinkte und die Datenkrone abnahm. Auf dem kleinen Überwachungsmonitor neben meinem Bett verrieten wandernde Zahlenkolonnen, daß Gordon weiterhin per WorldNet und Satellit mit NewTokio, Singapur und einigen anderen Städten sprach. Ich zögerte kurz, dann stellte ich für Mutter das Schild ›Bitte nicht ausschalten!‹ auf das Gehäuse und ging in die Küche.

Vormittags ging ich in den Pausen mehrmals zum Info-Center und sah mir die Wirtschaftsnachrichten an. Die EG hatte ihren Vorsprung in Nord- und Mittelafrika gegenüber der SOAF nur knapp verteidigen können. Der amerikanische Präsident versuchte seinen Plan einer Währungsreform der Weltbank schmackhaft zu machen, der neue Papst plante einen Börsengang der Kirche, um Geld in die Kassen zu bekommen. (Und die Jungs von INNet hatten es sich erlaubt, den generierten Sprecher bei dieser Info süffisant grinsen zu lassen.) Die geplatzten Atommüllfässer in der Nordsee entwickelten sich zu einem Riesengeschäft für den Umweltservicegiganten CleanEarth, der die Verseuchung in zehn bis fünfzehn Jahren zu beseitigen versprach.

Dann endlich etwas aus Japan. Der Nikkei hatte mit 75013 Punkten nicht nur auf dem Tageshöchst geschlossen, sondern, tatatata, damit auch ein neues All-Time-High erreicht. Das Bild machte eine Achterbahnfahrt durch den Börsensaal, wo lachende Japaner Champagnergläser schwenkten und sich in die Arme fielen. Dann kamen die Umsatzzahlen japanischer Unternehmen in China und Australien, der Vormarsch der Südostasiatischen Föderation in Ostrußland wurde gezeigt, der Nachrichtenmensch sprach von einem Weltreich, gegen das sich die EG schon bald würde endgültig abschotten müssen, usw., blablabla.

Hatte ich alles nur geträumt? Oder hatte Gordon nur einen Scherz gemacht?

»Okay, mein Junge, jetzt verrätst du mir erst mal, wo du das Geld hergenommen hast!«

Gordon legte die Beine auf den holzgetäfelten Tisch, schnippte Asche von seiner Zigarette und schaute mich dann gelangweilt an. »Von der BankofEurope natürlich.«

»Du – du hast es geklaut?«

»Geliehen, Boß, geliehen. Ich habe Zugang zu fast allen Konten der dortigen Großkunden. Was glauben Sie, was dort für Millionen liegen? Und inzwischen ist alles wieder zurück, weil die Jungs in den asiatischen Brokerhäusern nur die Zahlen auf den Schirmen sehen wollen. Dann sind sie beruhigt und wittern Big Business.«

»Aber was soll das alles? Japans Börse steigt und steigt, du setzt auf Crash – ich meine, irgendwann müssen wir doch zahlen, oder?«

»Nur wenn sie weitersteigt, Boß. Wird sie aber nicht. Wir sind der Nadelstich, der die Spekulationsblase zum Platzen bringt. Ich habe alles extrapoliert, die Wirtschaftsdaten von sechshundert Titeln miteinander verglichen. Das beste ausgesucht. Es wird eine Lawine werden. Sie werden in die Geschichte eingehen, Boß. Sie werden in eine Reihe gestellt werden mit Leuten wie Rothschild, Getty, Kostolany, Soros …«

Ich stand auf und trat ans Panoramafenster. Aus dem 100. Stockwerk eines Busineß-Turms zu blicken, ist immer ein erhabenes Gefühl. Auch wenn der Turm wie die sich darunter erstreckende City nur generiert ist. Ich brachte dann an sämtliche Wohntürme in Leuchtbuchstaben *Patrick Messenhoff Financial Services* an. Ein schönes Bild. Ich überlegte, ob ich die City in Zukunft *Pats Town* nennen sollte, fand das aber doch zu kindisch.

Der Übergang war brutal. Vater hatte mir die Datenkrone heruntergerissen (Warum zum Teufel hatte ich nicht abgesperrt?), und bunte Farbfetzen tanzten mit Getöse vor meinen Augen.

»Patrick, weißt du, was das hier ist?«

Er hielt mir einen Wisch vor die Nase. KOMRECHNUNG stand darauf.

»Äh, tja, tut mir leid, wenn es diesmal etwas teurer wur …«

»Teurer? Ich glaub langsam, du hast dein letztes bißchen Hirn in diesem Scheißkasten da gelassen!« Er nickte in Richtung meines Rechners, wo weiterhin Zahlenkolonnen eifrig wanderten. »Vor zwei Minuten hat unser Kommunikator das hier ausgedruckt, ich hab erstmal nachprüfen lassen, ob es nicht ein Versehen war. Nein, mein Herr, sagte die Dame, das ist kein Versehen, Sie haben in den letzten beiden Abrechnungstagen Gespräche mit der halben Welt geführt, eine ellenlange Liste, das ist nun mal nicht kostenlos, außerdem ...«

Ich gab gedanklich den Ausklink-Befehl, aber es passierte nichts. Natürlich. Vater war real, nicht generiert. Leider. Ich versprach, für die Rechnung aufzukommen, was er mir natürlich nicht abnahm. Woher sollte ich auch 6000 Euros nehmen?

Es war fünf Uhr früh, als mich Gordon mit Pieptönen weckte. Ich hatte *JungleFreaks* eingelegt, um drohenden Alpträumen von unbezahlten Kom- und anderen Rechnungen zu entgehen, und träumte mich als Anführer einer gefürchteten HighTekGang.

Aber man sollte der Realität ins Angesicht sehen, sagte ich mir, schaltete um und sah Gordon aufgeregt auf mich zukommen.

»Das müssen Sie sich ansehen, Boß, das müssen Sie ...«

Ich wollte ihm von Vater erzählen, von der Komrechnung, aber als ich das Panoramaholo sah, vergaß ich alles andere.

Einige tausend Kilometer von mir entfernt war die Hölle los.

Hunderte von Weißhemden schrien aufgeregt aufeinander ein. Leuchtende Holo-Charts über ihren Köpfen wiesen steil nach unten. Auf den Laufbändern mit den aktuellen Kursen schmolzen die Werte förmlich dahin. Es war ein Bild, das einen Chaosforscher in Ekstase versetzt hätte. Die Kamera der Live-Übertragung zoomte auf einen dicken Mann, der sich gerade über seinen Kommunikator erbrach.

»Und hier, Boß, die Kurve Ihres Vermögens.« Gordon wies triumphierend auf eine Grafik.

Ich brachte kein Wort heraus.

Gordon verdoppelte, nein, vervierfachte sich. Drei Gordons traten vor Holos und redeten mit schweißgebadeten Brokern, ein Gordon erklärte mir mit ruhigen Worten die Situation, die wahrscheinlichste Fortentwicklung der Ereignisse, aber ich verstand nur eines – ich war reich.

Ich fuhr trotzdem die elf Etagen hinunter ins GoetheGym, mit stolzgeschwellter Brust allerdings. Ein unbeschreibliches Gefühl, das mich aus meiner Lernbox ständig die anderen angrinsen ließ, erfüllte mich.

In der Pause kam Mickey aufgeregt auf mich zu.

»Weißt du's schon? Hat ganz schön gekracht in Japan. Hat dein Experte es vorausgesehen?«

»Nö«, sagte ich. »Ich hab ihn erst mal probeweise arbeiten lassen, vielleicht steige ich jetzt groß ein.«

»Na«, grinste Mickey spöttisch. »Viel Glück dann.«

In den Nachrichten vollzog sich gegen 12.00 Uhr ein bemerkenswerter Wandel. Vorher war von einem lokal begrenzten Einbruch die Rede. Der europäische Finanzminister grinste vielsagend in die Kamera, er habe es schon immer gesagt, daß die Japaner und die SOAF nicht ewig so weitermachen könnten, daß sie aus der Baisse 91/92 nichts gelernt hätten. Daß kluge internationale Anleger sowieso ihr Geld in Europa mit seinen sicheren Wachstumschancen anlegten.

Daß die europäische Zentralbank durchaus erwäge, den Einbruch in NewTokio zu verstärken.

Gegen 12.10 Uhr sprach man von einem Gemetzel. Vergleiche zu 1929 und 1987 wurden gezogen, Manipulationen irgendwelcher großer Haie in Amerika vermutet, das Gesamtszenario verdüsterte sich mit jeder neuen Info. Der europäische Finanzminister war nicht mehr zu sehen, von einer lokalen Angelegenheit konnte keine Rede mehr sein. Die Panik war wie ein Flächenbrand um die Welt geeilt. Moskau, Frankfurt, London, New York, Mexiko City – überall das gleiche Bild von wild schreienden Maklern und Spekulanten. Manche schlugen wütend auf ihre Tastaturen ein oder zerrissen die Anschlüsse ihrer Datenkronen, weil ihnen niemand ihre Papiere abnahm. Andere bekamen Herzinfarkte und wurden von SaniRobe aus dem Saal getragen. Eine Grafik teilte mit, daß die Live-Übertragungen zur Zeit die höchsten Einschaltquoten besaßen, und eine Blitzumfrage unter den Zuschauern zeigte, daß man das Geschehen höchst amüsiert verfolgte. Ich war gespannt, wie lange noch.

Experten wurden befragt, gaben weise Ratschläge, sprachen von übereilten Reaktionen und verfluchten die Computer mit ihren automatischen Verkaufsprogrammen, die eine Kettenreaktion in Gang setzten. In Interviews bekannten namhafte Trader, daß sie ihre Analyseprogramme in Chaostheorie-Schleifen laufen ließen, sie seien an solchen Tagen die beste Möglichkeit, Herr über den Zufall zu werden.

In New York sprang um 12.23 Uhr ein Sicherheitsprogramm an, das bereits im letzten Jahrhundert nach dem 87er Crash installiert worden war und die Handelszeit langsamer ablaufen ließ. Die Händler sollten dadurch mehr Zeit zum Nachdenken und zum Beruhigen ihrer Kunden gewinnen. Natürlich half das nicht viel.

Am lustigsten fand ich London. Dort war schon vor dreißig Jahren alles auf Computer umgestellt worden, der Börsensaal glich eher einer Maschinenhalle. Jetzt vertraute man den Automaten nicht mehr, wollte alles selbst entscheiden. Hunderte von Maklern eilten von ihren Büros aus in den Saal, glaubten offenbar, dort mehr ausrichten zu können. Aufgeregt liefen sie zwischen den schwarzen Kästen umher, ließen sich Zwischenwerte auf Holos projizieren, hielten Komhörer an beide Ohren, klinkten sich in den Datenstrom ein.

Ein Filmregisseur hätte es nicht besser drehen können.

Drei Tage ging das ›Gemetzel‹ weiter, wie es weltweit genannt wurde. Mein Vermögen war inzwischen zu einer nicht mehr vorstellbaren Zahl angewachsen. Gordon erklärte mir, daß er plane, bei einem Nikkei von 4000 die wichtigsten japanischen Konzerne aufzukaufen.

Währenddessen gingen überall in der Welt die ersten kleineren Firmen pleite. Andere kündigten Massenentlastungen an. Aus mir unerfindlichen Gründen schossen die Rohstoffpreise in die Höhe, was wieder Auswirkungen auf die Inflation haben sollte – offenbar stand alles vor dem Zusammenbruch. In vielen Großstädten war es zu ersten Demonstrationen gekommen, in Paris und Hongkong waren Banker auf offener Straße gelyncht worden. Erste Brückenstürze und andere Suicidis wurden gemeldet, von denen nur vier erfolgreich waren.

Ich wechselte auf den lokalen Nachrichtensender.

In *Pats Town* sah das Bild ganz anders aus. Hier florierte die Wirtschaft, die Bevölkerung des Stadtstaates dankte seinem weisen Staatsoberhaupt in einer Massenkundgebung für die Schenkungen und Stiftung.

Gordon wandte sich plötzlich um. Überraschung zeigte sich auf seinem Gesicht.

»Oh, oh, Boß, das sieht mir nach Ärger aus.«

Unwillig löschte ich die Kundgebung. »Was gibt's denn?«

»Die von der BankofEurope haben uns auffliegen lassen.«

»Auffliegen lassen?«

»Ja, meine Schöpfer haben meine Aktivitäten erkannt und eine meiner Transaktionen zurückverfolgt, und jetzt ...«

»Was jetzt?«

»Tja, Boß, meine Kurzextrapolation zeigt mir, ein Kopf wird rollen müssen. Vermutlich habe ich zu gut gearbeitet. Tut mir echt leid das Ganze, ich war wirklich gern für Sie tätig.«

»Spinnst du jetzt?«

In meiner Aufregung wechselte ich aus Versehen in einen anderen Hintergrund, war aber schnell wieder von der unverseucht strahlenden Südseeinsel zurück in meinem Büro im Messenhoff-Tower.

Wo mich ein grimmig aussehender Bilderbuch-Polizist bereits erwartete. Gordon war verschwunden.

»So, du Rotznase, dein Spiel ist aus. Die Wohnung ist umstellt, du hast keine Chance mehr. Also klink dich aus und komm raus, bevor wir dich holen.«

Ich wechselte ein paarmal in andere Programme, aber der Typ von DataInterpol ließ sich nicht abschütteln. Also klinkte ich mich tatsächlich aus. Mein Bettlaken war schweißgetränkt. Aus der Ferne hörte ich Sirenengeheul. Durch die dünne Gipswand drang das Schnattern meiner Mutter, die mit einer Nachbarin komte. Vater war wohl auf der Arbeit. Das entsetzliche Gefühl, von irgend jemandem irgendwie geleimt worden zu sein, überkam mich jetzt mit aller Macht, ich stand kurz vor einem Heulanfall. Warum war ich nicht schon längst abgehauen, in den Dschungel, wo alle die coolen Typen ein geiles Leben führten?

Horror-Holos begannen in mir abzulaufen, ich im Gefängnis, ohne Rechner, ohne ...

Halt, eine Möglichkeit gab es noch. Eine blödsinnige Möglichkeit, die auch gar nicht sicher war, aber Mickey hatte gesagt, daß es funktionieren würde. Verdammt, wo war das Modul? Da, in der Pappschachtel. *Super*

Mind Copy, der letzte Hit, von Freaks aus dem Dschungel entwickelt. Ich legte es ein, startete, setzte die Krone auf. Reichte die Zeit noch? Schweiß lief mir über die Stirn, während mein Gehirninhalt abgetastet wurde. Dann nichts mehr.

Hier in der Jugendstrafanstalt gibt es doch Computer. Altmodische Dinger, unvernetzt, ohne Hirnschnittstelle. Sie sollen die spätere Resozialisierung erleichtern, wenn ich auch nicht weiß wie.

Drei Jahre haben sie mir gegeben, verdammte drei Jahre. Dabei habe ich nicht mehr getan, als die von der BankofEurope vorgehabt hatten. Nur daß *WSP* eben noch nicht fertig gewesen war und nicht nur konkurrierende Wirtschaften ausschaltete, sondern die eigene dazu. Aber einen Sündenbock muß es immer geben, ein Kopf muß rollen, wie es Gordon so schön gesagt hat.

Gordon hat tatsächlich zu gut gearbeitet.

Was soll's, es ist ein tröstliches Gefühl, daß man ja nicht ganz im Gefängnis ist. In Wahrheit bin ich jetzt endgültig im Datenmeer.

Heute morgen habe ich aus dem Info-Center im Speisesaal erfahren, daß DataInterpol einen neuen BigFish namens ›Pat the Pirate‹ sucht. Irgendwo im Dschungel soll er sich herumtreiben, Fangschaltungen, die ihn im Datenmeer mattsetzen sollten, blieben bislang erfolglos.

Pat the Pirate. Ein netter Name, finde ich. Ich weiß nicht, was Pat the Pirate tun wird. Ich würde mir wohl an seiner Stelle ein lustiges Leben im Datenmeer machen und so viel Ärger wie möglich anstellen.

Aber eigentlich hoffe ich, daß er sich an mich erinnert und mich hier rausholt. Irgendwie. Ich werde warten.

Der Autor:

OLIVER PFOHLMANN, geboren 1971 in B[…] der Germanistik, Psychologie, Soziolo[…] phie. Veröffentlichung von Stories i[…] Fandom-Magazinen (*Nachtschatten, Ali[…]* in Anthologien (*Little Ease, Computer-[…] Märchens Geschichte*). Beim Kurd Laß[…] Verleihung des 3. Preises in der Sparte […]